KB165167

나의 철학 유언

프랑스 한림원의 장 기통

권유현 옮김

東文選

나의 철학 유언

Jean Guitton
Mon Testament Philosophique

제1부 죽음

제2부 장례식

제3부 심 판

제 1 부

죽 음

어떻게 낯선 방문객이 찾아와
내 마음에 동요를 일으켰는가

그러니까 내가 죽던 바로 그날 밤, 파리의 내 아파트에서는 참으로 이상한 일이 일어났다. 모든 것은 내가 고요히 임종을 맞고 있을 때 시작되었다. 나는 1백 세이거나, 혹은 그쯤 되었을 것이다. 나는 고통스럽지도 않았고, 그다지 걱정이 되지도 않았다. 숨이 꺼져 가는데도 계속해서 생각을 하고 있었다. 그러면서 또한 기다리고 있었다.

아마 저녁 9시경이었을 것이다. 그때 나는 내 방에 혼자 누워 있었다. 방의 칸막이 저켠에서 조카 테오필이, 내게 없어서는 안 될 폴란드인 비서이며 간호사인 마르즈나와 이야기를 나누고 있었다. 그들이 하는 말에 나는 관심이 없었다. 들을 생각은 아니었지만, 그들의 이야기가 내 귀에 들려 왔다. 조카는 근심을 하고 있었다.

― 아저씨는 이미 돌아가신 걸까요?

― 아직 아니에요.

마르즈나가 조카에게 짧게 답했다.

― 그럼 아저씨가 오늘 밤을 넘기시리라고 생각하세요?

― 아니길 바래요. 그분이 돌아가실 뻔한 지 벌써 열하루째

잖아요, 늘 저 상태로. 이러다간 그분보다 우리가 먼저 장례를 치를 것 같아요.

— 정말 대단한 지구력이네요.

— 무언가를 기다리시는 것 같아요, 아니면 누군가를.

— 이상하군요. 평소에 아저씨는 기다리는 걸 몹시 싫어하셨는데. 뭐라고 말씀을 하시나요?

— 전혀요. 아무 말씀도 안하세요. 그렇지만 그 방에 누군가 들어갈 때마다 가볍게 경련을 일으키며, 입을 반쯤 여세요. 그리고는 다시 혼수 상태예요.

— 그리고 그것이 열하루째 계속되고 있다는 말이지요. 아, 누군가가 온 것 같네요. 이만 가보겠습니다. 내가 문을 열도록 하죠. 아마 의사겠지요.

그가 문을 여는 소리가 들렸다. 침묵이 뒤따랐고, 이어서 나는 내가 기다리던 사람이 들어왔다는 사실을 알아차렸다. 그들 앞에 우아한 분위기의 남자가 서 있었다. 검은 신사복을 입었고, 나이는 50대쯤 되어 보였으며, 뾰족한 콧수염을 기르고 있었다. 나는 그를 본 적이 없지만, 꽤 여러 차례 그를 느꼈었다. 바로 그 순간에도, 나는 어지러운 집 안을 훑어보는 그를 느낄 수 있었다. 어둑어둑한 방, 오래 된 가구, 여기저기 흩어져 있는 이불들과 쌓아 놓은 책더미, 곳곳에 널려진 종이들을 그는 훑어보았다. 조카가 불쑥 말을 건넸다.

— 의사 선생님 아니신가요?

— 장 기통 씨를 만나러 왔습니다.

방문객이 대답했다.

— 죄송하지만, 지금 기통 씨는 당신을 만날 수 없는 상태입니다.

마르즈나가 말하였다.

— 그런데 누구시지요?

— 나는 그가 기다리고 있는 사람입니다.

— 기통 씨는 아무도 기다리지 않습니다.

— 그렇지만 불과 1분 전에 당신은 그 반대의 말을 하였습니다.

— 내가 그런 말을 하였다는 걸 어떻게 아시죠?

— 기통 씨가 기다리는 사람이 바로 나이기 때문입니다. 어서 가서 그에게 내가 왔다는 말을 전해 주십시오.

— 하지만 누구라고 말씀드리지요?

— 그에게 약속한 사람이 도착하였노라고 전하면 됩니다.

마르즈나는 아연실색하여 내 방 문을 열었다. 나는 생각할 시간을 갖기 위해 눈을 감고 있었다. 그녀가 발끝으로 살금살금 걸어 내 머리맡으로 다가오는 동안, 나는 내 조카가 이 낯선 사람과 나누는 이야기를 들었다.

— 선생님, 아저씨와는 오래 전부터 아는 사이인가요?

— 그가 태어날 때부터 그렇습니다.

— 그가 태어날 때부터라구요! 하지만 그는 1백 세입니다! 도대체 선생님은 몇 세이시기에?

— 내가 온 곳에서는 나이를 세지 않습니다.

— 아, 그래요. ……저는 조카 테오필입니다.

— 알고 있습니다.

— 저를 안다구요? 혹시 훈장수여식 때 만났습니까?

— 아닙니다. 당신은 나를 만난 적이 없습니다, 결코.

— 아, 한번도 만난 적이 없군요. 그것은 분명합니다. 만난 적이 있다면 제가 곧장 알아보았겠지요. 그런데도 선생님은 제

가 그의 조카라는 사실을 알고 있고, 또 제가 태어날 때부터 이미 아저씨와 아는 사이라고 말하지 않았습니까? 아니, 오히려 선생님이 태어날 때부터 안다고 해야겠지요. 아니, 아니, 그가 태어날 때부터라고 했지요. 이거야 원, 도대체 뭐가 뭔지 모르겠습니다. 자, 실례하겠습니다. 이제 그만 가봐야겠습니다. 안녕히 계십시오.

— 금요일, 앵발리드에서 우리는 또다시 만나게 될 것입니다. 그날이 그의 장례식을 치르는 날입니다.

— 장례식? 누구의? 아저씨 말입니까?

— 그럼 누구이길 바랍니까? 나폴레옹?

— 실례합니다. 열흘 동안이나 잠을 자지 못했거든요. 그러나 결국…… 아저씨는 돌아가시지 않았습니다.

— 내일입니다. 내일이면 모든 일이 끝날 것입니다. 지금부터 그때까지 그와 나, 우리 두 사람은 해야 할 이야기가 있습니다.

찡그린 얼굴을 하고 조카가 나가는 동안, 내 지시를 받은 마르즈나가 다시 들어왔다.

— 기통 씨가 당신을 만나시겠답니다.

— 내가 이미 그렇게 말했습니다. 그런데 왜 나를 그렇듯 쳐다보는 거지요?

— 대체 당신은 누구시죠?

그는 미소를 짓더니, 몸을 굽혀 그녀의 귀에다 대고 뭐라고 소곤거렸다. 그러자 그녀가 기절하듯 소파 위로 넘어지고, 이미지의 남자는 그녀를 더 쳐다보지도 않은 채 내 방으로 들어왔다.

나를 찾아온 방문객은 친근하게 내 침대 위에 걸터앉았다.

나는 누워 있었지만, 몸이 약간 일으켜진 채로 베개에 머리를 대고 있었다. 나는 눈을 크게 떴다. 그리고 쉰 목소리로 상당히 힘들게 말을 나누었다.

— 선생, 당신은 나를 기다렸습니까?

그가 내게 물었다.

— 열하루 전부터.

— 단도직입적으로 말하겠습니다. 당신은 내가 왜 왔는지 알고 있습니다.

— 물론.

내가 대답했다.

— 내게서 믿음을 빼앗아 가려는 것이겠지요. 그런데 당신은 내가 토론에서 버틸 수 있으리라고 생각합니까?

— 선생, 당신의 뇌는 다른 신체기관 모두가 손상되었음에도 불구하고 지금까지 살아남아 있습니다. 나와 이야기하는 것이 두렵습니까?

— 말하기가 몹시 피곤하군요. 나를 그냥 내버려두십시오.

— 그렇다면 생각만 하십시오. 내가 당신의 마음을 읽도록 하겠습니다.

— 그것이 가능하지 않다는 사실은 누구보다도 당신이 잘 알 텐데요. 내 몸은 당신이 들어올 수 없는 성역입니다.

— 좋습니다. 만약 기운이 떨어지면, 또렷이 말하려고 너무 애쓰지 말고 그냥 중얼거리기만 하십시오. 당신의 입술이 조금만 움직여도, 나는 당신의 사소한 생각까지 읽을 수 있습니다. 그 정도는 내가 할 수 있으니까요. 어떻습니까?

— 그 방법에 동의합니다. 갑자기 기분이 좋아지는데, 아마도 죽기 직전의 행복감 같은 것인가 봅니다. 어쨌든 우리가 관

심을 가지고 있는 주제에 대해서 당신과 내가 마지막으로 한 번 끝까지 겨뤄 보려면, 이 기회를 이용하는 것이 좋겠습니다. 내 베개를 다시 손봐 주어야 할 것 같은데, 간호사를 좀 불러 주시겠습니까?

— 내가 손수 해드리겠습니다.

그는 베개를 손질해 나를 고정시킨 후 물었다.

— 당신은 나와 이야기하고 싶지 않았습니까?

— 하고 싶지 않았습니다.

내가 대답했다.

— 나는 당신에게 한번도 호감을 가져 본 적이 없습니다.

— 하지만 당신은 지금까지 나를 기다렸습니다.

— 그건 당신이 오리라는 것을 알고 있었기 때문입니다. 단지 그뿐입니다.

— 왜 당신의 수호천사는 내가 들어오는 것을 막지 않았다고 생각합니까?

— 모르겠습니다. 그에게 물어보십시오.

— 어쩌면 수호천사는 존재하지 않을지도 모릅니다. 이유는 간단합니다.

— 그렇다면 당신도 존재하지 않아야 합니다.

— 맞습니다. 어쩌면 사실 나는 존재하지 않을지도 모릅니다. 내가 당장 사라진다고 가정해 보십시오. 그래서 당신을 내 생각들과 함께 남겨둔다면? 당신은 그 생각들이 얼마나 집요한지 알게 될 것입니다! 당신은 그것을 당신의 생각이라고 믿게 될 테고, 그것들을 거역하기란 더욱 어려워질 테니까요.

그리고 그는 사라졌다. 나는 생전 처음으로 고독이 무서워졌다.

—— 당신은 어디에 있습니까? 어디에 있습니까?

아무도 없었다. 침묵만이 흘렀다. 확실히 그였을까? 진짜로 그가 여기에 있었을까? 어쩌면 내가 꿈을 꾸었는지도 모른다. 혹시 착각은 아니었을까? 만약 이 모든 것이 꿈이며, 착각에 지나지 않는다면? 아니야, 그럴 리 없다. 방금 내가 그를 알아보지 않았던가. 지금 저기에 있는 것은 그의 생각일 뿐이다. 그러나 만약…… 나는 분명히 내 생각이 아닌데도, 마치 내가 하는 듯한 생각으로 꽉 차는 것을 느꼈다. 내 생각들이여! 제발 내게 평화가 찾아올 것이라고 해다오. 몇 시간 후면 휘장이 걷히고, 내가 하느님을 소유하게 될 거라고. 그가 내게 굴복하고, 이 싸움이 어서 끝나 승리와 생명이 찾아온다고. 아, 진실하고도 그리스도교적인 생각들! 누가 너희들을 오늘 밤 이렇듯 공허하게 울리도록 하였는가? 누가 너희들을 패주시키는가? 가엾은 기통, 얼빠진 늙은이, 너는 내기를 했고, 졌다. 너는 파스칼이 말한 내기하는 사람처럼 스스로를 똑똑하다고 생각했지만, 이제 그 사람처럼 네 주머니는 텅 비어 있다. 이제 몇 시간 후면 너는 존재하지 않을 것이다. 장례식 때에 딱딱하게 굳은 밀랍의 철학자 동상이 되어 있을 뿐이다. 사람들은 그런 네 모습을 《마치》지에 실으려고 사진을 찍겠지. 싸늘하게 언 손가락 사이에 쥐고 있는 묵주, 너의 환상의 표시, 허무에 대한 너의 공포의 찌꺼기, 네가 믿음이라고 불렀던 최후의 거짓말. 그것들은 네 몸이 썩어 고이는 물 속에 잠겨 녹이 슬겠지. 아! 아! 아! 아!

나는 마치 내가 내는 듯한 웃음소리, 그러나 내게서 나지 않는 웃음소리에 소름이 끼쳤다. 나는 물었다.

—— 지금 누가 이렇게 웃습니까?

— 바로 너 아니냐.

나는 혼잣말을 하는 듯하였다.

— 네가 일생 동안 거짓말을 해온 것에 대해서 스스로 웃고 있지 않은가. 너는 그것을 모르기엔 너무 영리해. 하지만 이제 더는 이런 코미디를 계속할 기력이 없겠지. 이 가엾은 친구, 너는 애당초 그렇게 구조화되어 있어. 그렇기 때문에 너는 한낱 어린아이의 구조, 한낱 그리스도교도의 구조, 한낱 노예의 구조를 지켜 온 것이야. 너는 한번도 무슨 일을 감히 저질러 본 적이 없어. 과일을 한 입 베어먹을 줄도 몰랐고, 찬란하게 빛나는 이교도의 아름다움을 볼 줄도 몰랐으며, 주님의 입을 막을 줄도 몰랐고, 하늘이 침묵하는 것에 대해 침을 뱉을 줄도 몰랐어. 이제 너는 아무것도 가지지 못한 채 모든 것을 잃었으며, 벌거벗은 채로 내일이면 썩게 되어 있는데도 말이다.

— 당신, 좀 지나치군요. 이제야 당신이 거기에 있다는 것을 확실히 알겠습니다. 왜냐하면 당신은 내 생각을 잘 흉내내지 못하기 때문이지요. 나는 살아오면서 내가 틀렸다는 생각을 천 번도 더하긴 했지만, 그렇게 심한 말을 해본 적은 한번도 없었습니다. 설령 당신이 하는 이 모든 말들을 내가 진정으로 납득한다 하여도, 나는 그것을 가지고 그렇게 떠들어대지는 않을 것입니다. 그것은 이제까지도, 그리고 앞으로도 별로 중요한 일이 아닙니다. 또한 영혼의 불멸성 문제를 벌써부터 논한다는 것도 본말을 전도시키는 것이지요. 만약 당신이 우리의 대화가 계속되기를 바란다면, 니체적인 청년의 역할이나 우스꽝스러운 흡혈귀의 역할은 그만두고, 제발 이성적 개체로서 행동하십시오.

내가 이렇게 말하자, 미지의 존재는 다시 나타났다. 그가 내게 물었다.

— 당신은 어쩌면 그토록 비인간적일 정도로 이성적입니까? 당신에겐 육체가 없습니까?

— 당신이야말로 순수한 정신 아닙니까, 누가 누구에게 그것을 묻습니까?

— 나는 그 점에서 당신에게 영향력을 행사한 적이 없습니다. 하긴 가끔은 그렇게 해보기도 하였습니다. 당신은 그 사실조차 눈치채지 못하더군요. 제의실에 있는 진짜 동정(童貞) 같다고나 할까요.

— 어쩌면 눈치채지 못한 척할 수도 있겠죠.

— 그렇다면 당신이 그렇게 많은 덕을 지니고 있었단 말입니까?

— 그런 것 같지는 않습니다. 다만 천성을 자제할 뿐이지요. 그리고 필요한 경우에 신성한 힘이 나를 도와 줍니다.

그는 펄쩍 뛰며 말을 이었다.

— 기통 씨, 왜 나와의 대화를 수락합니까? 나는 당신에게 해로운 적이 아닌가요?

— 해로운 적은 또한 좋은 친구이기도 합니다. 적보다 더 내게 유익한 것은 없습니다.

— 하지만 나는 당신의 생각과 반대입니다. 나는 당신의 의견을 바꾸어 놓고 싶어하고, 당신을 불안하게 만들고 싶어합니다. 나는 최악의 순간에 당신에게 그렇게 하려고 왔습니다. 당신이 확신에 매달리고 싶어하는 순간에, 신앙을 꽉 붙들고 싶어하는 순간에 말입니다. 만약 당신 자신이 믿고 있는 가톨릭 신앙에 대한 확신이 있다면, 당신은 나에게서 받는 영원한 구원의 반대를 볼 테고, 나를 미워하지 않고는 내 이야기를 들을

수가 없을 것입니다.

— 미안하지만, 나는 그렇게 생각지 않습니다. 당신을 원망하지도 않습니다. 나에게 적은 언제나 친구입니다. 당신이 나를 제대로 이해할 수 있을지 모르겠습니다. 누가 어떤 의견을 가지고 있느냐 하는 점에 나는 관심이 없습니다. 어느 누구라도 그 점은 마찬가지입니다. 그러나 진실한, 전적으로 진실한 사상을 지니는 것, 그것은 어려우면서도 아름다운 일입니다.

— 당신은 정말 자신만만하군요!

그가 소리쳤다.

— 좋을 대로 생각하십시오. 당신이 어떤 판단을 내리든 상관하지 않겠습니다. 내일, 나는 죽을 것입니다. 그러나 내가 이 순간을 생각하고 기다려 온 지는 거의 한 세기나 됩니다. 90여 년 동안 나는 이렇게 혼잣말을 해왔습니다. 기통, 너는 죽기 전 사후에 어떤 세계가 있는지 확실히 알아야 한다. 그래서 나는 이 물음에 대한 진리를 구해 왔습니다. 일생을 통해서요.

— 그래서 찾았습니까?

— 쉬지 않고 구할 때에만 겨우 찾는다는 느낌이 듭니다. 그렇기 때문에 나는 당신을 내쫓지 않는 것입니다.

— 만약 당신이 여전히 구하고 있다면, 그 이유는 아직 당신이 찾지 못했기 때문이겠죠.

— 구하는 행위를 멈추자마자, 그동안 찾은 것마저 잃게 됩니다. 반대로 찾으면 찾을수록 더 구하는 법입니다.

— 도무지 무슨 뜻인지 모르겠군요.

— 그것은 아마도 당신이 이제까지 구해 본 적도, 또 찾아본 적도 없기 때문일 것입니다.

— 좋습니다, 당신에게 1점 주겠습니다.

그가 웃으면서 말했다.

— 그렇지만 많은 사람들은 구하지 않습니다.

그가 나를 곁눈으로 쏘아보며 말을 계속하였다.

— 당신도 역시 그 경우입니다.

— 당신이 그 점에 대해서 무엇을 알고 있단 말입니까? 그들에게 물어보십시오.

— 당신이 구한다고 합시다. 그렇다고 해서 어떻게 찾기를 바랍니까?

— 그럼 내가 구하지도 않는데, 당신은 어떻게 내가 찾기를 바랍니까?

— 결국 당신은 찾았습니까, 못 찾았습니까?

— 찾은 것 같습니다. 하지만 나는 아직도 궁금합니다. 당신도 알다시피 나는 겁이 많고, 고집이 너무 없으며, 또한 너무 편파적이고 유동적입니다. 그렇기 때문에 나는 적이 있는 것이 좋습니다. 칼리클레스여, 나에게 반박하시오! 소크라테스는 이렇게 말했습니다.

— 결국 당신은 내가 당신을 바보인 채로 죽게 놓아두지 않기를 바라는군요.

— 그것은 나보다 더 강합니다.

나는 그에게 말했다.

— 나는 증거가 필요합니다. 한 사상을 증거하려면 시련 없이는 불가능합니다. 시련은 적에 의해 제기될 때, 더욱 확실한 것이 됩니다.

— 좋습니다. 나는 당신의 적입니다.

그가 내 눈을 똑바로 바라보며 말했다.

— 이제 본론으로 돌아갑시다. 신앙 이야기를 해봅시다. 당

신이 그리스도교에 대한 진리를 찾기 시작했을 때, 이미 당신은 그리스도교도였습니다. 당신은 당신이 받은 교육과 전통·습관에 의해 그리스도교와 연결되어 있었습니다. 당신은 그것이 진리이길 바랐습니다. 어떻게 당신이 객관적이었다고 주장할 수 있습니까? 그리고 당신은 단지 스스로 믿기에 좋은 이유만을 찾으려 하였고, 의심이 가는 이유들은 배척하였습니다. 당신은 아무런 이유도 없이 **선험적으로** 취한 결정을 합리화시키기 위해 전진하였습니다.

— 당신의 추론이 이해되지 않는 바는 아닙니다.

나는 그에게 침착하게 대답하였다.

— 그러나 그 추론은 나와 마찬가지로 당신에게도 상관이 있습니다. 만약 당신이 그리스도교가 틀리기를 바란다면, 당신역시 그것을 믿지 않을 ●이유를 찾을 테니까요.

— 기통, 그 말은 당신이나 나나 이 주제에 대해 확신에 도달할 수 없다는 뜻입니다. 내가 말하려고 하는 것도 바로 그점입니다.

— 당신은 너무 성급합니다. 우리의 연구 대상은 종종 우리의 관심과 연관됩니다. 그것은 연구를 하는 데 어려움이 되기도 하지만, 연구를 위한 자극제가 되기도 합니다. 당신은 어떻게 관심이 없는 것을 연구할 수 있겠습니까? 나는 당신이 객관성과 무관심을 혼동하는 것이 아닌가 하여 걱정이 됩니다. 연구의 기저에는 무관심이 아니라 관심이 있고, 진리에 대한 사랑이 있습니다······.

— 그러나 당신은 결코 진리를 찾지 않았습니다.

그는 쇳소리가 나는 목소리로 이렇게 잘라 말했다.

— 당신은 당신이 믿는 그리스도교가 진리임을 증명하려고

하였을 뿐입니다.

— 당신은 나를 오해하고 있습니다. 나의 첫번째 의도는, 당신에게 그것이 무엇이든지간에 그것을 증명하고자 하는 게 아닙니다. 나는 스스로, 또 나를 위해서 그것의 근본에 무엇이 있는지 알고 싶습니다. 내가 설득하고자 하는 유일한 회의론자는 바로 나 자신입니다. 그러나 나는 당신에게 관심이 있습니다. 친애하는 적이여, 나의 이기주의를 용서하십시오. 왜냐하면 당신은 진리가 무엇인가 하는 나의 사적인 질문에 유용하기 때문입니다. 그리고 만약 당신이 내가 좀더 객관적이 되는 것을 용납해 주고, 또 나 자신에게서 느끼는 회의적인 저항을 용납해 준다면 더욱 유용할 것입니다. 그러나 이 내면의 회의를 이겨내는 유일한 방법은 바로 그것을 설득하는 일입니다.

그는 미소를 지었고, 부드러운 목소리로 이같이 말했다.

— 당신은 이렇게 말하고 싶겠죠. 그것을 회유하고 싶다고.

— 진정한 회유입니다. 말하자면 조종하는 것이 아니라, 영혼에게 **진정한** 선(善)을 발견했다고 설득하는 것입니다.

— 진정한 선이라구요! 또 다른 이야기이군요. 그 말은 무슨 뜻입니까?

— 그 말은 내가 일생을 통해 그 의미를 알기 위해 찾아 헤맨 것입니다.

— 그러니까 이 진정한 것이란 무엇입니까?

— 당신은 그것에 관심이 없습니다. 차라리 나를 죽게 내버려두십시오.

— 당신은 아직 죽지 않았습니다. 딱 두 마디로 말하면?

— 보편적 사랑.

— 쳇!

—— 숭고한 진리.

—— 진리! 가엾은 기통, 진리가 무엇입니까?

—— 물론 내게도 이 말이 아무런 의미를 지니지 않던 때가 있었습니다. 그럼에도 나는 이 말이 틀림없이 무엇인가를 의미할 것이라고 믿었습니다. 내 일생 중 이 시절을 생각하면, 마치 내가 안개 속에서 살고 있었던 듯한 느낌입니다. 그러나 결국 하늘이 보였습니다.

그는 몸을 꼿꼿이 하고서 내 침대 발치께를 걷기 시작했다. 그는 몹시 화가 나 있었다.

—— 당신은 언제나 진리 타령이군요. 그러나 당신은 사기꾼입니다. 유일한 거짓말은 바로 다름 아닌 당신이 쉬지 않고 떠드는 그 진리라는 것입니다……. 당신은 나를 미치게 만듭니다. 우리가 무슨 말을 하고 있었더라…… 아, 맞다! 기통, 당신이 토론을 비켜갔습니다. 질문의 핵심은 당신이 의심을 하지 않는다는 것입니다. 당신이 의심을 하지 않는다면, 어떻게 당신은 자신이 정직하길 바랍니까?

—— 그러나 의심한다고 주장하는 당신, 당신 역시 이 의심을 의심해 보지 않고, 어떻게 스스로 정직하길 바랍니까?

—— 왜냐하면 의심은 진리에 도달하기 위한 합리적인 방법의 일부를 이루기 때문입니다. 또한 의심은 백지화합니다. 그렇게 해서 정신의 자유가 생겨납니다. 그리고 이 자유는 기통, 당신의 신앙을 배척합니다.

—— 의심을 해야 하지만 잘해야 합니다. 당신은 의심을 제대로 했다고 확신할 수 있습니까? 당신은 모든 것을 의심했다고 생각하지만, 그 의심 자체에 대한 의심은 하지 않았습니다. 진정으로 보편적인 의심은 그 의심에 대한 의심을 포함할 것이

고, 진정으로 비평적인 정신은 비평에 대한 비평을 포함할 것입니다. 친애하는 적이여, 당신도 보다시피 나는 바로 이 방법에 의한 비평가이며, 또 그렇게 되려고 노력하고 있습니다. 이 방법은 내게 합리적으로 우수해 보입니다. 그리고 이 의심은 결코 백지화하지 않습니다. 또한 좀더 풍요로운 자유로 인도하는데, 그 자유는 내 신앙과 양립합니다.

— 당신은 이성을 포기하고 있습니다.

— 단두대를 설치했을 때, 우리가 공화국을 포기했던 것보다 더한 포기는 아닙니다.

— 당신은 이미 모든 것에 대한 답을 가지고 있습니다.

— 유감스럽게도 그렇지 않습니다. 그러나 나는 진실로 비평적 이성을 지닌 채 진리를 추구하는 것이 행복합니다. 내가 신앙을 한번도 잃지 않았던 이유는, 나에게 그 신앙을 포기하는 것이 비평적 이성을 배신하는 것으로 여겨졌기 때문입니다. 결국 나는 비평적 정신에 의해서 신앙을 지키고 있습니다. 마치 내가 합리적 신자이며 자유사상가이듯 말입니다. 이제 나를 좀더 잘 이해하겠습니까?

— 기통, 당신은 악마적입니다.

— 당신은 천사입니다, 루시퍼.

그러자 방문객은 사라졌다.

블레즈 파스칼이 내 머리맡에 와서,
왜 '신'을 믿는지 물어보다

그때 어떤 남자가 조용히 발끝으로 걸어 들어왔다. 그는 루이 13세 시대의 부르주아 복장을 하고, 손에는 깃털이 달린 모자를 들고 있었다.

— 저런, 그가 다시 돌아왔군.

나는 혼잣말을 하였다.

— 그럴 리가 없어. 누군가 있긴 있는데 그는 아니야. 당신은 누구시지요?

나는 정체불명의 사람에게 물었다.

— 아니, 나를 몰라보겠습니까?

그가 놀라며 말했다.

— 당신은 나의 초상화를 그렸습니다. 그리고 그것을 20년 동안이나 당신의 연구실에 걸어두지 않았습니까?

— 네? 이리 오십시오. 좀더 가까이. 당신의 모습을 식별하기가 힘이 듭니다. 이런 맙소사, 블레즈 파스칼이! 지금 내가 꿈을 꾸나. 환영을 보다니. 드디어 임종인가 보군.

— 아니, 당신은 꿈을 꾸는 것이 아닙니다. 바로 나입니다.

— 하지만 나는 당신을 기다리지 않았는데요.

—— 그렇습니다. 나는 **뜻밖의** 손님입니다. 달리 말하면, 나는 '신'이 보내서 왔습니다.

—— 파스칼, 평생 동안 내가 당신의 사상에 얼마나 물들어 있었는지 아십니까!

—— 나는 당신의 최후의 성찰을 고무시키기 위해 왔습니다.

—— 나는 그런 영광을 받을 자격이 없습니다.

—— 축하합니다, 기통. 당신은 방금 우리의 친애하는 적을 패 주시켰습니다.

—— 그렇지만 나는 그를 괴롭힐 생각은 없었습니다.

—— 어쨌든 당신이 그를 기쁘게 하진 않은 것 같습니다. 유 황 냄새가 세브르-바빌론까지 나는 걸 보면. 숨을 쉴 수가 없 을 정도입니다. 경찰 한 명이 렌 거리의 교통정리를 하고 있더 군요. 냄새 때문에 몹시 고통스러워하였습니다. 그를 입원시켜 야 할 것 같습니다.

—— 모든 사람이 내가 죽음에 임박했다고 말하지만, 사실 나 는 점점 더 좋아지고 있습니다. 마르즈나! 마르즈나!

마르즈나가 들어왔다. 그녀는 정신을 차린 상태였다. 파스칼 은 죽음의 각도 안에 들어가 있었으므로 그녀는 그를 보지 못 했다.

—— 마르즈나, 몸을 좀 일으키고 싶은데 도와 줄래요. 부탁해 요, 마르즈나.

—— 선생님, 그렇게 하시면 안 됩니다.

—— 내가 괜찮아졌다고 말했잖소. 마르즈나, 말싸움은 하고 싶지 않아요. 이러다 그만 죽겠소.

그러자 그녀는 내가 침대에 앉을 수 있도록 도와 주었다. 그 리고 내 머리와 귀 뒤에 보조베개를 받쳐 주었다. 그러나 그녀는 이 일에 그다지 열의를 보이지 않았다. 그녀는 언제나 건성이었다. 게다가 그녀는 내가 한번도 만족해하지 않는다고 불평이었다. 그녀가 제대로 해주지 않아 목이 아팠던 적이 얼마나 많았던가. 나는 임종 때가 아니더라도, 하루의 3분의 2를 침대에서 보냈다. 그것이 나의 건강 비결이다. 덕분에 나는 1백 세까지 살 수 있었다. 베개의 중요성은 여기에 있다.

— 그게 아니오. 자, 머리 뒤로. 아니 아니, 괜찮지 않아요. 여전히 불편한데, 역시 마찬가지오. 그렇게 하지 말아요, 불편하니까.

— 자 이제 됐지요, 선생님.

— 아니, 되지 않았소.

그녀는 눈을 들어 하늘을 쳐다보았다. 나는 그녀의 얼굴을 볼 수 없었지만, 그녀가 눈을 들어 하늘을 쳐다본다는 사실은 잘 알 수 있었다.

— 어떠세요, 선생님?

— 좋지 않아요. 그러나 괜찮소. 우리를 내버려두시오.

— 우리라뇨?

그녀가 펄쩍 뛰었다.

— 그가 되돌아왔나요?

그녀는 겁에 질려 주변을 살피다가, 마침내 파스칼을 발견하고는 소스라치게 놀라서 비명을 질렀다.

— 자! 저분은 파스칼이오! 당신은 그를 본 적이 없나요? 그는 20년 전부터 내 사무실에 있었는데. 저분에게 의자를 가져다 드려요.

그녀는 기계적으로 그에게 의자를 가져다 주고는, 한 마디 말도 없이 돌같이 굳어진 채로 나가 버렸다. 그녀가 나갈 때,

파스칼은 그의 모자를 소파 위에 얹은 후 의자를 내 침대 가까이 끌어당겨 앉았다. 나는 그에게 마르즈나가 방금 나간 문을 가리키며 이렇게 말하였다.

— 저 아가씨는 언제나 너무 까다로워요.

그리고 곧이어 이렇게 말하였다.

— 나는 정말 괜찮아진 것 같습니다. 저들에게 유언을 남기는 희극 따위를 하기에는 너무 이르다는 생각이 듭니다.

— 어떤 희극 말입니까?

— 80세가 되고부터, 나는 스스로 가지 위에 앉아 있는 새 같다는 생각을 했습니다. 그래서 책을 한 권 쓸 때마다 서문을 쓰곤 했는데, 그 안에 이 책이 나의 마지막 책이며 내가 전하는 최후의 메시지이자 유언이라는 설명을 했습니다. 그렇게 하기를 열두 번도 더했지요. 그러나 결국 그것은 모든 사람들의 조롱을 사게 되었습니다. 사람들은 내가 망령이 들었다고 믿었습니다. 하지만 나는 그때마다 너무 힘이 들어 기운이 다 빠지는 듯하였고, 이러다 그만 죽을 것 같다는 생각을 하였기 때문에 그랬던 것입니다.

— 기통, 당신은 1백 세까지 사는 행운을 누렸습니다. 그리고 당신은 당신의 작품을 완성할 시간을 가졌습니다.

— 그렇지만 당신은 나보다 더 운이 좋은 사람입니다. 당신은 작품의 초고를 쓸 시간밖에는 갖지 못했으니까요. 언제나 초고가 더 아름다운 법입니다. 아 참, 그보다도 당신이 왜 나를 만나러 왔는지 그 이유부터 말씀해 주십시오.

— 나는 당신에게 질문을 하려고 왔습니다.

— 네? 하지만 질문해야 할 사람은 바로 나일 텐데요.

— 아닙니다. 오히려 나를 보낸 분은 반드시 당신이 대답해

야 된다고 하셨습니다.

— 당신을 보낸 분이라뇨? 무슨 말입니까?

— 더 이상은 당신에게 말할 수 없습니다.

— 그렇다면 당신의 질문을 듣겠습니다.

— 이것이 나의 첫번째 질문입니다. 기통, 당신은 종교적 무관심을 어떻게 설명하겠습니까?

— 그것은 나 스스로 80년 동안 해온 질문입니다.

— 그렇다면 대답은 무엇입니까?

— 나는 대답을 하고 싶지 않습니다, 파스칼. 그 이유를 말해 보겠습니다. 요즈음은 그런 질문에 대답을 하면, 사람들은 자기네를 바보로 여기거나 자신들의 자유를 침범했다고 생각합니다.

— 기통, 내일 당신은 죽을 것입니다. 그러니 사람들에게 신경 쓰지 말고 내 물음에 대답하십시오. 당신이 말을 하는 것은 오직 당신을 위해서입니다. 나는 오로지 당신과 논쟁을 벌이기 위해서 이곳에 왔습니다.

— 당신은 벌써 세상이 어떤지 잊어버렸군요. 내 말을 믿으십시오, 파스칼. 우리 이야기를 신문에 낼 사람은 언제나 있습니다. 나는 나의 퇴장을 성공리에 마쳐야 합니다. 만약 내가 교훈 속에 빠져 있으면, 내가 망령이 들어 죽었다고 할 것입니다.

— 그런 사고방식은 바뀌어야 합니다. 그것은 벌써 바뀌고 있습니다. 당신의 구원을 위해 말을 하고, 영원을 위해 글을 쓰십시오. 그렇게 하면 당신은 살아남을 것입니다. 자, 이제 당신은 종교적 무관심을 어떻게 설명하겠습니까?

— 인간은 종교적 동물인 동시에 물질적 동물입니다. 따라서 당연히 종교적이며, 동시에 당연히 물질적입니다. 또한 종

교적 물질주의와 물질적 종교를 만들어 내려는 성향도 지니고 있습니다.

— 그러므로 이러한 종교적 동물이, 자신이 믿는 종교를 물질화시키려 한다는 말입니까?

— 그렇습니다. 또 그의 물질주의를 신성화시키려고도 합니다. 병의 치유라든가, 사업의 성공, 시험에서의 합격 등이지요. 인간은 '신'에게 오직 물질적 이득만을 요구하고 기대할 뿐입니다.

— 그렇지만 그것은 드문 경우입니다.

— 아닙니다, 파스칼. 오히려 흔한, 아주 흔한 경우입니다. 조금씩 조금씩 인간은 그의 종교를 이렇듯 물질적이며 이해관계가 섞인 신앙생활로 축소시킵니다. 보세요, 전쟁중에 신도들로 가득 찼던 성당은 평화를 되찾자마자 길을 잃습니다.

— 기통, 당신이 말하는 것 중에는 진실도 있습니다. 그러나 좀더 신중히 말해야 되지 않겠습니까?

— 파스칼, 1백 세의 나이에, 나는 이제 더 신중을 기할 여유가 없습니다. 얼마 남지 않은 시간에 나에게 임무를 부여해 거기에 열중하고, 그 일들에 의해 평형을 이루게 해야 합니다.

— 전에 나는 누이의 치유를 위해 기도한 적이 있습니다. 그것은 의학적, 혹은 심리적 필요 이상이었습니다. '신'은 아버지이기 때문에 우리를 기쁘게 해줍니다. 당신은 왜 우리가 그에게 청하면 안 된다고 합니까?

— 나는 아무것도 안 된다는 게 아닙니다. 내가 비판하는 것은 신앙생활이 아니라, 그것의 남용입니다.

— 비록 남용이더라도, 나는 당신이 너무 지나치다고 생각합니다. 비록 그 내용이 물질적이고, 그 동기에 이해관계가 얽

혀 있더라도, 무엇인가를 청하는 기도는 당신이 생각하고 있는
것보다 훨씬 영적인 무엇인가를 여전히 지니고 있다고 생각합
니다. 그리고 기통, 자비는 모든 것을 용서합니다.

— 그렇지만 오늘날 많은 사람들에게 자비는 자선을 의미
할 뿐입니다.

— 나에게 그 말은 언제나 하느님에게서 오는 사랑을 뜻합
니다.

— 아직도 말씀이 동전보다 더 빨리 평가절하됩니다. 자비
롭기를 바란 나머지 우리는 비평정신을 잃습니다.

— 그래도 그것은 자비를 잃는 것보다 더 심각한 일이 아
닙니다.

— 당신이 연옥을 거쳤다는 사실은 잘 알려져 있습니다. 당
신이 《시골친구에게 쓴 편지》를 집필하던 시기에 그랬다고 생
각지 않습니까?

— 기통, 사람들의 심술궂음을 흉내내지 말고, '신'의 선량
함을 본받으십시오.

— 친애하는 파스칼, 나는 당신이 성당의 모든 관용에 대해
말하는 것이라고 이해하였습니다. 그러나 결국 성당이 그 특질
을 잃지 않은 채, 물질적인 청원의 총체로 축소될 수 있다는 사
실은 인정해야 될 것입니다.

— 그 점엔 동의합니다.

— 나는 지금도 그런 일이 종종 일어나지만, 기술이 발달되
기 이전에는 훨씬 더 빈번히 일어났다고 생각합니다. 인간의
정신 안에 하느님은 물질적 이득을 나누어 주는 위대한 초자
연적인 분배자라는 관념이 형성되어 있었거든요.

— 확실히 그 생각이 당신에게 뿌리 깊이 박혀 있군요.

그가 말하였다.

— 리슐리외는 편두통에 시달렸습니다. 그는 '신'에게 자신을 편두통으로부터 해방시켜 달라고 기도했습니다. 당신은 그가 다른 것을 위해 기도했을 거라고 생각합니까?

— 그를 위해서 그러길 희망합니다.

— 나도 그렇습니다. 파스칼. 그러나 가령, 그가 그 기도밖에는 하지 않았다고 가정해 봅시다. 그는 과연 '신'에 대해 어떤 관념을 가지고 있었을까요?

— 하늘나라의 아스피린과 비슷한 것이겠지요. 그것이 종교적 무관심과 무슨 관련이 있습니까?

— 아스피린을 만들어 내면, 리슐리외는 기도를 그만둡니다.

— 알겠습니다. 하지만 그가 종교적 동물이더라도 기도를 그만둡니까?

— 아니오, 그렇지 않습니다. 그러나 그의 '신'은 한가해질 것입니다. 한가한 '신,' 파스칼, 많은 종교에서 흔히 볼 수 있듯이 사람들이 존재는 인정하지만 어떤 자리도 내주지 않고, 우리네 인생에서 어떤 역할도 부여하지 않는 '신,' 아예 기도를 바치지 않거나 거의 하지 않게 되는 '신' 말입니다.

— 내가 당신의 이야기를 잘 이해했다면, 기술의 발전이 종교적 무관심의 원인이 되는군요.

— 인간이 자신의 기술 능력을 증진시키고 나서부터는, 전에는 하느님에게 요구하던 많은 것들을 기술자에게 요구합니다. 그래서 인간은 '신'에게 관심을 갖지 않게 됩니다. 이제 그는 나날의 생활에서 '신'을 필요로 하지 않는 듯이 보입니다.

— 의학은 죽음을 멀리 느끼게 하고, 심지어 우리가 죽는다는 사실까지도 잊게 만들지요.

— 죽음의 공포는 여전히 있지만, 그러나 죽음에 대한 생각은 덜하는 것 같습니다. 인간은 내일 죽으리라는 걱정을 별로 안하고, 영원히 살 것처럼 인생 안에 더욱더 자리를 잡습니다. 그는 사소한 일들에 골몰하게 되고, 자기네 운명에 관한 중요한 일들은 잊게 되지요. 그는 한 발을 무덤 속에 들여 놓고 나서야 피안을 기억해 냅니다.

— 당신은 첫번째 질문에 대답하였습니다. 자, 이제 두번째 질문입니다. 기통, 당신은 반(反)종교적인 공격성에 대해서 어떻게 생각합니까?

— 나의 젊은 시절에 비하면 요즈음은 덜한 편입니다. 그것 역시 무관심과 같은 방식으로 설명됩니다. 인간은 '신'이 기술자만큼 수완이 좋아 보이지 않기 때문에 화를 냅니다. 인간은 이제 스스로의 힘으로 얻을 수 있는 것을, 예전에는 '그'에게 요구하여야 했었다는 사실에 모욕을 느낍니다. 그는 더 이상 지고한 존재를 견디지 못합니다. 아무런 물질적 효용성을 찾을 수 없기 때문이지요.

— 그렇지만 기통, 결국 우리에게 지성과 손을 준 것은 '신' 입니다. 우리의 기술 역시 '신'의 선물입니다.

— 나도 당신의 의견과 다르지 않습니다. 단지 나는 사람들이 어떻게 생각하는지를 당신에게 이야기하는 것뿐입니다. 당신이 내게 그 질문을 하였습니다.

— 사람들이 다시 철학에 관심을 가진다고 하던데요?

— 그것은 아마도 종교에 대한 관심이 소생하는 징표로 보아야 할 것입니다. 그 모든 것은 병행합니다. 철학 역시 '신'에게 관심을 갖습니다.

— 기통, 당신의 생각에 따르면, 종교에 무관심한 국민들은

철학 역시 종교처럼 쓸데없는 것이라고 생각할까요?

—— 아마도 그렇겠지요. 군중들은 물질적 천당, 의학적 구원, 국가의 섭리에 만족할 것입니다. 대중적인 현상이 되어 버린 이런 감정들에 물질주의·회의주의·과학주의·실증주의·실용주의 등이 부합되었습니다. 그럼에도 불구하고 인간은 여전히 종교적입니다.

—— 그렇다면 당신은 종교적 무관심이 전적으로 새로운 것이 아니라고 생각합니까?

—— 내 생각에 그것은 단지 형태만 변화되었을 뿐입니다. 예전에 물질적이며 미신적이던 종교심은(용서하십시오), 걸핏하면 '신'에게 물질적인 은혜를 베풀어 달라고 빌었습니다. 그러나 근본적으로 그 종교심은 번번이 '신'과의 신비적인 관계에 무관심했습니다. 아마 그런 종류의 종교생활도 넓은 의미에서는 '종교적 무관심'이라고 부를 수 있었을 것입니다.

—— 그렇지만 반대로 기통, 현대의 물질주의 역시 종교적인 차원을 포함하고 있지 않습니까?

—— 그렇습니다. 인간은 언제나 종교적 동물입니다. 그의 무신론조차도 종교적인 그 무엇인가를 지니고 있습니다. 지난 두 세기는 온통 역사니, 자유니, 진보니 하는 거대한 신비에 의해 동요된 세기였습니다.

—— 이미 그런 것들은 당신네 시대에서 동일한 처방이 되지 않는다고 하던데요.

—— 네, 맞습니다. 기술은 사악한 결과를 가져왔습니다. 이번에는 과학이 형이상학적인 질문을 던질 차례입니다. 정치적 신비는 실패하였습니다. 종교를 위한 한 개의 자리가 다시 생긴 것입니다.

— 그렇습니다. 그러나 어떤 종교입니까? 정통적인 것입니까, 아니면 물질적인 것입니까?

— 둘 다입니다, 파스칼. 또한 그 둘의 복합이기도 합니다.

— 기통, 오늘날에는 어떤 것이 물질적 종교심이 될 수 있는지 내게 말해 보십시오.

— 만족한 물질주의자들에게 더 큰 만족을 가져다 주는 사치품. 감수성이나 호기심의 영역 안에 있는 세련된 과잉의 이상한 감정이나 지각. 환멸을 느낀 에로티시즘을 다시 신성화시키는 것. 환상과 공포, 비교(秘敎)와 상징, 투시력과 마술, 그런 환경 안에서 공동체 생활에 대한 필요성, 즉 거기에서 파생하는 여러 신흥 종파들 등등입니다.

— 그렇지만 그런 것들은 언제나 있어 오지 않았습니까?

— 아마 그럴 것입니다. 그러나 그것은 만족하는 동시에 또한 만족을 느끼지 못하는 물질주의 때문에 계속 증식하고 있습니다. 아무에게도 말하지 마십시오, 파스칼. 하지만 나는 그냥 내버려두면 점점 더 종교에 적대적이 된다고 생각합니다.

— 베르그송도 그렇게 생각하였습니다.

— 맞습니다. 《도덕과 종교의 두 원천》에서 그는 다음과 같이 썼습니다. "과거 종교의 양상, 또 아직까지 남아 있는 몇몇 종교의 양상은 인간의 지성에 매우 모욕적인 것이다"라구요.

— 상상력이 넘쳐 병적인 호기심을 만들고, 그것은 사악하고 신성화된 정열을 제안하기에 이릅니다. 그렇게 해서 착란 상태가 증가되고, 결국 부도덕이 처방되는 것입니다.

— 파스칼, 당신은 무엇이 상상력을 치유할 수 있다고 생각합니까?

— 지성과 심성의 순화입니다.

— 파스칼, 지성의 순화란 무엇입니까?

— 세 가지입니다. 즉 엄격한 과학, 비평적 지혜, 그리고 느끼려고 하지 않는 순수한 믿음입니다. 이러한 정신적 가치들을 결코 거스르지 않는 것입니다. 왜냐하면 그것들은 서로 체계를 이루고 있어서, 각각은 나머지 두 개의 도움 없이는 약해지기 때문입니다.

그리고 그는 웃으며 말했다.

— 기통, 당신은 약은 사람입니다. 당신이 대답해야 하고, 내가 질문해야 합니다. 종교적 무관심으로 돌아오기를 부탁합니다. 그리고 나에게 종교에 관한 상황이 회복 불가능한 것인지 말해 보십시오.

— 그렇다고 생각지 않습니다. 이는 두 가지 이유에서 그렇습니다. 첫째는, 모든 인간은 근본적으로 종교적이라는 점입니다. 종교적 물질주의는 하나의 일탈일 뿐입니다. 좀더 높은 종교성을 위한 자리는 언제나 남아 있을 것입니다. 그리고 진정으로 종교적인 존재는 영원보다 시간에 신경을 덜 쓴다는 점입니다. 그는 시간을 영원의 빛 아래에서 바라봅니다.

— 그는 시간에 관심이 없습니까?

— 물론 있습니다. 그도 시간에 관심을 갖습니다. 파스칼. 그러나 다른 방식으로, 좀더 나은 방식으로 관심을 쏟겠지요. 진정으로 종교적인 삶은, 종교에서 물질적 이득이나 심리적 안락을 추구하는 삶이 아닙니다. 그것은 이기주의의 한 형태가 아니라 '신'을 위한 삶이기 때문에, '신'에게 "당신의 뜻을 이루소서"라고 기도하는 것입니다.

— 기통, 지고의 선은 다른 질서에 속합니다.

— 네, 분명히 그렇습니다.

—— 기통, 종교는 신비입니까?

—— 신비는 종교의 핵심입니다. 혹은 이른바 종교라고 일컫는 것이 마술과 부화뇌동의 혼합일 뿐이라고 말할 수 있을지도 모르겠습니다. 하지만 신비적 존재는 과학과 기술의 진보에 의해 위협을 느끼지 않습니다. 신비의 정신이 그를 위한 자리를 항상 남겨 놓을 것입니다. 그리고 언제나 성인은 있을 것입니다.

—— 기통, 종교가 대중적 현상으로서 결국 사라질 수는 없겠습니까?

—— 그것은 일정 기간 동안 후퇴할 것입니다. 물질적 형태 안에서는 오히려 종교가 발전할 것이기 때문에, 그 안에서가 아니라 매우 고양된 형태 안에서 후퇴할 것입니다.

—— 그렇다면 당신은 이러한 후퇴가 언젠가는 끝이 난다고 생각합니까?

—— 나는 그렇다고 생각합니다. 인류가 이룩한 기술의 발전은 점점 더 인류를 죽음의 위협에 몰아넣을 것입니다. 그 위험을 제압하기 위해서는 성스러움을 증가시키는 도리밖에 없을 것입니다.

—— 그러나 그렇게 되면 그것은 물질적이거나 이해타산적인 종교로의 회귀가 아니겠습니까?

—— 그렇기도 하고 아니기도 합니다, 파스칼. 왜냐하면 역설적으로 우리는 물질적 종교보다는 신성하고 진정한 종교를 점점 더 필요로 할 것이기 때문입니다. 비록 실생활의 효용성에 의해 요구된 종교일지라도, 그것이 진정하고 영적이고 무사무욕적인 것이 아니라면 아무 데도 쓸모가 없을 것입니다. 왜냐하면 그렇게 함으로써 종교는 참여와 사랑·우정을 선동할 수

있기 때문입니다. 미래는 성스러움에 달려 있습니다.

— 바오로 6세는 언제나 내게 그렇게 말했습니다. 그는 예언자입니다. 당신도 알겠지만, 그는 당신을 매우 사랑합니다.

— 네, 저도 알고 있습니다.

잠깐의 휴식이 있었다. 대담은 나를 피곤하게 만들었다. 나는 두 눈을 감았다. 그럼에도 피곤 때문에 나는 쉬지 않을 수 없었다. 나의 주치의는 나에게 늘 과로를 권하였다. 그는 그것을 과로요법이라고 불렀다. 쉬지 않고 과로하면서 반나절을 누워서 보내는 것. 이것이 나의 장수 비결이다. 루소는 의학철학을 해보려고 하였다. 스피노자 역시 그랬다. 그들은 뭐라고 썼지? 나는 다시 눈을 떴다. 그러자 파스칼이 내게 물었다.

— 기통, 당신은 왜 '신'을 믿습니까?

— 당신은 위대한 파스칼입니다. 아무래도 나의 보잘것 없는 대답이 부끄러울 것 같습니다. '신'을 보는 당신은 이미 그를 믿을 필요가 없습니다. 그런데 왜 그런 질문을 합니까?

— 내가 질문을 하는 이유는 나를 위해서가 아니라 당신을 위해서입니다. 당신은 내가 하는 질문에 또다시 대답을 해야 합니다.

— 당신이 그것을 어떻게 압니까?

— '신'이 그렇다고 알려 주었습니다.

— 당신은 인간을 이해할 수 없는 망상이라고 부르면서, 인간에 대해서 잘도 말하는군요! 당신과 함께 이야기를 하다 보면, 나는 사물이 전적으로 불가해한 것이라고는 도저히 생각할 수 없습니다. 내가 피안이나 '신'을 생각하고 의심을 가진 그 순간에 바로 나는 증거를 필요로 합니다. 내가 나의 인생을 바

라볼 수 있다면, 그것만으로도 그 인생을 확인하거나 믿을 수 있는 것 아닙니까?

— 다시 말하지만 오늘 저녁에 나는 아무것도 대답할 것이 없습니다. 설명은 당신이 해야 합니다. 기통, 당신은 왜 '신'을 믿습니까?

— 나는 그렇게 대답하는 것을 좋아하지 않는다고 이미 당신에게 말하였습니다. 그것은 결코 내 방식이 아닙니다. 나는 흐릿하고, 희미하고, 몽롱한 묘사법을 더 좋아합니다. 이 나이에 나는 정의나 논증·삼단논법을 세우지 않겠습니다. 이 비천한 세상에서, 특히 인생의 말기에 나에게 성공을 안겨다 준 것은…….

— 기통, 당신의 구원이 달려 있습니다. 당신은 왜 '신'을 믿습니까?

나는 긴 한숨을 쉬었다. 이 악마와도 같은 사람에게 대답을 하지 않고는 배길 수가 없었다.

— 왜냐구요? ……왜냐하면 그것의 존재를 믿기가 어렵기 때문입니다.

— 내가 당신의 말을 잘 알아들었기를 바랍니다. 그러니까 당신은 '신'을 믿기가 어렵기 때문에 '신'을 믿는다는 말입니까?

— 그렇습니다. 한술 더 떠서 이렇게 말할 수도 있습니다, 파스칼. 만약 내가 '신'을 믿는 데 아무런 어려움이 없었다면, 나는 '신'을 믿지 않았을 것입니다.

— 참으로 묘한 말이로군요.

— 그렇지만 사실입니다.

— 내가 추측하건대 기통, 반드시 그것만이 이유는 아닐 것입니다.

— 그것만이 이유는 아니지만, 분명 하나의 이유는 됩니다. 만약 '신'이 쉬운 존재라면, 그는 우리의 손에 닿을 것입니다. 그렇게 되면 그는 초월적이 아니며, '신'이 아닐 것입니다. 그러나 '신'이 '신'이라면, 그와 우리 사이에는 불균형이 있습니다. 그를 알아보기 위해서, 우리가 정신의 끝에 서 있어 보아야 하는 것은 하나도 놀랄 일이 아닙니다.

— 그렇지만 어떤 의미에서 당신은 그를 믿기가 어려운 것입니까?

— 나는 나에게서 출발하여 그의 존재를 추론하기를 원합니다. 나는 결국 그것이 불가능하다는 것을 깨달았습니다. 그런 의미에서 어렵다는 뜻입니다. 그러나 만약 내가 그런 식으로 '신'을 믿는다면 나는 믿는 것이 아닐 테고, 내가 인정하는 '신'은 '신'이 아닐 것입니다. 그러므로 그런 식으로 믿을 수 없는 것이 나로 하여금 믿도록 도와 줍니다.

— 그러나 만약 당신이 '신'을 추론할 수 있다면?

— 그가 내 수준이 된다면, 그는 결코 '신'이 아닐 것입니다.

— 하여간 좋습니다. 그러나 모든 것이 여전히 부정적입니다. 이러한 어려움들이 어떤 면에서 당신으로 하여금 '신'인 '신'의 존재를 진정으로 믿게 도와 줍니까?

— 왜냐하면 파스칼, 나는 어쨌든 절대를 믿기 때문입니다. 따라서 나는 '신'이 아닌 절대는 믿지 않더라도, '신'인 절대는 반드시 믿습니다.

— 그것은 꽤 명쾌하게 들리는군요. 매우 독창적입니다.

— 그 정도는 아닙니다. 데카르트는 《정신지도 규칙》에서 다음과 같이 썼습니다. "나는 의심한다. 그러므로 신은 존재한다(Dubito, ergo Deus est)." 나 역시 똑같은 말을 당신에게 내

식으로 한 것입니다.

— 데카르트가 그렇게 좋은 말을 하였다니 정말 놀랍군요. 당신이 그렇다고 하니 틀림없을 테지요. 결론적으로 그는 내가 쓴 것처럼 그렇게 무익하고 불확실하지는 않군요. 좀더 설명해 줄 수 있겠습니까? '신이 아닌 신'과 '신인 신'이라는 말들은 무슨 뜻입니까?

— 모든 뜻이 그 말 안에 담겨 있습니다. 자, 봅시다. 나는 우선 당신에게 사람들이 흔히 혼동하는 두 개의 단어, 즉 '절대'와 '신'을 구별하기를 권합니다.

— 뭐라구요? 절대를 '신'으로 부를 수 없다구요?

— 물론 부를 수는 있습니다.

— 그렇다면 왜 구별합니까?

— 이 두 개의 단어는 동일한 하나의 실제를 지칭합니다. 그러나 그것들은 두 개의 다른 개념을 상기시킵니다. '절대'라는 단어는 우리에게 극단의 '근원,' 존재와 정신의 근본적인 '원칙,' 절대적인 '최초,' 끝도 시작도 없는 영원한 존재, 모든 것을 짊어지는 삶의 '주체'라는 생각을 부여합니다. 그 이상도 그 이하도 아닙니다. 그러나 '신'의 개념은 훨씬 더 풍부합니다. 그것은 절대가 의미하는 모든 것을 포함하면서, 그 이상의 무엇을 의미합니다.

— 그것이 무엇입니까?

— 우리가 '신'이라고 하는 **거창한 말**을 할 때, 우리는 '절대'를 어느 '누구'로 생각합니다. 이 절대는 생각하고, 원하고, 사랑하는 '존재'가 됩니다. '신'은 우리가 기도를 바칠 수 있는 존재입니다.

— 그렇다면 '신'의 개념은 절대이면서 동시에 '인격적인'

것이로군요.

—— 바로 그렇습니다. 파스칼. 광의의 '신', 그것이 '절대' 입니다. 엄격한 의미에서 '신' 은 '절대' 이상입니다. 그것은 말 그대로 '신' 입니다.

—— 그러나 '신' 이 아닌 '절대' 도 생각할 수 있지 않습니까?

—— 네, 그래도 많은 사람들이 그것을 꿈꾸었습니다! 그러나 모든 질문은 바로 '절대' 가 '신' 인가 아닌가 하는 것입니다. 당신에게 내 속마음을 말하도록 해주십시오. '절대' 의 존재를 증명하는 일에 나는 별로 관심이 없습니다. 왜냐하면 내 생각 엔 거의 모든 사람이 '절대' 의 존재를 인정하기 때문입니다. 그런 의미에서는 모든 사람이 광의의 '신' 의 존재를 믿는다고 할 수 있습니다.

—— 왜 그렇습니까?

—— 그것은 사실입니다. 당신이 원한다면 다시 이야기해 볼 기회가 있을 것입니다. 그러나 되풀이하여 말하건대 파스칼, 내 생각엔 '절대' 의 존재는 큰 문제가 아닙니다. 사실상 '절대' 의 존재는 의심의 여지가 없습니다. 진정한 질문은 엄격한 의미의 '신' 이 존재하느냐, 존재하지 않느냐를 아는 것입니다.

—— 기통, 내가 요약을 해보겠습니다. 광의의 '신' 은 모든 사람들에게 받아들여집니다. 따라서 엄격한 의미의 '신' 만이 문제가 됩니다.

—— 네, 그렇습니다.

—— 나중에 검토하기로 하고, 우선 양보를 하겠습니다. 하지만 반드시 다시 거론하기로 합시다. 당신 생각에 선택은 신의 존재를 믿는 것과 무신론 사이에 있는 것이 아니라 두 개의 믿음, 즉 '비인격적인 절대' 를 믿는 것과 '인격적인 절대' 를 믿

는 것 사이에 있겠군요.

— 정확하게 그렇습니다. 한편으로는 '인격적 절대'와 '초월,' 그리고 다른 한편으로는 '비인격적 절대'와 '비초월' 사이에 있는 선택입니다. 전문 용어로는 유신론과 범신론 중의 선택이라고 할 수 있습니다. 나는 일생 동안 이 선택에 대해 생각해 왔습니다. 예를 들면 학위논문에서 내가 플로티노스와 성 아우구스티누스에 있어서 시간과 영원의 관계라든가, 헤겔과 뉴먼에 있어서 발전의 개념을 비교했을 때에도 그런 것입니다. '신'에 대한 두 개의 관념, 인간에 대한 두 개의 관념, 영원과 시간 사이의 관계에 대한 두 개의 관념, 그러므로 또한 운명에 관한 두 개의 관념이 문제입니다.

— 이 선택의 용어들을 좀더 잘 설명해 주십시오. 당신에게 범신론이라는 말은 무엇을 의미합니까?

— 범신론은 유일한 표상이라는 총체 안에 전체를 끌어모으려는 나머지 그것의 그물 안에 전체인 것, 혹은 전체가 될 수 있는 것을 가둡니다. 그리고 전체라는 유일한 개념 안에 이 거대한 집단, 어쩌면 무한까지도 끌어넣습니다. 말하자면 '위대한 전체'인 셈이지요. 이 '위대한 전체'가 어떻게 납득할 수 있는 하나의 총체가 될 수 있는지 더 잘 이해하기 위하여, 그것은 전체가 모이고, 연결되고, 또 결정적으로 사라지는 유일한 '실체'나 유일한 '주체'를 상상합니다. 무한한 '전체'는 자신의 바깥에 아무것도 남겨 놓지 않으면서, 스스로의 '실체' 안에 세워진 자기 자신 안에서 휴식을 취할 것입니다.

— 그럼 우리는 그 안에 있습니까?

— 근본과 본질에 있어서 신성하지만, 그 자체로는 아무 의미가 없는 톱니바퀴와 같습니다. 우리는 '절대'이겠지만, 그 사

실을 알지 못할 것입니다. 우리가 그 사실을 알지 못하는 한 우리는 존재합니다. 그리고 우리가 그 사실을 알게 되면, 이미 우리는 존재하지 않게 되고 절대밖에는 남지 않습니다.

― 그렇다면 유신론은 무엇입니까, 기통?

― 그것은 다른 발상입니다. '신'은 전체가 아니고, 전체의 본질도 아니며, 전체의 주체도 아닙니다. 그는 결코 전체와의 관련하에 정의되지 않습니다. 게다가 이 전체는 신성하지도 않고, 대문자로 쓸 권리를 지니지도 않습니다. '신'은 초월적이며, 인격체이고, 자유로운 창조주입니다. 그는 자유롭게 창조하였습니다. 아무것도 그가 그렇게 하기를 강요하지 않았습니다. 인격적 존재보다 더 '신'에 가까운 것은 아무것도 없습니다. 숭고한 방법으로, 그러나 실제로 '신'은 알고, '신'은 원하고, '신'은 말하고, '신'은 사랑합니다.

― 이 유신론적인 '신'은 인간과 닮은 신이라는 개념의 산물이 아닙니까?

― 그럼 인간은 '신'과 닮은 인간이라는 개념의 실체가 아니겠습니까?

― 우리는 '신'을 우리의 형상을 따라 만들었습니다.

― 그리고 '신'은 우리를 그의 형상대로 만들었구요. 파스칼, 어떤 의인주의(擬人主義)는 의신주의(擬神主義)의 실체 안에서 만들어진 것도 있습니다. 모두가 그렇다는 것이 아니고, 어떤 의인주의가 그렇다는 이야기입니다.

― 그렇다면 기통, 당신에게는 '절대'의 두 개념 중 선택이 문제가 되는군요.

― 그렇습니다. 또 인간과 그의 구원에 대한 두 개념 중에서 선택을 해야 합니다. 어떻게 선택할 것인가 하는 문제만이

유일하게 중요한 문제라고 생각합니다. 나의 제자 위드는 《전제 개념》에서 이 문제에 깊이 파고들었습니다. 그런데 이 작품은 모호한 제목만 빼고는 모든 것이 매우 탁월합니다.

— 그러나 우리 철학자들은 매우 빈번히 이런 방법으로 문제를 제기하지 않습니까?

— 만약 우리가 현재 살고 있는 세상의 높이에 있고 싶다면, 그런 식으로 제기해야 된다고 생각합니다.

— 당신이 옳습니다, 기통. 유신론과 무신론 중의 선택을 제1의 위치에 놓는 것은 너무도 서구적인 시각입니다. 그러한 선택은 무엇보다도 그리스도교적인 서양과 비그리스도교적인 서양을 대립시킵니다.

— 분명히 그렇습니다. 무신론자란 '신'을 믿기를 그만둔, 혹은 상상 속에서라도 '절대'를 믿지 않게 된 유신론자입니다. 그가 곰곰이 생각해 본다면, 그는 '신'을 믿지 않게 되면서 자동적으로 '비인격적 절대'의 어느 한 형태를 믿기 시작했음을 깨닫게 될 것입니다. 이런 의미에서 그는 광의의 무신론자, 즉 '절대'를 믿지 않는 무신론자는 아닙니다. 그는 엄격한 의미의 무신론자, 즉 엄격한 의미의 '신'을 믿지 않는 무신론자입니다.

— 그러나 어쨌든 무신론자입니다.

— 그렇긴 하지만 어느 누구라도 마찬가지일 것입니다. 나도 무신론자이고, 파스칼 당신 역시 무신론자입니다. 당신은 스토아학파들의 '신'·조르다노 브루노의 '신'·폼포나치의 '신'에 대한 무신론자이고, 나는 스피노자의 '신'·헤겔의 '신'·텐과 르낭의 '신'에 대한 무신론자입니다.

— 항복해야겠습니다. 우리는 언제나 어떤 '신'에 대한 무

신론자라는 말이로군요.

— 또한 어느 누군가를 믿지 않는 사람입니다. 그런데 우리는 언제나 너무 독실합니다. 하지만 그 점을 깨닫지 못하고 있지요. 파스칼, 우리 그리스도교도들에게 가장 결핍되어 있는 점, 그것은 바로 우리가 무신론자라는 점입니다. 나로 말할 것 같으면 니체의 '신', 마르크스의 '신', 프로이트의 '신'에 대해 무신론자입니다. 아주 기꺼이 믿지 않는 무신론자입니다.

— '생성'이니 '역사'니 '무의식'이니 하는 것들도 여전히 '절대'이니까요.

— '무(無)'조차도 '절대'이긴 마찬가지입니다. 파스칼, 당신이 보다시피 나는 '무'에 대한 무신론자의 원조입니다. 베르그송도 나와 비슷했습니다.

— 파리의 사제들에게 이 주제를 가지고 설교하라고 일러야겠습니다.

— 선량한 그리스도교도들에게 무신론자라고 말한다면, 그들은 '신'을 믿는다고 말할 때에 그처럼 두려움을 느끼지는 않을 것입니다.

— 그들은 스스로에 대해서 별로 자부심을 느끼지 못할 것입니다. 무신론자를 강한 정신의 소유자라고 생각할 테니!

— 나는 볼테르를 좋아합니다. 그는 당신의 《시골친구에게 쓴 편지》에서 모든 것을 취하였고, 그 답례로 당신에게 신랄한 비난을 선사했습니다. 그럼에도 불구하고 그는 나에게 글쓰기—사고에 있어서도 마찬가지이지만—의 모범이 되어 왔습니다. 자, 보세요. 나는 뼛속까지 볼테르주의자입니다.

— 그러나 당신은 볼테르의 신에 대해서는 무신론자입니다.

— 물론입니다.

— 기통, 당신은 신인 절대와 신이 아닌 절대를 구분합니다. 이것이 당신의 첫걸음입니다. 두번째 단계는 무엇입니까?

— 이것입니다, 파스칼. 나는 모든 사람이 '절대'를 받아들인다고 확언합니다.

— 확실합니까?

— 그것은 완벽한 유추에 의해 증명됩니다. 사람들이 무신론자라고 생각할 수 있는 여러 유파의 사상가들을 하나씩 살펴볼 때, 그들이 '절대'를 인정하는 것을 보십시오. 유물론자들은 물질을 생성되지도 않고 소멸하지도 않는 '절대'나 영원한 '생성'으로, 혹은 불멸의 '죽음'으로, 그것도 모자라 보편적인 '생명'이나 무한한 '자연'으로 봅니다. 언제나 근본적이며 다른 무엇으로도 환원되지 않는 제1의 원칙, 즉 '절대'로 보는 것입니다. 이상주의자들로 말할 것 같으면, 그들은 물질을 단지 정신의 상관물로 축소시킵니다. 그들에게 있어서 '절대'와도 맞먹는 것은 '정신', 혹은 '나'이고 '이성'입니다.

— 이제 끝을 맺기 위해서인데 기통, 회의론자들에 대해서는 어떻게 생각합니까?

— 그들은 '절대'의 여러 개념들 사이에서 망설입니다. 이 말은 그들이 '절대' 그 자체에 대해서는 망설이지 않는다는 뜻입니다.

— 무신론자에 다른 종류의 후보들도 있습니까?

— 없습니다, 파스칼.

— 그렇다면 유추는 완벽합니다. 그러나 나는 회의론자에 대해 걱정이 하나 남습니다. 만약 그들이 몇몇 '절대'의 개념들 사이에서 망설이는 것뿐이 아니고, 진짜로 '절대'를 의심한다면요?

―― 파스칼, 그런 경우라면, 그는 존재라는 환상과 무만이 존속할 수 있다는 가설까지 받아들이는 게 됩니다. 그것은 허무주의겠지요.

―― 그러나 기통, 이 마지막 경우에 '절대'는 없겠지요.

―― 아닙니다, 그 반대입니다. 허무는 즉시 대문자를 취하게 되고, 우리는 '절대'가 '무'로서 인식되는 형이상학적 허무주의자를 대면하게 됩니다. 이때의 '무'는 아무것도 아닌 것이 아니라, 그저 단순히 사람들이 이 말로써 이해하는 것과도 다릅니다.

―― 그렇다면 결과적으로 모든 사람이 '절대'를 인정하게 되는군요. 그러나 친애하는 기통, 용서하십시오. 나는 아직도 의문이 납니다. 그렇다면 '절대'를 원하지 않는 사람들은요? 그 사람들에 대해서는 뭐라고 말하겠습니까?

―― 다음의 경우 중 하나입니다. 첫번째 경우, 그들은 '절대'에 대항합니다. 따라서 그들은 '절대'를 사실로 받아들입니다. 그렇다고 해서 그것을 좋아하거나 거기에 복종하려 들지는 않습니다. 혹은 두번째 경우인데, 그들은 자기네들의 거부가 '절대'를 존재하지 못하게 할 것이라고 생각합니다. 이 경우 그들은 그 의지를 대문자 '의지'인 '절대'로 상상합니다. 따라서 그들은 여전히 '절대'를 사실로, 즉 '의지'로 받아들입니다. 그렇지 않으면 세번째 경우로, 그들은 단지 '절대'가 없기를 바랍니다. 그러나 그때 그들의 희망이 효과가 없다면 그들은 첫번째 경우로 돌아오게 되고, 그보다 더한 것이라면 두번째 경우로 돌아오게 됩니다.

―― 납득이 갑니다. 이제 모든 사람이 '절대'를 받아들인다는 당신의 의견에 동의합니다. 이것이 당신의 두번째 단계입니

다. 그러나 우리 모두가 인정하는 이 '절대'를 우리가 인정하는 것이 옳을까요? 아마도 이것이 당신의 세번째 단계가 되겠지요.

—— 그렇게 될 것입니다, 파스칼. 만약 '신'이 나를 더 살려둔다면.

—— 그렇게 희망해 봅시다. 당신이 난관을 잘 타개해 나가, 이모든 것이 어떻게 우리로 하여금 '신'을 믿도록 인도하는지 보여 주어야 할 테니까요. 그러나 우리 모두가 인정하는 이 '절대'를, 우리가 인정하는 것이 왜 옳은 일인지 말해 보십시오.

—— 기꺼이 그러겠습니다. 우리는 모두 그것을 인정합니다. 만약 그것을 인정하는 것이 잘못이라면, 우리 모두가 잘못하는 것입니다.

—— 잘 알겠습니다, 기통. 그러나 그릇된 보편적 동의를 얻는 것이 불가능할까요?

—— 기다리십시오. 당신은 우리 모두가 '절대'를 인정하는 것이 옳은지 묻고 있습니다. 그러나 옳기 위해서는 작동하고 있는 이성을 가져야 합니다. 우리가 그 사실을 받아들이지 않는다면, 또다시 그 경우가 되지 않겠습니까? 파스칼, 진리라는 개념이 없다면 이성이란 무엇입니까?

—— 모래 위의 물고기겠지요, 기통. 모래 위의 물고기 말입니다. 이제 나는 당신이 어떻게 유리한 고지를 탈취하는지 알겠습니다. 왜냐하면 이 '절대'라고 하는 심오하고 신비한 행위가 없다면, 진리라는 개념은 무엇이 되겠습니까?

—— 친애하는 파스칼, 살바도르 달리의 그림에 등장하는 회중시계보다도 더 무기력한 것이 됩니다. 그것은 정신의 발전에 규범으로 사용될 수 없는 것입니다. 그러나 확신을 갖기 위해

서는 심사숙고해 보아야 합니다.

—— 그러면 기통, 내가 당신의 생각을 정리해 보겠습니다. '절대'라는 개념이 없다면, 진리라는 중심 개념이 없습니다. 그리고 진리라는 중심 개념이 없다면, 작동중인 이성도 없습니다. 따라서 모종의 방식으로 '절대'라는 개념을 보호하고 있으며, 그 개념 덕분에 작용하는 이성이 없는 것입니다. 그러나 이 '절대'라는 개념 또한 우리가 지닌 이성의 한 구조에 지나지 않는 것 아니겠습니까? 이 경우 현실과 '절대'는 서로 알 수 없는 것이 되지는 않겠습니까?

—— 환상입니다. 우리가 그렇게 생각할 때 파스칼, 우리는 '절대'에 대한 어떤 관념을 버리게 됩니다. 그것은 결국 알 수 없고 부조리하기까지 한 것이지만, 곧 다른 '절대'를 제기하기 위한 것입니다.

—— 분명합니다. 이 경우에 기통, 우리가 이성이라고 부르는 것은 곧 대문자로 씌어질 테고, 우리에게 '절대'가 될 것입니다.

—— 그렇습니다. 그 사실을 깨닫기 위해서 자기 자신의 생각을 심사숙고해 보는 것으로 충분합니다. 그러나 심사숙고하지 않는 사람에게 어떻게 이해시키면 될까요?

—— 요컨대 기통, 우리가 '절대'를 인정함이 옳든지 혹은 그르든지, 둘 중 하나이겠지요. 그러나 이 두번째 경우에 있어서도 절대를 인정함이 여전히 옳을 것입니다. 그러니까 모든 경우에 있어서 절대를 인정하는 것이 옳습니다.

—— 정확하게 그렇습니다.

—— 그러나 그럼에도 우리가 절대를 인정하는 것이 전혀 그른 것이라면?

—— 그런 경우에 우리는 허무주의자들의 형이상학으로 되돌

아올 테고, 그렇게 되면 우리가 절대를 인정하는 것이 여전히, 그리고 언제나 옳을 것입니다.

— 기통, 당신은 악마적입니다!

— 네? 당신마저, 당신도 내게 그런 말을 합니까?

— 왜, 내 말에 놀랐습니까?

— 아닙니다…… 나는 이제 아무것에도 놀라지 않습니다.

그리고 우리는 침묵했다.

파스칼이 다시 입을 열었다.

— 내가 당신의 모든 이야기를 요약해 볼까요?

— 그렇게 하십시오.

— 첫째, 당신은 '절대'와 '신'의 용어를 정의합니다. 둘째, 당신은 실제로 우리 모두가 '절대'를 인정한다고 확증합니다. 셋째, 당신은 우리 모두가 그렇게 하는 것이 옳음을 보여 줍니다. 그것은 어떤 종류의 것이든간에 '절대'가 확실히 있다는 뜻이기도 합니다. 이 모든 것은 매우 명쾌합니다. 모든 사람이 이성에 의해 '절대'의 존재를 인정해도 소용이 없습니다. 모든 사람은 '신'인 '절대'를 인정하지 않습니다. 이제 당신은 어떻게 '신'의 존재로 넘어갈 것입니까?

— 그것이 네번째 단계입니다. '신이 아닌 절대'와 '신인 절대' 중에서 선택이 문제됩니다. 그런데 내가 세상을 관찰하다 보면, 거기에서 몇몇 우연적인 특징들을 발견하는 듯합니다. 예를 들면 거대한 우주의 물리적 상수 같은 것 말입니다. 왜 다른 숫자들이 아니고 이 숫자들입니까? 나는 그런 세계가 필연적인 진화의 결과라기보다는 어떤 선택에 의한 결과라는 말이 훨씬 설득력 있다고 생각합니다.

—— 그런 것을 일컬어 우연이라고 할 것입니다.

—— 이러한 모든 '결정'이 인생을 존재하게 해주고, 개인적인 삶을 가능케 합니다. 최소한의 변화로도 충분합니다. 예를 들어 중력 상수를 아주 조금만 변화시켜도 인생은 존재하지 않을 것입니다. 그것은 왜 그렇습니까? 물질은 영위하는 삶에 의해 조절된다고 아주 간단하게 생각하는 것이 합리적인 듯합니다.

—— 사람들은 당신에게 이 물질의 법칙 역시 인생과 마찬가지로 우연의 결과라고 대답할 것입니다.

—— 개인적으로 나는 전혀 그렇게 생각지 않습니다. 우연의 개념은 여러 다양한 원인들이 서로 무관하다는 관념을 발전시킵니다. 그런데 우리가 살고 있는 이 세계는, 진화와 사실들 사이의 연관관계를 가능한 한치의 의심도 없이 드러내고 있습니다. 하지만 우연의 입장은, 그 사실들을 진화와는 별개의 것으로 믿도록 강요할 것입니다. 예를 들어 짐승들의 본능, 특히 그 중에서도 곤충들처럼 가장 기계적인 본능을 보십시오. 베르그송이 그의 《창조적 진화》에서 예로 든 조롱박벌을 보십시오. 그는 막 알을 낳으려고 하는 귀뚜라미의 세 신경중추에 정확하게 세 번의 마비 침을 쏩니다. 그런데 그 조롱박벌은 전에 한번도 귀뚜라미를 본 적이 없습니다. 이 말은 이런저런 방법에 의하여 기생을 당하는 종을 해부해 보면, 기생충의 유전자 안에 아주 정확한 정도로 유전정보가 전달되고 있다는 뜻입니다. 당신은 어떻게 그 안에 있는 연관관계를 보지 않을 수 있겠습니까?

—— 기통. 사람들은 그것 또한 언제나 우연일 뿐이라고 당신에게 말할 것입니다.

— 그러나 모든 자연이 다 그렇습니다. 철새들의 본능, 외피의 구조, 유전정보…… 이 모든 것은 너무도 놀랍습니다. 당신이 한 번 복권에 당첨되면 사람들은 우연이라고 말합니다. 당신이 두세 번 당첨되면 억세게 운이 좋다고 말합니다. 만약 당신이 매주 일요일마다 당첨되면 아무도 그것을 믿지 않게 되고, 속임수를 썼다고 생각하여 당신을 감옥에 가둘 것입니다.

— 당신은 그래도 그것을 계속해서 믿는 사람들이 있는 것을 어떻게 설명하겠습니까?

— 글쎄요, 나는 아무것도 모르겠습니다. 그러니 그들에게 물어보십시오.

— 나는 당신에게 질문하는 것입니다, 기통.

— 나는 그들이 오래 전의 갈리아인들 같다고 말하고 싶습니다. 그들은 머리 위에 하늘이 떨어질까봐 무서워하였습니다.

— 당신은 '신'이 그들의 인생 안으로 들어왔다고 말하고 싶은 것이겠지요.

— 그들에게는 마찬가지일 것입니다.

— 결국은 거기에 문제가 있습니다.

— 나는 이같은 사실들이 세상은 필연이며, 운명적인 발전을 거쳐 '신'으로부터 탄생하였을 것이라는 관념을 배척합니다. 마치 '절대'가 씨앗을 뚫고 올라오는 식물이라든가, 또 여러 정리들을 펼쳐 보여 주는 하나의 정의가 되는 것처럼 말입니다. 이 세상의 우연하면서도 서로 연관을 맺고 있는 특징은, 그 근원에 조직의 자유와 무로부터의 창조를 내포하고 있습니다.

이렇게 말하고 나서, 나는 다시 한 번 두 눈을 감았다.

반쯤 감긴 내 눈꺼풀 사이로 명상에 잠긴 파스칼의 모습을 얼핏 볼 수 있었다. 그는 내가 눈 뜨기를 기다렸다가, 이렇게 선포하였다.

— 나는 아직도 당신 자신이 생각하는 핵심을 말하지 않는다는 느낌을 받습니다. 계속해서 당신의 심경을 고백하여 보십시오.

그의 말이 너무 심한 듯해, 나는 몹시 화가 났다.

— 나는 피곤합니다.

나는 그에게 악수를 청하며 이렇게 말하였다. 그는 내 손을 잡기를 망설이다가, 깜짝 놀라 기계적으로 일어서서 그의 모자를 집어들었다. 그러다 그가 드디어 막 내 손을 잡으려는 순간, 나는 외마디 비명소리와 함께 그때까지 앞으로 내밀고 있던 내 손을 격렬하게 거두어들였다.

— 아야!

— 기통, 무슨 일입니까?

— 그가 내 손을 때렸습니다! 나를 말입니다. 놀라운 일이죠.

— 누가 말입니까?

— 나의 수호천사 말입니다. 틀림없습니다.

— 그가 당신의 손을 쳤다구요?

— 내가 어리석은 짓을 하려고 할 때면 번번이 그럽니다.

— 그렇다면 당신은 얼마나 행운아입니까!

— 당신이 그것을 행운이라고 부르다니오! 그것은 상실입니다. 내 자유에 대한 침해이구요.

— 기통, 당신은 당신의 수호천사를 존경하지 않습니까?

— 게다가 그는 나를 아무렇게나 취급합니다. 자 보세요, 불리한 조건뿐입니다. 내가 한림원의 자유사상가 동료들에게 불

평을 하니까, 그후로 그들은 나에게 성직이 다 끝난 것처럼 여기고, 나를 '비관용주의'의 희생자처럼 쳐다봅니다.

— 그것이 사실입니까?

— 정치적인 이야기입니다.

— 상부에 호소해 보았습니까?

— 나는 그들에게 또 맞은 것이라고 수도 없이 말해 보았지만, 그들은 아무 말도 들으려고 하지 않습니다.

— 기운을 내십시오. 언젠가 소크라테스의 악마에 대해서 이야기하듯이, 기통의 천사에 대해서도 이야기할 날이 있을 것입니다.

— 천만에요! 소크라테스는 그의 악마에게 복종했습니다. 그러나 나는 천사의 말을 듣기를 거부합니다.

— 정말 유감입니다!

— 나의 자존심입니다. 소크라테스의 악마는 그의 소매를 붙들고 있는 것에 만족하였습니다. 나의 천사는 감히 내 손을 때립니다. 얼마나 '신'이 너그러운지, 도저히 이해가 안 됩니다. 파스칼, 그런 천사들과 함께 반(反)교권주의자들이 생겨나는 것입니다.

— 어쨌든 나는 있어도 됩니까?

— 달리 어찌해 볼 도리가 있겠습니까?

파스칼은 다시 그의 모자를 내려놓고서 자리에 앉았다.

— 성 토마스 아퀴나스에 대해서 어떻게 생각합니까?

— 나는 스스로를 매우 토마스주의자라고 생각합니다. 그러나 불행하게도 토마스주의자들은 나를 전혀 토마스주의자라고 생각지 않습니다. 그 점을 당신은 어떻게 설명하겠습니까?

— 당신과 나의 관계 같습니다. 기통, 당신은 매우 파스칼적입니다. 그러나 '파스칼 숭배자들'은 당신을 전혀 파스칼적이라고 생각지 않을 것입니다.

— 맞습니다. 그 이유는 무엇입니까?

— 너무나 창의적이어서 그렇습니다. 당신은 기존의 사고에 결코 만족하지 못합니다. 당신은 그것을 다시 생각해 보아야 합니다. 당신은 모든 것을 '기통화' 시킵니다.

— 나는 그 점에 대해선 속수무책입니다.

— 아마도 당신에게 그 점을 비난할 수 있는 사람은 나뿐일 것입니다. 기통. 나는 당신보다 더 나빴습니다. 당신의 이야기를 더 해보십시오.

— 나는 늙은 그리스도교적 플라톤주의자이며, 사람들이 말하는 바와 같이 아우구스티누스주의자입니다. 나 역시 어느 정도는 다른 사람들처럼 회의론자가 되어가기 시작합니다. 그리고 나는 그 상태가 유지될 수 없음을 깨닫고, 진리들이 있음을 깨닫게 됩니다. 특히 나는 그 점을 인식하며 살고 있습니다. 또한 수학과 생물 등도 있습니다. 만약에 만들어진 진리들이 있다면, 엄격한 기준과 이 진리들을 떠받치는 철저한 근본도 있습니다. 따라서 최초의 절대적인 '진리'가 있습니다. 하나의 정신이란 이 '진리'의 품안에서 사는 것이고, 이 '진리'의 광채 아래에서 사는 것이며, 이 '진리'를 향한 영원한 운동인 삶 안에서 사는 것입니다. 그러나 진실하지 않은 것은 없습니다. 진리란 진실한 존재입니다. 그러므로 이 최초의 '진리'는 '존재' 자체입니다. 그리고 그것은 영원합니다. 이 모든 것은 자명합니다. 슬프게도 이 말을 하는 데는 1분으로 충분하지만, 그것을 이해하는 데는 20년 동안의 사색이 필요합니다.

—— 당신은 인생 전체에 걸쳐서 변화해 왔습니까?

—— 내가 변했다고 말할 수 있습니다. 내 인생의 전반부에, 아직 내가 베르그송에게 많은 부분을 의존하고 있을 당시, 나는 지속의 존재 안에서 영원이라는 범신적 개념의 실험적인 반증을 보았습니다. 왜냐하면 만약에 제논이나 스피노자처럼 범신론을 받아들인다면, 어떤 일도 흘러가서는 안 될 것이기 때문입니다. 지속은 영원과 체계의 필연성 안에서 무효가 됩니다. 모든 것이 씌어지고, 모든 것이 연역됩니다. 어떤 것도 다른 것이 될 수 없습니다. 그런데도 시간은 존재하고, 흘러갑니다. 무엇인가가 지나갑니다. 따라서 영원은 체계가 아니며, 범신론은 틀렸습니다. 그것은 시간을 정당화하는 데 실패했습니다. 진정한 영원이란 성 아우구스티누스가 말한 영원으로, 인간의 자유와 창조와 시간에 일치하는 영원입니다. 그것이 내가 1935년에 쓴 두 편의 논문, 〈플로티노스와 아우구스티누스에 있어서 시간과 영원〉이라는 긴 논문과 〈뉴먼에 있어서 발전의 개념〉이라는 소논문의 주제입니다. 또 내가 쓴 소책자인 《시간의 변호》의 주제이기도 합니다.

—— 이 모든 것이 매우 자명합니다.

—— 당신에게는 그렇습니다. 파스칼, 당신에게는 말입니다. 만약 내가 우리의 대화를 언젠가 출판한다면, 이 모든 것을 삭제해야 될 것입니다.

—— 결코 그렇지 않습니다.

—— 절대로 그렇습니다! 내 말을 믿으십시오, 파스칼. 나는 책이 어떻게 만들어지는지를 압니다.

—— 왜 당신은 늘 독자를 염두에 둡니까?

—— 나는 독자를 위해 살기 때문입니다.

── 당신의 말을 들으면, 오히려 당신은 자신의 영광만을 위해서 산다는 생각이 듭니다.

　── 당신도 나의 수호천사처럼 나에게 불쾌감을 주기 위해 온 것이로군요…….

　── 말해 보십시오, 기통. 어떻게 당신이 변화했는지.

　── 처음에 나는 오히려 토마스적이었습니다. 포로생활과 전쟁을 거치면서, 나는 아리스토텔레스주의를 새롭게 하려는 꿈을 꾸었습니다. 그때가 1948년, 나의 저서인 《시간적 존재》가 나온 시점이었습니다. 그것은 나의 저서 중 가장 훌륭한 것입니다. 그 책을 보면, 나에게도 약간의 천재성이 있다고 말할 수 있습니다. 대학출판사에서 그 책을 다시 출판해 내었습니다. 나는 수백만 프랑을 벌었고, 평범한 소책자인 《신과 과학》으로 많은 명성을 얻었습니다. 반대로 나는 방대한 저술인 《시간적 존재》를 집필하였는데, 그 책이 출간되어도 아무도 그것을 읽지 않아 폐기처분해 버렸습니다. 믿기 어려운 이야기입니다.

　── 미래가 당신을 재판하겠지요, 기통. 미래는 《신과 과학》을 가리켜, 그것을 시기하는 사람들의 말처럼 그렇게 나쁘진 않다고 말할 것입니다. 그것은 그렇고 당신이 변화된 이야기를 계속하십시오.

　── 인생의 황혼기에, 60대쯤 되어서 나는 다시 플라톤주의자가 되었습니다. 사람들은 내가 좀더 신비적이 되었다고 말할지도 모르겠습니다만, 나는 진짜 신비주의자가 될 만큼 독실하지 못합니다. 나는 베르그송이 영원의 주제를 너무 소홀히 다루었다고 생각했습니다. 나는 좀더 영원을 가까이에서 느끼기 시작했습니다. 아마도 죽음이 가까워 오면, 환멸이…… 1960년에 나온 나의 저서 《역사와 운명》은 이러한 내 생각의 전환점

을 표시합니다. 점점 더 나는 인생이 하나의 꿈이라는 생각과, 시간이 환상이라는 생각을 하게 되었습니다. 그것은 마치 한 존재의 지속이 쪼개질 수 없는 하나의 점으로 축소되는 듯한 느낌입니다. 시간은 그 점의 진열에 지나지 않습니다. 그러나 자유에의 믿음이 나를 이 비탈길에서 붙잡아 주고, 나를 범신론으로 인도할 것입니다. 그럼에도 나는 가끔 자유를 의심합니다.

—— 그 의심으로부터 어떻게 빠져 나옵니까?

—— 의심함으로써 빠져 나옵니다. 만약 내가 자유롭지 못하다면, 나는 의심하지 않을 것입니다. 결국 내 인생의 말기에, 우주의 물리적 이성들이 내 생각 안에 더 많은 중요성을 차지하게 되었습니다.

—— 80년 동안의 노력을 어떻게 요약하겠습니까?

—— 나는 베르그송과 아리스토텔레스·성 아우구스티누스를 종합하려고 했습니다. 그런데 거기에까지 이르지는 못한 것 같습니다.

—— 당신에게 한 가지 더 묻는 것을 용서하십시오. 당신은 '신'과 운명에 대해서 한 번이라도 의심해 본 적이 있습니까?

—— 아니오, 늘 의심합니다.

—— 나는 의심한다, 그러므로 신은 존재한다.

—— 그것입니다.

—— 내가 오기를 잘했습니다.

파스칼이 말하였다.

그리고 그는 일어섰다.

—— 떠나십니까?

—— 시간이 되었습니다. 안녕히 계십시오, 기통.

── 그럼 안녕히 가십시오, 파스칼.

파스칼은 나와 악수를 하고는, 모자 쓰는 것을 잊은 채 맨머리로 나갔다.

그가 떠났군. 나는 혼잣말을 하였다. 나는 만족하였다. 언제나 사람들이 가버리면 기쁘다. 비록 내가 그들을 좋아하더라도, 나로서는 어쩔 수가 없다. 사색하기 위한 고독을 원하는 것이다. 왜 그는 오기를 잘했다는 말을 하면서 끝을 맺었을까? 얼마 동안 나는 이 생각에 사로잡혀 있었다. 그러다 소파 위에 놓여 있는 예의 모자를 알아보았다. 그러니까 그가 모자를 잊었구나…… 어쩌면 그가 그것을 찾으러 돌아올는지도 모르지. 아니야, 아마 나로 하여금 꿈을 꾸었다는 인상을 갖지 않게 하기 위해서일 것이다. 그래도 내가 꿈을 꾼 것이라면? 어쨌든 이번만은 바보 같은 꿈이 아니었던 듯하다.

그때 마르즈나가 들어왔다. 그녀는 아직까지도 일그러진 표정이었다.

── 선생님, 선생님!

── 무슨 일이오?

── 선생님, 이 일이 계속되고 있어요.

── 무엇이 계속된다는 말이오?

그녀가 울음을 터뜨렸다.

── 선생님, 제가 미쳤나 봐요!

── 그렇지 않아요, 마르즈나. 아니, 그런지도 모르지. 내가 혹시 미친 것이 아닌지 알기 위해서라도 나는 마르즈나가 필요해요. 말해 주시오. 이 소파 위에 무엇이 있는지?

── 선생님은 제가 아프다고 생각하시죠, 그렇지 않나요?

— 하늘에 맹세코. 마르즈나, 내게 대답해 주시오. 그대에겐 이 소파 위에 무엇이 있어 보이오?

— 모자요! 흉측해라! 아니, 물론 모자는 없어요! 말했잖아요, 제가 미쳤다고!

— 물론 모자는 있소! 그대 생각엔 몇 세기의 모자 같으오?

— 근위기병 시대의 것이죠. 파스칼 씨의 것이에요. 그가 모자를 잊었군요.

— 그러니까 만약 내가 미쳤다면, 그대도 그런 것이오. 곤란하게도 그대 역시 그렇게 될 수 없고, 우리 둘 다 그럴 순 없어요.

— 제가 미치다니오? 맙소사! 저것은 끔찍한 것이로군요!

— 저것은 사실이오. 그뿐이오. 그러나 나도 놀랍소. 그 모자를 내게 집어다 주시오.

나는 그 모자를 더듬어 보았다.

— 어쨌든 놀랍군요.

— 정말 그래요, 게다가 이런 일이 계속되고 있으니!

— 맞아요. 그런데 그대가 들어오면서 한 말은 무슨 말이었소?

— 한 명이 더 있어요.

— 누가 더 있단 말이오?

— 죽은 사람 말이에요. 그런데 그 죽은 사람이 살아 있어요.

— 그가 무슨 짓이라도 한단 말이오?

— 그저 죽은 사람이라는 말이에요.

— 잘 들으시오. 그대는 이제 어찌할 수가 없어요. 그런데 그 죽은 사람은 어떻게 생겼소?

— 중산모를 쓰고 있어요.

── 중산모라? 기다려요. 회색 스리피스에 줄무늬, 단정한 복장에 동그란 쇠테 안경, 거기다 단장을 짚고 있겠지요.

── 어떻게 아시죠?

── 그로군요. 곧 이리로 안내하시오. 기다려요. 정말 이상한 일이로군. 내가 점점 더 좋아지는 것 같으니. 나를 좀 일으켜 주시오, 부탁이오. 그리고 이 작은 의자 위에 앉혀 주시오. 마르즈나, 내 청을 뿌리치지 말아요. 안 된다면 그대가 보는 앞에서 죽어 버리겠소. 옳지, 잠깐만. 됐소. 아니, 그게 아니오. 하지만 괜찮소. 그리고 내게 지팡이를 건네 주시오. 고맙소. 이제 들어오도록 하시오.

나는 붉은색 잠옷을 입고 있었다. 나는 누가 보아도 빈사 상태의 야윈 환자가 아니었다. 나의 오동통한 두 발이 포근한 양탄자 위에 놓여졌다. 나는 두 손을 지팡이에 의지하였다. 이토록 쾌적한 죽음을 맞게 될 줄은 꿈에도 몰랐다. 내가 고통을 얼마나 두려워하였던가. 특히 따분함은 또 얼마나 두려워하였던가.

60년이 흐른 후 베르그송을 다시 발견하면서, 그와 함께 그리스도교도가 된 이유들이 지니는 가치에 대해서 검토하다

— 베르그송, 살아 있었군요!

— "결국 영원이 그를 그 자체로 변화시킨 대로."

— 그런데 나는 죽어갑니다!

— 당신은 "영원한 근원에 다가가는 노인"입니다.

— 베르그송, 위고와 말라르메를 인용하는군요……. 왜 당신은 죽어가는 철학자의 머리맡에 시인들을 초대합니까?

— 우리의 만남같이 기이한 상황이 어디 있겠습니까. 기통, 내가 당신을 알았을 때 당신은 젊은이였고, 나는 아주 늙어 있었습니다. 당신은 약속을 하였고, 그 약속을 지켰습니다. 그런데 우리는 오늘 이렇게 다시 만났습니다. 각자가 자기의 몫을 다 산 후에. 그러나 나는 영원 안에 있으므로 젊고, 당신은 시간 안에 있으므로 늙었습니다. 이 날카로운 역설 안에는 거대하고 숭고한 무엇인가가 있는데, 그것이 나의 영혼을 시적인 감동으로 채워 주는군요. "왜냐하면 청년은 아름답지만, 노인은 위대하기 때문"입니다.

— 여전히 위고로군요. 명상과 내면의 목소리를 지닌 시인.

— 생명의 시인입니다. 그 생명의 빛과 그림자와 더불어. 기

통, 나는 파견된 것입니다.

── 누가 당신을 보냈습니까?

── 어떤 성녀입니다.

── 혹시 잔 다르크인가요? 나는 그녀에 관한 책을 한 권 썼는데, 과히 나쁜 것 같지는 않습니다. 당신도 그 책을 읽어보았습니까?

── 나는 말을 할 권리가 없습니다.

── 그러나 틀림없습니다. 분명히 그녀일 것입니다. 그런데 당신 딸의 이름도 잔 아니던가요?

── 나는 아무 말도 할 권리가 없습니다. 그러나 나에게는 당신에게 질문할 사명이 있습니다.

── 당신 역시? 그렇다면 당신들은 서로 말을 주고받았겠군요. 파스칼이 방금 여기서 나갔는데, 필경 당신과 마주쳤을 테지요. 그는 나로 하여금 '신'에 대한 자신의 견해를 피력하도록 했습니다. 내가 충분히 대답하지 않았습니까?

── 철학자란 충분히 대답한 적이 없는 사람입니다.

── 그래서 당신 역시 나에게 질문하기를 원하는군요? 그러나 참 우습군요! 우선 당신은 나의 스승이었습니다. 뿐만 아니라 당신은 '신' 안에서 모든 것을 보고 있습니다. 그런데 나로 말하면, 나야말로 아무것도 아닙니다. 싫습니다. 대답하고 싶지 않습니다.

── 당신은 대답을 해야 합니다.

── 그렇다면 나는 언제쯤이나 쉴 수가 있겠습니까?

── 곧 그렇게 될 것입니다.

── 이 모든 것이 나를 피곤케 합니다.

── 이 모든 것이 당신을 영광스럽게 하는 것입니다. 당신의

구원에 관계됩니다.

— 나의 구원이 그토록 위태롭습니까?

그는 아무 대답도 하지 않았다. 나는 긴 한숨을 내쉬었다. 그가 물었다.

— 당신은 그리스도교가 낡았다고 생각합니까, 현대적이라고 생각합니까?

— 낡은 것도 현대적인 것도 아닙니다. 그러나 '신'이라는 관념처럼 낡은 것인 동시에 새로운 것입니다.

— 잘 대답하였습니다. 기통, 2000년대를 앞둔 이때, 세상에서 무엇이 문제시될 것 같습니까?

— 단 하나의 논쟁이 문제시됩니다. 그것은 모든 전통과 모든 철학, 모든 종교, 모든 민족, 모든 언어, 모든 인종과 모든 나라를 하나로 모읍니다. 그것은 '신'에 대한 논쟁입니다.

— 그래서 당신이 편안하군요. 기통, 우리가 처음 만났을 때부터 내가 당신을 좋아한 이유는, 당신이 이미 1925년부터 2000년대를 살고 있었기 때문입니다. 그래서 나는 내 명예를 지켜 줄 책임이 있는 친구들과 충실한 제자들 중에서 가장 젊은 당신을 나의 유언 집행인으로 삼으려 하였습니다.

— 나는 할 수 있는 한 최선을 다했습니다. 내가 당신의 유언장과는 명백히 위배되게 강의록 출판을 허락했을 때 화나지 않았습니까?

— 기통, "문자는 소멸되고, 살아남는 것은 정신입니다."

— 그래서 나는 당신이 하늘에서 나의 죄를 사하여 줄 것으로 생각했습니다. 그렇지만 양심의 가책으로 꽉 차 있었습니다.

— 지나치게 섬세하군요, 기통. 죽은 지 50년이 지났기 때문에, 나는 이미 당신이 사는 사회 내에서 사적인 존재나 법적

주체가 아니었습니다. 나는 역사 속의 인물이 되었습니다. 나의 글들은, 어떤 글들이든지간에 내 손을 벗어났습니다. 그것들은 나의 소유가 아닙니다. 그것들은 인류에게 속해 있습니다. 나폴레옹이 조제핀에게 썼지만 불태워 버린 몇몇 편지들이 출판되는 것을 본다면 과연 기뻐했을까요?

나는 여전히 얌전하게 앉아 있었다. 당황한 나는 이렇게 대답할 수밖에 없었다.

── 나는 아내가 나폴레옹의 편지들을 읽는 것을 절대로 허락하지 않았습니다.

── 조제핀은 색광이었습니다. 만약 나폴레옹을 이탈리아로 보내지 않았다면, 그는 자기 부인의 엉덩이에서 죽었을 것입니다.

나는 숨이 막혔고, 몇 분간 기침을 하였다. 마르즈나가 들어와 나를 일으켜 물 한 컵을 마시게 하였다. 나는 목소리를 가다듬기 위해 마른기침을 하여야 했다. 베르그송은 자칫 자기가 나를 죽이는 줄 알고 난처해하였다. 나는 그가 천당에 가서까지 그토록 갈리아족다울 줄은 꿈에도 몰랐다. 믿기 어려운 일이다. 그는 내가 정숙하다거나 감수성이 예민하다는 생각을 전혀 못했을 것이다. 요컨대 그는 나를 얌전빼는 사람으로 여겼다. 그것은 사실이다. 나는 부질없이 이성으로 통제해 보려고 애썼으나, 어쩔 수 없었다. 나는 60세가 되어서도, 물론 모델은 없었지만 방 한쪽에 아내를 놓아둔 채로 나체를 그리는 것에 대해 죄의식을 느꼈다. 이런 고백이 나를 성실한 사람으로 분류해 버린 것이다.

그 순간 나는 기절하였다. 내가 깨어났을 때, 베르그송은 가려 하고 있었다.

—— 좀더 계십시오.

내가 그에게 말했다.

—— 이제야 정신이 들었는데…… 우리가 무슨 이야기를 하고 있었습니까?

—— 내 《강의록》 출판에 대한 이야기였습니다.

—— 그렇군요.

내가 대답하였다.

—— 나는 그것의 출판을 허락하는 것이 좋다고 생각했습니다. 몇몇 철학자들은 그 점에 대해 화가 났습니다.

—— 나는 특히 나에 대한 논문을 썼던 사람들에 대해서 생각해 보곤 합니다. 그것들은 다시 수정되어야 할 것들입니다. 그들은 자기들이 가지고 있는 자산을 깎아먹을 정도로 나를 기꺼이 억류시키려고 하였습니다.

—— 그것을 가리켜 세상 사람들은 죽은 사람의 의지를 존중한다고 말합니다.

—— 기통, 그래서 우리는 어떻게 되었습니까?

—— 당신은 내 얼굴을 붉히게 만듭니다, 베르그송.

—— 축하합니다! 그러니까 결론적으로 나는 당신이 그 시대에, 혹은 그 순간에 당신보다 훨씬 더 유명했던 동시대의 그 어떤 사람들보다 더 근대적이었다고 말하는 것입니다.

—— 나는 올 것이라고 믿었던 보편적인 세계를 미리 생각해 보려고 하였습니다. 그들은 좀더 축소된 무대 위에서 순간을 삽니다. 즉 당대의 서양을 사는 것입니다.

—— 기통, 당신은 늙어가면서 점점 젊어지는데, 그러한 명성은 벌써 노인네 냄새가 나는군요.

—— 나를 너무 칭찬하지 마십시오. 남들이 자화자찬한다고

하겠습니다.

—— 당신이 우리의 이야기를 출판할 것이기 때문인가요? 그렇다면 그들에게 그 이야기를 한 사람이 나라는 말을 하십시오. 그러면 충분할 것입니다.

—— 그러나 그들은 그 말을 절대로 믿지 않을 것입니다.

—— 만약 당신이 살아 있을 때 출판한다면, 그것은 사실이 될 텐데요.

—— 그렇다면 그것은 당신이 오지 않았다는 이야기가 되지요!

—— 당신이 죽지 않았든지, 아니면 보르헤스식이 되겠지요.

—— 베르그송, 나는 세계적인 철학자가 되든지, 아니면 아무것도 되고 싶지 않습니다. 그러나 너무 복잡해 이제는 종합할 수가 없군요.

—— 기통, 현재 세계를 총체성 안에서 이해할 수 있습니까?

—— 동양과 서양을, 고대와 근대를 같이 생각해 보고, 그 안에서 그리스도교를 생각해 보아야 합니다.

—— 계속하십시오.

—— 동양과 우리의 고대는 많이 닮아 있습니다. 그들의 공통점은 우주적 범신론입니다. 즉 그곳에서 '절대'는 《성서》 안의 '신'이 아니라 '존재'이거나 '무'이며, 혹은 '자연'과 '세계의 실체'입니다.

—— 그런데 현대는 어떻습니까?

—— 현대는 무신론적 휴머니즘의 서양입니다, 베르그송. 다시 말해 현대적 범신론입니다.

—— '인간'이 '절대'란 말입니까?

—— 그렇습니다. 뿐만 아니라 인간은 선과 악을 결정하고, 모든 것의 기준이 됩니다.

── 현대적이 되고 싶어하는 대부분의 서양 사람들은 무신론자이거나 불가지론자라기보다는 차라리 회의론자라고 말하는 편이 옳을 것입니다.

── 그들은 그리스도교의 '신'에 대해서 무신론자이지만, 모든 형이상학을 빼앗긴 사람들은 아닙니다. 모든 의존을 거부한다는 것은 인간을 '존재'의 꼭대기에 올려 놓는 것입니다.

── '절대' 대신에 말이지요

── 물론입니다. 그들에게 '절대'는 인간입니다.

── 기통, 서양이 정말 그렇습니까?

── 나는 그리스도교가 없는 서양을 말하는 것입니다. 그리스도교는 또 다른 이야기입니다. 그것은 인간적인 '전체', 즉 사회를 포함해서 폐쇄된 '전체'를 깨뜨립니다. 그것은 '시스템'을 부숩니다. 이미 인간은 '전체'의 부분이 아니고, '신'은 '시스템'의 궁륭을 여는 열쇠가 아닙니다. 키에르케고르를 보십시오. 인간은 하나의 개인이며, 전체는 무한으로 통합니다.

── 기통, 그리스도교는 서양적입니까?

── 현대의 서양은 그리스도교와 인류학적 범신론의 애매한 결합입니다. 우리가 인간의 권리에 대해서 말하는 것이 그 한 예입니다. 나는 바오로 6세와 자주 그 점에 대해 토론하였습니다. 그는 내게 이렇게 묻곤 했습니다. 인간의 권리를 지닌다는 인간은 대체 누구입니까? 인간의 위엄은 무엇으로 이루어져 있습니까? 인간은 '신'으로부터 권리를 받았습니까? 혹은 자신의 소유물로서 '절대' 그 자체의 권리를 지니는 것입니까? 서양은 이 점에 있어서 모순입니다.

── 서양과 그리스도교가 맺고 있는 특정한 관련은 없습니까?

── 그리스도교는 개인과 자유의 개념을 도입하였습니다. 그

것은 고대 '운명'의 엄격한 법칙을 깨뜨렸습니다. 그것은 그때까지 그 자체로 닫혀 있던 우주적·사회적 전체성을 향해 문을 열었습니다. 그것은 '운명'을 자체 내의 모든 '운명'으로부터 자유로운 '신'의 초월을 향해 문을 열었던 것입니다.

—— 기통, '계몽주의'에 대해서는 어떻게 생각합니까?

—— 그리스도교 없는 자유를 원하는 것입니다. 어려운 시도입니다. 개인과 자유라는 개념은 인격 '신'의 개념과 한몸을 이루고 있습니다.

—— 그렇다면 '계몽주의'는 모순입니까?

—— 그것은 전체적 합리주의를 고취시키는 범신론이라는 형이상학의 한 극과, 자유를 동경하는 윤리정치의 다른 극 사이에서 긴장 상태를 유지하고 있습니다.

—— 기통, '계몽주의'가 그리스도교에 기생한다고 말할 수 있습니까?

—— 거기에 살고 있다고 말하는 편이 옳겠지요. 그리고 만약 '계몽주의'가 그리스도교를 파멸시킨다면, '계몽주의' 역시 곧 절멸되고 말 것입니다. 이 점을 나는 철학에 있어서 나의 스승인 브륑스비크와, 당신도 알다시피 《철학의 역사》를 쓴 브레이어에게 말한 바 있습니다.

—— 브레이어는 그리스도교도가 아니었지 않습니까?

—— 처음에는 그리스도교도였다가 나중에 방향을 바꾸었습니다. 그렇지만 그는 나를 꽤 좋아하였습니다. 그는 나를 점심식사에 초대하곤 하였습니다. 그의 딸은 요리 솜씨가 매우 좋았습니다. 그는 나를 사위로 삼을 생각이었던 것 같습니다.

—— 당신의 고약한 철학에도 불구하고 말이죠. 아니면 그 때문인지도 모르겠군요. 보세요, 기통. 이것도 모순입니다. '계몽

주의'와 비슷해요. 그리스도교는 '계몽주의'의 생태적 지위입니다. 그럼 당신은 서양과 캘리포니아에서 일어나고 있는 동양을 향한 이러한 일탈에 대해 어떻게 생각합니까?

— '계몽주의'는 동양적 범신론과 결합하고 싶어합니다.

— 그러한 결합에서 무엇을 이끌어 낼 수 있습니까?

— 허무주의와 활력의 결합입니다.

— 우려되지 않습니까?

— 무엇보다도 우려됩니다. 허무주의는 그것이 기권·연민·부드러움·무관심으로 이루어질 때에만 문명화되거든요. 불교를 보십시오. 그러나 활동적 허무주의는…….

— 그것의 명칭은 무엇입니까?

— 파시즘입니다, 베르그송. 파시즘 말입니다.

— 기통, 파시즘이 이 세상의 미래입니까?

— 아마 그럴 것입니다. 나는 죽을 테니 마음이 홀가분합니다. 바오로 6세는 나에게 '신'이 없는 인간의 권리는 사라질 것이라고 말하였습니다.

— 그런 일이 일어나기 전에 그 말을 믿을 수 있습니까?

그리고 나서 그는 생각에 잠겨 잠깐 멈추었다가 계속해서 말하였다.

— 기통, 당신은 '계몽주의'에 대해 너무 엄격한 것이 아닙니까?

— 아닙니다. 그에게서 나온 것은 각각 그에게로 돌려 주어야 합니다. 아마도 '계몽주의자'들이 없었다면, 그리스도교도들만으로는 인간의 권리라는 이론을 발전시킬 수 없었을 것입니다. 유럽의 성당은 너무나 '구체제'에 얽매여 있었습니다. 이 점에서 혁명은 하늘이 도운 것입니다.

── 가끔 세상은 그리스도교에 대항하여 성당이 세상에 가져다 준 것을 탄생시킬 것입니다.

── 그렇습니다. 역설적이지만, 그것이 사실입니다. 나는 '계몽주의'에 대해서 불공평하지 않습니다. 이제 그리스도교는 모욕을 잊어버리고, 사자들에게 던져진 고대 문명을 구했던 것처럼 '계몽주의'를 구해야 합니다. 그러나 **그리스도교도의 피, 그것은 하나의 씨앗입니다.**

── 기통, 어떻게 '계몽주의'를 구합니까?

── 창조적이고 자유로운 정신은 전적으로 '신'에게 자신을 맡길 것입니다. '신'의 은총이 그들에게 재능을 부여할 것입니다. 그것은 그들로부터 새로운 세계를 이끌어 낼 것입니다.

── 기통, 당신은 범신론이 인간이 지닌 정신의 자연스러운 경향이라는 점을 어떻게 설명하겠습니까?

── 여러 가지로 해석될 수 있는 경향입니다. 첫째, 교만이라는 죄의 핵심은 자신 위에 어떤 것도 올려 놓지 못하는 것입니다. 교만한 양심은 관념적으로 스스로 '신'이 되지 못하는 한 불행할 수밖에 없습니다. 둘째, 아마도 인간에게는 '신'의 화신이고 싶은 막연한 욕망이 있을 것입니다. 인간으로 만들어진 '신' 말입니다. 만약 인간이 마음속에서 그것을 갈망한다면, 비록 초월이 사실이더라도 초월이 인간을 난처하게 만든다는 점을 이해할 수 있습니다.

── 높이가 방해되는 것이 아니라, 그 거리가 절망을 안겨줍니다.

── 바로 그 점입니다! 범신론은 죄인인 인간이 꿈꾸는 신의 화신입니다. 이것은 초월에 무관심하지 않으며, 절망하지 않

은 채로 초월을 숭배하도록 해주고, 모든 잘못과 모든 죄를 넘어서서 신비한 결합을 목표로 삼도록 해줍니다.

그리고 나서 베르그송은 입을 다물었다. 나는 이 침묵을 이용해서 그에게 질문을 하였는데, 입술이 타는 듯하였다.

—— 베르그송, 당신의 딸이 당신의 주제에 대해서 한 말은 그녀나 당신에게 모두 사실이었습니까?

—— 그렇습니다. 1905년 《창조적 진화》를 집필하고 있을 당시, 나는 충만감과 열광에 가까운 기이한 감정을 느꼈습니다. 내가 20년 전부터 찾아 헤매던 것을 드디어 가진 것입니다. 내 인생은 완료되었습니다. 내가 쓰기를 다 마쳤을 때, 나는 우울감에 빠졌습니다.

—— 신경쇠약입니까?

—— 비슷한 감정입니다. 긴장·피곤·편두통, 그리고 엄청난 피로로부터의 해방, 내가 했던 모든 것으로부터의 절대적 공허감입니다.

—— 그래서요?

—— 내 사정이 그랬습니다. 나는 미학에 관한 거창한 책을 써 보려고 했지만 여의치 않았습니다. 나는 연구실에 처박혀 생각에 골몰하였습니다. 어느 날 내가 커다란 정신적 동요 속에 잠겨 있는데, 딸아이가 노크도 없이 문을 열고 들어와서는 이렇게 소리치는 것입니다. "아빠! 아빠!" 나는 웃지 않을 수 없었고, 그 아이가 하는 말을 들을 수밖에 없었습니다. "아빠!" 그 아이가 내게 말했습니다. "내 방 안에서 한 줄기 빛을 보았어요. 그런데 아빠, 그 빛 안에 무엇인가가 있었어요. 이제까지 그렇게 아름다운 것은 본 적이 없는걸요."

── 그래서요? 그래서 당신은 어떻게 했습니까?

── 나는 안도의 한숨을 길게 내쉬었습니다. 그리고는 침착하게 이렇게 대답하였지요. "애야, 이 사실에 대해 엄마에게는 아무 말도 하지 말아라. 엄마는 이해하지 못할 게다. 그렇지만 나는 너를 믿는다는 사실을 알아다오. 왜냐하면…… 왜냐하면 나도 방금 너와 똑같은 것을 보았으니까."

── 그러니까 그것은 사실이었군요. 당신의 딸이 내게 그 말을 했었는데, 나는 그것을 의심하였습니다. 이유는 앙리 구이에 때문이었지요.

── 나는 그 일을 트레몽탕에게 말했었습니다. 그가 구이에를 만났는데, 그 이야기를 모두 한 모양입니다. 구이에는 가만히 웃더니, 이런 해석을 덧붙였다고 합니다. "그럼, 그렇고말고. 애야, 이 사실을 엄마에게는 말하지 말아라. (이 말은 엄마로 하여금 네 건강에 대해 걱정하게 할 필요가 없다는 뜻이다.) 나도 방금 너와 똑같은 것을 보았다. (이 말의 뜻은 그녀가 스스로 미쳤다고 생각하지 않는 것이, 그렇다고 생각하는 것보다 덜 행운이라는 것이다.)"

── 구이에는 위대한 철학역사가입니다. 지나치게 친절하긴 하지만.

── 나도 알고 있습니다! 그는 나에 관한 책을 한 권 썼는데, 드물게 읽힐 만한 가치가 있는 것입니다. 나는 그를 원망하지 않습니다. 역사가란 불신할 의무가 있습니다. 그러나 이 경우에 그는 틀렸습니다. 지나치게 신중을 기한 것입니다. 나도 마찬가지로 매우 합리적입니다. 이 유명한 날, 내 딸이 오기 전에 나는 두려웠습니다. 나는 샤랑통에서 끝을 맺는 나의 모습을 보았습니다. 내 딸이 내게 자기가 본 것을 이야기하자

조금 안도가 되었습니다. 이 모든 것에도 불구하고, 인신공격에 대한 걱정이나 환영 등등의 문제에 신경이 쓰였습니다. 그 후에 진정으로 신비적인 현상을 불가능한 것으로 여기어 정신병리학으로 축소시키는 문제에 대해서 열심히, 또 구체적으로 연구해 보았습니다.

— 그래서 당신은 《도덕과 종교의 두 원천》을 집필하였군요.

— 그 계기는 잔이 내 연구실로 나를 보러 왔던 날 생긴 것입니다.

— 당신은 이 경험에 대해 말한 적이 있습니까?

— 아주 나중에 내가 마지막 저술을 집필할 때, 그 저술의 마지막 단원, 그 마지막 단원의 마지막 쪽에 이르렀을 때, 나는 그것을 빗대어 말했습니다.

— 나는 그 구절을 외우고 있습니다. 회상록의 그 구절을 당신에게 인용해 보겠습니다. "우리가 모르는 세계의 한 줄기 빛이 우리에게 당도하여, 그 빛을 우리 몸의 눈이 감지할 수 있다고 가정해 보자. 그것에 대해 무어라 말하든, 일반적으로 자기가 보고 만진 것만을 존재하는 것으로 인정하는 데 익숙해진 이 인간 안에서 일어날 변화란 얼마나 클 것인가! 이런 식으로 우리에게 당도하게 되는 정보란 어쩌면 인간의 영혼 안에서는 열등한 것, 가장 저급한 수준의 정신성하고만 관련되는 것일지도 모른다. 대부분의 인간들 속에서 발견되는 듯한 피안에 대한 믿음, 그러나 그것은 아주 흔히 말뿐이며, 모호하고 효용성이 없는 믿음이다. 이러한 피안에 대한 믿음을 살아 움직이는 현실로 전환시키기 위하여 더 많은 것이 필요하지는 않을 것이다……"

내 기억에 공백이 생겼다.

— "그것이 어느 정도의 가치를 지니느냐를 알기 위해서는……."

— 그렇군요. "그것이 어느 정도의 가치를 지니느냐를 알기 위해서는, 우리가 얼마나 쾌락에 뛰어드는지를 보는 것으로 족하다. 우리가 쾌락에서 무(無)에 대하여 치를 수 있는 정도의 값이나 죽음을 비웃을 수 있는 수단을 보지 않는다면, 거기에 그 정도로 매달리지는 않을 것이다. 진정으로 우리가 확신을 가진다면, 계속 존재한다는 절대적인 확신을 가진다면 우리는 다른 것에 대해서는 생각지 않을 것이다. 쾌락은 기쁨에 의해 가려질 것이다."

— 당신의 어조에 감동했습니다. 고맙습니다, 기통.

— 기통, 당신은 왜 그리스도를 믿습니까?

— 선생님, 당신은 이미 알고 있고, 게다가 저 높은 곳의 광명 안에 있는데 내가 무슨 말을 할 수 있겠습니까!

— 내게 대답하십시오, 기통. 나를 위해서가 아니라 당신을 위해서입니다. 그 성녀께서는 당신이 대답해야 한다고 못박아 말씀하셨습니다. 기통, 당신은 왜 그리스도를 믿습니까?

— 왜냐하면, 내게는 그를 믿는 것이 늘 어렵기 때문입니다.

— 그 점을 설명해 보십시오.

— 그야말로 간단합니다. 나는 종교적인 사람입니다. 나는 플로티노스에 대해서 많은 연구를 하였고, 그에 대한 논문을 썼습니다. 나는 플로티노스가 본원적으로 종교적 인간, 본원적으로 신비적 인간과 같은 계열의 사람이라고 생각합니다.

— 당신의 의견에 동감할 수밖에 없습니다.

— 자연적인 종교는 인간이 '신'을 향해 오르는 것입니다.

그것은 인간으로 하여금 자아를 실현하도록 권합니다. 마치 산의 정상이 등산가들에게 목표물인 것처럼, '신'은 하나의 목표물입니다.

— 그런 것은 그리스도교 안에서도 발견되지 않습니까? 십자가의 성 요한은 카르멜 산을 오르는 것에 대해 말하지 않습니까?

— 그렇습니다, 베르그송. 그럼에도 그리스도교에서 '신'은 개입합니다. '신'이 우리에게 폭정을 행해서가 아니라, 우리의 허락을 받지 않고서 우리의 삶 안에 들어오기 때문입니다. 우리는 조용히 '하늘'을 향한 등반을 계획하려 합니다. 그런데 '신'이 감히 '하늘'에서 '땅'으로 내려오는 것입니다.

— 더 낫지 않습니까?

— 전혀 그렇지 않습니다. 나는 '신'의 행동 때문에 매우 난처해졌습니다. 나는 그에게 그렇게 많은 것을 요구하지 않았습니다. 그는 너무 많은 일을 합니다. 그는 자기의 자리를 지키고 있지 않습니다. 그는 자기의 역할을 하지 않습니다.

— 그러니 보십시오. 당신은 이렇게 생각하지만, 나의 본성은 다릅니다.

— 베르그송 당신의 본성이 아니라, 당신의 교양입니다. 당신은 히브리인이고, 4천 년 전부터 뼛속까지 '신'에 젖어 있습니다. 결국 당신은 '절대'가 한시도 쉬지 않고 당신의 일에 개입하는 것이 당연하다고 생각합니다. 옛 이교도의 종족인 나로서는 자기의 자리에 있지 않은 '신'을 인정하기란 매우 어려운 일입니다.

— 그러면 믿는 데 따르는 이러한 어려움이, 당신에게는 왜 신앙의 동기가 되는지 내게 말할 수 있습니까?

—— 나라면 당연히 그런 종교는 만들어 내지 않았을 것이기 때문입니다. 물론 당신은 유전자 안에 그 종교를 가지고 있습니다. 다시 말하면, 당신이 종교적 삶의 직감과 역동성 안에서 제 위치로 돌아가는 것은 당연합니다. 따라서 당신은 미사중에 신적 '사랑'의 완전한 계시를 어느 정도 앞당기기 위해서 그것의 활동을 연장하는 것으로 충분합니다. 그러나 당신에게 확언하건대, 유대인의 피가 한 방울도 섞이지 않은 나에게 이 종교는 전혀 사실임직하지 않습니다. 그러나 바로 이 점 때문입니다. 나는 사실임직하지 않은 것만을 믿을 수 있습니다. 왜냐하면 사실임직한 것은 전적으로 믿을 수 있다는 점으로 보아 분명히 인간이 만들어 낸 것이기 때문입니다.

—— 당신은 부트루가 묘사한 소크라테스와 매우 닮았습니다. 즉 자유사상가인 동시에 종교적입니다. 그리스도를 믿기 어려운 이유를 더 설명해 보십시오.

—— 그럼 베르그송, 동정녀에게서 난 인간, 인간이 된 '신', 이런 것들을 아주 쉽게 믿을 수 있단 말입니까? 익숙해졌기 때문에 우리는 이상한 확신도 자연스럽게 인정하지만, 곰곰이 생각해 보면 혼수 상태에서 깨어나게 됩니다. 그러한 고지들 앞에서 처음으로 일어나는 반응은 불신입니다. 이것은 정상적이며 균형잡힌, 자연스럽고 합리적이며 건강한 정신을 가진 사람이라면 누구나 일으키는 정상적인 반응입니다. 그렇지 않다면 우리는 무엇이든지 믿을 것입니다.

—— 당신의 의견에 부분적으로 찬성합니다. '가톨릭철학자'이자 '자유사상가'이신 선생. 왜냐하면 그 확신에는 분명히 이상한 점이 있지만, 그것은 여느 기묘함과는 다른 데가 있기 때문입니다. 그 확신을 통해 곧 빛이나 향기라고 할 것이 새어 들

어오고, 그래서 우리는 그것을 믿게 됩니다. 그것도 지성적 존재의 순수하고 맑고 합리적인 부분을 지닌 채, 그 확신을 믿는 것입니다. 그 확신이 아주 이상해 보인다 해도 사정은 마찬가지입니다. 거기에는 특이한 사실이 있습니다.

—— 아마도 나는 당신에 비하여 감수성이 더 메말라 있고, 영적인 감각이 덜 섬세한가 봅니다.

—— 그렇다면 이러한 고지들에 대해서는 어떻게 생각합니까?

—— 사실이 아니라고 생각합니다. 그러나 이렇게 그릇된 고지들을 어떤 오류의 범주 안에 집어넣어야 하는지 자문하여 볼 때, 어려움이 시작됩니다. 나는 이렇게 혼잣말을 합니다. 이것은 전설이다. 아니면 이것은 신화이다. 다른 진지한 해답이 없다. 속임수·사기·가벼움·집단 광기, 혹은 더 나아가 악마적 환상, 그것은 성립되지 않는다. 결과와 원인 사이에 있는 완전한 불균형. 아니다. 만약 그것이 그릇되었다면, 그것은 전설이거나 신화이다.

—— 기통, 전설은 신화가 아닙니다.

—— 분명히 그렇습니다. 그러나 만약 그리스도의 고지가 그릇된 것이라면, 그것은 이것이거나 저것, 즉 신화나 전설이 될 수 있음은 사실입니다.

—— 거기까지는 명백합니다. 그래서요?

—— 베르그송, 전설이란 우리가 가공의 이야기를 꾸며 만드는 데 쓰이는 사실에서 출발한 과정의 결과입니다. 무엇보다도 하나의 전설이 만들어지기 위해서는 시간을 요구합니다. 그런데 우리는 복음서의 연대 추정을 자꾸 뒤로 미루어야 합니다. 예수가 말하는 동안 어떤 속기술도 없었을 것이라는 가설도 완전히 배제할 수는 없습니다. 그리스도교의 중심 사건이며, 나머

지 모두가 그것에 의존하는 부활은 그리스도교를 전도하는 데 있어서 전적으로 독창적인 것입니다. 그러므로 이제까지 학자들에 의해 토의되고 있는 수많은 논쟁점이 무엇이든지간에, 시간이 너무 짧다는 점이 남습니다. 복음서는 하나의 전설일 수 없습니다. 이후로 그것은 나에게 의심할 여지없이 명백한 사실로 여겨지는 듯합니다.

── 신화가 남겠지요.

── 베르그송, 신화란 전설과는 완전히 반대되는 무엇입니다. 신화는 하나의 관념에서 출발하여 상징적인 형상화의 과정을 밟아, 그 관념이 정신에게 제시하는 의미의 상상적이며 표현적인 하나의 이야기에 도달하게 됩니다.

── 그 점에 대해 어떻게 생각합니까?

── 다 알고 있는 사람 앞에서 대답을 하는 것이 얼마나 괴로운 일인지 압니까! 마치 학사학위 취득이나 교수임용 자격고사를 치르는 듯한 기분입니다. 내가 소르본에서 바슐라르와 함께 시험을 치를 때의 이야기를 당신에게 했던가요?

── 이야기를 비켜가지 마십시오. 게다가 당신은 그 이야기를 이미 《하나의 세기, 하나의 인생》에서 했습니다. 반복하지 마십시오. 그것이 더 나을 것입니다. 우리에게 신화에 대해 말하십시오.

── 바로 그렇습니다. 당대의 다른 것과 비교해 볼 때 성서 문학의 주된 특징은, 그것이 신화에 복종하지 않는 정신 상태에서 성립된 점에 있습니다. 우리는 거기에서 허구나 소설·우화를 발견할 수는 있지만, 신화를 볼 수는 없습니다. 《성서》의 탈신비화에 대해서 말하는 것은 비상식적인 일입니다. 신화는 지속이 제거되는 생각의 형태 안에 자리잡습니다. 즉 신화적인

이야기들은 단지 영원한 현실의 구상일 뿐이며, 또 그 영원한 현실은 그 이야기들의 진정한 의미이기도 합니다. 그리고 우리가 신화적 의미의 시간을 초월한 이해 안에 진입했을 때, 상징들에 나타나는 피안의 개념에 다가갔을 때, 이러한 전망 안에서 구원이 오는 것입니다. 그러나 반대로 《성서》에 나오는 사건들의 의미는 그것들이 지니는 역사적 사실과 분리되지 않습니다. "**하느님이 아브라함에게 말씀하셨다.**" 그것은 이렇게 시작합니다. '신'이 말을 했다. 의미는 우선적으로 무엇이 말해질 것인가에 있는 것이 아니라, 우선적으로 '신'이 **말했다**는 데에 있습니다. 의미는 더 이상 말하는 '신'의 관념 안에 있는 것이 아니라, '신'이 실제로 말을 했다는 사실에 있습니다. 그리고 구원은 말하는 '신'이라는 관념(그것이 진실이더라도) 안에 **빠지는** 데서 이루어지는 것이 아니라, 실제로 말한 '신'의 실제의 '말'을 듣는 데서 이루어집니다.

— 하지만 기통, 이렇게 자신의 생각을 표현하다 보면, 그토록 철저히 지성적인 당신, 또 이해하는 데 그칠 뿐 기도하지 않는 당신 스스로를 자책하게 되지는 않습니까?

— 그렇기 때문에 내가 나쁜 그리스도교도라는 말입니다. 무식하다는 변명도 못하겠구요.

— 겸손하군요.

— 그게 아니라, 나는 서술적입니다. 베르그송, '신'이 **말합니다.** 그리고 만약에 '신'이 말하지 않았다면, 《성서》는 아무것도 우리에게 말해 줄 것이 없을 터입니다. 《성서》는 신화조차도 되지 못합니다. 그것은 역사적이라고 믿었던 하나의 허구입니다. 그것은 진실이 아닙니다. 이러한 관점에서 보면, 바로 이러한 히브리적 사고에 전적으로 동참하는 복음 고지도 마찬가

지입니다. 《성서》나 복음서의 이야기가 진실이 아니라고 상상해 보십시오. 그렇게 되면 그것은 이미 신화도 못 됩니다. 그것은 노골적인 오류입니다. 그렇게 되면 《성서》는 신화적인 다른 모든 책보다 저 아래에 놓이는 매우 하찮은 하나의 종교서적이 됩니다. 그것의 우월성은 보편적인 지혜·사상·개념·법·규칙에서 기인하는 것이 아닙니다. 《성서》는 사건의 진실 위에 세워져 있기 때문에 모든 신비적인 책보다 매우 높은 위치에 놓이는 것입니다.

—— 그렇다면 당신은 복음 고지가 전설도 신화도 아니라고 생각하는군요. 만약 그것이 허위라면, 그것은 도대체 무엇이 될 수 있습니까?

—— 역사적 오류입니다. 이를테면 마치 나폴레옹이 사르데냐에서 태어났다고 말하는 것과 같습니다. 우선 복음 고지의 진실은 역사적 사실의 진실과 마찬가지로 합리적 관점에서 다루어져야 합니다. 왜냐하면 만약 그것이 역사적 진실을 갖지 않는다면, 종교적 진실도 없을 것이기 때문입니다. 여기에서 종교적 의미는 역사적 의미의 진실 위에 세워져 있습니다. 물론 **역사적**이라고 하는 용어의 정의를 충분히 열어 놓긴 하지만, 항상 사실주의적인 채로 놓아둔다는 조건에서입니다.

—— 그렇지만 기통, 당신은 이러한 고지를 믿을 수 없지 않습니까? 역사적 진실의 징후들을 무시할 수 없고, 또 도덕적인 단순한 아름다움이나 감정적인 부드러움 때문에 복음서의 진리를 신봉할 수 없지 않습니까?

—— 적어도 암시적으로 역사적 현실과 관련된다고 당신이 추정할 때에만 복음서 안에는 유효한 도덕의 아름다움이 있습니다. 예수가 그의 사형 집행인들에게 하는 용서를 예로 들어

봅시다. 만약 이것이 실제적으로 일어난 역사적 용서라면, 이것은 도덕적으로 기가 막힌 기적입니다. 그러나 그것을 교훈을 주는 이야기로 읽는다면, 그것은 장황하고 싱거운 훈계가 되고 말 것입니다.

— 그렇지만 기통, 사랑이야말로 그 증거가 아니겠습니까? 당신은 사랑이 진실하기를 바라지 않습니까?

— 어쩌면 당신을 화나게 할지도 모르겠지만, 대답하겠습니다. 그렇지 않습니다. 베르그송, 나는 천성적으로 메마른 마음의 소유자입니다. 내 본성대로라면, 나는 지독한 이기주의자입니다. 사랑은 나를 어지럽힙니다. 그것은 나를 교란시킵니다. 그것은 나를 뒤죽박죽으로 만듭니다. 그것을 생각하기도 힘이 드는데, 하물며 그것을 믿다니요.

— 당신은 감정상에 문제가 있군요. 당신은 그것을 느낄 수 없습니까?

— 나는 명성이 없는 명예를 사랑합니다. 그 나머지 일에는 관심이 없습니다.

— 종교인인 비평가로서 그것은 좋은 기질입니까?

— 최상의 기질일 것입니다. 내가 그리스도교도가 된 것은 내 기질에 반하는 것입니다.

그는 이제까지 내가 그에게서 결코 본 적이 없는 흥미를 가지고 나를 잠시 쳐다보았다. 그는 이 노인의 표현 안에서, 그가 알고 있던 나의 생생한 젊은 시절과 결부되는 연속성을 발견하기 위하여 애를 썼다. 그는 다시 말을 계속하였다.

— 그렇다면 당신은 복음 고지의 역사적 진실에 대해서는 어떻게 생각합니까?

— 그것이 무엇이든간에 하나의 역사적 진실은 오직 증거들

에 의해서만 성립되는 것입니다. 그러므로 신앙은 우리가 상상하는 것보다 훨씬 단순한 것입니다. 나는 복음서가 선포되는 것을 읽거나 듣습니다. 내가 거기에서 본티오 빌라도(폰티우스 필라테)의 통치 시절 팔레스티나(팔레스타인)에서 일어났던 일에 관한 진지하고도 진실한 증거들을 발견한다고 칩시다. 그렇게 되면 나는 신앙의 신비와 그것을 믿어야 하는 이유를 동시에 받아들입니다. 그리스도의 기적은 그의 신성을 드러내고, 그것을 증명합니다. 마치 예수 자신이 증거에 관한 연설을 하는 중에 힘주어 친히 가르친 것(〈요한복음〉, 제5장 36절)과 같이.

—— 우리는 확실히 매우 다르군요. 나는 정반대입니다. 기적들은 나를 매우 불편하게 하는데, 이러한 불편에도 불구하고 말하자면 나는 믿어야 했습니다. 우리의 관점이 화해될 수 있겠습니까?

—— 베르그송, 기적이 사실이 되는 순간부터 신앙의 대상은 없어지고, 신빙성에 대한 논쟁만이 남습니다. 나는 신앙에 있어서 이성의 역할을 과장하고 싶지도, 기적에 관한 세부적인 토론 안에서 길을 잃고 싶지도 않습니다. 그러나 결국 사람인 예수를 믿든, 모든 성인들 가운데 지속되는 예수를 믿든간에 치유와 예언, 정신적·영적 개종, 성스러움 등 예수 그리스도가 베푼 모든 기적의 웅대한 광경을 무엇이 대신할 수 있겠습니까?

—— 나에게 있어서 진정한 기적은 이 얼어붙은 세상에 사랑과 용서가 출현하는 것입니다.

—— 사랑의 출현이 기적 안에서 이루어지는 것이기는 하지만, 만약 기적이 없었다면 아마 아예 행해지지도 않았을 것입니다. 당신 자신도 예수의 사랑의 출현이 믿을 만한 것이었다고 방금

말했습니다. 왜냐하면 이 출현은 인간의 도덕 상태를 고려해 볼 때, 도덕에 있어서 진정한 기적의 성격을 띠는 것이었기 때문입니다.

—— 그렇게 하니 좀더 이해가 잘 되고, 우리의 관점도 수렴되는 것 같군요.

—— 그 말을 들으니 더할 수 없이 기쁩니다. **예수**에 관한 저서에서, 나는 신앙의 대상에 대해 자문하고 있습니다. 다른 무엇보다도 부활한 예수를 예로 들어 봅시다. 왜냐하면 부활이야말로 짚고 넘어갈 가치가 있는 유일한 부분입니다. 그것이 사실이라면, 다른 나머지 부분도 모두 사실입니다. 그것이 거짓이라면, 모든 것이 무너집니다. 그러니 부활을 보십시오. 거기에는 하나의 사실인 하나의 신비가 있습니다. 나는 합리적으로 받아들여야 하는 사실, 우리가 판단력을 잃고 믿거나말거나 할 하나의 신비에 결부된 사실을 말하는 것이 아닙니다.

—— 기통, 어떤 사람들은 그것이 원칙에 위배된다고 말할 텐데요.

—— 베르그송, 나는 그들에게 원칙이란 그 자체로 경험에 위배되는 것이라고 대답해 줄 것입니다. 경험은 언제나 모든 원칙보다 우월합니다. 그런데 여기에서 경험이란 무엇일까요? 신비라는 바로 그 본성 안에서 여전히 신비인 채로 사실로서 발견되는 하나의 신비입니다. 그리고 바로 그 사실성 안에서 여전히 사실인 채로 신비로서 발견되는 하나의 사실입니다. 종교를 비판한 내 작품들 안에서 나는 이 그리스도교적 사실을 분석하였습니다. 그리스도교적 **사실**은 **신비**이지만, 각각으로서 존중되어야 합니다. 그렇지 않고는 바로 그 사실의 범위 내에서 사실을 왜곡하게 될 것입니다. 내가 실증주의를 배척하는 것은

실증성의 이름으로서입니다. 누구보다도 더 베르그송적입니다. 그렇지 않습니까?

— 과연 그렇습니다.

— 불가사의에 대한 취미에 굴복해서는 안 됩니다. 그러나 기적을 무서워하는 사람들은 신앙을 존중할 만한 것으로 만드는 게 아니라, 실제로 그것을 비하시킵니다. 어떤 종류의 이성이 기적이 아니라면, 인간으로 만들어진 '신'이라고 하는 사실을 진실이라고 믿을 수 있겠습니까? 왜냐하면 나도 자기가 '신'이라고 말하는 사람을 만난다면, 우선은 (그리고 이성적으로) 그가 정신이 나갔거나, 술취했거나, 어디에 사로잡혔다고 생각지 않겠습니까? 그 반대를 생각할 확실한 이유가 있고, 또 기적처럼(!) 사실이 그러하지 않고는 말입니다. 그렇다면 기적은 하나의 신비의 가시적 측면입니다. 이 가시적 측면 위에 실제로 '사랑'의 놀라운 형태인 비가시적 요소가 드러납니다. 이것이야말로 당신이 말한 바와 같이, 또 내가 그 의견에 동감하는 바와 같이 가장 심오한 기적입니다.

— 그러나 그렇게 말하고 나면, 복음서들을 '복음 말씀'으로 받아들여야 합니다. 그것은 순진한 일입니다.

— 한 가지는 확실합니다. 베르그송. 만약 우리가 복음서들을 '신의 말씀'으로 읽다 보면, 우리는 그리스도를 믿게 되는 모든 이유들을 갖게 되고, 믿지 않는 이유는 아무런 가치도 지니지 않게 됩니다. 혹은 그 이유들은 차라리 복음서들에 나오는 바리새인들의 이유들이라고 할 수 있습니다. 예수의 눈에는 그들의 불신에 합리적인 해명이 없기 때문에 그것을 엄히 다스립니다.(〈마가복음〉, 제16장 16절) 반대로 처음부터 올바른 판단이 니고데모의 입을 통해 나옵니다. "랍비여, 우리가 당신은 하

느님께로서 오신 선생인 줄 아나이다. 하느님이 함께 하시지 아니하시면, 당신의 행하시는 이 표적을 아무라도 할 수 없음이니이다."(《요한복음》, 제3장 2절)

—— 친애하는 기통, 결국 우리는 의견의 일치를 보기에 적합한 명분과, 복음적 증거를 부여하기에 적합한 의미로 돌아왔습니다.

—— 분명히 그렇습니다. 그것이 좋은 것이든 나쁜 것이든, 믿지 않을 이유들은 **단순히 믿어야 할 이유들을 믿지 않는 이유**들에 다름 아닙니다. 그것들은 복음서 안에 있고, 그것과 분리되지도 않습니다. 18세기의 철학자들은 이러한 신앙의 신빙성을 실추시키려고 하였습니다. 그리스도교도를 포함해서 적지 않은 수의 학자들이 그 경지에 도달하였습니다. 내 작품은 하나의 비평입니다. 나는 이 비평을 반동적인 정신 안에서 추진해 나간 것이 아니라 좀더 완전하고, 좀더 진화되고, 좀더 성숙한 정신에서 출발하였습니다.

—— 그렇기 때문에 당신은 예전에 변호라고 부르던 것을 종교적 비평이라고 부르는군요.

—— 많은 그리스도교도들이 고통 속에서 그들의 신앙생활을 합니다. 왜냐하면 그들은 이 신앙이 그것의 심오한 구조 안에서 어떤 합리적인 신빙성을 획득하는 것을 느끼기 때문입니다. 그러나 그들은 18세기의 철학적 비평에 지나친 신뢰를 보냅니다. 그것은 내가 이성과 의심의 비평으로는 불충분하다고 믿는 개념에 의거해 펼쳐지는 것인데도 말입니다.

—— 이 그리스도교도들의 영적 생활은 어떻게 되겠습니까?

—— 그들의 신앙생활은 이성과 분리됩니다. 비합리적이 된 신앙은 두 개의 극단 사이에서 발전되어 갑니다. 즉 한편으로 그

것은 강하고 심오한 것이 되어, 너무 감정적이거나 광적인 계시주의로 선회할 위험이 있습니다. 다른 한편, 이 결함들은 피하지만 그 신앙은 진지하지 않은 것으로 약해집니다. 이 둘 사이에서 신앙은 생생하면서 개인적으로 강하지만, 이미 스스로를 증명할 수 없는 것이 될 터입니다.

— 이들 신자들은 '계몽주의'적 합리주의에 반응합니까?

— 네, 그러나 이성보다는 신앙의 주관적이며 자발적인 측면을 고무시키면서 그렇게 합니다.

— 우리에게 신앙을 단순히 하나의 추론에 대한 결론으로 소개하면서, 이러한 반동에 대응해서는 곤란할 것입니다.

— 베르그송, 하나의 추론이란 거의 공리화되어 있지 않고 반성적이지도 않지만, 실존적인 운동에 포함되는 것입니다. 그럼에도 그것은 그 고유의 추론 구조를 지킵니다. 그렇기 때문에 나는 뉴먼의 《동의의 원리》를 좋아합니다. 그러나 그러한 추론은 일반성 위에 작용하지 않습니다. 그것은 무엇보다도 근본적인 기적 위에서 작용한다는 느낌입니다.

— 당신은 분명 예수의 부활에 대해서 말하고 싶은 것이겠지요.

— 그렇습니다. 나는 항상 그리로 되돌아옵니다. 우리의 부활에 대한 약속에 합당한 그리스도의 부활은, '사랑'의 계시에 대한 중심적 신비인 동시에 우리가 지니는 희망의 대상이고, 신앙의 신빙성을 확인해 주는 주요 원인입니다. 우리가 예수의 부활에 대해서 사도들이 보여 준 증언의 관점에 설 때, 모든 것은 단순해집니다. 그리스도의 부활은 모든 신학과 모든 변호를 그 안에 잠재적으로 담고 있습니다. 그럼 사도들이 거짓 증언자들이거나 환상으로 가득 찬 계시론자들이라는 말입니까? 질

문이 그렇게 됩니다.

── 사실입니다, 기통. 거짓 증언이나 계시에 대한 개념은 이미 사도 바울에게서 발견됩니다.(〈고린도전서〉, 제15장 15절) 〈마태복음〉 끝머리에 있는 논쟁의 대목은(제28장 11-15절), 문제가 되는 그런 입장 안에서 기입된 것입니다.

── 만약에 사도들이 진실을 말했다면, 그리스도는 진짜 부활한 것입니다. 그렇다면 더 많은 이유들이 필요할까요?

── 그들이 진실을 말했다면 우리는 확실히 만족합니다. 그러나 그것을 어떻게 압니까? 기통, 우리는 항상 증언의 문제로 되돌아옵니다. 왜 그것이 어려울까요?

── 베르그송, 신앙이 어려운 것은 그것이 전적으로 빈약하고 전적으로 단순하기 때문입니다. 신앙은 마치 당신의 철학과도 비슷합니다. 우리는 풍요롭고 기술이 지배하는 사회 안에서 살고 있습니다. 이제 우리는 복잡한 것만을 존경하게 되었습니다.

── 기통, 이해하기 가장 어려운 것이 가장 단순하다는 말이로군요. 그렇기 때문에 철학다운 철학이 그토록 어렵고, 그토록 희귀한가 봅니다.

── 《사고와 운동》에서 당신은 그것을 단순성의 정신이라고 부르고 있습니다.

── 네, 그러나 흔히 단순함은 단순주의로 간주됩니다. 복잡함에 언도된 인간은 시스템과 역학 사이에서 방황합니다. 인간은 이미 어디에서도 삶과 삶의 양식을 발견하지 못합니다. 단순해지기 위해서는 수백 년이 필요합니다.

── 베르그송, 어떤 한 사람이 '사랑'이었다는 믿음이 나의 신앙의 핵심입니다. 다른 어떤 사람도 그 사람처럼 말한 적이

없었습니다. 결국 이 세상에서도 '사랑'이라는 말이 들려 오게 되었습니다. 그러나 세상은 사랑을 원하지 않습니다. 세상은 얼어붙었습니다. 따라서 '사랑'은 제명되었습니다. 그것은 거부되었습니다. 그것은 형틀 위에서 죽었습니다. 바로 십자가라는 형틀입니다. 우리는 십자가 위에서 '사랑'을 봅니다. 이러한 조건 안에서 삶이란 무엇이며, '신'은 무엇이고, 우리에게 남은 희망은 무엇입니까? 즐기자, 내일이면 우리는 죽는다. 사도 바울은 이렇게 말하고 있고, 그리스도의 죽음 이후에 그의 사도들도 이렇게 생각하였습니다. 그 전에는 '사랑'의 출현 증인이었던 그들이 혼란에 빠지게 되었던 것입니다. 그들은 이미 삶에 대한 아무런 말도 들을 수 없었고, 다만 절망을 진정시키고 난 후에 자성의 지혜를 찾는 힘의 소리만 들을 뿐이었습니다. 그래서 사도들은 무덤에서 나간 그리스도를 보았다고 내게 이야기합니다. 그것은 전설이 아닙니다. 그럴 만한 시간적 여유가 없습니다. 사도들은 초창기부터 그 이야기를 하고 있습니다. 게다가 그것은 비 온 뒤 날씨가 맑게 갠다든가, 겨울 다음에는 봄이라고 말하는 것과 같이 신화의 계열에 속하는 것도 아닙니다. 내 생각에 그것은 기적이며, 신비로운 역사적 사실입니다.

— 기통, 당신은 예의 저술에서 이전의 여러 다른 역사적 사실들과 긴밀히 결합되어 있는 하나의 사실이 중요하다는 이야기를 충분히 하지 않습니다. 그것은 어떤 것과도 연결시킬 수 없는 이상한, 고립된 사실이 아닙니다. 《성서》에서 이야기하는 대로 그리스도는 부활하였고, 그 사실이 히브리 역사의 모든 짜임과 함께 《성서》 전체와 체계를 형성합니다.

— 당신이 옳습니다, 베르그송. 나는 내 책에서 그것을 충분히 말하지 않습니다.

— 그리고 또 한 가지, 이제는 있는 그대로의 신기하고 몰상식한 사실이 중요한 것이 아닙니다. 기통, 그 사실이 하나의 의미를 지닌다는 것 자체가 중요합니다. 즉 그것은 '사랑'이 죽음을 이긴 것과, 이후 모든 인류는 이 죽음을 이긴 '사랑'의 영원한 삶을 살게 될 것을 의미합니다.

— 친애하는 베르그송, 그 점에서 우리는 합의점에 도달하였습니다. 우리가 그 의미를 이해하지 못할 때, 그 사실은 거의 신빙성이 없다는 점을 인정합니다. 왜냐하면 그때 우리는 거기에서 히브리 역사의 현실과 인간 존재의 철학적 문제가 직결된 중요한 연관을 알아채지 못하고, 이상함만을 보기 때문입니다. 그러나 그 사실이 없다면, 당신도 인정하다시피 이해하여야 할 의미도 없을 것입니다. 혹은 차라리 그 반대로 이해하여야 할 것입니다. 왜냐하면 죽음이 '사랑'을 집어삼킨 것이 될 테니까요.

— 바로 그렇습니다, 기통. 그러니까 신화도 전설도 아니라 의미로 채워진 역사적 사실입니다. 그리고 그 의미는 바로 그 사실의 사실성에서 나오는 것이구요.

— 신앙의 의미는 전부가 이 단순한 사실 안에 있습니다. 베르그송, 따든 잃든 우리는 여기에 모든 것을 겁니다. 사도 바울은 이같이 말했습니다. "만약 그리스도가 부활하지 않았다면, 우리의 신앙과 우리는 공허한 것이고, 사도들인 우리는 거짓 증언자들입니다." 따라서 나는 증인들을 마주하고 있습니다. 그들은 내게 이렇게 말합니다. 내가 그들을 믿겠습니까? 아니, 천만의 말씀입니다! 나의 첫번째 반응은, 그들에게 아테네 사람들이 사도 바울에게 한 바와 같은 대답을 하는 것입니다. "물론입니다. 물론이고말고요. 그 점에 관해서 다음번에는 당신이 우리에게 말해 주십시오."

—— 그렇지만 당신은 부활하고 싶지 않습니까?

—— 전혀 그렇지 않습니다. 항상 나는 육체가 약간은 거추장스럽습니다. 살과 뼈로 된 내 아내 마리 루이즈를 다시 본다는 것도 우스운 일입니다.

—— 그러면 불멸은 어떻습니까, 기통?

—— 지겨운 일입니다.

—— 그것을 믿습니까?

—— 나는 그것을 믿고, 또 나는 '신'을 존경하므로 그것은 아마 좋을 테지요. 그러나 나의 자연스러운 감정대로라면, 단지 늙은이로 살다가 삶에 대한 포만감으로 죽고 싶을 뿐입니다. "이젠 됐어" 하면서 말입니다. 만약에 포만감이 일어나지 않는다거나 두렵다면, 무한정 이곳에서 계속 살고 싶을 것입니다. 게다가 나는 이제 싫증이 나서 끝마치게 되는 것이 기쁩니다. 나는 종종 무(無)를 동경합니다. 혹은 시간 안에 다시 태어나고 싶어합니다. 그러나 '신' 안에서의 불멸과 부활은 너무나 숭고합니다. 나는 부득이하게 영원한 '관념'의 세계를 꿈꾸는, 지성적이며 비개성적인 한 영혼의 영원성을 이해할 수 있다고 생각합니다. 그러나 사람의 영혼의 불멸이란…… 왜냐하면 '신'이 그것을 관장하니까요.

—— 그러나 당신이 그것을 믿고 싶지 않다면, 왜 그것을 믿습니까?

—— 왜냐하면 그것이 진실이라고 생각하기 때문입니다. 그래서 나는 어쩔 수 없이 그것을 믿는 것입니다. 코끼리를 크다고 믿지 않는 이유가, 내 자신이 그 코끼리를 만들었기 때문은 아닙니다.

—— 당신은 소름끼치도록 합리적입니다.

— 내가 존재하므로 나는 존재합니다.

— 이상한 일입니다, 기통. 당신은 본성적으로 그리스도교적인 영혼을 가지고 있지 않습니다.

— 그렇습니다. 나는 본능적으로 설교자들을 경멸합니다. 어쩌면 그리스도교조차도 그럴 것입니다. 내가 살아오면서 모든 것을 보았다! 사도들이 왔다. 나는 이런 사람들을 미쳤다고 생각합니다. 이 세상에는 많은 미친 사람들이 있습니다. 그것은 어떤 유형의 미친 사람일까요? 겉으로는 꽤 온화하지만 다른 미친 사람들 모두와 마찬가지로 약간은 위험할 수 있는, 그런 종류의 미친 사람입니다. 혹은 주변에서 흔히 볼 수 있는 사기꾼들입니다. 그들은 스스로 부유해지기 위해서, 혹은 이득을 보기 위해서 신앙의 신빙성을 이용합니다. 이것이 내가 무의식적으로 생각하는 것입니다.

— 더 생각해 볼 필요 없이 왜 집어던지지 않습니까?

— 당신도 이렇게 썼습니다. "예수의 존재를 부정할 수 있는 정도의 사람들도 산상설교가 복음서에 나타나는 것을 막지는 못할 것이다." 그것이 사랑의 출현입니다. 그것이 사랑의 창조이며, '사랑'의 계시입니다. 그 총체성 안에서 인류가 아직 받아들이지 못한 재능을 창조하는 것입니다. 그런데 이러한 재능의 창조는 신비적이 아니라 광의의 역사적 정신 상태, 또 삶이라든가 죽음, 예수의 부활 같은 역사적 주요 사건에 대한 확언과 본질적으로 결속되어 있음을 발견할 수 있습니다. 사도들이 옵니다. 나는 미친 사람이거나 사기꾼, 혹은 불쌍한 바보들을 마주하고 있다고 가정합니다. 나는 그들을 그들의 망상으로 되돌려보내고 싶지만, 그러나 망상은 없습니다. 하나의 천재적인 메시지가 있을 뿐입니다. 단 하나 망상적인 것은 부활입니다. 그

러나 만약 부활이 없다면, 천재적인 것은 망상적이 되지 않을 것입니다. 그런데 천재적인 것이란 망상적인 것이거든요. 우리가 신화도 전설도 마주하지 않을 때, 우리는 역사적 사실을 마주하고 있습니다. 그것이 아니라면 신빙성이나 진지함의 결핍, 지나친 주관, 사기, 정신병리학, 환영 등등 인간정신이 지닌 더 열등하고 더 병약한 것의 결실을 대면하고 있습니다.

베르그송은 생각에 잠겼다. 그리고 나에게 거의 엄숙하다시피 한 태도로 물었다.

—— 내가 당신을 잘 이해하였습니까, 기통? 당신의 요지는 이렇습니다. 즉 그리스도교가 역사적 진실이라는 의미에서 진실이 아니라면, 당신은 그것을 우리가 합리적으로 취급할 수 있는 것보다 훨씬 아래에 위치시키면서 역사적으로 설명할 수밖에 없다는 것입니다. 또 만약 우리가 그것의 지적·정신적 **지위**—— 이런 표현을 감히 쓸 수 있다면 —— 를 인정한다면, 그것을 예수 그리스도의 부활이라는 가공적인 단순한 사실을 **빼**고 다르게 설명하기란 매우 어렵다는 것입니다.

—— 당신은 나를 완벽하게 이해하였습니다. 베르그송, 나는 복음서에 나오는 사건들이 사실이 아니라면, 우리는 '복음서들'을 가질 수 없었을 것이라고 생각합니다. 그런데 우리는 그것들을 가지고 있습니다. 믿을 수 없는 사실이 영적인 재능과 새로운 삶의 창조와 그토록 필수불가결하게 연결되어 있는 것입니다. 또한 나의 모든 난처함도 거기에서 나옵니다. 왜냐하면 명백히 설화인 이야기에서 메시지에 담긴 천재성을 인정해야 하기 때문입니다. 만약 그 이야기에 설화성이 없다면, 아무리 천재성으로 번쩍이는 의미로 꽉 찬 메시지이더라도 그 안에서

우리는 아무런 의미도 천재성도 찾아볼 수 없을 것이기 때문입니다. 따라서 나는 신비를 받아들이든지, 아니면 모든 신비보다 더 모호한 부조리로 만족해야 할 것입니다. 부조리란 정상적인 사건들을 고려조차 하지 않는 것이지요. 12명의 남자들이, 아니 5백 명이더라도 그들의 스승이 부활하지 않았다는 사실을 알고도 한결같이 세상에 그 반대를 입증하기로 결정했다고 상상해 보십시오. 그러면 대부분의 사람들은 비밀을 누설하든지 그 장난을 그만두지 않는 한, 그들이 장난이라고 생각하는 것에 대한 충성심 때문에 목이 잘리고 말 것입니다. 당신은 내가 왜 미테랑에게 늘 부조리와 신비에 대한 이야기를 했는지 알고 있습니다. 부활은 하나의 신비한 사건입니다. 누가 그것을 부정하겠습니까? 그러나 내가 합리적으로 이 신비를 받아들이지 않는 이유는, 그것이 미친 사람들의 이야기로 변형시켜 마땅한 지극히 경험적인 현실이기 때문입니다.

— 기통, 당신의 이야기를 듣고 있으면 모든 것이 증명되는 느낌입니다.

— 어떤 것들은 입증이 됩니다, 그렇습니다. 그러나 입증을 하였다고 해서, 그것이 신앙이 되는 것은 아직 아닙니다. 마치 믿음이 아직 사랑이 아닌 것과 마찬가지입니다.

— 당신이 옳다고 확신합니까?

— 나는 내 행동에 책임을 집니다. 각자는 자신의 행동에 책임을 집니다.

— 그러나 당신은 의심하지 않습니까?

— 왜냐하면 사도들 자신도 의심을 품었기 때문입니다, 베르그송. 부활한 예수 앞에서까지도 예외는 아닙니다. 만약 사도들이 의심을 품지 않았더라면, 그들은 우리에게 신앙에 걸맞

는 증인이 되지 않았을 것입니다.

—— 기통, 마치 아우슈비츠가 악의 질서 안에 있듯이, 복음서는 선의 질서 안에 있습니다. 그것을 믿기 어렵다는 사실이 그 증언을 당연히 받아들이도록 합니다. 게다가 사실에 대한 무관심이 그 사실의 원인과, 또 가장 심오한 존재 이유에 연결되어 있습니다. 기통, 어떻게 결론지을 수 있습니까?

—— 사도들의 의심을 나누어 가짐으로써, 그들의 믿음도 나눌 수 있습니다.

—— 당신의 믿음의 힘에 무엇이 부족합니까?

—— 더 많은 사랑의 경험이 부족합니다. 나는 좋은 그리스도교도가 아닙니다.

—— 당신의 냉정함이 나를 얼어붙게 합니다. 당신은 그렇게 말하면서, 의심하지 않는 사람들에게 의심을 심어 준다는 두려움은 없습니까?

—— 그들이 나와 같은 의심을 품는다면, 나와 같은 신앙도 갖게 될 것입니다.

—— 당신은 지금 종교철학의 차원으로 축소된 소박한 믿음이 아닌, 사실적이며 초현실적인 사건을 대상으로 하는 깊은 신앙에 대해 말하고 있습니다.

—— 그것은 자명한 일입니다. 베르그송, 일단 초현실적 사실이 제거되고 나면, 그리스도교가 얼마나 평범한 것이 되는지 눈치채지 못하였습니까? 그렇게 되면 무엇이 남겠습니까? 존경할 만하지만 꽤 부담스러운 도덕주의, 인간의 비극을 없애지 않은 '신'을 항상 변명하려 애쓰는 듯한 인도주의, 공감적인 **연대주의**, 세기의 사건들이 개선되어 가리라는 막연한 희망. 이 모든 것은 굳건하지 못하고, 심오하지도 못합니다. 이 덕성

스러운 진부함을 가르치기 위해서 '신'을 인간으로 이동시킬 필요가 있을까요? 초현실을 없애 보십시오, 그리스도교는 텅 빈 것이 됩니다.

— 나는 당신의 의견에 전적으로 동감입니다, 기통. 성직자가 합리적이 되면, 성당을 비우고 종파들을 만들어 냅니다.

— 우리에게 이미 신앙심이 남아 있지 않더라도, 죽은 신앙을 장사지내는 일이 남아 있습니다. 만약 그리스도가 부활하지 않았다면, 신비를 평범하게 만들면서까지 제의실 안에서 눈물을 쥐어짜지 맙시다.

— 당신은 뭐라고 충고하겠습니까?

— 내가 실제로 존재하는 초현실의 존재를 믿지 않는다면 말입니까? 무능력한 하늘을 향해 침을 뱉고, 인간의 계급투쟁을 위해 사는 데 우리의 노력을 바쳐야 할 것입니다.

— 계속하십시오, 기통.

— 우선 나는 감정적인 신자가 아닙니다. 나는 그런 사람들을 존경합니다. 그들은 나를 생긴 대로 받아 주었으면 합니다. 어쨌든 나는 그들에게 꽤 유용할 것입니다. 나는 이성에 의한 신자입니다.

— 종종 비신자들은 매우 너그럽습니다. 그들은 신앙을 공유하지는 않지만, 그리스도교의 가치를 존중합니다.

— 그들을 이해는 하지만, 그들은 그릇되었습니다. 자유사상가가 되어야 합니다, 베르그송. 그리고 심지어 반종교적이 되어야 합니다. 그렇지 않으면 우리는 **급속히 증가한 비상식** 아래에서 매장되고 말 것입니다.

— 그런 것이 당신의 신앙입니까?

— 적어도 신앙에 대한 나의 추론은 그런 것입니다.

── 매우 비평적인 신앙입니다. 고도로 날카로운 비평이구요. 그래서요?

── 그리스도주의가 **비평**을 설득합니다.

── 그것은 당신이 하는 비평보다 비평 자체에 더 만족하는 비평입니다.

── 그렇습니다. 르낭이나 루아지, 또 최근의 다른 비평가들의 비평이 그렇습니다. 그것은 의심하지만, 결코 의심을 의심하지 않습니다. 그것은 비평이 되고 싶어하지만, 결코 비평을 비평할 수준에 이르지는 못합니다. 그렇기 때문에 생생한 증언을 무시하게 되고, 실제로 존재하는 초현실에 대한 비판도 하지 않으면서 거리를 두게 됩니다. 여기에서 불신은 대상의 검토에서 유래하는 것이 아니라 하나의 편견일 뿐입니다. **선험적** 형태가 검토를 대신합니다. 인간의 이성이 절대적인 것으로서 제기되고, 신앙의 대상에 적용되고, 그것을 초월하는 것을 절단합니다. 우리는 스스로 비평가로 자처하지만, 교조주의자의 원조입니다. 원래부터 단순하고 시대에 뒤진 이성을 믿는 교조주의자입니다.

── 만약에 믿는 이유가 간단하다면 기통, 문제는 사물을 다시 간단하게 할 수 있는 능력이겠군요. 그리고 그것은 그리스도 자신이 하는 이야기 같기도 합니다. "천지의 주재이신 아버지여! 이것을 지혜롭고 슬기 있는 자들에게는 숨기시고, 어린 아이들에게는 나타내심을 감사하나이다. 옳소이다. 이렇게 된 것이 아버지의 뜻이니이다."(〈마태복음〉, 제11장 25절)

── 믿는 이유들이 간단하므로 믿지 않을 이유들은 복잡해집니다. 즉 간단한 이유를 잘라내는 이성의 복잡화입니다. 풍부한 학식, 사치스러운 디테일, 세련된 기술, 그러나 통일의 부재, 존재로부터 정신으로의 즉각적인 증여의 부재, 존재의 단순

한 명료함의 부재, 지성적인 직관의 부재 등등.

— 인공적인 합리주의와 생명 없는 사고입니다.

— 내가 믿는 이유들은 **믿지 않을 이유들을 믿지 않는 이유들**이기도 합니다.

그는 말을 멈추며 미소를 짓고는 다시 말하였다.

— 내가 당신을 기진맥진하게 만들지 않았습니까?

— 거의 그렇습니다. 조제핀 때문입니다. 여자들이란……

— 여자들에 대해 험담하지 마십시오. 그녀들이 당신에게 하늘을 열어 줄 것입니다.

— 무슨 뜻입니까?

— 쉿! 아듀, 기통.

— 안녕히 가십시오.

나는 그에게 기계적으로 손을 내밀며 말하였다.

그는 잠시 내가 다른 생각을 하는 동안에 나갔다. 나는 그가 이미 문을 나서면서 몸을 돌려 내게 마지막 목례를 할 때에야 겨우 그를 알아보았다. 그러나 나는 내 생각에 빠져 있었기 때문에 대답을 하지 않았다. 그는 사라졌다.

나는 내가 대답을 잘하였는지, 또 이 모든 것이 글로 씌어지는 것을 내가 견딜 수 있을지 곰곰이 생각해 보았다. 나는 항상 나의 활약이 실망스럽다. 사람들은 나를 거만하다고 생각하지만, 사실은 정반대이다. 아니면 그것은 거만의 다른 형태일 것이다. 나는 슬펐다.

— 저 봐, 또 한 사람이 모자를 잊고 갔군.

이렇게 나는 혼잣말을 하였다.

마르즈나가 방 안에 들어왔다. 나는 베르그송의 중산모를 응시하며 의자 위에 앉아 있었다.

— 선생님, 계속되고 있어요.

— 조용히, 마르즈나. 생각중이오.

— 그렇지만, 선생님…… 저기…….

— 조용히 하라고 말했잖아요! 아니 차라리 대답해 보세요, 마르즈나. 당신도 이 모자가 보입니까?

— 물론입니다, 선생님. 저기…….

— 쉿! 저것은 중산모가 틀림없지요?

— 틀림없이 중산모예요, 선생님…….

— 조용히, 저것은 중산모로군요. 그럼 베르그송의 저 소중한 중산모를 파스칼의 깃털 옆에 놓아 주시오. 저기 원탁 위에, 됐소. 그대도 보다시피 우리에게 수집품이 하나 늘었군요.

그녀는 농담할 기분이 아니었다. 그녀는 화가 나서 어쩔 줄 모르고 있었다.

— 그런데 내게 무슨 말을 하려고 했소, 마르즈나?

— 계속이라구요. 한 사람이 더 있어요.

— 누구 말이오?

— 교황이에요.

나는 깜짝 놀란 충격으로 거의 죽을 뻔하였다.

— 교황이라구요!

— 아니, 아니에요. 지금 교황이 아니라, 그 교황 말이에요. 왜 다른 교황 있잖아요. 이름은 모르겠는데! 선생님 책상 위에 그의 성무일과서가 놓여 있었는데…….

— 바오로 6세!

— 맞아요.

— 그럼 그를 들어오시게 해요. 자, 뭘 우물쭈물하는 거요?

서두르시오, 제발! 그를 벌써 안내하였어야 했소. 들어오시라고 해요, 어서, 어서.

그녀는 작은 소리로 투덜대며 서둘러 나갔다.

── 맙소사, 말도 안 돼! 무슨 주인이 이렇게 괴팍하담!

그녀는 언제나 무례하였다. 그리고 그녀는 나의 호의를 남용한다. 나는 경련을 일으키며 있는 힘을 다해 몸을 일으켜서는 지팡이에 의지하고 서 있었다. 어디 한 번 내 입장이 되어 봐라 하고 중얼거리면서. 이 아가씨는 나를 신경질나게 한다. 교황을 기다리게 하다니. 나는 현기증을 느꼈고, 쓰러질 뻔하였다. 그러나 나는 선 채로 교황을 영접하고 싶었다.

어떻게 바오로 6세가 나로 하여금
가톨릭교도가 된 좋은 이유와
나쁜 이유를 고백하게 하는지 보다

― 성하(聖下)!

― 기통, 당신을 다시 만나다니 기쁘기 한량없습니다!

― 성하! 무궁한 영광입니다.

― 그렇지 않습니다. 기통. 지당한 일입니다. 그런데 좀 앉으십시오. 당신 같은 상태에서 그렇게 서 있지 마십시오.

나는 먼저 앉기를 사양하며, 그에게 나의 작은 의자 앞에 있는 소파를 가리켰다. 그가 앉자 나도 따라 앉았다.

― 기통, 당신은 내가 성당의 울타리 안에 그토록 쓸쓸히 갇혀 있을 때, 매년 9월 8일이 되면 한 해도 빠짐없이 충실히 나를 찾아 주었습니다. 당신의 방문이 내 마음을 얼마나 기쁘게 해주었는지요! 아니, 나는 사실을 말할 뿐입니다. 나의 친애하는 벗이여, 좀 어떻습니까? 고통스럽지는 않습니까? 내가 당신을 위해 얼마나 기도를 하는지 아십니까! 나는 당신을 매우 신뢰합니다.

― 그렇지만 언젠가 카스텔 간돌포에서 당신은 내게 말했습니다. "기통, 기통, 나는 당신에게 이탈리아인이 해줄 수 있는 가장 좋은 칭찬을 해주겠습니다. 기통, 당신은 **못된 놈**, 못

된 놈, 못된 위선자입니다."

— 나도 기억합니다. 해가 저물 무렵이었지요. 우리는 내 잉어들에게 먹이를 주기 위해서 기다란 오솔길을 걸어가고 있었습니다. 당신은 그때의 대화를 기억합니까? 우리는 '신'의 존재에 대해서 이야기하고 있었습니다.

— 네, 기억합니다! 당신은 내게 불쑥 이렇게 말했습니다. "말해 보세요, 기통. 당신은 믿습니까, 당신은 '신'의 존재에 대한 모든 증거들을 믿습니까?" 그때 저는 당신을 설득하기 위하여 최선을 다했습니다. 교황 성하, 나는 이제까지 당신만큼 똑똑한 무신론자를 만나 본 적이 없다고 증언할 수 있습니다.

— 그럴 리가! 무신론자의 몸과 마음을 두 시간 동안 유지한 교황은, 이 세상을 향해 어떤 무신론자라도 장 기통의 말에 개종될 수밖에 없다고 증언할 수 있습니다.

— 나는 당신이 내게 심어 준 신뢰의 힘을 끌어내었습니다. 그렇지 않습니까, 교황 성하. 당신은 나를 신뢰하지요?

— 그렇습니다, 기통. 나는 언제나 당신을 믿습니다.

— 내가 못된 놈이기 때문입니까?

— 못된 놈에다가 선생이고, **바보**이기까지 합니다. 용서하십시오. 교활함과 천진함의 흉내낼 수 없는 결합이지요. (잠시 침묵, 이어) 나는 사명을 띠고 왔습니다.

— 지상에?

— 아니, 당신에 관해.

— 그렇군요. '신'은 나를 그만큼 사랑하지 않는군요.

— 아니에요, 그 누구보다 사랑합니다.

— 누가 당신을 보냈습니까? 교황 위에 무엇이 있단 말입니까? 어쨌든 그렇지 않습니까……

—— 천당에서 교황은, 그 어느 때보다도 지상에서 그가 봉사자로 일했던 모든 사람들의 형제입니다. 나는 당신이 잘되기를 바라는 어떤 성녀가 보냈습니다.

—— 내가 잘되기를 바라는 어떤 성녀요? 도대체 그녀가 누구입니까? 사실 누구라도 상관없습니다. 모든 성녀들이 내가 잘되기를 바랄 테니까요. 모든 사람에게 그런 것처럼. 원래 그런 법이지요.

—— 아닙니다. 모든 사람에게 그러지 않습니다. 또 아무 성녀나 그러는 것도 아니구요.

—— 그렇다면 누구입니까?

—— 교황의 비밀입니다.

—— 그렇다면…… 성하, 당신의 사명은 무엇입니까?

—— 나보다 먼저 두 명이 다녀간 것으로 알고 있습니다. 그분은 당신에게 마지막 질문을 하라고 나에게 오셨습니다. 기통, 당신은 왜 가톨릭교도가 되었습니까?

—— 왜냐하면 나는 보편적이고 싶기 때문입니다.

—— 보편적이고 싶다는 것이 무슨 뜻입니까?

—— 자기 자신 안에 인류 전체를 모으고 싶은 것입니다. 전체를 이해하고, 전체를 사랑하며, 빛 안에서 전체를 드높이고, 빛 안에서 전체와 합치려고 하는 모든 것과 언제나 더욱더 결합하며 사는 것입니다.

—— 그런데 가톨릭 신앙은 어떻습니까?

—— 그것은 보편적 운동의 근본적인 축이며 구조입니다.

—— 기통, 보편적인 운동은 무엇입니까?

—— 인간의 역사가 지닌 의미입니다.

—— 철학자로서 이야기하는 것입니까, 아니면 교도로서 이야

기하는 것입니까?

— 교도로서, 나는 그리스도가 모든 것을 하나로 만들기 위해서, 또 모든 것이 일체성 안에서 이루어지도록 기도한 것을 믿습니다. 철학자로서, 나는 인간적인 모든 것이 보편성을 지향한다는 것을 압니다. 나는 또 모든 사람이 자신의 구석에 틀어박혀 있고 싶어하는 성향을 지닌다는 것도 압니다.

— 가톨릭 신앙도 그렇습니까?

— 가톨릭도 마찬가지입니다. 인류의 광활함을 향해 열린 영혼, 신의 심오함에 안기는 영혼이 될 수 있도록 싸워야 합니다. '신'만이 우리를 이와 같이 다른 사람들에게 결합시킬 수 있습니다. '신'과 우리 모두는 은밀하게 결합되어 있습니다. 그렇게 함으로써 우리 모두는 우리의 가장 가까운 이웃과 결합하는 것보다 더 밀접하게 모두와 연결됩니다. 각자를 '신'에 연결시키는 이 줄이야말로 모두와 모두를 잇게 해주는 유일한 것입니다.

— 그럼 우정은 보편적일 수 있습니까?

— 전체적인 우정은 보편적입니다. 그리고 오직 보편적인 우정만이 전체적인 우정이 될 수 있습니다. 개별적인 모든 연결은 보편적인 우정을 향해 열려 있지 않은 한 깊이가 없습니다. 가장 보편적이며 가장 전체적인 연결이야말로 무한한 욕망을 채워 줄 수 있는 유일한 것입니다.

— 당신은 그렇게 봅니까? 그렇게 생각하십니까?

— 모든 이기주의를 넘어서, 모든 것으로부터 초연하여 자기 자신의 삶과 죽음까지도 봉헌하면서 자기를 전부 바치지 않고는 '유일한 것', 모든 것, 현실 전체에 전적으로 합치되기란 불가능하다고 생각합니다.

—— 기통, 단지 초연할 뿐만 아니라 '유일한 것', 모든 것, 전체의 사랑 안에서 사랑하고, 또 기쁨에 들떠서입니다.

—— 초연, 생각…… 나는 사랑에 자신이 없습니다. 그러나 사랑의 개념은 매우 잘 이해합니다.

—— 그럼 경험은?

—— 다른 사람들이 그런 식으로 사랑했습니다. 그것은 사실이고, 서류들이 남아 있기에 나는 그것들을 검토합니다.

—— 기통, 욕망을 지닌 사람이 되십시오!

—— 나는 늙은 얀세니스트입니다. 나는 사랑하는 것이 부끄럽습니다. 그럼에도 나는 내가 사랑하였더라면 좀더 나았을 것이라고 생각합니다. 그리고 나는 그렇게 사랑하라고 가르쳤던 한 '스승'을 찾아 헤매었습니다. 이 세상을 통틀어, 그리고 온 역사를 통틀어 나는 예수 그리스도만을 찾았을 뿐입니다.

—— 그러나 모든 그리스도교도들이 그렇게 생각하고 있습니다. 그런데 그들 모두가 가톨릭교도는 아닙니다. 당신은 내게 왜 가톨릭교도가 되었는지를 말해야 합니다.

—— 진정으로 사랑하는 것, 그것은 언제나 살아 있는 그리스도에 합치는 것입니다. 그래서 우리는 '성당'을 신의 사랑이라는 꿀에 굶주린 영적인 벌떼의 무리라고 부릅니다.

—— 그리스도의 몸이겠지요. 당신과 나, 우리는 언제나 살레의 성 프란키스쿠스를 좋아했습니다. 기통, 당신이 왜 가톨릭교도인지 말하여 주십시오.

—— 하지만 성하, 이미 당신에게 말하였습니다.

—— 당신은 그 생각의 밑바닥을 말하지 않았습니다. 당신도 알다시피 당신은 파스칼에게 왜 '신'을 믿게 되었는지 그 이유를 말하였고, 그 이유는 매우 훌륭했습니다. 또한 베르그송에게

는 당신이 그리스도교도가 된 이유를 말하였습니다. 달리 대답했더라면 더 좋았겠지만, 그러나 당신이 말했던 이유로도 충분합니다. 당신이 왜 가톨릭교도가 되었는지, 내게 말한 것들은 아무런 가치가 없습니다. 그것은 유일하고 성스러운 공교회와 사도교회의 일원이 된 이유가 아니라, 그리스도의 제자가 된 것에 대한 보충 이유들입니다. 당신은 아무런 이유 없이 가톨릭교도가 되었습니까?

── 아닙니다, 성하.

── 왜 감춥니까?

── ……

어느 누구도 감히 나에게 그렇게 말한 적은 없었다. 그러나 어쨌든 그는 교황이었다. 교황이다. 교황 위에는 아무것도 없다. 물론 '신'을 제외하고는. 교황은 다시 말을 이어 나갔다.

── 나를 보낸 성녀는 당신에게 이 메시지를 전달하도록 했습니다. "바라옵건대, 우리의 친구 기통에게 주님의 말씀을 반복해 주십시오. 누구든지 사람들 앞에서 나를 부끄러워하는 자는, 나도 하늘에 계신 나의 '아버지' 앞에서 그를 부끄러워할 것입니다. 누구든지 사람들 앞에서 나를 알아보는 자는, 나도 그를 알아볼 것입니다. 또한 그에게 왜 가톨릭교도가 되었는지 물어보십시오. 그는 알 것입니다." 그래서 나는 매우 경애하는 친구이며 존경하는 벗인 당신에 대한 나의 임무를 수행하기 위해서 마지막으로 이 지고한 질문을 던졌던 것이고, 또 지금도 던지는 것입니다. "왜 당신은 가톨릭교도가 되었습니까?"

── ……

── 관례적으로, 둔해서, 습관적으로, 편리 때문에 당신은 가

톨릭교를 믿습니까?

— 아닙니다.

— 정치적이나 사회적 정열 때문입니까?

— 아닙니다.

— 민족주의 때문에?

— 허허 참!

— 변덕이나 자만 때문입니까?

— 그것도 아닙니다.

— 가톨릭교도라는 것은, 당신이 그리스도교도라는 사실에 덧붙여지는 별 중요치 않은 부수물입니까?

— 아닙니다.

— 그렇다면 당신은 영적·지성적·도덕적 이유에 의해 가톨릭교를 불가피하게 선택하였으며, 면밀하게 심사숙고한 후에 입회하였습니까?

— 그렇습니다.

— 그 이유가 무엇인지 압니까?

— 네.

— 무엇입니까?

— 나는 그것을 고백하기가 두렵습니다.

— 왜 그렇습니까?

— 다른 사람들 앞에서, 그리고 그들이 볼까 부끄럽습니다.

— 그것을 내게 말하십시오. 나는 그것을 고백성사의 비밀로 받아들이겠습니다. 어느 누구도 전혀 눈치채지 못할 것입니다.

— 그러면 성하, 고백하겠습니다…… 내가 왜 가톨릭교도인가 하면…… 왜냐하면…… 왜냐하면…… 아니, 말 못하겠습니다.

— 자 기통, 당신은 진정 나를 신뢰합니까?

— 네, 성하. 그러나 나는 나 자신을 믿지 못합니다. 나는 나를 신뢰해 본 적이 한번도 없습니다. 모든 사람들은 내가 나에 대한 신뢰로 꽉 차 있는 줄 알고 있지만…… 그러나 그렇지 않습니다. 나는 나를 전혀 믿지 못합니다.

— 그 이유들이 무엇입니까?

— 고백할 수 없습니다.

— 그렇지만 결국…….

— 안 됩니다. 설령 내가 성적인 추행을 고백한다고 해도, 이보다 더 나쁘진 않을 것입니다.

— 정말 못하겠습니까? 자비를 믿고 흉금을 털어놓으십시오.

— 당신에게 암거래와 공금횡령을 고백하는 것보다 더 힘든 일입니다. 안 됩니다…… 강요하지 마십시오, 안 됩니다.

바오로 6세는 아무 대답도 하지 않았다. 잠시 후, 그는 간단히 말했다.

— 친구여, 지친 듯하니 좀 쉬십시오. 다시 돌아오겠습니다.

나는 펄쩍 뛰었다.

— 유감스럽게도, 시간이 얼마 남지 않았습니다. 머물러 계십시오, 성하. 제발 끝까지 계십시오. 천당에 가기 위해서는 내가 이 잔을 마셔야 하겠습니까?

— 그렇습니다.

— 그렇다면 끝까지 계시겠다고 약속해 주십시오. 약속하십시오. 나도 그럴 권리가 있습니다. 나도 당신처럼 세례를 받았습니다. 당신이 교황이라는 것은 그리 중요하지 않습니다. 그보다 당신은 사제이고, 나는 죽어가고 있으며, 반은 지옥에 떨어진 불쌍한 놈입니다. 그런데 당신은 내게 속해 있습니다. 당

신은 식탁 위의 빵처럼 내게 속합니다. 당신은 내게 당신의 생명을 주었습니다. 약속하십시오, 몽티니, 약속하십시오!

—— 약속합니다.

—— 설령 내가 당신을 욕하며 내쫓는다 해도.

—— 약속합니다.

—— 아! 성하, 내가 배신이나 범죄를 고백하는 것보다 더 힘들군요.

—— 기도합시다.

그는 기도했다. 나는 생각했다.

—— 그러나 결국 기통, 당신이 내게 말하려고 하는 것 안에 나쁜 것이란 아무것도 있을 수 없습니다.

—— '신'의 눈에 나쁜 것은 아무것도 없습니다. 그러나 인간의 눈에는 다른 무엇보다도 더 나쁩니다!

—— 당신은 잠시 후면 죽을 텐데, 아직도 사람들이 어떻게 생각하는가에 신경을 씁니까?

—— 만약 내가 사람들의 판단을 두려워하지 않는다면, '신'의 판단을 두려워하리라고 생각합니까?

—— 대담하게 이야기해 보십시오. '천당'에 들어가기 위해서는, 이 두려움을 이겨내야 합니다.

—— 지존하신 성하…… 내가 가톨릭 신자인 이유는…… 그 이유는…… 내가 알기로 그것이…… 해야 하는 유일한 종교이기 때문…… 오!

—— 무슨 일입니까?

—— 내 가슴이…….

—— 쉬고 싶습니까?

—— 나는 곧 영원 안에서 편히 쉬게 될 것입니다. 그런데 인

생의 고통을 아낄 필요가 어디 있겠습니까? 아무것도 아닙니다. 많이 나아졌습니다. 떠나지 마십시오. 당신도 약속하였지요…… 네, 이제 나아졌습니다. 내가 무슨 말까지 하였지요?

—— 가톨릭은 ……해야 된다고 들은 유일한 종교였다는 이야기입니다.

—— 그렇습니다. ……해야 됩니다. 오…!

—— 제발, 말을 마치십시오.

—— 순종해야 합니다.

나는 너무 애를 쓴 나머지 기진맥진하여 의자 아래로 굴러떨어질 뻔하였다. 바오로 6세는 급히 다가와 나를 붙들었다. 나는 그의 귀에다 대고 숨소리로 말하였다.

—— 오직 당신에게만 이 점을 고백할 수 있었습니다.

—— 왜냐하면 내가 교황이기 때문이겠지요.

—— 그렇습니다. 당신은 교황이기 때문입니다. 어떻게 내가 교황에게만 이 말을 고백할 수 있다는 사실을 압니까?

—— 교황은 교황권의 신비를 이해합니다.

—— 몽티니, '신'은 당신을 바오로 6세로 만들면서, 당신의 존재와 운명 안에서 당신을 순종의 신비에 대한 증인으로 지정하였습니다. '신'을 향한 내면의 순종뿐만 아니라 우리와 같은 사람, 또 몽티니 당신과 같은 사람에게 하는 외형적인 순종도 포함됩니다. 우리의 관습에 의해 제정된 권위에는 순종하지 않지만, 그러나 '신'에 의해 수립된 권위, 우리가 선출한 사람이 아닌 '신'의 부름을 받은 사람들에게 위탁된 권위에는 순종하는 것입니다.

—— 또한 나약하고 빈약한 사람들에게 순종하는 것입니다, 기통.

— 성하, 당신은 이 순종 때문에 신물이 났겠지요. 언젠가 모든 사람이 당신이 인간적인 삶에 봉사했다는 점을 깨닫게 될 것입니다.

— 인간적 삶이라구요. 그렇습니다, 교황은 삶의 복음을 전해야 합니다. 삶은 좋은 것입니다. 노예로서가 아니라 '신'의 아들로서 순종하는 것이지요. 요즈음 사람들에게 그것은 고행의 십자가이고 구원의 십자가입니다. 자유의 길입니다.

— 절대적인 자유의 문입니다.

— 기통, 왜 우리는 순종을 혐오합니까?

— 나는 당신에게 스피노자처럼 대답하겠습니다. 사람들은 자기가 우월하다고 믿을 때, 또는 그렇게 된다는 인상을 받을 때 기뻐합니다. 순종하는 사람은 스스로 그 반대라고 생각합니다. 그는 당연히 저 아래에 있으며, 전락한 느낌을 갖게 됩니다. 따라서 그는 슬픕니다. 따라서 그는 그 슬픔의 원인을 증오하고, 그것을 파괴하기 위해 애씁니다.

— 수학적이군요.

— 기하학적입니다.

— 그럼에도 우리가 사회를 이루며 살고 싶다면, 우리는 반드시 순종해야 합니다.

— 지존하신 성하, 사람들은 자기네들의 자존심과 순종을 화해시킬 해결책을 찾아내었습니다. 그들에게는 다른 사람들에게 순종하는 것이, 결국 자기 자신에게 순종하는 것임을 상상하는 것으로 충분합니다.

— 그런데 그렇게 멋진 기적이 어떻게 일어납니까?

— 우리는 모든 사람에게, 또 각자에게 그들이 우두머리이자 왕이며 군주이고, 다른 사람들이 만드는 법의 제창자라고 말

합니다. 또 지도자는 국민의 뜻을 수행하는 사람에 지나지 않는다고 말합니다.

— 그럼 모두가 그 말을 믿습니까?

— 몇몇은 그렇습니다. 마치 아무것도 알고 싶어하지 않는 오쟁이진 남편처럼 말입니다. 진실 앞에서 괴롭기보다는 차라리 환상을 믿는 편이 더 낫다는 것이지요.

— 그들은 이제 순종하지 않을 것입니다.

— 반대로 그들은 훨씬 더 순종합니다. 어떻게 당신은 오늘날 책임 있는 정치가가 민주적이지 않기를 바랄 수 있습니까? 민주주의는 사람들을 순종시킬 수 있는 유일한 도구입니다. 그것이 없다면 그야말로 무정부 상태일 것입니다.

— 혹은 독재이든지요. 기통, 나는 당신보다 민주적입니다.

— 나는 당신이 민주주의자이며 그리스도교도였다는 사실을 알고 있습니다. 당신의 아버지도 그랬고, 나의 부모 역시 그랬습니다. 성하, 이 모든 것이 이제는 존재하지 않습니다.

— 그것은 존재할 것입니다.

— 어쩌면 그럴지도 모르지요. 그러나 내가 없을 때 존재할 것입니다. 하기야 상관없습니다. 내가 아는 것은 내가 떠나는 이 세상이 그렇게 과두정치였던 적은 한번도 없었다는 점입니다. 세상이 결합되면 될수록 더욱 그렇게 되어야 합니다. 또 언제나 세상은 좀더 잘 통제되기 위해서 더욱 민주적이 되어야 합니다.

— 당신은 권위주의자입니까?

— 반대로 나는 다른 모든 사람들과 마찬가지로 지배당하는 것을 두려워합니다. 그렇지만 그렇게 속이는 경우를 제외하고는 바보 취급을 당하는 것도 두렵습니다.

── 못된 놈, 위선자. 마키아벨리를 가리켜 이렇게 말하겠지요.

── 성하, 나는 60세 때 정치를 안다고 믿었습니다. 나는 미테랑 대통령을 만나고 나서야 내가 성가대 소년이었다는 사실을 깨달았습니다. 그는 나를 재교육시켰습니다.

── 게다가 그는 그가 바라던 이상으로 성공했다는 느낌입니다. 그러나 어쨌든 넘어갑시다. 베드로 성인이 당신의 정치적 견해를 묻지는 않을 테니까요. 그보다는 왜 순종 때문에 당신이 가톨릭교도가 되었는지를 말하면 어떻겠습니까?

── 나는 무엇이 가톨릭 신앙인지 정확히 알고 있다고 생각합니다. 이것은 자유로운 사람들에게 호소한다고 선포하는 종교이며, 그들에게 최고도의 자유를 요구하는 종교입니다. 그러나 그들에게 자유에 대한 사랑을 계발시키는 순간, 그것은 '신'에 대한 순종을 말하기 시작하는 종교입니다. 그들에게 인간에 대한 존중을 확장시키는 순간, 그것은 그들에게 포기와 희생을 이야기합니다. 이성의 힘을 고취시키는 순간, 그것은 신앙의 순종을 요구합니다. 그들의 위엄에 대한 인식을 고무시키면서, 그들에게 겸손을 가르칩니다. 그들에게 행복에 대한 기호를 부여하면서, 그들을 더욱 숭고한 기쁨으로 소환합니다. 그것은 여자와 인간적 사랑, 육체, 심지어 섹스까지도 복권시키면서 순수할 것을 가르칩니다. 그것은 인간에게 인간은 위대하다고 말하지만, '신' 앞에 무릎을 꿇게 만듭니다. 가톨릭 신앙이란 이런 것 아닙니까?

── 정확하게 그렇습니다.

── 그렇군요! 그런데 지존하신 성하, 우리 나라의 모든 장성을 배출한 고급 군사학교에서 20년을 가르쳤고, 《사상과 전쟁》을 집필한 나는 그런 메시지가 모든 원칙에 위배된다고 보증

합니다.

— 내게 설명해 보십시오.

— 만약 당신이 사람들이 '신'에게 순종하기를 원한다면, 그들에게 절대로 자유에 대해 언급하지 마십시오. 만약 당신이 그들이 자제하기를 원한다면, 그들에게 쾌락은 죄악이라고, 뿐만 아니라 모든 것이 죄악이라고 말하십시오. 따라서 중요한 것은 다른 것이며, 그러니 쾌락은 앞으로 절대로 가까이에서 바라보지 말라고 말하십시오. 만약 그럼에도 당신이 그들에게 자유에 대해 말한다면, 고삐를 풀어 주는 방법과 은밀히 조작하는 방법을 배우십시오. 한 마디로 정치적이 되어야 합니다. 마키아벨리를 읽으십시오! 그렇지 않으면 다시 반복하지만, 전체적으로 파악된 당신의 메시지는 수사학의 모든 법칙, 전략의 모든 원칙, 전술의 모든 책략, 마케팅의 모든 처방들, 효율적인 커뮤니케이션의 모든 법칙에 위배됩니다.

— 사랑을 중시해야 합니다.

— 알고 있습니다. 그렇지만 전략은 하나도 없다는 말인가요? 성하, 당신이 한 말이 얼마나 어려운지 알고 있습니까?

— 예수는 쉽지 않습니다.

— 이제 사람들은 희생하려고 하지 않습니다.

— 마찬가지로 기쁨도 원치 않습니다.

— 그들은 한결같이 행복하다고 말합니다.

— '신' 없이 행복의 문제가 다루어질 수 있다면, 사람들은 나를 필요로 하지 않습니다. 나는 예수 그리스도와 그의 기쁨을 위해서 봉사합니다.

— 당신은 언제나 그렇습니다. 그런데 그것은 당신이 아닙니다. 교황이 언제나 같은 것이지요. 구제불능입니다. 그렇습니

다! 아시다시피 나는 그러한 이유로 가톨릭교를 믿습니다. 이렇게 내가 직선적인 점을 성하께서는 용서해 주시겠지요. 그러나 나는 지금 기존에 내가 확신하던 가톨릭의 입장에 서 있는 것이 아니라는 점을 주목해 주십시오. 아니고말고요. 나는 객관적 관찰자의 입장에 서 있습니다. 즉 비평가의 입장 말입니다. 당신도 알다시피 많은 사람들은 당신의 이러저러한 입장 표명, 그것을 공평하고 객관적으로 보이게 하는 것이 무엇인지 이해하기가 어려울 것입니다. 따라서 나는 지금 그 사람들의 입장에 서 있습니다. 자, 그래서 나는 차갑게 추론하는 이런 유형의 모든 정신에게는 다음의 세 가지 가정이 가능할 뿐이라고 말합니다. 즉 교황이 바보이든지, 혹은 정신이 나갔든지, 아니면 그에게 설명할 수 없는 무엇, 또 본래의 의미로 신비한 무엇인가가 있다는 것입니다.

—— 왜 그렇습니까?

—— 다시 반복하겠습니다, 지존하신 성하. 이 가톨릭의 메시지를 모든 측면에서 분석해 보십시오. 그것은 이성과 자유·비판을 찬양하는 동시에 믿음과 지성의 희생, 그리고 불가해한 수수께끼를 인정할 것을 요구합니다. 그것의 윤리는 숭고하지만 어렵습니다. 그것은 해방의 일반적인 역동성을 가동시키지만, 권위가 저 높은 곳으로부터 오는 성당의 규율을 유지합니다. 그것은 십자가에 못박힌 예수 그리스도를 가리키면서 인간의 행복과 발전을 설교합니다. 이러한 경솔함과 모순으로 가득한 조직은 이 세상에서 유일할 것입니다. 그것은 마치 당신이 액셀러레이터와 브레이크를 동시에 끝까지 밟으면서 자동차를 운전하려고 하는 것과 같습니다.

바오로 6세는 미소를 지었다.

── 기통, 당신이 브레이크라고 부르는 것은 대걸레의 손잡이입니다. 떼어내기 위해서는 그 위로 잡아당겨야 합니다. 그리고 당신이 지적한 모순은 그리스도의 사랑 안에서 풀립니다.

── 나도 잘 알고 있습니다. 또 그것은 왜 우리가 그것의 단 한번의 유일한 기적으로 되돌아오는가의 이유이기도 합니다. 사랑이라는 기적 말입니다.

── 당신은 철학적으로 말합니다. 개인적으로 나는 《성서》에서 뽑은 다른 이유들을 가지고 있습니다. 게다가 당신의 이야기를 좀더 길게 듣고 싶지만 시간이 없습니다. 요약해서 결론을 지어 주기 바랍니다. 아직 한 가지 더 질문할 것이 남았습니다.

── 그렇게 하겠습니다. 성하, 당신의 업무는 잘될 수가 없습니다. 그것의 성공은 인간 본성의 법칙에 위배될 테니까요. 그런데 그것은 그럭저럭 유지되고 있습니다. 각 세기마다 그것은 곧 추락하리라고 장담했지만, 아직까지 계속되고 있습니다. 거짓말 같은 이야기입니다. 또 새로운 세기가 시작될 때마다 그 전의 세기와 다른 좋은 세기라고 말하며, 성당은 생겨나지 않을 것이라고 말합니다. 그런데 성당은 늘 생겨납니다. 20세기를 좀 보십시오. 공산주의가 그것을 매장시킬 뻔하였습니다. 모든 사람들이 그렇게 말하였습니다. 유물론은 넘을 수 없는 장애라고, 모든 사람들이 말하던 것을 당신은 기억할 것입니다. 나 역시 유럽 등지에서 최악의 상태를 예상하였습니다. 그런데 무슨 일이 벌어졌습니까? 성당이 공산주의를 매장하였습니다. 또 당신도 짐작하겠지만, 지금으로서는 영원히 지속될 것 같은 자유주의도 마찬가지일 것입니다. 인간의 눈으로 보면, 분별 있는 사람이라면 어느 누구도 '가톨릭 신앙'의 실천에 단 한푼

도 투자하지 않을 것입니다. 오늘날 사람들은 소비와 섹스가 성당을 쓸어 버릴 것이라고 이야기합니다. 그러나 나는 그런 말을 전혀 믿지 않습니다. 잘 모르긴 해도, 그것 역시 곧 사라질 것입니다. 나는 당신에게 그것을 거짓말 같다고 표현합니다. 이 모든 이야기가 사실 같지 않습니다. 사실 같지 않은 단 하나의 인간의 역사는 이스라엘의 역사입니다. 이 둘은 서로서로를 확인해 줍니다.

—— 나는 당신이 승리했다고 생각합니다, 기통.

—— 정반대입니다. 성하! 나는 매순간 당연히 무너지게 되어 있는 건물을 무한정 오르는 것 같습니다. 매순간 나는 비틀거립니다. 매순간 나는 안도의 한숨을 내쉽니다.

—— 진정하십시오. 예수가 저기 계십니다.

—— 단점은 말하지 않았습니다. 한동안 로마에 살게 되면, 무신론자가 되든지 쇠처럼 단단한 가톨릭교도가 되든지 둘 중 하나입니다.

—— 지나갑시다. 이쯤에서 끝냅시다. 한 마디로 말하면, 기통?

—— 가톨릭 신앙은 막강한 후원자를 가지고 있다는 말밖에 달리 할 말이 없습니다.

—— 이쯤에서 그칩시다.

—— 성하, '신'에 이르기 위해서 인간을 거치는 일이 나에게 얼마나 힘이 드는지 당신은 아십니까?

—— 신앙이란 이러한 인간적 중개를 받아들이는 것입니다. 이 점에 사랑의 신비의 열쇠가 있습니다.

—— 한 마디로 말한다면?

—— 인간적 지식의 질서 안에서 덜 완벽한 것, 그것이 믿는

것입니다. 자유로운 행동의 질서 안에서 덜 고귀한 것, 그것이 복종하는 것입니다. 이것이 사랑의 완전을 향한 길입니다.

—— 겸손은 생명으로 향하는 진리의 길입니다.

—— 그렇지요.

나는 울기 시작했다.

—— '신'은 개종하는 죄인의 눈물을 축복합니다.

바오로 6세가 말하였다.

—— 당신은 오해를 하는군요.

나는 격하게 대꾸했다.

—— 나는 내 죄 때문에 우는 것이 아니라 분노 때문에 우는 것입니다.

그는 그것은 또 무슨 소리이느냐는 듯한 시선으로 나를 바라다보았다.

나는 이렇게 대답하였다.

—— 사람들이 우리가 나눈 이야기들을 읽게 된다면, 앞으로는 아무도 내 책들을 읽으려 하지 않을 것입니다. 내 작품은 아무에도 소용이 닿지 않을 테고, 내 이름은 잊혀질 것입니다.

—— 당신은 어떻게 우리의 대화가 씌어지고 읽히리라는 것을 압니까?

—— 나는 그것을 알 수 있습니다. 모든 것을 알 수 있습니다. 게다가 오늘 밤은 모든 것이 특히 이상합니다. 혹시 내가 예언자가 된 것은 아닐까요?

—— 그렇다면 나 역시 예언자인 셈이로군요.

그때 바오로 6세는 사제가 하는 동작으로 두 손을 쭉 뻗으며 이렇게 말하였다.

—— 장, '신'의 이름으로 그대에게 선포하노라. 그대가 이같이

증언하였으므로 그대의 영혼은 신의 사랑 안에 흡수되었고, 그대의 이름은 사람들의 기억 속에서 지워지지 않을 것이로다.

그러자 나는 다시 울기 시작했다. 그는 내가 왜 우는지 묻지 않았다.

내가 코를 다 풀자, 바오로 6세가 다시 말을 꺼냈다.

— 선생, 아마도 나는 위대한 정신과 믿음을 지닌 종이 맞이하는 지고한 순간에 경의를 표하러 왔나 봅니다. 또 그가 통과해야 하는 고통스러운 과정에 동참하기 위해서도 왔습니다. 그러나 나는 당신도 말했다시피, 다른 무엇보다도 사제입니다. '신'은 당신의 구원을 위해서 내게 속마음을 고백하라고 독촉합니다. 선생, 내게 대답해 보십시오. 당신은 인생을 이겼습니까?

— 성하, 그 점에 대해서는 '신'이 내게 말해 줄 것입니다.

— 기통, 벌써 다 죽은 사람처럼 말하지 마십시오. 당신의 시간은 아직 다 소모되지 않았습니다. 마지막 순간까지 모든 것은 미결입니다.

— 나는 '신'을 위해 1백 년 동안 일했습니다. 나는 최선을 다했고, 알았고, 믿었습니다. 나는 내가 이해한 진리를 설명하기 위해서 50권의 책을 썼습니다.

— 그래서 결실이 있었습니까?

— 나는 50권의 책을 출판하였다고 당신에게 말했습니다.

— 알고 있습니다. 나는 그것들을 읽어보았습니다. 그러나 이제부터 '신'의 이름으로 중요한 것은 믿음이 아니라 사랑입니다.

— 지존하신 교황님, 나에게 아직도 사랑할 시간이 있겠습니까?

— 시간 안에 있는 사람은 언제나, 누구에게나 시간이 있는 법입니다.

— 유감이군요! 만약 내가 1백 년의 시간을 허비하였다면, 어떻게 이 마지막 순간에 기대를 걸어 보겠습니까?

— 뭐라구요? 당신에게 이야기 하나 해주겠습니다. 한 청년이 자살을 하였습니다. 비통에 빠진 그의 어머니는 아르스 지방으로 여행을 갔습니다. 그곳에는 아르스의 주임사제인 장 마리 비아네 사제가 있었습니다. 그는 아침부터 저녁까지 신자들의 고백을 듣고 있었습니다. 성당은 차례를 기다리는 사람들로 꽉 차 있었습니다. 여인은 마냥 앉아서 울었습니다. 그렇게 여섯 시간이 지나 그녀의 차례가 돌아오자, 여인은 고해실을 향해 다가가 무릎을 꿇었습니다. 격자창이 열리고, 채색 유리 너머로 한 줄기 빛이 통과합니다. 그녀는 성인의 눈에서 파란 빛을 보았습니다. 바로 그 파란 빛입니다. 그녀는 아무 말도 할 수가 없습니다. 성인은 가슴 깊이 숨을 내쉬었습니다. "그는 구원되었습니다." "어떻게 그것이 가능합니까?" "교량의 가장자리와 수면 사이에는 참회를 위한 공간이 있습니다."

— 지존하신 교황님, 참회란 무엇입니까?

— 결국 사랑입니다.

— 나는 사랑할 시간이 거의 없었습니다. 나는 생각을 하여야 했고, 믿어야 했고, 알아야 했습니다. 곰곰이 생각을 하여야 했습니다. 언제나 좀더 잘 알고, 좀더 굳건히 믿어야 했습니다. 그것이 내 인생이었습니다. 나는 늘 사랑을 다음으로 미루어 왔습니다. 기도 역시.

— 오늘 당장 사랑해야 합니다.

— '신'이 나머지를 좋아하겠습니까?

— '신'은 최종적인 것을 좋아합니다.

— 나는 신의 사랑과는 너무 멀리 떨어져 있습니다.

— 당신은 '맨 뒤에 서 있는 성 요한'입니다. 나는 '하늘'에서 그에게 사랑을 심으러 왔습니다.

— 나는 싸웠고, 탐구했고, 믿었고, 또 깨달았습니다. 아, 몽티니!

— 무슨 일입니까?

— 가슴이…… 이제 괜찮습니다…… 성하, 이제는 사랑이 두렵지 않다는 생각이 듭니다.

— 따라 하십시오. "하느님, 당신을 사랑합니다!"

— 하느님, 나는 당신의 신성한 종교가 진리임을 압니다.

— 그것이 중요한 것이 아닙니다, 기통. 말하십시오. "하느님, 당신을 사랑합니다."

— 하느님, 나는 당신의 존재를 굳게 믿습니다.

— 제발 기통, 나를 따라 하십시오. "하느님, 당신을 사랑합니다!"

— 도저히 못하겠습니다.

— 장, 마음을 여십시오.

— 나는 닫혀 있습니다.

바오로 6세는 '하늘'을 향해 두 손을 높이 올리고, 강경한 목소리로 외쳤다.

— 예수님! 예수님! 예수님!

나의 '구세주' 이름을 교황의 입을 통해 듣게 되자, 내 마음이 갑자기 녹아내렸다. 나는 이 최후의 순간에 '신'에게 말을 할 참이었다.

— 당신은 그에게 무슨 말을 하려고 합니까?

── 하느님, 나는 당신을…… 아…!

이렇게 나는 바오로 6세의 팔에 안겨 죽었다. 내가 넘어지는 것을 느낀 그는, 떨어지는 나를 받아 안아서 선량하고 정중하게 낡았지만 아름다운 매트 위에 뉘었다. 그는 내 눈을 감기고, 내 옆에서 무릎을 꿇었다. 그는 기도를 하였다. 마르즈나가 들어와서는 외마디 비명을 질렀다.

제 2 부

장례식

마지막 톨레도 여행,
그리고 그레코와의 만남

나는 기다란 복도같이 생긴 커다란 홀 안으로 들어갔다. 그 안에 휘장으로 가려진 거대한 벽이 보였다. 콘솔 위에 전화기가 놓여 있었다. 나는 곧장 벽 쪽을 향해 가다가 휘장 앞에 멈추어 섰다. 그리고 조용히 손을 뻗쳐 휘장을 열어젖히려다 주춤하였다. 나는 아무도 없는 가운데 혼자서 조그만 목소리로 말하기 시작했다.

— 나는 지금 그 어느 때보다도 시간과 영원 사이에 정지되어 있다. 죽음과 심판 사이에 흐르는 이 순간은 얼마나 흥미진진한가!

나는 생각에 잠겼다. 그러나 어느 새 나는 이렇게 중얼거리고 있었다.

— 수호천사는 나더러 변론을 준비하라고 했다. 하지만 사람이 1백 세에 이르러 죽을 때에는 더 이상 준비할 것이 없는 법이다. 나는 잠시 후에 내가 할 말을 아주 잘 알고 있다. 그는 또 나더러 기도를 하라고 충고했다. 나에게 무엇을 해야 한다고 말하는 사람은 언제나 있지만. 그들은 결코 어떻게 하라고 이야기하는 법이 없다. 나는 한번도 오랫동안 기도를 해본 적

이 없다. 나는 '신'에 대한 생각을 깊이 하는 것을 더 좋아한다. 그들은 나에게 그것은 같은 것이 아니라고 수차에 걸쳐 말하였다. 물론 그들에게 그것은 같지 않을 것이다. 그들은 생각을 하지 않는다. 혹은 거의 하지 않는다. 그러나 나는 생각하지 않고는 기도할 수 없다. 나는 생각을 시작하면, 언제나 기도로 끝마치게 된다. 그러나 내가 아주 짧은 기도를 시작하게 되면, 나는 생각을 하지 못하고 잠들어 버린다. 나는 자신이 너무 신비스러운 것인지, 아니면 너무 신비스럽지 못한 것인지 도무지 알 수가 없었다. 나는 신비한가, 혹은 '신'의 일들을 생각하는 것만으로 만족해 버리는 능력을 지녔는가? 잠시 후에 나는 이것과 이밖의 다른 여러 가지 일들에 대해 대답을 해야 할 것이다. 자, 이 나이에 무엇을 만회하겠는가. 게다가 나는 육체의 구속으로부터 자유롭다는 점을 이용하여, 이 세상에서 가장 숭고한 것을 보고 다시 생각해 보기 위하여 영혼의 날개를 타고 눈 깜짝할 사이에 이곳으로 오고 싶었다. 그러나 나는 휘장 앞에서 바보처럼 서 있고, 이 휘장을 열어젖뜨리는 데 여느 때와 마찬가지로 너무 수줍어한다. 누가 나를 도와 줄 수는 없을까?

16세기 카스티야풍의 옷을 입은 한 남자가 들어왔다.
—— 선생님, 이 휘장 뒤의 것을 보고 싶습니다.
그러자 남자는 말없이 다가와, 커다란 그림을 가리고 있던 휘장을 열어젖뜨리고서 두어 걸음 뒤로 물러섰다. 나는 톨레도에 와 있고, 엘 그레코의 걸작인 《오르가스 백작의 매장》을 마주하고 있었다. 나는 아무 말도 하지 않고 가만히 응시하였다. 내 시선은 땅에서 하늘로, 그리고 다시 하늘에서 땅으로 내려왔다. 휘장을 걷어 주었던 남자가 먼저 침묵을 깼다.

── 선생님께서는 톨레도에 처음 오셨습니까?

── 아, 아닙니다! 1924년에 처음 왔었습니다. 그때 내 나이 23세였지요. 《오르가스 백작의 매장》을 보러 이곳에 온 적이 있습니다. 그 당시 홀은 오늘처럼 밝지가 않았습니다. 그림은 어둠 속에 잠겨 있었습니다. 그것을 보기 위해서 작은 램프를 켜야 했으니까요. 그 불꽃의 광채로 이루어지는 뿌연 빛 안에서 놋쇠의 반사광에 의해 나는 땅과 기사들·하늘·천사들, 그리고 땅에서 하늘로 올라가는 백작의 영혼을 보았습니다. 나는 그렇게 해서 땅과 하늘 사이에 놓여진 사다리를 오르내리는 야곱의 꿈에 나오는 천사처럼 시간에서 영원을, 또 영원에서 시간을 왔다갔다했습니다. 저 높은 곳에서는 동정녀 마리아가 나를 맞이하여 주었고, 땅에서는 기도로써 이루어지는 황홀경이 있었습니다. 백작의 갑옷은 그의 돌같이 굳어진 얼굴만큼이나 싸늘하였습니다. 금빛의 제의(祭衣)를 입은 주교도 있었습니다. 표정들은 매우 근엄한 신비의 위엄을 지니고 있었습니다.

── 왜 그 기억이 납니까?

── 그 시절에는 절대로 한눈에 그림 전체를 파악하지 못하였습니다. 한 장소에서 다른 장소로 이동을 하여야 했고, 상상력의 도움을 받아 전체를 재구성하기 위한 추론을 하여야 했습니다. 오늘날 이 그림은 전체로, 또 한눈에 내게 그 모습을 보여 줍니다. 이 그림은 이렇듯 높은 곳과 저 아래 낮은 곳에 대해서 가지는 우리의 지식의 차이에 대한 영상입니다.

── 기통, 당신은 보는 것을 좋아합니까?

── 시간 안에서 살 때에, 나는 보는 것을 좋아하지 않았습니다. 나는 이미 본 것을 좋아하였습니다. 지금은 보는 것이 좋습니다. (침묵) 참 이상하지요. 나는 피안에서 이야기를 하고 있

는데, 당신은 아무렇지도 않으니 말입니다. 그리고 당신은 이상한 옷차림을 하고 있군요. 지금은 21세기입니다. 사육제 기간입니까? 당신은 누구시지요?

── 나는 그레코입니다.

── 당신이 그레코라구요?

── 당신이 장 기통인 것과 마찬가지로 이 또한 사실입니다. 당신은 파리에서 장례를 치르고 있으며, 지금 심판중에 있습니다. 나는 당신과 통할 수 있습니다. 그래서 당신이 톨레도에 왔을 때, 당신 곁에 있기 위하여 나도 이렇게 다시 온 것입니다. 당신은 이곳에 왜 왔습니까?

── 그레코, 나는 당신의 걸작품을 보고 싶은 단 하나의 목적 때문에 이곳 톨레도에 왔습니다. 내 나라에서 나의 장례식이 치러지고 있는 이 시간에, 나는 내 인생 중 이 순간의 영원한 진리를 바라보기 위해서 나의 신비로운 정신의 조국 스페인에 왔습니다. 오직 당신만이 죽음과 심판 사이에 흐르는 순간의 신비를 표현할 줄 알았습니다.

── 기통, 당신 역시 영원을 표현한 화가입니다.

── 오! 그레코, 그것은 비교도 되지 않습니다.

── 그럼에도 당신은 그렸고, 나는 당신의 그림을 좋아합니다. 당신은 왜 그림을 그렸습니까?

── 나는 글을 썼고, 그림을 그렸습니다. 그러나 몇 페이지를 쓰고 나면 마치 아무 말도 하지 않은 듯한 기분이 들었고, 차라리 침묵을 지킬 걸 하는 후회가 되었습니다. 그래서 나는 붓을 집어들었고, 펜이 달성할 수 없었던 사명을 붓에다 부여했습니다.

── 그런데 나는 내 붓이 신비를 표현하지 못했을 때, 차라

리 철학을 했었더라면 좋았을 걸 하고 후회합니다. 내가 단지 직업이나 본능에 의해 해놓은 것을 지성적으로 반성할 수 있었다면 얼마나 행복했겠습니까.

—— 천재성에 의해서겠지요.

—— 은총에 의해서입니다, 기통. 은총 덕분입니다.

—— 당신은 '신의 입김'이 '전능하신 주'의 모습으로서, 풍요한 당신의 본성 위에 머무르게 하는 재능을 지니고 있었습니다. 당신은 그의 목표에 동의하였습니다. 당신은 그의 영감을 따랐습니다. 그리고 당신은 자신의 눈과 손에서 나온, 모두에게 찬양받는 이러한 아름다움 앞에서 침묵하였습니다. 마치 동정녀 마리아가 동방박사의 찬사 앞에서 그러하였던 것처럼.

—— 기통, 그림이란 무엇입니까?

—— 시간의 패배이며, 공간의 영광입니다.

—— 나는 당신이 이것들을 이해하고 있으며, 우리의 생각이 가깝다는 것을 알겠습니다. 20세기의 회화는 데생을 잊고, 공간을 무시했습니다. 르네상스 시대는 그것을 너무 절대화시켰습니다. 그것을 상대화시키는 것으로 충분하였을 것입니다. 기통, 당신 역시 공간을 없애지는 않고 상대화시켰습니다.

—— 나는 당신을 모방했을 뿐이며, 멀리서 이 닮음을 생각하고 부끄러워했습니다. 정적으로 안정되어 있는 이상적이며 순수한 공간은 영원의 한 이미지입니다. 사물의 형태는 영원한 진리의 상징입니다. 그러나 형태와 공간성은 실체가 아니며, 신적인 것이 아닙니다. 그것들은 이미지일 뿐입니다. 그럼에도 그것들이 없다면, 우리는 그것들을 초월하는 것을 생각할 수 없습니다.

—— 기통, 이와 같이 우리의 예술은 원근법을 신성화시키지

않고, 크기에 구속되지 않으며, 기하학을 우상화시키지 않으면서 형태의 위엄을 존중합니다.

— 그레코, 색이란 무엇입니까?

— 백작의 갑옷과 동정녀 마리아의 망토, 그리고 주교의 제의를 보십시오. 우리가 감지할 수 있는 세상은 구체화된 빛이고, 그것의 실체는 방사(放射)입니다. 색깔은 빛의 영광입니다.

— 신비한 말입니다. 나도 가끔 그 말을 엄숙한 공식처럼 하였지만, 그 말은 무슨 뜻입니까?

— 당신은 천당에 들어갈 수 있기 전에 그 말뜻을 이해해야 할 것입니다. 그러나 '신'이 당신에게 한 천사를 보낼 것이고, 결국 당신은 이해하게 될 것입니다.

이때 전화벨이 울렸다. 그레코가 수화기를 들었다.

— 여보세요, 그레코입니다. ……네, 그는 여기에 있습니다. ……지금 곧이오? ……알겠습니다. ……또 뵙겠습니다.

그는 수화기를 내려놓고, 내게 이같이 말했다.

— 당신이 파리로 와야 한다는군요.

— 벌써요? 좋습니다. 곧 가도록 하겠습니다. 안녕히 계십시오, 선생님. 당신과 이렇게 빨리 헤어지다니 섭섭합니다. 어쨌든 이런 상황에서 나를 지원해 주셔서 감사합니다.

— 나로서도 퍽 즐거웠습니다. 당신이 '하늘'에 오게 되면, 나를 방문해 주십시오. 나는 예술가들이 사는 동네의 변두리에 위치한 조그만 수도원에서 살고 있습니다. 그때 더 이야기를 나누도록 합시다.

내 장례식을 좀더 편안하게 관람하기 위하여 앵발리드의 특별석에 자리잡다

나는 곧 파리에 도착하여 앵발리드로 날아갔다. 그곳에서 나의 장례식이 거행되고 있었다. 나는 저 높이, 쑥 들어가서 오르간과 얼마큼 떨어진 회랑 위에 자리를 잡았다. 그곳에서 나는 중앙 홀에서 일어나는 모든 광경을 볼 수 있었다. 나의 천사는 이미 와 있었다. 그는 나를 냉정하게 때렸다.

— 내가 당신을 급히 호출하였습니다. 사방에서 당신을 찾느라 난리가 났습니다. 이 세상의 위인들은 심판을 받기 전에 자신의 장례식에 참석해야 한다는 규칙이 미리 정해져 있습니다. 물론 예외는 없습니다. 이것도 시험의 일부이니까요. 당신은 지각할 뻔하였는데, 이제야 나타났군요. 영구차가 이제 막 앵발리드의 안뜰로 들어섰습니다.

— 앵발리드의 사령관은?

— 저기에 있습니다.

— 좋습니다. 군부는?

— 클레르몽 페랑에서 온 제12병사 분견대가 당신에게 경의를 표하러 왔습니다.

— 분견대? 몇 명이나요?

—— 스무 명 정도.

—— 더 많지는 않습니까?

—— 아마 더 적을 것입니다.

—— 믿어지지 않는군요. 나를 이렇게 취급하다니! 드 라트르 원수는? 그는 왔습니까?

—— 그는 직무에 충실합니다.

—— 됐습니다. 당연히 추기경이 미사를 집전하겠지요?

—— 아니, 아닙니다. 벵 트로아 보좌주교인데, 당신의 친구가 아닌가요?

—— 친구입니다. 분명히, 친구이고말고요. 그렇지만 추기경은 어디에 있습니까?

—— 로마에 있습니다. 교구회의가 있어서.

—— 설마! 실례지만 무슨 교구회의랍니까?

—— 그리스도교 윤리와 정신의 관계 안에서의 정치경제에 관한 세계 교구회의입니다.

—— 그 고역을 그가 어떻게 치러내겠습니까? 그는 정치경제에 대해서 전혀 아는 바가 없는데. (나는 더 모르지만.) 그게 아닐겁니다. 아마 다른 일이 있겠지요. 분명히 에어프랑스가 파업 중일 것입니다.

—— 전혀 그렇지 않습니다.

—— 그렇다면 너무하는군요. 그럼 정치인들은? 시라크는 내게 오겠다고 약속을 했는데, 왔습니까?

—— 그는 자카르타에 있습니다. 그 부인을 보냈습니다.

—— 그녀가 그보다 더 많은 기도를 해줄 것입니다. 그럼 수상은?

—— 오타와에 있습니다.

— 그리고 구(舊)내무부 장관은? 그는 내게 빚진 것이 있습니다. 그의 아버지 장례식 때에 나는 얼어죽을 뻔하였습니다.

— 보이지 않습니다.

— 그렇다면 부인이라도 보냈겠지요?

— 그런 것 같지도 않은데요.

— 이런 배은망덕한 사람 같으니! 부인조차도 보내지 않다니. 있을 수 없는 일입니다. 당신은 무엇을 적습니까?

— 아무것도. 내 느낌들입니다. 어쨌든 보건국의 예전 차관이 저기 있군요.

— 쳇! 누구 말입니까?

— 가이마르.

— 모르는 사람입니다.

— 매우 신실한 가톨릭교도입니다. 너무나 그런 타입으로 보입니다.

— 아마도 그렇겠지요. 나이는 얼마나 됐습니까?

— 서른다섯.

— 젊은이 한 명! 전직 장관 한 명. 보좌주교 한 명. 스무 명도 안 되는 사람들이 옹기종기 모여 있군요. 믿을 수 없는 일입니다. 그렇지만 나는 모든 것을 감수하겠습니다. 모든 것을.

— 지금 막 드뤼옹의 후임자인 프랑스 한림원의 종신 사무국장이 도착하였습니다.

— 종신 사무국장! 그 직책은 차라리 없는 편이 나을 것입니다. 그는 회전의자 건으로 나를 얼마나 괴롭혔습니까!

— 회전의자 이야기는 무엇입니까?

— 그는 한림원 기금으로 나의 허락도 받지 않고, 나를 위한답시고 전기 모터에 진짜 가죽으로 된 호화스러운 회전의자

를 구입했습니다. 그는 내가 그것을 사용하기를 원했습니다. 기통이 불구자라는 것을…… 은밀히 알리고 싶어서였습니다. 그는 노령으로 손발이 떨린다는 것이지요. 당신은 내가 계속해서 거절했는지를 생각하고 있군요. 나는 지팡이를 짚고 걸을 수가 있습니다. 그러더니 그는 나더러 그 비용을 환불하라는 것입니다. 나는 그 사람 때문에 무척이나 골치를 앓았습니다. 다행히 나는 이 비열함에 대해 신경 쓰지 않기로 하였습니다. 당신은 또 무엇을 적습니까?

— 아무것도, 아무것도 아닙니다. 내 느낌들입니다. 한림원 회원은 전원 출석한 것 같습니다.

— 대성황을 이루는군요. 그린은 보입니까?

— 네, 그는 1열 왼쪽에 있습니다.

— 졸고 있습니까?

— 아니오, 그는 이를 딱딱 마주치고 있습니다.

— 그는 늘 나하고 사이가 좋았습니다. 셍고르는?

— 그는 보이지 않습니다. 없습니다. 이제 조용히 하십시오. 당신의 관이 중앙 홀 위로 다시 올라옵니다. 그렇다고 해서 또 뾰로통하지 마십시오. 비록 저 아래는 비어 있지만, 저 위에서 당신은 아름다운 세상을 꼭 보게 될 것입니다. 자, 누가 오는지 보십시오.

셍고르가 앵발리드의 특별석으로 와서
나를 만나고, 나의 놀람은 계속되다

—— 아니 셍고르, 당신도 죽었습니까? 애통하군요, 친애하는 친구. 당신은 어디에서 오는 것입니까?

—— 나는 살아 있습니다. 층계로 올라왔습니다.

—— 하지만 어떻게 해서 우리가 서로 이야기를 나눌 수 있는 거지요?

—— 단순해지십시오, 기통. 사태를 있는 그대로 받아들이십시오.

—— 본론으로 돌아갑시다. 누가 내 후임자가 되었습니까?

—— 한림원에서요? 그것에 관심 있습니까?

그 질문에 나는 적잖이 충격을 받았다. 그는 아직 묻히지도 않은 나를 죽은 사람 취급하고 있었다. 나는 감정이 상해서 이렇게 대답하였다.

—— 당연하지 않습니까? 우선 나를 안심시켜 주십시오. 설마 그들이 가톨릭교도를 선출하려고 하지는 않겠지요?

—— 하지만 그것이 논리적일 것입니다. 그들은 가톨릭 철학자 한 명을 고려하고 있습니다.

—— 우습군요. 기통을 대체하지 않고, 그러니까 기통의 후임

을 정하지 않고 다른 일을 하다니. 셍고르, 특별히 무신론자에게 한 표를 던지십시오.

— 기통, 나는 언제나 당신의 유머를 좋아했습니다.

— 나는 매우 진지하게 이야기하는 것입니다.

셍고르는 만족해하였다. 그는 두 눈을 닦으며 내게 말하였다.

— 그보다도 내게 죽는다는 것이 무엇인지 말해 주십시오.

— 그것은 살아 있는 것보다 훨씬 재미가 없습니다.

— 그럼 천당은?

— 이제 알게 되겠지요, 알게 될 것입니다. 당분간 그 생각은 하지 않으려고 합니다.

— 좋습니다. 사제가 입장하는군요. 나는 다시 내려가야 합니다.

— 제발 그러지 마십시오! 조금만 더 있어 주십시오, 셍고르. 기분이 좋아지기 시작합니다. 요즘 당신은 무슨 일을 합니까?

— 나는 우려하고 있습니다.

— 당신의 건강 때문에?

— 아닙니다, 아프리카 때문입니다.

— 그러니까 당신은 아프리카 때문에 우려가 됩니까?

— 사랑의 정열이겠지요. 기통, 아프리카에 대해서 어떻게 생각합니까?

— 아프리카는 미래의 대륙입니다.

— 다가오는 세기의?

— 절대 날짜를 제시해서는 안 됩니다. 미래의 세기입니다.

— 왜 그렇게 생각합니까?

— 나의 정치 선생님이 내게 그런 이야기를 하였습니다.

— 당신의 정치 선생님? 그가 누구입니까?

— 국가 기밀입니다. 생고르. 국가 기밀이란 말입니다.

— 우아! 그렇다면 그 위대한 미지의 인물이 뭐라고 말하였습니까?

— 그는 내게 이같이 말하였습니다. "로마의 지배로부터 독립한 후의 갈리아를 보십시오. 정치적 혼동, 경제적 퇴보, 어려운 보건 상태, 국가의 부재. 그러나 비가시적인 것들의 질서 안에서 보면 그리스도교화가 국민의 영혼 안에, 존재의 가장 깊은 곳에 이르는 뿌리들을 심습니다. 그레코 로만의 합리적인 문화가 형성됩니다. 늘어가는 야만족의 배출은 새로운 삶을 제공합니다. 강력한 자연, 굳건한 문화, 가정적인 삶, 근본적인 복음 전도. 말하자면 커다란 나무 밑에 주는 값진 비료 같은 것입니다. 언젠가는 상황이 좋아져서 정치적 안정이 이룩될 것입니다. 그러니 아프리카는 대륙 전체가 예측할 수 없는 새로움의 창조적 분출입니다."

— 그가 그렇게 말하였습니까?

— 몇 해 전, 그가 내게 이렇게 말하였습니다.

— 기통, 그럼 당신도 그렇게 생각합니까? 아니면 나를 기쁘게 해주기 위해서 그 이야기를 전해 주는 것입니까?

— 대통령 각하, 내가 그 말에 전혀 끌리지 않는다면, 왜 이런 객설을 늘어놓겠습니까?

— 그렇겠지요. 안녕, 기통. '하늘'에서 다시 봅시다.

— 네, 네, 어쩌면.

— 당신은 이제 영원한 삶을 믿겠군요.

— 어쩔 수 없이 그렇게 되었습니다.

— 지옥이 두렵습니까?

— 아니오. 잊혀지는 것이 무섭습니다.

—— 모든 성인들이 당신을 생각합니다. 보십시오, 모든 진정한 친구들이 당신을 위해 기도하고 있습니다.

나는 중앙 홀을 바라보기 위해서 몸을 숙였다.

—— 사실이군요. 모든 사람들이 나를 생각하는 것 같습니다. 그런데 언론에서는 뭐라고 말합니까?

—— 교황이 당신의 가족에게 위로의 메시지를 보냈고, 공화국의 대통령에게는 다른 메시지를 전달했습니다.

—— 매우 좋습니다.

—— 당신은 영광을 누렸습니다. 기통.

—— 아닙니다, 셍고르. 영광이 아니라, 단지 명성일 뿐입니다. 내 말을 믿으십시오, 분명하니까요. 영광이란, 그 정의에 의하면 우리가 죽었을 때, 이제는 더 이상 전화도 할 수 없을 때 오는 것입니다. 두려움도 없어지고, 보답할 수도 없을 때 오는 것입니다. 그때에 당신 작품은 완전히 독자적으로 판명될 것입니다. 만약 그것이 살아남는다면, 그렇다면 영광이 맞습니다. 어느 누구도 생전에 영광을 누리게 될지 알 수 없습니다. 이 때문에 나는 늘 괴로웠습니다.

—— 어쨌든 기통, 이제 당신이 생각해야 하는 것은 영광이 아닙니다.

—— 물론입니다. 당신은 왜 내가 마음속 깊이 그렇듯 명성을 좋아했는지 압니까?

—— 왜냐하면 당신이 영광을 누릴 만한 자격이 있는지 의심스러웠기 때문입니다.

—— 누가 당신에게 그것을 말해 주었습니까?

—— 아프리카의 현자가 말해 주었습니다.

—— 그러니까, 그 위대한 '미지의 인물'은 옳았을까요?

── 그럼 당신은 그것을 의심합니까? 안녕, 기통.

── 이제 당신과 작별을 해야겠습니다, 대통령 각하.

그리고 그는 너무나 추워 덜덜 떨리는 중앙 홀 안으로 다시 내려갔다.

어떻게 드골과 내가 악과 그밖의 몇몇
주제들에 대해서 고찰하게 되는가

그때 제복 차림의 드골이 들어왔다. 왼쪽 팔꿈치 아래에 꽉 끼고 있는 모자 주위에 후광이 둘러져 있었다.

— 자 기통, 이제 보니 당신도 죽었군요?

— 네, 장군님. 이렇게 내 장례식 때에 당신을 만나게 되어 영광입니다.

— 나는 언제나 앵발리드 구역을 좋아했습니다.

그는 아래로 침울한 시선을 보냈다.

— 이것 좀 보세요, 당신에게 향을 뿌리고 있습니다!

그리고는 덧붙여 말했다.

— 이렇게 해서 또다시 만나는군요.

— 네, 장군님. 그런데 당신은 우리가 다시 만났다는 점을 인정하는군요. 지난번 우리가 헤어질 때에, 당신은 그 점을 확신하지 못했습니다.

— 그 대화를 기억합니다. 내가 마지막으로 권좌를 떠나기 직전이니까, 지금으로부터 30년도 더 되었습니다.

— 당신은 사람들이 기억하는 것을 제외하고는, 살아남는다는 사실에 회의적이었습니다.

── 글쎄, 그랬던가요?

── 당신은 왜 불멸에 대하여 의심을 품었습니까?

── 그 이유는 만약 내가 '신'이었다면, 인간을 불멸의 존재로 만들지는 않았을 것이기 때문입니다.

── '신'이 반드시 당신처럼 생각하라는 법은 없습니다.

── 인간은 그런 수고를 할 가치가 없다고 생각했습니다.

── 당신은 왜 지옥에 가지 않았다고 생각합니까?

── 같은 이유에서입니다. '신'은 나처럼 생각하지 않습니다.

── 당신은 가끔 그와 그 점에 대해서 이야기를 나눕니까?

── 지금은 더욱 그렇습니다. 이제 그런 일에 익숙해졌습니다. 그런데 기통, 당신은 어떻습니까? 지옥에 갈까봐 두렵습니까?

── 아무 생각도 하지 않습니다.

── 당신은 가지 않을 것입니다. 왜냐하면 당신은 위대한 정치인이기 때문입니다. '신'은 그런 종류의 사람을 좋아합니다.

── 왜 그런 사람들을 좋아합니까?

── 왜냐하면 아무도 그들을 좋아하지 않기 때문입니다. 어느 누구에게도 사랑을 받지 못하게 되면, 언젠가 그들은 '신' 밖에 사랑하지 않을 것이기 때문입니다.

── 사람들은 위대한 정치인들을 왜 비난합니까? 그들이 정치가라서?

── 아니오, 위대하기 때문에 비난합니다.

── 장군님, 당신은 왜 나를 위대한 정치인이라고 말합니까?

── 왜냐하면 당신은 페탱 원수의 편을 들었다가, 그 점을 잊어버리는 데 성공했으니까요. 그것은 대단한 예술입니다. 그럼에도 불구하고 당신은 해방 때에 파면되었고, 나치의 협력자라

는 이유로 철학을 가르치는 일이 금지되었습니다.

— 장군님, 그것은 끔찍한 불공평일 뿐만 아니라, 부조리한 일입니다.

— 사실은 인류에게 늘 일어나는 평범한 일입니다.

— 나는 전쟁중에도 포로수용소에서 철학을 강연하며 지냈고, 그후에는 소르본에서 20년 동안 그것을 반복했습니다!

— 압니다. 하지만 당신은 페탱 원수의 초상화 밑에서 말을 했습니다.

— 원수의 초상화 밑에서라구요, 맞습니다.

— 당신이 떼어내길 거부한.

— 네, 끝까지.

— 끝까지?

— 끝까지.

— 나는 당신이 해고당한 것으로 알고 있습니다.

— 나는 승복하고 싶지 않았습니다. 나는 충실합니다. 나는 흑색선전이 두렵습니다. 국무회의는 1년 안에 나를 복권시켜 주었습니다.

— 그때 서류를 심리하였던 사람은 퐁피두입니다. 그가 내게 모든 것을 이야기해 주었습니다.

— 그럼 당신은 그 모든 것을 알고 있겠군요.

— 아니라고는 하지 않겠습니다. 비시 정부에 그토록 많은 친구를 가지고 있었던 당신이, 어떻게 해서 독일로부터 조기석방을 받아내지 못했습니까?

— 장군님, 당신이 내게 그런 질문을 할 수 있습니까? 대답은 질문 안에 있습니다. 나는 비시에 친구들이 있었습니다.

— 미안합니다, 기통. 천당에 온 이래 나는 정치에 무디어졌

습니다. 한 마디만 더 합시다. 당신은 파시스트는 아니었습니다. 그러나 약간은 경계에 있는 유대인 배척주의자가 아니었습니까?

— 장군님, 당신보다 더하진 않습니다. 나는 당신이 그 주제에 대해서 언급한 1967년의 유명한 기자회견을 기억하고 있습니다.

— 당신은 내가 유대인들을 어떻게 생각하는지 알고 있습니다. 이제 당신의 생각을 말해 보십시오.

— 나는 1933년에 히브리어를 배우기 시작했고, 1935년에는 예루살렘에 있었습니다.

— 사실입니다. 당신은 그곳에서 유명한 성서연구가를 알았지요……

— 라그랑주 신부로서, 그로부터 50년 후에 교황 요한 바오로 2세의 요청에 의해 내가 그의 일생을 집필하였습니다.

— 어쨌든 질문에 대답해 보십시오.

— 나는 언제나 히브리인들을 사랑했습니다, 장군님. 불행히도 그들은 종종 유대인들이었습니다. 내가 당신에게 이밖에 무슨 말을 할 수 있겠습니까?

— 결국 기통, 당신은 히브리인들은 사랑하고, 유대인들은 사랑하지 않는다는 말이군요.

— 아니오, 나는 유대인들도 사랑합니다. 왜냐하면 나는 그들이 히브리인들이라는 생각을 하려고 노력하니까요.

— 그런데 언제 그 노력을 하지 않게 됩니까?

— 늘 하려고 애씁니다, 장군님. 아니면 거의 늘.

— 그렇다면 언제 그것을 그만두게 됩니까?

— 당신과 마찬가지입니다, 장군님. 짜증과 본의 아닌 평가

가 섞이는 어려운 사촌지간입니다.

— 결국 내가 경멸하지는 않았지만, 그들에 대해서 늘 느껴왔던 감정이군요.

그는 종교 의식이 어느 정도 진행되었나를 살피더니, 내게 불쑥 이런 말을 던졌다.

— 기통, 비겁함이란 무엇입니까?

나는 이같이 대답하였다.

— 진리를 추구하지 않고, 남이 인정해 주기를 바라는 것입니다. 일치가 아닌 순응이지요.

— 계속할 수 있을 것입니다. 명예가 아닌 훈장, 봉사가 아닌 경력, 신비가 아닌 도덕, 구원이 아닌 입증입니다. 역겨운 것입니다.

— 장군님, 비겁한 사람들도 온갖 종류이고, 어느 시대 어느 나라에나 존재합니다. 모든 의견을 다 가지고 있지요.

— 나의 예를 들면, 나는 보수주의자였기 때문에 혁명가였습니다. 또 나는 권위주의적이었기 때문에 자유를 섬겼습니다. 진정으로 좌파인 사람들은 우파에서 오고, 그 역도 마찬가지입니다. 역행하지 않고는 아무런 좋은 일도 할 수 없습니다.

— 나도 비슷합니다. 소르본에서 나는 이단이었는데, 그 이유는 내가 정통파였기 때문입니다. 다른 이들은 스스로 자유사상가라고 말하였지만, 실은 보수주의자들이었습니다. 나야말로 자유사상가인데, 그것은 내가 가톨릭이기 때문입니다.

— 우리는 의견의 일치를 보았습니다, 기통. 그런데 저 아래에 있는 저 사람들이 우리를 이해하겠습니까? 저들은 그런 것에 관심이 없지 않겠습니까?

— 장군님, 나는 당신과 같지 않습니다. 그리고 당신은 나를

지나치게 고상히 여깁니다. 당신은 사람들이 생각하는 것보다 그들을 경멸하지 않는다는 증거로 사람들에게 아부하는 법이 한번도 없었습니다. 나는 그럴 용기가 없었습니다. 지상에서 나는 아부를 했습니다. 왜냐하면 나는 두려웠기 때문이고, 경멸했기 때문입니다. 게다가 나는 다른 이들의 눈에 나를 정당화시키는 일에 너무 많은 시간을 보냈습니다.

—— 너무 후회하지 마십시오. 나는 그들의 생각에 개의치 않는다는 것, 또 드골은 그들의 눈에 정당화되지 않는다는 것을 보여 주기 위한 다섯 권의 《회상록》을 쓰느라 시간을 보냈습니다. 연옥에서, 그것 역시 정당화하는 또 하나의 방법이었음을 깨달았습니다.

—— 어쩌면 나의 적들이 나더러 자기밖에 모른다고 하는 이야기가 맞지 않을까요?

—— 사람들은 자기 자신을 마치 전체인 양 생각할 수 있습니다. 또 자기 자신을 전체 안의 일부로 생각할 수도 있습니다. 이때 전체란 당신을 넘어서는 것이며, 사람들이 몸과 마음을 다 바쳐 헌신하는 것입니다.

—— 장군님, 사람들은 내가 자신을 위한 영광에 종사할 뿐이라고 말합니다.

—— 개인적인 영광은 아무 가치가 없습니다. 아름다운 것, 그것은 영광스럽고 위대한 조직의 선두에 서는 것이며, 그것에서 나오는 빛을 집중시키는 것이고, 또 그 빛을 영광의 '왕'께 되돌리는 일입니다.

—— 우아! 15년 동안 연옥에 있다 보니 당신이 그렇게 말하는군요.

장군이 사도 서한의 독서를 듣고 있는 동안, 나는 중앙 홀의 중간 높이 기둥 가까이에 귀여운 여인이 앉아 있는 것을 보았다. 그녀는 쥘리 드 피에르모트였다. 그녀는 어느 노인과 이야기를 나누고 있었는데, 그는 적어도 80세는 되어 보였고 어디선가 만난 듯한 느낌이었다. 나는 잠시 동안 날아다니다가 전쟁 전에 나의 옛 제자였던 자니사르를 알아보았다. 갑자기 나는 멈추어 섰다.

— 나는 그와 관계가 있었어요.

쥘리가 말하였다.

— 네?

또 한 사람이 깜짝 놀라 물었다.

— 출판사 일 때문에.

— 아! 난 또 뭐라고.

그녀는 웃었다. 나는 여성의 아름다움에 극도로 예민하다. 게다가 매우 수줍기까지 하다. 그 관계가 플라토닉하다는 것을 알고 나서야 나는 긴장을 풀고 신사적이 되며, 귀엽고 재미있고, 요컨대 나 자신도 우스워 못 견딜 지경이 된다. 그런데 그녀의 이야기를 들어 보라.

— 그러나 그는 매력적이고 얼마나 재치 있었는지 몰라요! 그와 함께 보낸 시간들은 정말 즐거웠어요.

— 그는 언제나 예쁜 여자들과 함께 어울리는 것을 좋아했지요.

— 어쨌든 나하고 있을 때 그는 편안해하였어요. 나는 그가 나의 교양을 높이 평가했다고 생각해요. 그런데 선생님, 당신은 어떻게 그를 아시나요?

— 나는 카뉴와 리옹에서 그의 제자였습니다. 철학을 공부

한 후에 나는 철학교수가 되었지요. 나는 39세에 소집되었고, 40세에 오프락 IV-D에서 기통을 다시 만났습니다.

—— IV-D요?

—— 작센에 있어요. 라이프치히에서 50킬로미터 떨어져 있습니다.

—— 아름다운 곳이었겠네요.

—— 편리한 곳이었지요, 특별히. 당신은 상상도 하지 못할 것입니다.

—— 왜요?

—— 나는 그의 걸작을 집필하도록 도왔습니다.

—— 《계곡의 어머니》 말인가요?

—— 아닙니다. 《시간적 존재》입니다.

—— 당신은 어떻게 그를 도왔나요? 소크라테스의 대화식으로? 열광적이었겠지요.

—— 막사 안에서는 쓸 수가 없었습니다. 너무 시끄러웠고, 담배 연기가 심한데다가 항상 난장판이었지요…… 그래서 방법은 한 가지밖에 없었는데, 화장실을 이용하는 것이었습니다.

—— 네?

—— 좌변기가 없는 화장실에서죠. 한 막사당, 한 열에 12개씩 두 열의 화장실이 있었습니다. 기통과 나는 나란히 붙어 있는 화장실에 들어갈 수 있을 때까지 줄을 서야 했습니다. 그렇게 되면 나는 무릎 위에 종이 뭉치를 고정시키고, 그는 칸막이 너머로 소리를 지르면서 받아 쓰도록 하였습니다.

—— 열정적이었네요.

—— 전시에는 전시에 맞게끔 행동하죠, 부인. 내가 그를 위해 얼마나 종이를 시커멓게 채웠는지 아세요!

― 내가 이해하는 대로라면, 그는 당신에게 매우 고마워하겠지요.

― 해방되기 얼마 전에 그 원고를 압수당할 뻔한 것은 어쩌구요.

― 어마, 무서워라!

― 만약 그랬다면 손실이었을 것입니다.

― 말할 것도 없이 끔찍한 일이지요.

― 사고(思考)의 역사에서 본다면 대단한 손실입니다! 얼마나 독창적인 문제제기인데요. 아마도 토마스 아퀴나스 이래 신(新)아리스토텔레스주의를 지켜 온 유일한 사람일 것입니다. 아리스토텔레스를 아세요?

― 한 번 만난 적이 있어요. 노벨상을 탄 사람이지요?

― 에! ……뭐라고 말해야 할지 모르겠군요. 당신도 알다시피 문화란 빈 병 안에 들어 있던 향수에 대한 추억입니다.

― 아 네, 전부 잊었을 때조차 그것은 남아 있죠.

― …….

― 아, 기통!

― 불쌍한, 불쌍한 기통!

그들은 한숨을 내쉬었다.

나는 특별석 위로 다시 날아왔다. 장군이 나를 기다리고 있었다.

― 당신은 예쁜 여자들의 호감을 사기 위해 애쓰는군요?

― 장군님! 나는 옛 제자인 자니사르를 보러 갔습니다.

― 그는 어떻습니까?

― 흉하게 늙었습니다.

— 나는 당신에게 질문을 하러 왔습니다. 그런데 주제를 이탈하였군요. 기통, 그러면 악은 무엇입니까?

— 그것은 '신'의 존재에 대한 가장 강력한 증거입니다.

— 역설이군요. 그렇다고 칩시다. 설명해 보십시오.

— 라이프니츠는 젊고 부자인 예쁜 미망인과 사랑에 빠집니다. 그는 그녀에게 청혼을 하고, 그 부인은 그에게 생각할 시간을 달라고 부탁합니다. 그것 때문에 라이프니츠도 생각할 시간을 갖게 되고, 결국 그녀와 결혼하지 않게 됩니다. 그러나 가끔 그는 후회의 눈물을 흘립니다. 그리고 3년 후, 그는 결혼해서 남편과 이야기를 나누는 그녀를 보고서 자신이 큰일날 뻔하였음을 깨닫습니다. 이제 그는 울지 않게 됩니다.

— 도덕입니까?

— 이야기를 끝까지 들어 보십시오.

— 악은 존재하지 않을까요? 《캉디드》를 읽어보았습니까?

— 내가 당신에게 무슨 말을 하기를 바랍니까? 이야기를 끝까지 들어 보십시오. 모든 것이 피안에서 이루어지는 일입니다.

— 문제는 기통, 사람들이 악 때문에 '신'의 존재를 믿지 않으려는 것입니다. 또 그들이 악 때문에 '신'을 믿지 않게 되어 피안도 믿지 않는다는 것이죠.

— 그것은 궤변입니다.

— 나는 그들이 추론을 잘한다고 말하는 것이 아닙니다. 나는 그들이 어떻게 추론하는가를 말하는 것입니다.

— 장군님, 갑자기 학자가 되었군요. 좀더 실질적이 되십시오. 사람들은 자기가 재난을 당하면 악을 생각합니다. 그렇기 때문에 악의 문제는 언제나 불행하게 제기됩니다. 합리적이 되기 위해서는 후퇴가 필요할 것입니다. 그러나 후퇴를 할 수 있을

때에는 모든 것이 잘 되고, 악을 생각하지 않게 됩니다. 따라서 실제로 악을 나쁘게 생각하든지, 아니면 악을 생각지 않든지 둘 중 하나입니다.

— 잘 알겠습니다. 그럼 어떡합니까?

— 불행할 때 악을 생각지 않고, 불행하지 않을 때 악을 생각하는 것입니다.

— 논리적이군요. 그래서 이야기의 끝을 기다릴 수 있는 것입니까?

— 바로 그렇습니다.

— 그러나 그렇기 때문에 우리는 생각지 않고 기다립니다.

— 전혀 그렇지 않습니다. 우리는 기다리면서 생각합니다. 악의 문제는 운명의 문제와 함께 제기되어야 합니다. 분리되어선 안 됩니다.

— 당신은 가톨릭이기 때문에 그렇게 이야기하는 것입니다. 당신은 자율적으로 생각지 않습니다.

— 장군님, 당신마저! 당신은 내가 자유사상가이기 때문에 가톨릭이라는 것을 잘 알 텐데요.

— 짓궂게 약을 올렸군요. 그래서요?

— 그래서 둘 중 하나입니다. 피안이든지, 허무이든지.

— 동의합니다.

— 또 만약 인간이 허무한 것이라면, '신'의 문제도 그것이 있든지 없든지 둘 중 하나가 됩니다.

— 당신을 따라가 보겠습니다. 그리고 한 발 앞서 보겠습니다. 인간에게 피안이 있다고 해도, 여전히 '신'의 문제는 둘 중 하나가 됩니다. 즉 '신'이 존재하든지, 혹은 존재하지 않든지, 둘 중 하나입니다. 결국 네 개의 조합이 가능하게 됩니다. '신'

은 없고 피안은 있는 것, '신'도 피안도 없는 것, 피안은 없고 '신'은 있는 것, '신'도 피안도 있는 것입니다. 이렇게 네 개입니다.

── 소크라테스는 나를 만날 기회가 없었습니다. 그의 대화자들은 용감한 사람들이었지만, 또한 형편없는 사람들이었습니다. 그들은 '네, 소크라테스'·'브라보, 소크라테스'·'맞아요, 소크라테스'라는 소리밖에는 할 줄 몰랐습니다. 그러나 칼리클레스만은 달랐지요. 그는 뾰로통해서 입을 열지 않았습니다. 가엾은 늙은 소크라테스는 혼자서 모든 것을 하여야 했습니다. 그렇기 때문에 플라톤이 재미가 없는 것입니다.

── 그는 20세기에 살아야 했습니다. 오늘날 우리가 대중을 지겹게 했다가는 굶어죽습니다. 새로운 것이 필요하고, 그것과의 상호 작용이 필요합니다.

── 그때도 비슷했습니다. 그러나 그에게는 먹여 살려야 할 노예들과 지겨울 준비가 되어 있는 숭배자들이 있었습니다.

── 악으로 되돌아옵시다, 어서요 기통.

── 첫번째의 경우는 '신'은 없고 피안은 있는 것으로, 무신론과 인격적인 개인성의 존속이 동시에 인정됩니다.

── 꽤 독창적입니다. 당신은 이 유형에 속하는 무신론자들을 많이 압니까?

── 그것은 당신이 무엇을 무신론이라 부르느냐에 달려 있습니다, 장군님. 무엇보다도 인격적인 하나의 '신'을 믿지 않는 사람들이 있습니다. 그러나 전체적으로 그들은 피안도 믿지 않습니다.

── 어느 누구도 첫번째의 경우에 관련이 되지 않는 사람은 없다고까지 말할 수 있습니다, 기통.

— 그 점에는 나도 동감입니다. 장군님. 그리고 비인격적인 '절대'를 받아들이지만, 인격적인 '신'을 믿지 않는다는 의미에서 무신론자라고 부를 만한 사람들도 있습니다. 그러나 그들은 내세의 삶을 받아들이지 않지요. 차라리 그들은 우리 내부에 존재하는 비인격적인 부분을 상정하는데, 그것은 사후에 비인격적 '절대'에 흡수될 수 있을 것입니다.

— 어쨌든 그들은 기다리면서 영혼의 윤회를 믿습니다.

— 그것은 피안을 믿는 것이 아닙니다. 만약 당신이 고래의 뱃속에서 다시 태어난다면, 장군님은 내가 알고 있는 피안에 있는 것이 아닙니다.

— 이론의 여지가 없습니다. 그러므로 그들은 첫번째 경우와 관련이 없습니다. 그들은 나머지 세 경우 중 하나에 해당될 것입니다. 따라서 첫번째 경우는 공허하고 순전히 이론적이라는 결론이 나옵니다. 그것을 선택하는 것은 헛수고입니다. 두번째 경우로 넘어갑시다.

— 편한 대로 하십시오, 장군님. 두번째 경우는 '신'도 피안도 없는 것입니다. 그렇다면 당신은 무엇을 불평합니까? 그리고 특히 누구에게 불평합니까? 불평할 대상이 아무도 없습니다. 사물은 아무런 의도도 의미도 언어도 갖지 않게 됩니다. 그것들은 그 자체로 선하지도 악하지도 않으며, 그것 자체이고, 그 외의 아무것도 아닙니다. 어디에 악이 있습니까?

— 사자가 나를 잡아먹는다면?

— 왜 그것이 잡아먹지 않기를 바랍니까? 만약 당신이 마음이 놓이지 않는다면, 그 사자를 죽이든지 우리에 처넣으면 될 것입니다. 어디에 악이 있습니까?

— 따라서 두번째 경우에 있어서는, 악의 철학적 문제는 없

고 안전이나 통각 상실의 기술적 문제만이 있습니다.

—— 맞습니다. 첫번째는 의미가 없는 경우이고, 두번째는 악은 있는데 악의 문제가 없는 경우입니다.

—— 그럼에도 우리는 의미의 부재를 고통스러워합니다.

—— 그러면 의미의 부재를 가지고 의미를 만들어 보십시오. 니체는 그것을 가리켜 영웅적 행위라고 하였습니다. 아마 당신은 초인이 될지도……

—— 그런데 내가 다른 의미를 찾는다면?

—— 그렇다면 그것은 당신이 다른 의미를 찾을 수 있다고 생각하기 때문입니다.

—— 무슨 뜻입니까?

—— 당신이 나머지 두 경우에 해당된다는 것입니다.

—— 설득력이 있습니다, 기통. 흥미롭기도 하구요. 계속해 보십시오!

—— 세번째 경우를 봅시다, 장군님. 피안은 없고 '신'은 있는 경우이지요. 이 경우에 당신은 불평할 대상이 있습니다. 당신은 그에게 당신이 가지고 있지 않은 어떤 행복을 빌 것입니까?

—— 죽기 전의 행복입니다.

—— 좀더 구체적이 되십시오. 무(無) 앞에서의 행복입니다. 어떻게 생각하십니까?

—— 그것은 바보입니다.

—— 나도 당신과 동감입니다, 장군님. 이번 가설에서 사람들은 바보나 건망증 환자가 아니고서는 행복하면 할수록 불행합니다.

—— 그러면 기통, 어떻게 해야 합니까?

—— 장군님, 다음 중 선택을 해야 합니다. 즉 '신'은 심술궂

으므로 반항한다. 혹은 '신'은 선량하므로 무를 기다리는 동안 우리의 행복을 극대화시킨다.

— 당신은 '신'을 선량하다고 말하겠습니까?

— 아닙니다, 장군님. 그러므로 우리는 모든 경우에 반항을 합니다.

— 당신에게 그 말을 하게 하려는 것은 아닙니다.

— 그러나 우리는 세번째 경우(피안은 없고 '신'은 있는 것)를 규정하는 두 개의 가설의 진실을 인정하면서 반드시 반항을 하게 됩니다.

— 정의상 그렇습니다.

— 그렇지만 장군님, 나는 사람들이 스스로 무신론자라고 말할 때 그렇게 반항한다는 것을 알았습니다.

— 제기랄! 기통, 그것이 사실이긴 합니다. 그러나 그때 우리는 궤변을 부리는 것이죠…….

— 아 네, 장군님. 이제 두번째 경우로 되돌아옵시다. 거기에 반항은 없을 테니까요.

— 다시 꼼짝없이 갇히는군요. 기다리십시오. 만약 우리가 스스로 불가지론자라고 말한다고 가정해 봅시다.

— 그러지요, 장군님. 그것이 무슨 의미를 지니는지 살펴봅시다.

— 나는 그것을 매우 잘 압니다. 만약 '신'이 존재한다면, 우리는 이 '신'에 대항하는 하나의 가설적인 반항에 몸을 맡깁니다. 그것은 왕이 그 안에 있는 경우에, 사람들이 성의 창문 아래로 데모를 하러 오는 것과 같습니다.

— 장군님, 당신은 이러한 종류의 **데모**에 대비하여 힘을 남겨두었을 것입니다. 그러나 결국 인정합시다. 만약 '신'이 존재

한다면 당신의 데모, 그것은 '신'에게 무엇을 요구하는 것입니까? 무(無)를 앞두고 우리를 행복하게 해달라는 것입니까?

—— 그렇게 추측됩니다. 그러나 무슨 의미입니까, 기통?

—— 기억의 절제입니다.

—— 그렇다면 기통, 우리는 그에게 행복에 대해서 생각지 않게 해달라고 요구하는 것입니까?

—— 다른 말로 표현하면, 의식의 절제입니다.

—— 그런데 만약 우리가 그에게 피안 앞에서 행복하게 해달라고 기원한다면요?

—— 그러나 피안은 없습니다. (현재 세번째 경우에 있어서의 가설 2.)

—— 그만 깜빡했군요. 이렇게 해서 다시 되풀이됩니다. 이제 무슨 일이 일어나겠습니까?

—— 장군님, 피안 앞에서 행복하기 위해 우리는 '신'에게 피안을 요구하게 될 것입니다.

—— 다른 해결이 없습니다. 동의합니다. 그러나 어차피 그렇게 될 바에는 그에게 피안에서 행복하게 해달라고 요구하겠지요. 결론은?

—— 세번째 경우에 있어서 결론은 우리에게 악은 있는데 악의 문제가 없다는 것입니다, 장군님.

—— 그럼 다음은?

—— 네번째 경우입니다. '신'도 피안도 있는 경우이지요. 자, 봅시다. 이 경우에 당신은 악을 가지고 있습니다. 그렇지 않습니까?

—— 한치의 의심도 없이, 기통.

—— 또한 악의 문제도 가지고 있구요.

— 그런 것 같습니다.

— 장군님, 그것은 구체적으로 어떤 것으로 구성되어 있습니까?

— 기통, 예를 들어서 왜 때때로 신은 우리를 피안 앞에서 불행하게 남겨두는지를 묻는 것입니다.

— 정확하게 그렇습니다.

— 그러나 그렇다고 해서 악의 문제가 '신'의 존재에 대한 반론은 아닙니다. 오히려 그것의 결과일 것입니다.

— 그것이 바로 내가 당신에게 애써 강조하고 싶은 점입니다. 만약 당신이 악이나 악의 문제를 부정하면, 당신은 '신'을 부정하는 것입니다.

— 그럴 리가! 말도 안 되는 이야기입니다. 그러나 당신은 악의 문제를 해결하였습니까?

— 해결하였다고 말할 수는 없습니다. 나는 그것을 제안한다고 말하겠습니다.

— 그러나 만약 당신이 '신'을 제안한다면, 당신은 문제를 해결하는 것입니다.

— 전혀 그렇지 않습니다. 만약 내가 '신'을 제안한다면, 나는 동시에 악을 제안하는 것입니다. 그런데 나는 악의 문제에 대한 확신은 있는데, **선험적인** 신에 대한 확신은 없습니다.

— 그래서 당신은 그 문제를 제기하면서 '신'과 피안의 문제도 제기하는군요. 기통, 당신은 악마적입니다.

— 다른 사람들도 이미 나에게 그렇게 말했습니다, 장군님. 그러나 당신이 그 사람들이 누구인지를 안다면, 아마 우쭐해질 것입니다.

— 아? ……아니, 하지만…… 기다리십시오. 다르게 표현하

면, 당신은 단지 하나의 문제를 제안함으로써 다른 하나의 문제를 해결한다고 할 수 있습니다.

— 바로 그것입니다.

— 잃는 자가 얻는다는 말이로군요.

— **마음이 가난한 자들은 행복하다.**

— 그러나 우선 그 문제를 제안하는지 어떻게 압니까?

— 그렇다고 말한 사람은 당신입니다.

— 그러나 나는 그것을 증명해야겠습니다!

— 조금 전 당신은 나에게 그 점에 대하여 묻지 않았습니다, 장군님.

— 내가 선입견을 가지고 있었나 봅니다. 나는 내가 어디로 가는지 몰랐습니다.

— 아, 그래요! 어린아이들이 당하는 고통이나 민족 말살을 보십시오. 그렇게 되면, 곧 그 문제가 제안됩니다.

— 그러나 당신은 어떻게 그런 질문에 답이 있기를 바랄 수 있습니까?

— 불가능합니다.

— 그럼에도 당신은 질문을 합니다. 그렇다면 당신은 누구에게 그 질문을 하는 것입니까?

— '신'에게 하는 것입니다.

— 분명히 그렇습니다.

— 기통, 당신은 너무 교조적인 것 아닙니까?

— 장군님, 나는 하나의 문제를 제기하는 유일한 사람입니다. 나는 답을 가지고 있지 않다고 말하며, 교조적입니다.

— 그렇다면 우리가 대면하고 있는 저들은 도대체 무엇을

하고 있습니까?

— 첫째, 그들은 인간적으로 풀리지 않는 하나의 문제에 답을 내립니다. 둘째, 그들은 가설에 의해 자신들이 거부한 원칙에서 출발하여 대답을 합니다. 셋째, 그들은 자신들을 위해 제기되지 않았다고 추정되는 질문에 대답을 합니다. 넷째, 그들은 합리적이고, 교조적이지 않습니다.

— 기통, 사람들이 불행할 때, 특히 그 사람들을 놀려선 안 됩니다.

— 나는 당신이 그토록 자비로운지 몰랐습니다, 장군님.

— 나는 포탄 세례를 받아 본 이후 그렇게 되었습니다. 그런데 당신이 나를 믿는다면, 힘든 시기를 대비해서 허리끈을 졸라매야 할 것입니다.

— 장군님, 그것은 합리적인 논법입니다. 당신은 우리가 고통스럽지 않을 때, 생각하기로 결정한 사실을 기억하십시오.

— 그러나 제발 기통, 땅으로 돌아오십시오. 고통이 없는 시기란 순수한 추상입니다. 많은 사람들에게 인생은 영원한 고통입니다. 그들은 지하 감옥으로 통하는 터널 안에서 산다는 느낌을 받습니다. 그들은 희열을 추구하는데, 혐오를 발견합니다. 그들은 사랑을 추구하는데, 배반을 발견합니다. 그들은 진리를 추구하는데, 의심 안에서 더듬거리게 됩니다. 그들은 '신'을 부르는데, 그는 침묵합니다. 당신의 확신은 그들에게 이상한 것입니다.

— 나의 명증입니다.

— 그들이 어떻게 그 차이를 알겠습니까?

— 나의 확신은 의심 안에서 그들과 긴밀한 관계를 지닙니다. 의심은 약함과 비극에 대한 의식입니다.

── 기통, 사람들이 당신 같지 않다는 사실을 염두에 두십시오. 그들은 추론하지 않습니다.

── 그것은 바로 내가 당신에게 말한 것입니다. 그들은 너무 일찍 판단합니다. 그들은 자유사상가가 아닙니다.

── 당신에게 그 점을 말하려는 것이 아닙니다. 당신이 그들 중 한 명에게 당신의 빈틈없는 논법을 설득했다고 합시다. 당신은 그에게 그것이 무엇인지 가르쳐 주었다고 생각합니까? 진정한 문제는 기통, 진리를 이해하는 것이 아니라 그것을 받아들이는 것입니다.

── 무슨 뜻입니까, 장군님?

── 악마는 '신'이 있다는 것을 알고 있습니다. 어느 누구도 그보다 '신'을 더 잘 알 수는 없습니다. 악마보다 훌륭한 형이상학자는 없습니다. 당신은 그의 발치에도 따라가지 못합니다. 그는 '신'을 믿지만, '신'을 사랑하지 않습니다. 믿는 것은 사랑이 아니며, 복종도 아닙니다. 오히려 무신론자인 편이 훨씬 더 낫습니다. 기통, 우리가 무신론자가 아니라면, 우리는 '신'에 대항하여 반항했을 것입니다.

── 장군님, 당신은 내 말을 이해하였습니까?

── 농담할 때가 아닙니다. 기통. 이것은 진담입니다! 악의 문제는 무신론이나 의심, 심지어 신앙의 표현이 아닙니다. 그것은 반항의 표현입니다. 나에게 반항이 아니라 기도해야 한다고 말하지 마십시오. 나도 당신만큼 잘 알고 있습니다. 모든 사람들이 그것을 잘 압니다. 그보다도 차라리 우리를 분열시키고, 우리를 불태우고, 높은 이곳이나 저 아래 낮은 곳에서 지옥처럼 잔인한 반항에 어떻게 종지부를 찍을 것인지 설명해 보십시오. 우선 당신은 행복하고 유명하고 유복한 사람이며, 훈장수여자

입니다. 게다가 당신은 수재입니다. 따지고 보면 당신은 대독 협력자의 영혼을 지니고 있습니다. 당신은 언제 괴로워해 본 적이 있습니까? 당신은 언제 사랑을 해본 적이 있습니까? 이 불쌍한 사람들에게 당신은 뭐라고 대답하겠습니까? 네 가지 경우의 변증법으로? 그들은 당신을 창문 밖으로 내던질 것입니다. 당신은 '신'의 이름으로 욥을 읽어보았습니까?

—— 그들은 당신에게 투표하였습니다. 필경 그들은 당신을 사랑하였을 것입니다. 그들에게 대답할 사람은 당신입니다.

—— 나는 내 딸 안이 죽었을 때보다 더 괴로웠던 적은 한번도 없습니다. 장애인인 내 아이 말입니다. 내가 연옥에 떨어졌을 때, 베드로 성인이 내게 말했습니다. "당신은 오만하고 냉혹한 괴물이었습니다. 당신은 지옥에 떨어질 뻔하였습니다. 그러나 당신의 갑옷 아래로 하나의 구멍이 보였는데, 그것은 이 아이를 향한 애정과 근심, 잠 못 이룬 밤들, 그리고 당신의 절망스러운 애정에 찬 포옹들이었습니다. 그렇기 때문에 당신은 당신의 영혼을 구했습니다." 나는 정신을 차릴 수가 없었습니다. 그리고 그 아이를 다시 보았습니다. 안, 얼마나 아름다운지! 그 아이는 아름답습니다. 나는 매일 아침 그 아이에게 짧은 인사를 건네고, 그러면 그 아이는 내게 미소를 보냅니다. 당신이 그 아이의 미소를 본다면! 그러나 나는 갑자기 그 아이가 명상의 상태에 들어가는 것을 느낍니다. 나는 그 아이를 방해하고 싶지 않고, 황홀경 안에서 '신'이 내 품에서 그 아이를 빼앗아 갈 수 있도록 살금살금 나옵니다.

—— 당신은 광적으로 그 아이를 사랑했군요.

—— 아니오. 나는 그 아이를 절망적으로, 그리고 절망을 넘어 내 마음의 눈물로 얼룩진 허무 안에서 사랑했습니다. 나는 내

영혼의 불멸에 대해선 거의 믿지 않았지만, 그 아이의 영혼의 불멸만은 언제나 믿었습니다.

— 가브리엘이 말했습니다…… 아니, 대천사 가브리엘이 아니라 가브리엘 마르셀 말입니다. 철학자이지요.

— 아 네, 그가 뭐라고 말했습니까?

— 누군가를 사랑하는 것은, 그에게 이렇게 말하는 것이다. "너, 너는 죽지 않을 거야."

— 그가 그런 말을 했습니까?

— 그렇습니다.

— 정말 맞는 말입니다.

오르간이 할렐루야를 연주하기 시작했다. 그리고 우리는 입을 다물었다.

나의 추도사는 어떻게 낭독되었는가,
또 어떤 말들이 비밀스럽게 오갔는가

    분명히 한림원의 카레 신부가 내 추도사를 낭독하기로 되어 있었다. 나는 자리를 잡고 앉았다. 고개를 돌려 보니, 드골은 이미 사라지고 없었다. 나는 어깨를 한 번 으쓱해 보였다. 벵 트로아 주교가 설교대로 왔다. 나는 성가대 안에 앉아 있는 카레 신부를 걱정스럽게 쳐다보았다. 그는 그 순간에 설교를 하여야 했는데, 명상에 잠겨 꼼짝도 하지 않았다.

    —— 어쨌든 설교를 하기로 한 사람은 벵 트로아가 아니잖는가. 그는 내 작품에 대해 전혀 아는 바가 없는데.

    벵 트로아 주교가 말을 시작하였다.

    —— 친애하는 친구 여러분, 추기경은 지금 로마에 체류중입니다……

    —— 말도 안 돼!

    —— 그리스도교의 사회경제에 관한 교구회의 때문에……

    —— 풋!

    —— 그렇지만 그는 기통 선생을 기리기 위해 손수 작성한 강론을, 이 설교대에서 낭독하는 임무를 내게 부과하였습니다.

    —— 그래서 모든 것이 바뀌었군. 그 사실을 곧장 말했어야지,

어디 들어 보자.

─ 추기경은 아무쪼록 여러분 모두가 자신의 부재를 용서해 주기를 부탁하였습니다. 다름이 아니라, 그는 오늘 아침 교구회의에서 매우 중요한 발표를 해야 합니다.

─ 별 재주가 없을 텐데.

─ 그도 장 기통의 영혼의 안식을 위해서 따로 미사를 드릴 것입니다.

─ 저렇다니까요, 다시 말할 필요도 없어요. 오늘 아침의 뱅 트로아를 어떻게 생각하십니까?

나는 천사에게 물었다.

─ 그는 아주 묘하게 말하는군요.

천사는 대답하지 않았다. 그는 이미 강론을 들을 준비를 하고 있었다.

─ "친애하는 형제자매 여러분, 친애하는 친구 여러분. 오늘 아침 우리는 이 자리에 왜 모였습니까? 이것이 사교적인 모임이나 공식적인 회합입니까?"

─ 아무렴 그렇지!

─ "그것이 아닙니다!"

─ 그러면?

─ "우리는 한 인간이 누워 있는 관 주위에 모여 있습니다."

─ 그거야 당연하지. 이론의 여지가 있나.

─ "우리의 관심사가 이 사람이 별볼일 없는지, 혹은 위대한지를 아는 것입니까? 혹은 이 사람이 유명한 사람인지, 무명의 인사인지를 아는 것입니까?"

─ 당신도 그런데 다른 이들도 마찬가지겠지.

─ "우리의 신앙의 눈으로 보면, 그는 다른 사람과 마찬가지

로 한 사람의 인간일 뿐이며, 피상적인 다른 모든 검토는 죽음이라는 장중하고 진지한 비극 앞에 자리를 양보해야 됩니다."

— 풋!

— "우리에게 그는 누구였습니까?"

— 여하튼.

— "작가? 사상가? 아마도 그렇겠지요. 그리고 이곳에 계신 여러분은 그에게 은혜를 입었습니다. 많은 사람들이 그를 존경합니다. 또한 이곳에 참석한 여러분 모두는 이 막대한 작품, 그의 50권의 저술과 중요한 논문들, 그의 풍부한 발전과 치밀한 구성에 대해서 알고 있습니다. 따라서 나는 여러분에게 그 점에 대해서는 언급하지 않겠습니다."

— 설마!

— "그는 금세기의 가장 위대한 위인일까요? 혹은 빨리 잊혀질 사람일까요?"

— 빨리? 얼마나 무서운 이야기인가!

— "누가 알 수 있겠습니까? 시간이 흐르지 않고서는 어느 누구도 정신적 작품의 진정한 가치를 판단할 수 없습니다."

— 그는 나를 매장하는 것이 아니라 살해하는군.

— "또한 나는 이 자리에서 여러분에게 우리의 형제에 대해서만 말씀드리도록 하겠습니다."

— 어쨌든 나는 선생이다.

— "여러분은 이 미사중에 복음의 정신과 만납니다."

— 맞는 말이다. 그런데 어떤 복음 말인가?

— "이 땅에서 어느 누구에게도 '스승'이라는 이름을 붙이지 말라. 왜냐하면 너희에게는 오직 한 분의 '스승'인 예수만이 있을 뿐이기 때문이다."

—— 이것은 음모이다. 하긴 대통령도 거동하지 않았다. 그는 자카르타에 머물러 있다.

—— "그렇다면 누구를 위해, 또 무엇을 위해 여러분은 이곳에 왔습니까? 한 사람의 유해를 둘러싸기 위해 왔습니까? 여러분은 그리스도를 위해 온 것입니다."

—— 4분의 3은 무신론자인데.

—— "그리스도께서 여러분을 위해 오신 것과 같이, 여러분도 그리스도를 위해 왔습니다. 그분은 이러한 죽음의 순간에 여러분을 위해 오십니다. 그분은 오늘 아침에도 여러분을 방문하십니다. 우리는 인간의 모든 자만을 잊고, 그분과 함께 죽음과 삶의 비극에 대해서 생각해 보아야 합니다."

—— 그들에게 제우스의 이름으로 기통을 말해 보시지! 그래도 그들은 왔다.

—— "우리의 정신을 새롭게 하여야 합니다. 우리에겐 **새로운 사고방식**이 필요합니다."

—— 드디어 내 책을 인용하는군.

—— "그런데 그것의 원칙은 무엇이겠습니까?"

—— 그 원칙은 전적으로 독창적인 것이라고 말하시지. 내 논리는 다른 모든 사람들하고는 다르니까.

—— "그렇습니다, 그 원칙은 무엇입니까? 겸손입니다."

이렇게 해서 내 추도사를 듣기 위해 모인 군중에게 추기경은 '신'과 '예수', 영원한 생명과 구원에 대해서, 기통의 이야기만 빼놓은 모든 것에 대해서 이야기했다. 나는 격분하였다. 종종 그가 은근히 나를 싫어하는 것은 아닐까 하는 의혹이 들긴 했었다. 이제 나는 그 증거를 잡은 셈이었다. '천사'는 아직도 보좌주교의 입에서 떨어질 말을 기다리고 있었다. 나는 이미 아무엇도 듣지 않고 있었다. 나는 중앙 홀로 날아갔다.

우선 나는 낯익은 얼굴의 노부인 곁에 멈추었다. 그녀는 적어도 90세는 되어 보이는 남자와 이야기를 나누고 있었다.

—— 선생님, 그는 전혀 사려 깊지 못했어요. 나는 전쟁 전 그의 몽펠리에에서의 제자였거든요. 하루는 기차를 타게 되어, 비었다고 생각되는 찻간에 우연히 들어가지 않았겠어요. 때는 저녁이었고, 어둠이 깔리고 있었어요. 그런데 내가 그의 앞에 앉게 된 거예요.

—— 쳇! 연애담인가요?

—— 글쎄 들어 보세요! 우리는 철학 이야기를 잠깐 나누었어요. 그리고 나서 내가 이렇게 말했어요. "교수님, 밤에 이렇듯 기차 안에서 젊은 여자와 단둘이 있는 게 거북하지 않으세요?" 그러자 그가 대답했어요. "아니오. 당신은 전혀 불편하지 않습니다." "여자들하고 있는 것이 괴롭지 않으세요?" "아, 그렇기는 하죠. 나는 매우 수줍거든요. 그러나 당신은 전혀 여성적이지 않으니까요."

—— 저런 실례가!

—— 당신은 "저런 점잖지 못하게!"라고 말하고 싶으시죠. 젊은 여자에게 그런 말을 하다니.

—— 정말로 사려 깊지 못하군요.

—— 생각해 보세요. 그는 내게 스스로에 대한 모든 자신감을 잃게 만들 수도 있었을 거예요. 다행히도 어쨌든 나는…… 결국…… 내가 마음에 들지 않을 수도 있겠다는 생각을 떨쳐 버렸어요.

—— 아? 어쨌든.

— 네, 다행이죠.

— 물론입니다.

그는 한숨을 쉬었다.

— 고약한 기통! 당신은 여복이 없군요.

— 그 말은 정말 맞아요!

그녀는 울었다. 그는 그녀를 위로하기 위해서 몸을 굽혔다. 그녀는 눈물을 닦고, 심하게 코를 풀었다. 그리고 젖은 눈으로 우스꽝스럽게 그를 아래에서부터 위로 훑어보았다.

— 선생님은 이렇듯 내 옆에 앉게 된 것이 만족스럽지 않은가요?

점점 더 내가 죽었다는 사실에 만족스러워진 나는 훌쩍거리는 그들을 남겨두고 아래쪽을 통하여 제단으로 올라갔다. 도중에 나는 잠깐 멈추어 서서 내가 그렸고, 오늘까지 아직도 이 성당의 기둥들을 장식하고 있는 십자가 길의 각 처(處)들을 쳐다보았다. 나는 전에는 이 그림들이 이렇게 아름다운지 정말 몰랐다. 또 나는 생전에 내가 증거한 겸손함에 놀랐다. 내가 이런 생각들에 잠겨 있는 동안, 내 제자 가운데 하나인 위드가 소르본의 교수인 마리옹 옆에 앉아 있는 것을 보았다. 그의 눈은 충혈되어 있었다. 나는 위드를 말하는 것이다. 나도 가끔은 눈이 충혈된다. 마르즈나가 내게 안약을 넣어 주곤 했다. 절대로 나 혼자서는 할 수가 없었다. 갑자기 나는 그의 볼 위로 눈물이 흘러내리는 것을 보았다. 나는 이 눈물 때문에 감격할 정도로 위드를 좋아하진 않았지만, 그렇다고 해서 웃을 수 있을 정도로 그에게 무관심한 것도 아니었다. 나는 그에게 다가갔다.

— 내게 글 쓰는 법을 가르쳐 준 분이 바로 기통입니다.

위드가 말하였다.

—— 하루는 그에게 내가 쓴 책을 한 권 드린 적이 있습니다. 그는 그의 식대로 그것을 읽었습니다. 맨 처음에는 베개 밑에서, 그후에는 가능한 한 뒤에서부터 펼쳐서 아무 데나 읽기 시작하였습니다. 그리고 얼마 후 그를 다시 볼 일이 있었는데, 그는 자기 앞에 표지가 너덜거린 책을 활짝 펼쳐두고 있었습니다. 그는 내게 이런 말을 던졌습니다. "위드, 당신은 무엇을 가지고 글을 썼습니까?" 약간 당황해진 나는 웃었습니다. "선생님과 마찬가지로 펜으로 썼습니다." 그는 다시 이렇게 말했습니다. "당신의 글을 읽으면, 펜 냄새가 납니다. 당신은 이 점을 모르는군요. 글은 펜으로 쓰는 것이 아니라 한 바구니의 종이로 쓴다는 점을 알아두십시오." 그리고 그는 여전히 그 앞에 너덜거린 채로 펼쳐져 있는 책을 집어들어 내 눈앞에 놓았습니다. "이 부사가 꼭 필요합니까?" "반드시 그렇진 않습니다." "지우십시오. 그리고 이것은 어떻습니까?" "설마!" "삭제하세요. 이 세번째 것은?" "흐음!" "없애지요. 당신은 이 세 개의 부사가 모두 마음에 듭니까?" "하나로도 충분할 겁니다." "또 한 가지, 당신은 이 문장을 이해할 수 있습니까?" "구문이 너무 잘게 잘라져 있군요." "나는 무슨 말인지 하나도 모르겠습니다. 당신은 프루스트가 아닙니다. 그러니 마침표를 찍고, 각자 독립된 문장들로 만드십시오." "선생님, 당신은 내가 결코 훌륭한 작가가 될 수 없으리라고 생각하시죠." "그 반대입니다. 당신은 최고가 될 수 있습니다. 그렇기 때문에 나는 대원칙들을 당신에게 알려 주고 싶은 것입니다." 그는 양손을 메가폰처럼 입에 대고 외쳤습니다. "위드, 문체의 비밀은 그것을 지우는 데 있습니다." 그리고 다시 보통 목소리로 이렇게 물었습니다. "파스칼을 읽어보았습니

까?" 나는 "가끔 읽습니다"라고 대답했습니다. "파스칼을 읽어 보십시오. 내가 쓰고 싶었던 것은 달아나는 생각들이다. 나는 그것들이 내게서 달아나지 못하게 하기 위해서 쓴다.'"

그는 입술을 깨물었고, 한 줄기 눈물이 그의 시선을 흐려 놓았다. 나는 위드를 쳐다보았다. 나는 그가 이 정도로 나를 싫어하는 줄은 정말 몰랐다. 내가 저지른 실수로 인하여 나는 그를 원망하였다. 그는 결코 나를 칭찬하는 법이 없었다. 나는 그가 나에게서 아무것도 기대하지 않는다는 사실을 알고 있었지만, 적어도 그쪽에서 약간의 감사 정도는 할 줄 알았다. 나는 그의 표정을 살폈다. 아무것도 이해할 수 없었다. 무엇인가 나에게서 도망가는 듯하였다.

위드의 눈물을 보고서 마리옹도 감격한 듯 두 눈을 닦고, 커다란 손수건을 꺼내어 코를 풀었다. 강론의 가장 감격스러운 순간 뒤에 있던 침묵 속에서 일어난 일이었다. 수백 명의 시선이 그쪽으로 쏠렸다. 연사는 웅변술의 효과가 발휘된 것으로 믿고 으쓱해진 듯하였다. 마리옹은 자기가 주목받는 사실을 알아차렸다. 한순간 그의 눈이 빛나더니, 이윽고 한쪽 눈 가장자리의 눈물을 훔치며 경건하게 두 손을 모았다.

그가 위드에게 물었다.

— 당신은 그의 제자였습니까?

그리고 그는 대답을 기다렸지만 나오지 않았다. 이렇게 해서 눈을 똑바로 뜬 채 침묵 속에서, 눈물이 모두 마른 가운데 위드는 나를 부인하였다. 그에게 생각하는 법을 가르쳐 준 나를, 내가 가진 모든 생각을 섭취시켜 준 나를, 미래에 지닐 그의 모습을 모두 만들어 준 나를 부인하였다. 그가 나에 대해 언급한 것이라고는, 기껏해야 문체의 초안을 잡아 주었다는 것이 전부였다. 그리고 그는 눈물을 흘렸다. 이 위선자는 이렇게 눈물 젖은 눈을 하고서 나를 살해할 만큼, 또 충성스러운 아들의 모습을 하고서 아버지를 죽이는 일을 해낼 만큼 강했다. 죽은 것이 원통할 뿐만 아니라 점점 더 천당으로 가고픈 욕구가 강해졌는데, 그것은 이러한 모든 거짓과 천박함으로부터 도망치고 싶었기 때문이다.

내가 그들의 곁을 지나치는데, 위드가 마리옹에게 하는 이야기가 들렸다.

── 니체는 "메아리가 아니라 결과이다"라고 썼습니다.

무슨 뜻이었을까? 나는 그를 쳐다보았다. 나는 벌거벗은 그의 심장을 보았지만, 그 비밀을 볼 수는 없었다. 그리고 처음으로 나는 인간에 대한 나의 이해에 의심을 품었다.

기분 전환을 위해서, 나는 조금 멀리 앉아 있는 매우 어울리지 않는 그림 같은 커플 위에 멈추었다. 우연한 만남이 사건이 되었다. 학사원의 회원이자 자유사상가이며 세련되고 쾌활한 장 클로드 카사노바와, 반동적이고 다혈질이며 만족한 마르셀 드 생 쉴피스가 나란히 앉아 있었다. 카사노바는 많은 저술을 펴내지는 않았지만 매사에 명쾌하였고, 그와의 대화는 매력적이었다. 그는 1차 투표에서부터 열화 같은 지지를 받아 첫번째로 선출되었다. 반대로 생 쉴피스는 학사원에 입후보하는 후임자들을 설명하는 성격을 띠는 62권의 책을 펴내었는데, 이 입후보자들의 잇따른 실패만큼이나 이 책 또한 실패였다. 책에 대한 그의 자만심은 부풀 대로 부풀어 있었다. 살아남기 위해서 그는 스스로를 한 죄인과 동일시하여야 했는데, 그것이 바로 나였다. 그에게 내 한 표를 허락했던 것이 잘못이었다. 그러나 그가 그것을 믿을 정도로 순진한 것이 내 잘못이었을까? 그랑트 추기경도 이렇게 말하였다. "나는 이미 그에게 내 한 표를 던져 주었다. 그러나 그는 더 이상은 원치 않았다!" 깊은 상처를 받은 생 쉴피스는 6개월 전부터 끊임없이 아직도 피가 흐르고 있는 자존심의 딱지를 떼어내고 있는 것이다. 나의 죽음이 그를 기쁘게 해준 것도 잠시뿐, 그의 분노를 가라앉히기에는 충분치 않았다.

강론은 아직 계속되고 있었다. 보좌주교 전하께서는 내가 마침내 천당에 가서 일생 동안 추구해 온 '진리'를 적나라하게 보았는지 궁금해하였다. 군중들 중 소수의 제삼자들은 그것을 아주 믿지는 않았지만 그러기를 희망하였다. 다수의 제삼자들은 내가 무(無)로 돌아갔다고 확신하고 있었다. 나머지는 내가 지옥에 있으리라고 생각하고 있음에 틀림없었다. 따라서 이 순간에 모든 사람은 다 틀린 것이다. 생 쉴피스와 카사노바는 이야기를 나누고 있었다. 그들의 대화는 바로 뒤에 앉아서 주교의 강론을 들으며 경건한 전율을 느끼고 있던 매우 훌륭한 부인을 방해하였다.

사람 좋은 카사노바가 놀란 어조로 말하였다.

—— 그는 60세도 되기 전에 한림원 회원이 되었고, 게다가 80세가 넘도록 학사원의 멤버가 되려고 하였으니, 도무지 그의 처세술을 모르겠군요.

—— 나름대로의 처세술이 있습니다.

생 쉴피스가 그의 귀에다 대고 수군거렸다.

—— 그는 책을 끝에서부터 읽고, 또한 모든 것을 거꾸로 하지요. 그가 받은 훈장만 보더라도 40세에 레지옹 도뇌르 훈장을, 90세에 공로 훈장을 탔잖아요.

—— 88세 때입니다.

카사노바가 수정하였다.

—— 쉿!

매우 훌륭한 부인이 주의를 주었다. 생 쉴피스는 좀더 낮은 소리로 이야기를 계속하였다.

—— 공화국 대통령이 친히 엘리제궁의 연회장에서 그 훈장을 수여했어요. 불쌍한 기통은 매우 오랫동안 서 있었죠. 만약 미테랑이 앉기를 권하지 않았다면, 그는 기절하고 말았을 겁니다. 리본의 길이를 잘못 재는 바람에 그의 두 발이 리본 안에 갇힐 뻔하였고, 메달이 그의 발목에 부딪히기도 하였지요. 그러나 어쨌든 성공리에 끝났습니다. 미테랑은 단 한 줄의 메모도 없이 흥미로운 연설을 하였죠. 그는 매우 뛰어난 기억력을 지니고 있었습니다. 그리고 동정녀에 대한 이야기도 했습니다.

—— 기통은 모든 것을 다 가지고 있었는데, 왜 무엇을 더 가지려고 하였을까요?

—— 그에게 한림원은 말 잘하는 사람들의 모임으로 보였을 테지만, 학사원은 진지한 곳으로 생각되었겠죠.

—— 그럼 훈장은?

—— 그에게는 공로 훈장이 명예보다 더 중요해 보였을 것입니다.

—— 정확한 지적입니다.

가끔은 정직할 때가 있는 생 쉴피스가 말하였다.

최근 레지옹 도뇌르 훈장의 수훈자였던 카사노바가 다시 말을 받았다.

—— 당신은 왜 사람들이 그토록 훈장에 집착한다고 생각합니까?

── 오! 사람들이 그것에 집착하는 것이 아니라, 훈장을 갖지 못하면 바보가 된다는 생각 때문이겠죠. 결국 사람들이 제때에 레지옹 도뇌르 훈장을 타고 싶어하는 이유는 가벼운 불명예를 피하고 싶어서일 뿐입니다.

── 그러니까 고통을 마감하는 기쁨이 있을 뿐입니다. 이런 주제로 소크라테스가 뭐라고 말하지 않았던가요?

── 플라톤이 말했죠. 《파이돈》에서.

── 당신은 철학자입니까?

카사노바가 물었다.

── 혹시 학사원의 멤버인가요?

── 가끔 후보로 오르긴 했죠.

흥분한 생 쉴피스가 대답했다.

── 당신도 멤버가 되기 위한 준비를 하였습니까?

── 반드시 그렇지는 않습니다. 나는 멤버로 선출되었습니다.

── 축하합니다.

축 처진 생 쉴피스가 응수하였다.

바라보기 민망한 장면이었다. 카사노바는 그의 기분을 달래려고 노력했다.

── 다행히 기통이 나를 뽑아 주었습니다.

── 잘 되었습니다. 그런데 그는 언제나 나에게는 반대표를 던집니다.

── 왜 그렇습니까? 프리메이슨단이었나요?

── 천만에요, 가톨릭입니다.

── 그런데 왜요?

── 그는 그래요. 영혼 끝까지 배신자이지요. 심지어 그는 나를 반대하는 운동까지 하였어요. 그는 자기의 말에 귀 기울이

는 이들에게 내가 표리부동하다고 여러 차례 언급하였습니다. 그런 그가 프랑스 한림원의 회원으로 선출되기 위해서 어떻게 하였는지 압니까?

—— 말해 보세요.

—— 공작에 맞서 출마한 것입니다. 그라몽 공작 말이에요. 말하자면 이렇게 된 것입니다. 관례상 원수 한 명이 경쟁자 없이 거의 만장일치로 선출되도록 하잖아요. 공작도 출마하기만 하면 반드시 선출되었죠. 그러나 공작 한 명에게는 한 명의 도전자가 있게 마련인데, 그가 10표 이상을 얻지 못하리라는 것은 이미 합의된 사실입니다.

—— 그렇다면 그 도전자는 왜 출마합니까?

카사노바가 물었다.

—— 희생 정신에 의해서죠. 또 한림원에서는 줄을 서잖아요. 그것이 진행을 단축시키죠.

—— 간단히 말해서, 기통은 그라몽 공작의 상대로 출마한 것이로군요.

—— 바로 그렇습니다. 그는 이 사람 저 사람을 찾아다니기 시작했지요. 자기는 희생을 감수하기로 했지만, 그래도 웃음거리가 되고 싶진 않다고 설명했습니다. 그리고 공작 전하의 도전자에게 관례적으로 돌아가는 10표가 필요하다고 설득하였습니다. 그런데 이 엉큼한 사람 좀 보세요! 그가 그런 식으로 행동하고 다니는 바람에 그에게 돌아가야 할 10표가 개표 때는 23표가 되어 버렸어요. 놀랍게도 기통이 1등을 했지 뭡니까. 한림원 선거에서 공작이 패배한 경우는 그때가 처음이었습니다.

—— 공작은 언제나 장식용이므로 한림원이 기통을 선출한 것은 어쩌면 잘한 일일 것입니다. 그런데 말입니다! 나는 그날의

일을 생각해 보면 고인(故人)을 도대체 모르겠어요. 얼마나 영리한 정치꾼인가요!

—— 당신은 사기꾼이라 일컫고 싶겠죠. 게다가 그는 뻔뻔스럽게도 이러한 사기 행각의 영감을 마르트 로벵으로부터 얻었다고 주장하지 않았던가요?

—— 누구요?

—— 마르트 로벵 말입니다. 성흔(聖痕)을 받은 성자로, 기통이 그의 《초상》을 저술했지요.

—— 당신은 그 《초상》이 별로 마음에 들지 않나 보군요.

—— 오! 그가 해놓은 다른 것들과 마찬가지이지요. 기통이 《푸제 씨의 초상》을 쓸 때, 그것은 푸제에 의한 기통의 초상입니다. 기통이 《마르트 로벵의 초상》을 쓰면, 그것은 마르트 로벵을 이용한 기통의 초상이지요. 기통은 개인주의자이고, 자기중심적이며, 자기 외의 다른 일에 관심을 가질 줄 모릅니다.

—— 그러니까 이 마르트 로벵이 그에게 한림원의 거대한 술책을 조언한 셈이 되었군요. 진짜 마타 하리네요!

—— 기가 막히죠!

—— 유감이군요. 나도 그 성스러움에 공감하였을 것입니다.

매우 훌륭한 부인이 말했다.

—— 쉿!

이 두 공범자는 귀에다 대고 서로 소곤거리며 이야기를 계속하였다.

—— 당신은 참으로 너그럽기도 합니다. 어떻게 해서 그가 한림원에 들어왔는지를 당신은 잘 알고 있습니다. 학사원에서는 이러한 종류의 재주넘기를 할 방도가 없을 텐데요. 그래서 그는 노후에, 아무도 그곳에 들어갈 사람이 없을 때를 위해 30년

을 기다렸군요.

— 아무도 없다니오…… 이 나라에는 아직도 유능한 철학자들이 존재합니다.

— 네, 그렇지만 80세의 철학자는 없습니다.

— 그게 어쨌다는 말입니까? 학사원에 들어가려면 80세가 되어야 합니까?

— 철학 분과에서는 그렇습니다. 게다가 85세가 되기 전에는 기회도 거의 없습니다. 매주 월요일에 그들의 모임을 볼 수 있을 것입니다…… 그것은 분과가 아니라 죽음의 무도입니다. 어느 1월의 오후, 반 공식적인 모임에서 그들 중 한 사람이 허무에 대한 주제 발표를 하기로 되어 있었습니다. 그들은 연사만 빼고 모두 콧물을 흘리며 자고 있었습니다. 연사는 라콩브로 지목되었는데, 그는 아무것도 알아채지 못한 채 자기가 준비해 온 교재를 읽느라 정신이 없었습니다. 고야에 관한 것이었죠.

— 한심스러운 일입니다. 그러면 그 사람들은 죽지도 않습니까?

— 학사원이 그들을 보존한다고 생각합니다.

— 노인정치는 점점 더 우려되는 현상입니다. 그런데 노인들은 누구보다도 그 사실을 잘 알고 있습니다. 내가 기통을 찾아갔을 때, 우리는 그 점에 대해 이야기를 나누었습니다. 기통은 내게 자기의 친구인 교황 바오로 6세가 다른 많은 일들과 마찬가지로 이 점에 대해서도 예견했었다고 말하였습니다. 80세가 넘은 추기경들에게 투표권을 주지 않도록 결정한 것도 바로 그 교황입니다. 한림원에서도 그렇게 해야 할 것입니다. 그렇게 되면 투표자 40명이 모두 80세 이하가 될 것입니다.

── 네, 그러나 바오로 6세 자신은 그 법의 적용을 받지 않았습니다.

── 그것은 당연한 일이고, 그 점엔 동의합니다. 교황권은 부성(父性)과도 같은 것입니다. 은퇴란 있을 수 없습니다.

── 기통은 죽음에 관한 연구의 전문가였습니다. 그는 학회에 빠지는 법이 없었습니다. 그리고 늙음의 철학에 관한 책을 썼는데, 출판하지 않은 듯합니다. 늙은 미치광이 카르통 박사를 해독하는 데 있어서 미진한 점이 있었습니다. 그는 또한 민주주의와 노인정치의 관계에 대해서도 관심이 많았습니다. 그리고 민주주의의 노쇠에 대항하기 위해서는, 미래의 인사들로 하여금 투표를 하도록 해야 한다고 생각했습니다.

── 그는 어떻게 했습니까?

── 투표권을 재편성하였습니다. 그는 그 문제에 대해서 몹시 놀라운 이론을 가지고 있었습니다. 그에 따르면, 점수제로 투표를 해야 한다는 것입니다. 생각해 보세요. 우리 모두는 우리 나이에 반비례하는 점수를 갖게 됩니다. 따라서 앞으로 살아갈 햇수가 점수가 됩니다. 예를 들어 모든 인간의 생명이 1백 세까지 지속된다고 가정해 봅시다. 당신이 18세면, 1백에서 18을 뺀 82점이 당신의 점수입니다. 19세면 81점, 20세면 80점, 이런 식으로 계속되는 것이죠.

── 그러면 내가 60세였을 경우 20세와 30세가 된 두 아이들이 합쳐서 1백 50점을 얻는 반면, 나는 40점도 얻지 못하겠군요.

── 그렇습니다.

── 그럼 1백 세가 되면?

── 0점입니다.

— 그럼 1백1세는?

— 마이너스 1점이지요. 점수의 총합은 마이너스가 될 수도 있습니다. 그는 이 모든 것을 생각하였습니다. 그러나 투표는 의무가 아닙니다. 하지만 제거하고 싶은 사람을 투표하는 것은 금지되어 있지 않고 가능합니다.

— 기발하군요. 그러면 미성년자들은요?

— 태어나면서부터 그들은 1백 점을 얻습니다.

— 그런데 누가 이 점수의 혜택을 보는 것입니까?

— 부모 중 어느 한쪽이 그 아이가 성년이 될 때까지 점수의 반을 갖게 됩니다.

— 그러면 어떤 결과가 생깁니까?

— 야자나무들 사이에 불어닥친 태풍이라고 할까요.

— 연금도 줄이고, 이율도 낮추고, 아이들도 낳고, 투자를 하게 됩니다. 구원인 셈이죠.

— 다행히 불가능하군요.

— 불가능하다니 유감입니다. 이 미친 노인네! 얼마나 독창적인 계획인가요.

— 돌았어요.

— 논리적입니다.

— 부조리하고요.

— 기발합니다.

— 우스꽝스럽네요.

— 대단히 민주적이지요.

— 극도로 독재적입니다.

— 사실은 기통식의?

— 아 그렇지요, 기통식입니다.

매우 훌륭한 부인이 눈살을 찌푸리며 야유를 퍼부었다.

— 이봐요 신사분들, 제발 좀 조용히 하세요!

이 두 공범자들은 그래도 목소리를 죽여 계속하였다.

— 당신은 그의 표를 얻어내기 위해서 그에게 무슨 말을 하였습니까?

— 나는 아무 말도 하지 않았습니다. 나는 했습니다.

— 무엇을 했습니까?

— 주먹입니다. 그가 소르본에 선출되었을 때, 일이 무척 고약하게 되었거든요. 극좌파가 그를 받아들이지 않았기 때문입니다. 게다가 그는 철학 분과의 반대 의견에도 불구하고 선출되었습니다. 문예와 역사 분과에서 매우 강하게 반발해 준 덕분이었죠. 그 시절에는 모든 위원들이 모든 선거에서 투표를 하였습니다. 간단히 말하면 몇 년 전 퐁피두 덕분에 파면이라는 지옥에서 돌아온 기통은, 당신도 그 이야기는 알겠죠, 그의 강의실에 들어가게 됩니다. 경비가 그를 안내했습니다. 죽음과도 같은 침묵이 감돌았죠. 공산주의자들이 무더기로 올라와 뒤의 4열을 점령하고 있었습니다. 칠판에는 대문자로 '소르본에서 대독협력자는 물러가라'는 커다란 낙서가 씌어 있었어요. 기통은 그 가방을 탁자 위에 얹었습니다. 그리고 그는 아무것도 눈치채지 못한 듯 강의를 시작하였습니다. 그가 두 문장도 채 말하기 전에 난리가 났습니다. 당신은 상상도 못할 것입니다. 휘파람, 울부짖음, 소의 울음소리, 슬로건, 고함, 색종이 조각, 나팔소리, **인터내셔널**의 소리가 흘러나왔습니다. 큰 시합을 방불케 했죠. 기통은 시간이 끝나길 기다렸습니다. 그리고 그는 떠났습니다.

— 그는 다시 왔습니까?

── 그 다음주 정각에 왔습니다. 그동안 우파가 재결성되었습니다. 좌파는 "기통, 협력자!"라며 장단을 맞추어 외쳤습니다. 우파도 악을 썼습니다. "공산주의자들은 모스크바로!" 모든 사람들이 서로 욕을 해댔습니다. 한 시간이나 지속되었고, 대단했습니다.

── 기통은?

── 그는 팔짱을 끼고 기다렸습니다. 그가 나갈 때, 극도로 흥분한 몇 사람이 그의 깃을 움켜쥐려고 했습니다. 그러나 그에겐 항상 적은 수의 보디가드가 있었습니다. 나도 그 중 한 사람이었죠. 누가 대장이었겠습니까!

── 누구였습니까?

── 그는 그때부터 계속해서 잘 나가고 있습니다.

── 누군데요?

── 말할 수 없습니다. 스캔들이 될 테니까요.

── 내게 말해 주세요. 아무에게도 옮기지 않겠다고 맹세하겠습니다.

그는 생 쉴피스의 귀에 대고 소곤거렸다.

── 그럴 수가!

생 쉴피스가 펄쩍 뛰었다.

── 장 마리 르……

── 쉿!

카사노바가 입을 막았다.

── 이름을 발설하면 안 됩니다.

── 설마! 그리고 얼마 동안이나 그 일이 지속되었습니까?

── 6개월 동안입니다.

── 6개월 동안! 그래서 그는 차지했습니까?

— 그의 아내 마리 루이즈 덕분입니다. 그녀는 마치 그가 세바스티아누스 성인이라도 되었던 것처럼, 소르본에서 돌아오는 모습을 좋아했습니다. 그도 자신이 그토록 금욕적인지 몰랐습니다. 그는 어느 정도까지 자신이 그렇게 될 수 있는지 알고 싶었습니다. 그런데 이 금욕주의가 여론을 뒤집어 놓고야 만 것입니다. 레이몽 아롱의 역할이 아주 컸습니다. 서커스가 막을 내리게 된 것은 모두가 그의 덕분입니다.

— 그 시련은 흔적을 남겼습니까?

— 지워지지 않는 흔적을 남겼습니다. 그는 자신의 인생을 40권의 책에다 옮겨 적었는데, 당신은 그 안에서 내가 이제까지 이야기한 사실을 암시한 단 한쪽도 찾을 수 없을 것입니다. 그러나 언제나 그렇듯이 그에 관한 일은 무엇이든지 모호합니다.

— 어떤 의미에서입니까?

— 그는 입도 뻥긋할 수 없었지만, 그렇다고 해서 봉급을 타지 못한 것도 아니고, 언제나 조금 게으른 성격이기 때문에 그 역할이 아주 마음에 들지 않았던 것만도 아니었습니다.

— 당신은 환원적입니다.

— 아니오, 통찰력이 있다고 해야겠지요. 그리고 또 다른 요소가 있었습니다. 그는 인생이라는 여정에서 하나의 십자가를 만났습니다.

— 그는 스스로 성스러워지기 위해서 그것을 끝까지 껴안아야 한다고 생각했습니다.

— 결론적으로, 그는 어쨌든 신자입니다.

— 네, 어쨌든.

생 쉴피스가 한숨을 지었다.

— 이제 조용히 합시다. 곧 그를 위한 기도 시간입니다.

이와 같이 위드는 나를 배반하지 않았다. 이제 나는 학사원에서 마리옹에게 표를 던질 수 없는데도 그는 입장을 바꾸었고, 납득이 가도록 해명하였다. 생 쉴피스는 내가 생각했던 것만큼 나를 미워하지 않았다. 솔직해지자. 그는 카사노바가 묻는 말에 오히려 정확한 답변을 하였다. 덕을 갖추지 않은 사람은, 즉 나밖에 없을 것 같았다. 나는 인간에 대해 구역질이 나진 않았지만 피곤하였다. 특히 나의 변명거리가 된다고 믿어 왔던 게 무너지는 것을 보면서, 또 내가 믿어 온 마키아벨리즘의 한계를 확실히 느끼면서, 나는 이후에 일어날 사건들이 걱정되었다. 나는 강론의 마지막을 경청하였다. 엄숙하다고 말해야 한다. 그날 처음으로 나는 기도를 하였다.

내가 그동안 소르본에서 쓸데없는 것들을 가르쳐 온 사실을 깨닫고, 그럼에도 불구하고 소크라테스와의 대화를 매우 즐기다

벵 트로아 주교는 강론을 다 읽은 후에 제단 위로 올라가고, 흥겹고 아름다운 오르간 반주에 맞추어 봉헌이 시작되었다. 나는 특별석으로 다시 올라갔다. 천사는 여전히 거기에 있었다. 그러나 여러분은 내가 그곳에서 누구를 만났는지 절대로 알 수 없을 것이다.

— 소크라테스! 설마!

— 내가 나타나서 놀랐습니까?

— 사흘 전부터 나는 어떤 일이 일어나도 놀라지 않게 되었습니다. 그러나 어쨌든 당신을 만나리라는 기대는 하지 못했습니다.

— 왜죠?

— 철학의 왕자가! ……그리고 또…… 그 이유는…….

— 혹시 당신은 내가 지옥에 있을 것이라고 생각했습니까?

— 이교도이니 어쩔 수 없지 않습니까…….

— 잘못 알고 있는 것입니다. 나는 언제나 연옥에 있습니다.

— 아직도? 당신이 독배를 마신 뒤부터?

— 기원전 399년입니다.

── 끔찍하군요! 그럼 언제까지 당신은 거기에 있습니까?

── 한 철학자가 천당에 와 '신'의 면전에서 나를 위해 중개해 주지 않는 한, 이 세상의 끝까지 있을 것입니다.

── 봅시다, 좀더 두고 봅시다. 도대체 무슨 죄들을 지었기에 그토록 오랫동안의 정화가 필요한 것입니까?

── 이유는 세 가지입니다. 첫째 지적 오만, 둘째 부성(父性) 정신의 결핍, 셋째 잔인한 반어법.

── 당신이 그랬습니까? 그렇지만 내 동료도 나도 소르본에서 그렇게 가르쳐 본 적은 한번도 없었습니다!

── 그것이 기준입니까?

── 놀랍군요! 내가 이 세 가지 점을 조목조목 따져 볼 수 있도록 허락하여 주십시오. 당신은 내게 이렇게 말했습니다. '첫 번째 이유, 지적 오만.' 그만 넘어갑시다. 수긍이 갑니다.

── 그것은 확실합니다.

── 그러나 소르본에서는 소크라테스, 모든 사람들이 당신을 겸손하다고 일컫는데요?

── 오만이 겸손의 결핍이 아니라는 것은 당신이 더 잘 알고 있습니다, 기통.

── 오만이 무엇입니까, 소크라테스?

── 기통, 당신이 걱정스럽군요. 만약 당신이 오만이 무엇인지 모른다면, 당신은 목까지 거기에 잠겨 있을 위험이 큽니다. 그러니 당신 스스로 그것이 무엇인지 내게 말해 보십시오.

── '신'으로 착각하는 것입니다.

── 맞았습니다. 그러나 정신병자로서가 아니라 철학자로서입니다. 물론 그 둘은 같은 것이 아닙니다. 내게 그 개념을 발전시켜 보십시오.

—— 우리의 정신이 사실에 적응한다기보다는 오히려 진리를 만들어 낸다고 상상하는 것입니다. 우리가 선과 악을 포고할 수 있다고 상상하는 것이기도 하고요. 스스로 생각하기를 원하고, 누구도 신뢰하지 않고, 어느것에도 의지하지 않는 것이지요.

—— 바로 이 자만이 모든 사람들로 하여금 믿음을 갖지 못하도록 방해하는 것입니다. 당신의 판단은 훌륭합니다. 그러나 당신이 지상에 있었을 때, 그것을 당신의 저술 안에 분명하게 썼었는지 궁금하군요. 그것은 발행 부수를 낮출 수 있고, 비평을 자극할 수 있습니다. 이제 당신은 그것들을 두려워하지 않아도 되므로 속마음을 뒤집어 그 속의 것을 내놓아 보십시오. 기통, 자만의 마지막 형태는?

—— 앞서 말한 모든 것들이 자만에서 나왔다는 생각에 화가 나는 것입니다. 그것은 자유에서 나왔을 뿐인데도 말입니다.

—— 그런데 이 경우 자유롭다는 말은 무슨 뜻입니까?

—— '신'이 되는 것입니다.

—— 그래서 원점으로 되돌아왔습니다. 당신은 오만이라는 주제에 정통하군요.

—— 그렇다면 소크라테스, 당신이 비난받고 있는 오만은 무엇입니까?

—— 모든 진리는 오래 전부터 필경 내 마음 깊은 곳에 있어 왔을 테니까, 그것을 세상에 내놓기 위해서 곰곰이 생각해 보는 것으로 충분하다고 주장했던 것입니다.

—— 그런데 그것은 사실 아닙니까?

—— 부분적으로만 그렇습니다. 본질적인 것은 외부에서, 또한 특히 타인에게서 옵니다.

—— 그런데 왜 그렇습니까?

— 왜냐하면 본질적인 것은 기통, 사랑이기 때문입니다. 그런데 사랑이란 당신을 당신이 아닌 모든 것과 연결시키는 현실적인 끈이며, 그것은 타인이 당신에게 전혀 예상치 못한 방식으로, 또 제어할 수 없는 방법으로 주는 증여에서 생겨납니다. 그렇기 때문에 만약 당신이 닫혀 있고 독립적이라면, 당신은 전혀 아무것도 이해할 수 없게 됩니다.

— 또한 당신이 비난받는 점은 무엇입니까, 소크라테스?

— 고의로 악한 것은 아무것도 없다고 주장했기 때문입니다.

— 그것도 사실 아닙니까? 나는 인간이 악하다기보다는 훨씬 더 어리석은 것 같습니다.

— 기통, 우리를 어리석게 만드는 것이 우리의 악함입니다.

— 그것은 모든 사람들이 선하면 모두가 똑똑해진다는 말입니까? 나에게는 오히려 명석한 지성이 선함의 요소 같은데요.

— 맞는 말입니다. 그러나 사랑은 지식과 의지를 연결시키는 하나의 형태입니다.

— 알쏭달쏭한 말입니다. 당신은 연옥에서 그것을 깨달았습니까?

— 연옥에서 1천 년이 지난 후에.

— 그러니 제발 두번째 이유로 넘어갑시다. 그것이 나를 더 애태우게 합니다. 왜 당신은 '부성 정신의 결핍'이라고 말하였습니까?

— 사정이 그렇게 되었습니다.

— 그러나 그것은 역사적 사실이 아닙니다. 그 증거로 역사학자들은 그 점에 대해 아무 말도 하지 않습니다! 그들은 그 반대의 말까지 합니다. 오히려 그들은 당신이 일생을 젊은이들을 가르치는 데 보냈다고 말할 것입니다.

— 기통. 자신의 사상을 퍼뜨린다고 해서 젊은이들에게 일생을 바치는 것은 아닙니다.

— 그러나 당신은 그들을 위해서 죽었습니다.

— 아니오, 나는 나의 사상을 위해 죽었습니다.

— 자기의 사상을 위해 죽는 것은 아름다운 일이 아닙니까?

— 아니오, 기통. 곰곰이 생각해 보면, 그것은 결국 자기 자신을 위해 죽는 것밖에는 아무것도 아닙니다. 그리고 수천 수십억의 사상들도 단 한 사람의 가치만 못합니다. 사랑해야 하는 것은 사람들입니다. 그들을 위해 살아야 하고, 또 죽어야 합니다.

— 그렇지만 나는 사상들이 좋습니다. 나는 사상들 때문에 지겨워 본 적이 한번도 없습니다. 하지만 사람들은 나를 지겹게 합니다······ 그러나 부성 정신으로 되돌아옵시다. 나는 그 점에 더 흥미가 있습니다.

— 심판을 받을 때, 내가 플라톤에 대하여 언급했던 말 때문에 나는 많은 비난을 받았습니다.

— 무슨 일이 있었습니까?

— 성 베드로가······.

— 성 베드로가 기원전 399년에 당신을 심판했다구요?

— 물론 아닙니다. 심판에 회부되기 전에, 나도 다른 사람들과 마찬가지로 예수 그리스도의 부활을 기다렸습니다. 그리고 심의중인 서류가 많이 있었으므로, 나는 성 베드로가 몸소 심리하는 첫번째 소송에 낄 수 있게 되기까지 반세기를 더 기다려야 했습니다.

— 이 기막힌 상념에 대해 잠깐 생각할 수 있도록 해주십시오. 사도 중의 왕자가 철학의 왕자를 심판한다······.

— 깊이 생각지 마십시오, 기통. 그러니까 성 베드로는 내게 이렇게 물었습니다. "소크라테스, 당신은 무엇을 가장 후회합니까?" 나는 순진하게도 이렇게 대답하였습니다. "후계자를 두지 않은 것입니다."

— 뭐라구요, 후계자가 없다구요? 그러면 플라톤은?

— 그렇습니다. 성 베드로가 내게 질문하는 내용이 바로 이것입니다. 나는 그에게 직선적으로 대답하였습니다. "플라톤이오? 당신도 알다시피 그의 영광은 과대평가된 것입니다."

— 소크라테스, 당신이 그 말을 하였습니까?

— 그렇습니다.

— 그러나 소르본의 사학자들은 그렇게 말하지 않잖아요.

— 그들에겐 참으로 안된 일입니다.

— 하지만 믿을 수 없습니다!

— 차라리 그게 더 낫습니다. 철학은 그에게서 아무것도 얻지 못하게 되겠지요.

— 나는 깜짝 놀랐습니다. 수치스럽기도 하구요. 모욕당한 기분입니다.

— 왜요, 기통? 모든 사람은 속을 수 있습니다.

— 나는 40년 동안 헛소리를 지껄여 왔군요.

— 말하자면 가르치기 위한 이야기들이지요.

— 소크라테스, 우리는 바보들입니다.

— 그렇게 생각하고 싶다면 기통, 그러나 그럼에도 매우 현학적입니다. 당신은 철학에 대해 너무나도 잘 알고 있습니다.

— 눈곱만큼 알고 있겠지요, 소크라테스.

소크라테스는 진심으로 웃었다. 나는 깜짝 놀랐다.

— 당신은 웃을 수 있습니까? 이것은 비극입니다. 얼마나 큰

환멸입니까! 아, 소크라테스와 플라톤의 만남…… 이 위대한 철학적 우정! 나는 거의 눈물을 흘릴 지경이었습니다. 그것은 내강의 중 가장 화려한 대목이었고, 나의 학생들은 모두 어김없이 눈물을 비 오듯 쏟았습니다.

— 그 점에 대해서 기통, 당신의 강의는 나무랄 데 없습니다. 나는 우리의 만남이 매우 좋았고, 감격적이기까지 하였다고 말해야 할 것입니다. 모든 것이 그르쳐진 것은 그후의 일입니다.

— 한 마디로 당신은 성 베드로에게 플라톤은 아무런 가치도 없다고 말하였군요. 정말 그렇게 생각합니까?

— 유감스럽지만 그렇습니다. 뿐만 아니라 나는 이렇게 덧붙였습니다. "플라톤은 반짝이는 소년이었지만, 그의 철학적 재능은 정치라는 바이러스로 인해 망쳐졌습니다. 그는 내가 그에게서 기대하는 모든 것을 주지 않았습니다. 이를테면 그는 《소크라테스의 철학》 같은 위대한 책을 낼 수도 있었을 것입니다. 그러나 그는 거만하였고, 너무나 이기적이었습니다."

— 그래서 당신은 흥분하였군요. 내가 아는 한, 베드로 성인은 당신이 어디까지 가는지 보기 위해 그 이야기를 부추겼을 것입니다.

— 바로 그것입니다. 그는 익살맞은 태도로 내게 말했습니다. "어쨌든 이 젊은 플라톤은 생각으로 꽉 차 있습니다." 나는 흥분하여 대답했습니다. "내가 그에게 영향을 미치지 않은 생각이 단 한 가지라도 있다면 찾아보십시오. 그는 내 생각에 곡조를 붙이려고 하였습니다. 유감스럽게도 나는 그가 훌륭한 해석을 하였다는 느낌이 들지 않습니다." 그러자 성 베드로가 말했습니다. "그가 글을 잘 썼다고 하는 점은 인정해 줄 수 있습니다." 내가 다시 대답했지요. "하는 수 없이." "결국 플라톤은

당신의 대필자입니다." "이제는 아닙니다. 성 베드로, 아니고말고요."

— 아야, 아야, 아야! 그런데?

— 연옥 말입니다. 그곳은 매우 숨막히는 곳입니다.

— 당신이 내게 들려 주는 이야기는 끔찍합니다. 그런데 이 세상이 끝날 때까지라구요?

— 세상이 끝날 때까지입니다. 단……

— 알겠습니다. 잘 알겠습니다. 그런데 이 세상의 끝은 언제입니까?

— 두고 봐야겠지요.

— 이 세상 끝까지라…… 그까짓 지적 오만을 가지고? 그것 때문에 그들이 가혹한 벌을 내리지는 않습니다.

— 그런 종류의 죄 중에서는 최고라고 하던데요.

— 그렇다면 당신은 어떻게 지옥에서 면죄되었습니까?

— 나는 유일신을 주장했었습니다. 가끔은 며칠 밤을 온통 기도로 지새우기도 하였습니다. 나는 저 높은 곳에서 내려오는 구원을 기대하였습니다. 그러나 나를 구원한 것은 내가 이교도였다는 사실입니다.

— 아……

— 만약 내가 그리스도교도였다면, 나는 떨어졌을 것입니다.

— 확실합니까?

— 확실합니다.

— 소름끼치는군요.

— 그것이 '신'의 정의입니다.

— 그럼 그의 자비는?

— 그를 믿으십시오.

── 그래야 되겠지요.

── 그렇다면 동의합니까, 기통?

── 무엇을?

── 당신이 천당에 가면, 나를 위해 기도해 준다는 것 말입니다.

── 만약 내가 그곳에 간다면.

── 오, 당신은 그곳에 갈 것입니다. 당신은 오만하지 않습니다, 그렇지 않습니까?

── 그러길 빕니다.

── 허영이 있나요?

── 그것은 더더욱…….

── 당신이 옳습니다. 그것은 바보들의 교만입니다. 그럼 부성 정신은?

── 나에겐 자식이 없습니다.

── 문제는 그것이 아닙니다.

── 그리고 나는 후계자도 두지 못했습니다.

── 당신은 그렇다고 확신할 수 있습니까?

── 당신도 보면 알 것입니다.

── 윌리아트는?

── 그는 나의 전기를 훌륭하게 쓴 작가입니다. 그에게 다른 포부는 없습니다.

── 그럼 위드는?

── 만약 그가 나를 선배로 인정한다면, 나 역시 그가 후배임을 인정하겠습니다. 그것은 우리가 더 잘 압니다.

── 치방구 주교는?

── 그는 대단한 지성인이지만, 철학에서 신학으로 전향하였

습니다.

— 그럼 소르본에서 당신에 관한 논문을 쓴 사람은? 그 사람 이름은 잊었습니다만.

— 나도 그렇습니다. 그는 논문을 출판하지 않았습니다. 아마도 내가 부끄러웠나 봅니다.

— 왜냐하면 당신이 그렇게 이야기하니까요.

— 어쨌든 소크라테스, 플라톤의 이야기는 믿기지 않는군요.

— 당신은 이야기를 꼭 믿어야 합니까?

— 천당에서는 거짓말을 하지 않습니다.

— 네, 그러나 연옥엔?

— 내가 어떻게 압니까? 그런데 당신의 세번째 이유가 무엇이었는지 상기시켜 줄 수 있습니까?

— 잔인한 반어법입니다.

— 잔인한? 그렇다면 당신은 조롱을 하였나요?

— 누가 압니까?

소크라테스는 웃음을 터뜨렸다. 나는 당황스러웠다.

— 자 기통, 화내지 말고 차라리 푸제 씨에 대한 이야기나 해주십시오.

— 바크 거리의 장님인 푸제 사제 말인가요?

— 그렇습니다. 그에 대한 잊을 수 없는 초상을 썼지요? 그것이 출판되었을 때, 나는 그것을 연옥에서 읽었습니다.《푸제 씨의 초상》, 이 책이었지요. 알베르 카뮈조차도 당신을 칭찬하기 위해 펜을 들었습니다. 무려 네 페이지씩이나! 당신도 알다시피, 어쨌든 연옥에서도 철학활동에 대한 정보를 얻을 수 있습니다. 나는 당신이 그려낸 그 스승의 고결한 모습에 감동을 받았습니다.

── 오, 나의 스승이라……

── 그럼, 푸제가 당신의 스승이 아니었습니까?

── 물론 아닙니다.

── 그렇지만 당신은 그에 관한 책을 쓰지 않았습니까?

── 그렇지요. 그러나 그것은 문학적 놀이, 즉 허구였습니다. 푸제는 두 개의 명료한 사상을 가지고 있지 않았습니다. 그는 자신의 입을 빌려 나의 개념을 피력한 불쌍한 노인입니다. 아마 그는 내 사상의 수신자로서 유용하였을 것입니다. 그러나 나는 내 작품 안에 그 인물이 충실히 그려져 있으며, 가공의 인물이 아니라는 점을 인정하였습니다.

── 당신은 이 모든 것을 베드로 성인에게 이야기할 생각입니까?

── 물론입니다. (그리고 나는 그를 바라보며 덧붙였다.) 적어도 그것이 진실이라면.

소크라테스가 격렬하게 응수하였다.

── 무슨 말을 하는 거지요? 당신은 누구를 놀리는 것입니까?

── 글쎄요, 당신 혼자 아이러니를 말하진 않습니다.

내가 대답하였다.

── 그렇다면, 봅시다. 곳곳에 15명은 되겠군요.

우리는 웃음을 터뜨렸다. 다행히 우리들의 웃음소리는 들리지 않았다.

── 기통, 당신은 인터넷에 대해 어떻게 생각합니까?

── 기술은 순수한 개념을 존재하게 만듭니다. 이미 오늘날 어떤 인간적 존재라 할지라도, 사실상 순식간에 인류 공동체의 다른 모든 멤버들이 열어 놓은 모든 정보들에 접근합니다. 내

일 당신이 1백 프랑을 주고 산 마그네틱카드 안에 당신은 의회의 모든 장서를 갖게 될 것입니다. 50상팀이면 모든 은행의 자동판매기에서 충전과 재사용이 가능합니다. 두번째 마그네틱카드는 당신을 눈 깜짝할 사이에 그 세계로 안내하고, 다시 눈 깜짝할 사이 당신의 흥미를 끄는 모든 자료를 거기에서 발췌할 운영체제를 갖추고 있습니다.

— 그 결과는 어떤 것들입니까?

— 엄청난 것입니다, 소크라테스. 철학을 예로 들어 봅시다. 예전에 '진정한 철학자'란 무엇이었습니까? 소크라테스, 당신처럼 독창적인 사람이었습니다. 당신은 아테네의 거리를 처음 찾아온 사람과 이야기를 나누며 하루를 소일했습니다. 스피노자는 《윤리학》을 집필하느라 애를 쓰면서 천체 렌즈를 갈았습니다. 파스칼은 여가 시간에 계산기를 발명했구요. 데카르트는 황제의 군대에서 발포를 하며 철학적 사색을 하였습니다. 왜냐하면 그 군대는 1년 중 반만 전쟁을 하였거든요. 오늘날 소르본은 이들 모두를 떨어뜨렸을 것입니다. 당신은 물론 그 중 첫번째로 그랬을 것이구요.

— 또한 니체도. 그는 번뜩이는 재능을 지녔지만, 방황하는 삶을 살았지요.

— 정신이란 자유롭고 활기찬 것입니다, 소크라테스. 관료화시킨다면 그것을 죽이는 것입니다. 과학탐구를 하는 국가기관에 속한 파스칼은 통조림 속에 넣어 파는 산꼭대기의 공기 같은 것입니다. 샤를 9세의 총애를 받은 사랑의 시인 롱사르를 생각해 보십시오. 오늘날이라면 그는 조형예술을 다루는 국가기관의 시 부분, 소네트 분과, 제4연구소 소속의 공무원 37825번일 것입니다. 그는 창문으로 떨어져 내리기 전에 형편없는 것들

만 썼을 것입니다.

— 그것은 분명합니다.

— 소크라테스, 오늘날 '진정한 철학자'란 무엇일까요? 마치 철학이 이제는 오래 된 이야기에 지나지 않는다는 듯한 철학사의 교수일 수도 있습니다. 혹은 철학 서적이 '절대 정신'에 의해 씌어진 신성한 교재라도 되는 듯이 여기는 철학사 교수이든지.

— 비유는 정확합니다, 기통. 그것은 이미 내가 살던 시대부터 시작되었습니다. 그렇기 때문에 나는 쓰기를 거부하였던 것입니다.

— 헤겔의 횡설수설을 읽을 때, 우리는 '절대'가 말하고 싶어했던 것을 찾기 위해 머리를 쥐어짭니다.

— 그런 법입니다, 기통. '절대'는 잘못을 범할 수 없고, 헤겔은 그것을 예언하는 사람이니까요.

— 오늘날 그런 것이 **지성의 희생**입니다. 반대로 교황은 항상 틀리고, 《성서》는 착각하고 있습니다. 반드시 그렇습니다.

— 나는 연옥에서 자문해 보았습니다, 기통. 한 권의 책이 '신'의 영감을 받은 것이라고 여긴다면, 다른 모든 책은 그렇지 않다고 인정하는 것입니다. 그러나 어떤 책도 '신'의 영감을 받지 않았다고 생각한다면, 모든 책이 그렇다고 인정하는 것입니다. (단 한 권의 책만이 그럴 것이라고 생각하는 자들을 제외하고.)

— 그렇습니다, 소크라테스. 하나의 사실은 그 반대에서 생겨납니다. 민주주의를 보십시오. 거기에서 모든 것은 선거에 의존합니다. 그러나 예를 들어 모든 사람들에게 선거의 원칙을 확대시키고, 선거의 심판을 적용시켜 보십시오. 그렇게 되면 가능

한 선거제도는 없어집니다.

— 그렇다면 기통, 당신은 무엇이 서양의 세속성의 기반을 이룬다고 생각합니까?

— 소크라테스, 그 점에 관해서라면 일말의 의심도 없이 교황입니다.

— 그렇게 말한 사람이 조제프 메스트르인가요?

— 아닙니다, 오귀스트 콩트입니다. 그는 무신론자였지만 호기심이 없지는 않았습니다. 그리고 소르본이 아사(餓死)시킨 후, 사후 경배를 하는 또 한 사람이기도 합니다.

— 기통, 나는 소르본을 공격해야 옳은지 잘 모르겠습니다. 공격해야 할 대상은 좀더 일반적인 것입니다. 즉 그것은 부르주아 정신입니다. 콩트도 예술가들을 이런 식으로 취급합니다.

— 부르주아가 무엇입니까? 나도 부르주아입니다. 내 독자의 대부분도 부르주아입니다. 부르주아에 대한 험담은 마십시오…… 그런데 소크라테스, 부르주아 정신이 무엇입니까?

— 평화 안에서 영혼이 고갈되는 것이고, 정치의 쇠퇴이며, 경제전쟁의 공포이고, "전지전능하고 모든 것에 적합한 돈이라는 유일한 진리의 발치 아래에서 모든 것을 비웃는 최소한의 사회주의와 문화적 회의주의입니다."

— 마르크스가 그렇게 말했습니까?

— 아니오, 기통. 오노레 드 발자크입니다.

— 놀랍지는 않군요. 훨씬 파괴적입니다.

— 그렇습니다. 그러나 그는 면도를 잘하고, 이름에 거짓의 '드'를 달고 있었습니다. 그 덕분에 당신의 우수한 어린 학생들은 12세나 13세 때부터 그를 읽을 권리를 지닙니다.

— 당신이야말로 진정한 혁명가입니다, 소크라테스. 이제는

당신이 독배를 마신 것이 조금도 놀랍지 않습니다.

—— 기통, 당신은 카스트 제도에 대해서 어떻게 생각합니까?

—— 당신은 20세기에 파리가 그것을 시행하고 있다는 이야기를 내게 하려는 것이로군요. 내 독자들에게 그들이 어떻게 생각하는지 물어보십시오.

—— 개인적으로 당신은 훨씬 냉정하게 자른다고 하더군요.

—— 누가 당신에게 그런 말을 했습니까?

—— 슈발리에.

—— 뭐라구요? 그 젊은 슈발리에가 죽었습니까?

—— 아니오, 그는 저 아래 중앙 홀에 있습니다.

—— 그런데 어떻게 해서 말을 걸었습니까?

—— 이 모든 이야기는 약간 기이한 것입니다.

—— 사실입니다. 간단히 말해 슈발리에는 나를 배반했습니다.

—— 그는 언제나 기통에 대한 존경심을 지니고 있었습니다.

—— 존경심이 문제가 아닙니다. 중요한 것은 사려 깊음과 정치입니다. 이 소년은 책 한 권을 어떻게 성공리에 출판시키는지 잘 모릅니다.

—— 어떻게 하는데요?

—— 좋은 주제, 독설, 독창적인 생각, 매우 능란한 편집자, 그리고 정치죠.

—— 정치?

—— 적당량의.

—— 적당량의? 이해가 안 됩니다.

—— 그럴 테지요, 소크라테스. 이제 당신은 약국에 거의 가지 않을 테니까.

—— 별로.

— 다음에 약국에 가게 되면, 작은 약병 위에 씌어 있는 치료법을 읽어보십시오. 거기엔 언제나 적당량이라는 단어가 씌어 있지요.

— 무엇의 적당량인가요?

— 그냥 적당량이죠.

— 그렇다면 적당량의 정치란 말입니까?

— 바로 그렇습니다.

— 모든 것이 명확하군요.

— 모든 것이.

— 성 베드로에게 가서 그대로 따라 하십시오.

— 우리는 길을 잃었습니다. 우리가 어디까지 말했지요?

— 모르겠습니다. 철학자들과 철학의 역사에 대해 말하고 있었던 듯합니다.

— 기억이 납니다. 기통, 철학자들은 그들의 전통을 다룬 훌륭한 작품들을 생각지 않고 살 수 없습니다.

— 물론입니다, 소크라테스. 그러나 그것이 문제가 아닙니다. 무엇보다도 철학이 자기 자신에 대한 전통의 해석인가 아닌가를 아는 것이 중요합니다. 내 생각에 철학은 그렇게 하자마자 죽습니다. 철학은 자기의 외부에 있는 주제, 즉 정치·종교·과학·윤리·경제·존재 등에 대한 살아 있는 성찰입니다. 인간은 서로서로 질문을 던지고, 그 질문에 대답할 필요가 있습니다.

— 그럼 늙은 철학자들은?

— 그들은 우리로 하여금 생각을 하게 만듭니다. 그래서 우리는 그들을 다시 읽는 것입니다. 또 그들이 그 생각을 하였기 때문이 아니라, 그들이 아니었더라면 하지 못했을 생각 때문에

우리는 그들에게 경의를 표합니다. 위대한 철학자란 당신으로 하여금 재능을 지니도록, 그것도 모든 세대에 걸쳐 재능을 지니도록 하는 능력을 지닌 사람입니다. 그러나 전통 그 자체는 알맹이 없는 성냥갑만큼이나 바보 같은 것입니다. 그것은 주석자나 책벌레를 만들어 낼 뿐이죠.

— 책벌레라니 그것이 무엇입니까?

— 2만 권의 책을 읽으면서 1만 권은 책장만 넘기는 사람이고, 게다가 자기의 전공과 관련해서는 어디에 눈곱만큼의 불화가 있는지까지 훤히 아는 사람이지요.

— 그러면 인터넷 안에서도 그렇습니까?

— 소크라테스, 그것은 철학의 구원입니다. 왜냐하면 그것은 책벌레의 죽음을 의미하니까요. 깊은 생각에 잠긴 어떤 정신이라도 자기의 업무를 위해 곧 한 부대의 석학들의 업적과 맞먹는 전자 노예를 갖게 될 테니까요. 이제 책벌레는 아무 쓸모가 없게 될 것입니다. 김빠진 것이 되어 결국 없어지게 될 것입니다. 무효화되는 것이죠. 마치 트랙터가 등장한 뒤의 경작용 소가 그러하였던 것처럼.

— 기통, 내게 그릇된 기쁨을 주지 마십시오.

— 그것은 그릇된 기쁨이 아닙니다. 소크라테스, 나는 우리가 희망을 가질 만한 새로운 권리를 지닐 거라고 믿습니다. 기술은 해방의 덕도 지니게 될 것입니다. 당신이 최소한의 질문을 검토하려 한다고 상상해 보십시오. 그 주제에 관하여 인터넷은 즉시 35개의 언어로 된 1만 1천3백8개의 참고자료를 내놓을 것입니다. 총체적인 기록의 면밀한 검토만으로도 꼬박 20년이 걸립니다. 학자의 규범과 가책에 견주어 본다면 실행이 불가능합니다. 따라서 이렇습니다. 첫째, 기술은 존재하는 모든 지적 자

본의 즉각적인 소집을 가능케 합니다. 둘째, 작가수의 증대와 그들 저작의 항구적인 축적은 하찮은 주제에 대해서도 면밀히 조사해야 할 물질의 양을 증가시켜 사람으로서 할 수 있는 범위를 아주 벗어나게 합니다. 셋째, 전자 메모리 작성의 진보는 어쨌든 특별한 기억작업을 무효화시킵니다. 유일하게 희귀하고 대체할 수 없는 자원은 직감과 비평·사색·종합·창조가 될 것입니다. 기술 덕분에 이와 같이 우리는 과도한 축적에 의한 축적을 치료할 수 있을 것입니다. 우리는 전문화의 과잉, 바로 그 자체에 의해서 과도한 전문화를 치료할 것입니다.

— 기통, 우리가 원(原)전문화의 과정에 들어가지 않는 한 그렇게 될 것입니다.

— 이 분야에선 기통, 넘기 어려운 한계가 있습니다. 웃음거리와 무의미 안에 떨어질 수밖에 없지요. 만약 전체의 지식이 부분의 지식에 의존한다면, 상호적으로 부분들의 정당한 평가 역시 전체의 지식에 의존한다는 것은 여전히 명백한 사실입니다. 분석 없는 종합은 피상적이며 모호하지만, 종합의 능력 없는 분석은 우둔한 것입니다. 따라서 전문화와 기술의 진보는 전문화와 지식의 특권을 무효화시킵니다.

— 병의 진보가 그것의 치료법을 제공하겠지요.

— 바로 그렇습니다.

— 어쩌면 당신이 옳을지도 모르겠습니다.

소크라테스가 내게 철학자
모리스 블롱델의 이야기를 들려 주고,
인간과 인간의 영혼에 대한 나의 견해를 묻다

—— 그런데 기통, 오늘 아침 내가 당신을 만나기 위해 연옥을 떠날 때, 천당 옆을 지나다가 철학자 모리스 블롱델을 만났습니다. 그가 당신에게 안부를 전해 달라더군요. 당신과 블롱델이 아는 사이인지 몰랐습니다.

—— 나는 23세 때 교수자격시험을 통과하고 나서, 학위논문의 주제에 대하여 생각하기 시작했습니다. 내가 공전을 하고 있자니, 한 친구가 내게 "왜 자네는 모리스 블롱델에게 자문을 구하러 가지 않나?" 하는 것이었습니다. 그는 20세기 프랑스의 깊이 있고 정직한 사상가 가운데 한 사람입니다. 그는 세잔이 그곳에서 세상에 알려지지 않은 채 행복하게 그림을 그렸듯이, 엑상프로방스의 언덕 위에서 평화로이 철학을 하였습니다. 그는 예언자 칼카스처럼 실명(失明) 속에 늙어갔습니다. 그리고 성자로 죽었습니다. 그가 천당에 간 것은 내게 놀라운 일이 아닙니다.

—— 그래서 당신은 그를 만나러 떠났군요.

—— 만원 열차 안에서도 앉을 수 있도록 철가방을 들고 떠났습니다. 그 시절에는 장거리 노선을 탈 때, 그런 일이 꽤 자주

있었으니까요. 지금은 그 가방이 어디에 있는지 잘 모르겠습니다. 그 가방이 보이지 않는군요. 바르바푸에게 빌려 준 것 같은데, 아마도 그가 내게 돌려 주지 않은 모양입니다.

— 그런데 블롱델은?

— 그 이야기로 되돌아가지요. 점심 식사를 한 연후에, 그는 나를 데리고 그의 거처로 통하는 플라타너스 길을 산책하였습니다. 우리는 그 길을 오르락내리락하였습니다. 그때마다 그의 손자들이 숲 덤불 속에서 불쑥불쑥 나타났고, 그는 그 손자들을 차례로 쓰다듬어 주었습니다.

— 그가 당신에게 뭐라고 하던가요?

— 이렇게 말했습니다. "친구여, 당신의 가장 좋은 시절을 인위적인 일에 소모하지 마십시오. 당신의 실체에 대한 핵심에 쐐기를 박는 것이 아니라면 어떤 것도 공부하지 마십시오. 학구적인 형식주의를 비웃으십시오." 내가 그에게 물었습니다. "그런데 논문이란 무엇입니까?" 그가 대답했습니다. "논문 = 입장입니다. 당신이 쓸 논문의 주제가 아무 쓸모없는 세속적인 것이 아니라면, 그것은 존재와 인생에 대한 당신의 입장일 수밖에 없습니다. 당신은 라틴적인 것에서 주제를 찾지 마십시오. 당신은 '진리'를 향한 길을 표명하는 축을 찾도록 하십시오." 그리고 그는 침묵했습니다. 그는 내 말을 들었습니다.

— 당신은 그에게 뭐라고 하였나요?

— 아무런 기억도 나지 않습니다. 나는 몇 시간 동안 계속해서 내 영혼의 흙탕물을 퍼냈습니다.

— 그는 당신의 이야기를 들었겠군요.

— 아무 말 없이 이야기를 들었습니다. 태양이 지평선으로 떨어지고 있었고, 그동안 빛은 내 자신이 되어 있었습니다. 결

국 호메로스가 쓰듯이 말입니다. "태양이 진다. 그리고 오솔길들은 어둠에 덮인다." 우리는 집으로 돌아왔습니다. 테라스에서 그는 침묵을 깨고, 선량한 눈으로 나를 바라보더니 간략히 말했습니다. "친애하는 친구여, 그대의 주제는 시간과 영원입니다."

— 그래서?

— 그것이 내 주제가 되었습니다. 그 주제에 대해 생각한 지 70년이 됩니다. 이제 알 만합니까?

— 그렇군요! 그야말로 스승이로군요.

— 천당에서 뉴먼 추기경도 만났습니다.

— 언제요?

— 블롱델과 이야기를 나누고 있는데, 그 큰 머리의 뉴먼이 와서 명랑한 태도로 유머를 잔뜩 섞어가며 이야기를 시작했습니다. 얼마나 똑똑한 사람인지요! 당신도 곧 알게 될 것입니다! 천당에서도 영국인과 옥스퍼드인으로 남아 있을 수 있다니 믿을 수 없는 일입니다. 그곳은 개인의 성격까지 바꾸지는 않는 모양입니다.

— 당연하지요. 그가 1935년에 쓴 내 학위논문의 소문을 들었던가요?

— 영원에 관한 당신의 학위논문 말입니까?

— 아니오, 그에 관한 논문 말입니다. 진화와 발전에 관해 쓴 것입니다.

— 그렇지만 당신은 영원에 관한 논문을 쓰지 않았던가요?

— 당시 프랑스에서는 두 편의 학위논문을 썼습니다. 대논문과 소논문 한 편씩이죠. 나의 대논문은 〈플로티노스와 아우구스티누스에 있어서 시간과 영원〉에 관한 것입니다. 소논문은

〈뉴먼에 있어서의 발전〉에 관한 것이구요.

— 알겠습니다. 그래서요?

— 그가 그 사실을 알고 있던가요?

— 내게 아무 말도 하지 않던데요.

— 그럴 수가! 그럼 그는 당신에게 무슨 말을 하였습니까? 신앙심에 관해서?

— 아닙니다. 철학에 관한 이야기를 하였습니다. 그는 〈데카르트에 있어서의 순간〉에 관한 장 발의 학위논문을 읽었노라고 하였습니다.

— 도무지 영문을 모르겠군요. 그가 장 발의 논문은 알고 있으면서 내 논문은 모르다니오?

— 발의 논문은 그저 놀랍다고밖에는 달리 표현할 길이 없습니다. 나는 '이 모든 것을 참아 주자'고 생각했습니다.

— 뭐라고요?

— 아니, 아무것도 아닙니다.

— 그런데 그가 다른 말은 하지 않던가요?

— 그는 블롱델과 내가 당신을 만나러 간다는 사실을 알고 있었습니다. 그는 우리에게 무슨 질문을 할 것인지 물었습니다. 블롱델은 당신에게 한 가지 질문을 던지겠노라고 하였습니다.

— 어떤 질문입니까, 소크라테스? 그 질문을 미리 해보십시오. 이번만은 내가 질문을 하는 것이 아니로군요.

그는 손목시계를 들여다보았다.

— 유감스럽게도 우리는 너무나 많은 말을 하였습니다! 이제 떠나야 할 시간입니다.

— 벌써 떠난다구요? 조금만 더 있어 주십시오. 당신은 뉴먼이 내게 질문을 하러 올 거라고 하지 않았습니까?

— 뉴먼이 아니라 블롱델입니다.

— 하지만 블롱델은 추기경이 아닌걸요!

— 그것이 어때서요? 나도 추기경은 아니잖아요.

— 그러나 소크라테스, 당신은 확실한 가치가 있습니다. 블롱델은 매우 위대한 정신의 소유자이고, 물론 성인 가운데 한 사람이기도 하지만 결코 능란한 사람은 아닙니다. 저 아래 내 주위에 모여 있는 군중을 보십시오. 저기에서 아마도 10명 중 1명은 아직도 블롱델의 이름을 기억하고 있을 것입니다. 10명 중 1명이지 더는 아닙니다. 철학적으로 블롱델은 우수하였습니다. 그러나 정치적으로 그는 당신도 알다시피 빵점이었습니다. 빵점이란 말입니다.

— 어떻게 하였던 거지요?

— 우리가 저기에서 말한 모든 것은 저 아래에서 알려지게 마련입니다.

— 그렇겠지요.

— 분명합니다. 모든 것은 결국 알려지게 되어 있습니다. 내 시간은 제한되어 있습니다. 나는 세속적으로 알려진 사람들밖에 알지 못합니다. 그리고 곳곳에서 나는 친구를 사귀어야 합니다. 나를 너무 가톨릭교도로 분류하지 마십시오.

— 그렇지만 당신은 가톨릭교도가 아닙니까?

— 물론입니다. 그러나 그것이 제일선에 오는 것은 아닙니다. 당신도 알다시피 가톨릭교도들은 반드시 내 책을 삽니다. 의무감에서 말입니다. 따라서 고려해야 할 사람은 다른 사람들입니다. 당신도 알다시피 불쌍한 블롱델은 거리감이 부족합니다. 너무 독실하거든요.

— 지나치게 비평적이지 않다는 말인가요?

— 아닙니다. 그렇지 않다면, 그는 철학자가 아니겠지요. 문제는 그것이 아닙니다. 내용을 말하는 것이 아니라 형식을 말하는 것입니다. 그는 1950년에 마치 1890년이기라도 하듯이 뾰족한 수염을 기르고 죽었습니다. 뾰족한 수염 말입니다! 어떻게 내가 뾰족한 수염을 기른 사람과 더불어 이야기를 할 수 있겠습니까?

— 그런 것은 철학 논쟁에서 본질적이지 않은 것 같군요.

— 논쟁이 문제가 아니라 대중이 문제입니다. 대중의 감수성 말입니다. 그런 관점에서 보면, 본질적인 것은 바로 성공이지요. 그런데 성공이란 실체에 기인하는 것이 아니라 사건에 기인하는 것입니다. 뾰족한 수염은 결정적인 결함이 되는 사건입니다. 근대적이 되십시오, 소크라테스. 근대적이 되어야 합니다.

— 그러나 블롱델은······.

— 강요하지 마십시오. 나는 이기적이 될 의무가 있습니다. 좋은 대의명분은 그것을 지킬 수 있는 사람들에 의해서만 실행됩니다. 예를 들면 나 같은 사람이지요.

— 당신의 개인적인 이득을 통해 일반적인 이득을 꾀할 수 있다는 말이로군요.

— 그보다 더 적절한 표현은 없는 듯하군요. 나는 블롱델을 만나고 싶지 않습니다. 나를 아는 모든 편집장들은 내 스스로가 성스러움을 없애려 애를 쓴다고 말합니다. 그리고 어쨌든 그는 경쟁자입니다. 블롱델이 오거든 없다고 전해 주십시오. 그러나 뉴먼은 와도 좋습니다. 영어 번역이 용이해질 테니까요.

— 기통, 블롱델은 내게 이렇게 말했습니다. (고대 그리스어로, 당신은 그의 교양과 섬세함을 알지요.) "오 소크라테스, 내 친구 기통에게 꼭 이렇게 전하여 주십시오. 가련한 미친 이여, 네

영혼을 생각하고, 왜 그것이 불멸인지를 알도록 노력하라."

— 그가 당신에게 그런 말을 하였습니까?

— 그렇습니다. 그것도 그리스어로. 그래서 나 역시 당신에게 묻겠습니다. 기통, 영혼은 불멸의 것입니까?

— 당신은 독배를 마시던 날에 파이돈·케베스·시미아스, 그외 다른 친구들과 함께 그 점에 대해 토론을 하였습니다. 당신의 이야기에 무엇을 덧붙일 수 있겠습니까? 게다가 당신은 저세상에 있으므로 경험상 영혼이 불멸이라는 것을 잘 압니다. 그런데 왜 내게 그것을 묻습니까?

— 기통, 나를 위해서가 아니라 당신을 위해서입니다.

— 그럼 당신은 내가 그 점을 확신할 필요가 있다고 생각합니까?

— 그렇습니다.

— 왜입니까?

— 왜냐하면 당신은 성인이 아니기 때문입니다.

— 그것이 어때서죠?

— 당신은 영원에 대한 욕망이 없습니다. 죽는 행위와 죽은 상태는 삶에 접합되어 있습니다. 당신이 유죄인 이유는 죽음에 대한 강한 애정을 지니고 있기 때문입니다.

— 당신이 그것을 어떻게 알지요?

— 왜냐하면 나는 불멸을 굳게 믿고 있었지만 무(無)를 확신하고 죽었기 때문입니다.

— 나도 당신과 완전히 일치합니다.

— 기통, 우리에게 부족한 것은 명료함이 아니라 희망입니다.

— 또한 우리로 하여금 무를 확신케 하는 것은 이성이 아니라 거대한 절망의 무게이지요.

── 어떻게 당신이 그들에게 반항할 수 있겠습니까? ……저기를 보세요. 블롱델이 저쪽 주랑을 지나는군요.

── 쉿! 그는 우리를 보지 못했습니다.

소크라테스는 큰 소리로 블롱델을 부르기 시작했다.

── 블롱델! 어이, 블롱델!

── 아니, 무슨 짓을 하는 것입니까? 조용히 하세요!

블롱델은 멈추어 서서 고개를 들었다. 그러자 소크라테스는 더욱 큰 소리로 고함을 질렀다.

── 블롱델! 어이, 블롱델!

나는 그를 진정시키느라 애를 썼다.

── 제발 조용히 좀 하세요! 조용히 하라니까요! 당신은 미사를 방해할 참인가요.

그러나 도리가 없었다. 급기야 일어날 일은 일어나고 말았다. 블롱델은 몸을 돌려 우리를 보았고, 곧장 우리에게 다가왔다.

── 그런 바보 같은 짓을 하다니, 저기 그가 오는군요. 참으로 곤란하게 되었습니다. 그렇다면 우리와 함께 있겠다고 약속하세요. 당신이 평형을 유지해 주어야 합니다. 절대로 다원적 대화가 필요합니다. 그렇지 않다면 내가 어떤 태도를 보이게 되겠습니까?

── 블롱델, 여기 기통이 있습니다. 그는 굳이 당신과 일 대 일로 이야기를 하겠다는군요.

── 아, 친애하는 장. 소크라테스, 떠날 건가요?

── 나는 한 시간밖에 허가를 얻지 못했습니다.

── 같이 있어 주십시오, 소크라테스.

나는 간청하였다.

── 나는 당신들을 남겨두고 떠나야 합니다.

이것이 그가 한 대답의 전부였다.

— 또 봅시다.

그는 멀어져 갔다. 나는 지팡이에 의지한 채 절뚝거리면서 나선형 계단까지 좇아가 그를 붙들었다.

— 좀더 있어 주시지요, 소크라테스. 당신도 잘 알다시피 영혼의 불멸에 관해서라면 세속을 만들기 위해서 한 사람의 이교도가 필요합니다. 당신이 가톨릭적인 대답을 하고, 내가 자유사상가의 역할을 맡겠습니다. 마치 책이 그렇게 씌어지듯이 말입니다. 그렇지 않으면 그는 온갖 사제의 흉내를 다 낼 것입니다! 그리고 만약 당신이 대화의 열기를 더해 주지 않는다면, 나는 바보 같은 소리나 지껄이고 말 것입니다.

— 진실을 말할 것입니다.

— 같은 이야기입니다. 그러니 있어 주십시오.

— 내가 당신에게 한 질문을 생각하십시오. 그리고 저 높은 곳에 가거든 나를 위해 기도해 주십시오.

— 유감이지만, 그럴 수 있을는지요.

— 어서 가보십시오. 영혼을 생각하십시오.

— 어쩌나, 어쩐담.

— '신'의 뜻에 맡깁니다, 기통.

— 안녕, 소크라테스.

그는 내 손을 꼭 쥐었다. 살아 있는 느낌이 아닌 채로 나는 블롱델에게 돌아왔다.

— 장, 직접 본론으로 들어가도록 허락해 주시지요. 나는 당신이 왜 영혼의 불멸을 믿는지 이야기해 주기를 바랍니다.

— 소크라테스가 우리의 곁을 떠난 것이 유감이로군요. 이것은 그의 주제인데요.

— 그가 이 자리에 없는 편이 더 낫습니다. 이제 그것은 그의 문제가 아니라 바로 당신의 문제입니다.

— 그 주제에 대하여 나는 공부를 조금밖에 하지 않았습니다. 그다지 흥미가 없었거든요. 당신이 질문을 하면 내가 대답을 하겠습니다.

— 좋습니다. 왜 불멸에 관한 이 질문이 다른 질문에 비해 당신의 흥미를 덜 끌지요?

— 왜냐하면 나는 현생을 즐기는 문제에 대해서는 관심이 없기 때문입니다.

— 하지만 당신은 영원에 대한 사상가였습니다.

— 그것은 그 시대의 내 직업이었습니다. 내가 원하던 바는 아니었지만 나는 곧 유명해졌습니다.

— 당신은 자신에 대해 무척 엄격하군요, 장. 당신의 그같은 이유에 동의할 수 없습니다. 설명에 무언가 석연치 않은 구석이 있습니다. 좀더 다른 이유를 찾아보시지요.

— 당신은 나더러 나 자신 속으로 더 깊이 들어가라고 강요하는군요. 본능적으로 나는 영혼을 믿습니다. '신'과 나, 그것은 한밤중에 빛나는 두 개의 커다란 불빛이라고 뉴먼은 말했습니다. 나는 육체와 물질에 대해 어떻게 생각해야 할지 모르겠습니다. 나의 본래적인 성향을 되는 대로 방치한다면, 나는 버클리와 같이 물질은 일종의 영혼의 분산으로서 존재할 뿐이라고 생각하고 싶어합니다. 나는 플로티노스와 라이프니츠·멘드 비랑으로부터 베르그송에 이르고, 또 당신 블롱델에 이르는 프랑스 유심론 사상의 이러한 전통을 너무나 많이 공부했습니다. 볼테르가 옳았습니다. 물질은 영혼만큼이나 알기가 어렵고, 어쩌면 더 어려울 것입니다. 물질주의라고 해서 얻는 것은 아

무것도 없습니다. 어렴풋한 것을 더 어렴풋한 것과 교환하는 것입니다.

—— 당신은 범정신론*에 이끌리는군요.

—— 그렇습니다. 지나치게 믿는 것은 아니지만, 그래도 그것을 믿습니다. 물리학과 심리학의 차이를 꼭 설명해야 하고, 어떤 일이 있어도 화해의 길을 찾아야 합니다. 나는 체계를 만들어 내는 사람이 아닙니다. 학파를 만들고 싶어하는 것은 약하기 때문입니다.

—— 나는 당신이 영혼의 불멸을 믿는다는 느낌이 드는데, 그이유는 당신이 진정으로 물질을 믿지 않기 때문입니다.

—— 꼭 그렇다고 할 수는 없습니다, 블롱델. 내 나이 50세였을 때, 르 센과 라벨은 철학적으로 위대한 명성을 누리고 있었습니다. 그 두 사람은 그들의 편집장이며, 또한 나의 편집장이기도 하였던 오비에의 집에 저녁 식사를 하러 왔습니다. 내가 40년을 살았고, 또 임종을 맞이한 아파트를 빌려 주었던 이가 오비에입니다. 그곳에서 우리는 이미 그 전에 저녁 식사를 하였던 셈입니다. 나는 그때의 만찬이 기억납니다. 르 센과 라벨은 물질의 존재에 반대하는 토론을 벌이며 게걸스럽게 먹어댔습니다. 그런데 나는 평소처럼 배가 별로 고프지 않았습니다. 그리고 그들이 나보다 훨씬 유명하였으므로 나는 질투심에 불타고 있었습니다.

---

* panpsychisme; pan＝모든, psychê＝영혼. 우리의 정신 내부에서 물질적인 현상은 그 자체 의식과 유사한 현실의 외양에 지나지 않을 뿐이라는 학설. 범정신주의는 물질주의와 상반되는 것으로, 물질주의란 반대로 정신적인 현상 안에서 그 자체 물질적인 현실의 파생을 보는 것이다. (편집자주)

── 기운을 내십시오, 장. 당신은 명예면에서 그들을 추월하였습니다.

── 휴! 나는 그들을 지치게 하여 우위에 선 것입니다.

── 불멸에 대한 당신의 사유를 밝히십시오.

── 나는 70년 전에 이미 당신과 이 문제에 대하여 이야기를 나눈 것으로 기억합니다. 나는 이 점에 대한 당신의 입장에 매우 충격을 받았습니다.

── 기억이 나질 않는데요.

── 이 주제에 관해서 당신은 내게 가장 중요한 것은 전조 속에 있다고 말하였습니다.

── 질문을 하기로 결정한 순간에 이미 그 질문은 거의 결정된 것입니다. 또 그 질문을 제기하기 전에 스스로 실존적으로 그것을 제안해 보아야 합니다.

── 하나의 질문의 용어는 하나의 어떤 **경험**에서 출발할 때에만 의미를 지닙니다. 이 경험이 부족할 때 그 문제는 자의적이 되는 듯합니다. 그리고 또 앎에 대한 하나의 탐구는 **앎에 대한 욕망**을 가정하는데, 이 **앎에 대한 욕망**은 작업에 대한 가정과 그것을 증명할 수 있는 노력을 야기할 수 있는 것입니다. 욕망이 부족할 때 사상은 무관심 속에서 절벅거리게 되고, 또 그럼에도 만약 고찰이 이루어지게 되면, 그것은 '인생'에 대해서 긍정보다는 부정을 양산시킬 경향이 큽니다. 그런데 당신의 논지는 무엇입니까?

── 나는 자명한 대답을 허용하는 질문은 좋아하지 않습니다.

── 당신에게 있어서 영혼의 불멸은 자명한 것입니까?

── 아닙니다. 그러나 그것은 나에게 확실해 보이는 진리와 논리적으로 동격입니다. 이런 의미에서 블롱델, 그것은 자명합

니다.

— 설명해 보십시오.

— 당신은 범신론자이든지, 혹은 유신론자입니다. 우리가 범신론자이거나 유물론자일 때(그것은 종종 같습니다), 우리는 더욱더 **끝없는 공간의 영원한 침묵**에 대해 사색하려고 애씁니다. 분명히 아무 의미도 없는 무(無) 안으로 거의 증발되어 가다시피 하면서, 우리는 인간은 아무것도 아니며, 우주 안에서 일어나는 단순한 하나의 사건일 뿐이라고 믿기에 이릅니다. '절대'로 말하자면 우리는 그것을 비의식적인 것, 비인격적인 것으로 생각합니다. 인간 개개인은 이제 신적이며 무의식적인 이 거대한 전체의 한 부분에 지나지 않게 될 것입니다. 이렇게 생각할 때, 개개인의 인격적 영속이라는 개념이 무슨 의미를 지닐 수 있겠습니까?

— 아무 의미도 지니지 않습니다, 기통.

— 그러나 '신'이 인격을 지닐 때, 우리는 인격보다 더 위대한 것은 아무것도 없다는 생각을 하게 됩니다. 그렇게 되면 블롱델, 그 나머지 모두의 존재를 정당화하는 것은 바로 인격이 됩니다. 따라서 당신이 '신'을 믿는 그 순간부터, 아니 인격적인 '신'을 믿는 그 순간부터 당신은 아주 당연히 인격의 불멸을 믿게 되고, 인격의 소멸이라는 관념이야말로 이해할 수 없는 것이 됩니다.

— 두번째 관점에 대해서는 장, 나 역시 당신과 의견을 같이합니다. 어떻게 결론을 내리겠습니까?

— 나는 인격적인 '신'을 믿었습니다. 그 결과로 불멸은 내게 매우 높은 가능성이 있어 보였습니다. 또 그렇기 때문에 그것을 증명하는 데 오래도록 집착할 필요가 없었습니다.

— 결국 장, 당신의 의견에 따르면, 인간이 지닌 영혼의 불멸은 인격적 '신'의 존재의 필연적 귀결에 지나지 않거나 논리적 등가물이 됩니다. 두번째 논증도 있습니까?

— 네, 바로 이것입니다. 나에게는 '신'을 믿는 분명한 이유가 있습니다. 그 사후에 영혼이 어떻게 되는지를 아는 누군가가 있다면, 그것은 분명 '신'입니다. '신'은 우리에게 영혼은 죽지 않는다고 말합니다. 나는 그 말을 믿습니다. 그러므로 나는 영혼이 죽지 않는다는 것을 믿습니다. 내 입장이 되어 보십시오.

— 그러고 있습니다. 그런데 장, 당신은 비신자들을 이 논의에서 제외시키는군요.

— 그렇지만 나는 신자가 된 이유가 있습니다.

— 그럴 수도 있겠지만, 당신의 두번째 이유 역시 간접적입니다. 그것은 믿음으로부터 도망치고, 믿을 이유로부터 도망칩니다.

— 맞습니다.

— 그런데 장, 영혼의 영속을 가정하는 데에 따르는 어려움은 무엇이라고 생각합니까?

— 영혼의 존재를 상상하는 것부터가 이미 어려운 일입니다. 의식 또한 상상하기 어려운 것이지요. 우리는 우리 자체로 존재합니다. 그런 식입니다.

— 장, 상상하기 어렵다고 하면서 어떻게 놀라지 않을 수 있습니까? 어떻게 그럴 수가 있는 것입니까?

— 나는 상상하지 않습니다. 그것이 전부입니다. 나는 사랑을 생각합니다. 나는 '신'을 사랑하는 사람들에게 영혼의 영속이 매우 단순한 일임을 압니다. 그것은 자기가 사랑하는 '신'과 합체하는 것입니다.

—— 당신은 '신'을 사랑합니까?

—— 그것은 문제가 되지 않습니다, 블롱델. 나는 당신에게 사랑하는 사람들은 당신이 말하는 어려움을 겪지 않는다는 말을 하는 것입니다.

—— 많은 사람들이 스스로를 일컬어 벌레나 땅 표면에서 솟아나는 곰팡이에 지나지 않는다고 말합니다.

—— 그 이유는 그들이 자신을 바깥에서 관찰하고, 지나치게 그들의 육신만을 바라보기 때문입니다. 그들은 스스로를 바라보아야 합니다. 블롱델, 내면에서 자신을 보아야 합니다. 자신이 간직한 기억의 깊은 굴곡을 주파해 본 사람이라면, 인간의 영혼 하나가 우주 전체보다 더 넓다는 것을 이해합니다. 성 아우구스티누스는 그의 《고백록》(제10권)에서 그 주제에 대한 모든 것을 말하였습니다.

—— 또 베르그송은 《물질과 기억》을 쓰면서 아우구스티누스의 모든 직감을 확인하였습니다. 그래서요?

—— 내 생각으로는 블롱델, 우리가 정신의 어떤 경험을 획득하였을 때, 문제는 다시 돌아옵니다. 우리는 영혼이 육체보다 오래 살아남는 것을 정상으로 여깁니다. 이미 불멸을 증명하는 것은 문제가 되지 않지만, 어떻게 죽음을 증명할 수 있을는지요. 다른 방법으로는 할 수가 없습니다. 그렇기 때문에 우리는 불멸에 매달리게 되는 것입니다.

—— 그렇지만 인간도 동물이 아닌가요?

—— 물론입니다, 블롱델. 그러나 매우 특별합니다. 동물을 관찰할 때, 나는 동물의 삶 전체가 생명 유지에 필수적인 활동의 순환 안에서 완수되는 듯한 느낌을 받습니다. 동물에게 삶의 의미는 존재의 유지와 종족의 번식, 그리고 우주의 생태계 질서

안에서의 자리잡음에 있습니다.

— 그런데 인간은 어떻습니까?

— 인간은 그렇지 않습니다, 블롱델. 그는 **사슬 위로의 도약**을 하였습니다. 분명 인간도 삶을 영위하고, 생명을 유지하고, 종족을 번식시키고, 세상과 세상의 필요에 봉사합니다. 그러나 이 모든 것은 그의 개인적인 운명의 성취에 종속됩니다. 인간은 스스로 소멸되지 않고 스스로 초월하기를 갈망합니다. 인간에게 있어서 모든 것은 세상의 피안, 사회의 피안, 시간의 피안을 겨냥하는 하나의 인생을 입증합니다. 1백 세가 되어도 그는 언제나 20세인 것입니다.

— 인간이 언제나 젊은 채로 있다는 것입니까?

— 그렇습니다. 자기 앞에 영원이 있다는 생각을 한다는 조건하에서는 그렇습니다.

— 그럼 스스로를 늙었다고 생각하는 사람들은요?

— 아마도 그들은 영원을 믿지 않을 것입니다. 그렇지 않으면 스스로를 짐승이라고 생각하든지요.

— 그러나 장, 나도 가끔 스스로를 늙었다고 생각하는데요.

— 아닙니다, 블롱델. 당신이 말하려는 것은 이를테면 피곤, 기력의 쇠퇴, 질병, 쇠약입니다. 늙음이 아닙니다.

— 이 모든 당신의 장광설은 어디에서 끝을 맺습니까?

— 여기입니다. 즉 우주 안에서 인격보다 더 높은 것은 없습니다. 그것은 하나의 사건이 아닙니다. 살아 있는 사람들의 역사에 하나의 의미가 있다면, 그것은 많은 인격들이 존재하도록 한다는 것입니다. 이 인격들은 모두가 피안과 영원을 향해 있습니다. 이러한 전망 안에서, 영혼이 죽는다는 것은 충분히 모호합니다. 그것은 절망의 유혹을 제외하고는 어느것과도 결부

되어 있지 않습니다.

　—— 좀더 자세히 설명해 보십시오, 기통.

　—— 인격이란 언제나 더 멀리 가려는 운동입니다.

　—— 이 세상에서?

　—— 네, 처음에는. 그러나 세상에서 이 끝없는 초월이란, 세상을 전적으로 초월하는 것을 향한 끝없는 초월의 기회를 나타내는 이미지이기도 합니다. 당신은 《행동》이란 책에서 사물에 대한 철학을 밝혔습니다. 그것은 대단한 책으로 언제나 나를 사로잡았습니다. 만약 그 책을 종업식 때 상으로 받지 않았다면, 나는 결코 그 책을 읽어보지 않았겠지요. 나는 여름방학 동안에, 철학 수업을 듣기 전에 그 책을 읽었습니다. 그리고 철학자가 되겠노라고 결심하였습니다.

　—— 장, 인간이 피안을 지향한다는 것은 사실입니다. 그것은 우연한 관찰이 아닙니다. 그것은 인간이라는 존재의 본질적인 구조입니다. 아마도 가장 근본적인 구조일 것입니다. 그렇기 때문에 무덤 너머의 운명이 없는 인간을 내가 납득할 수 없는 것 같습니다.

　—— 납득할 수 없습니다, 블롱델. 못하고말고요. 게다가 아주 부조리하기까지 합니다. 여성이 없는 본성 안에서 남성이라는 성만큼이나, 어쩌면 그보다 더 부조리하겠지요. 또 먹을 수 있는 것이란 아무것도 없는 세계 안에서 위장만큼이나 부조리하구요. 빛이나 빛깔같이 보이는 것이란 아무것도 없는 세계 안에서 눈만큼 부조리합니다. 그러나 이 모든 것을 같은 차원에 놓을 수 있을까요?

　—— 우리는 위장이나 여성·빛깔을 볼 수 있습니다만, 피안을 볼 수는 없습니다. 그러나 단지 빛깔을 보는 것만으로도 이

미 인간이라는 존재는 그 자신에 대한 의식과 기억을 포함합니다. 그런데 그 자신에 대한 이러한 의식이란, 그를 '선(善)'으로 이끄는 근본적인 운동의 내면을 향해 발전하는 것이 아닐까요? 우리의 정신이 깊은 생각에 잠기게 되고, 전개되어 나아가는 것은 이 운동 안에서입니다. '선'을 향한 이 운동 안에서 그는 외칩니다. 유감이로구나! 내가 이 세상을 위해 만들어지지 않았고, 이곳에서 그 어떤 것도 나를 충족시키지 않는단 말인가?

── 간단히 말해 그것이 인간입니까?

── 그렇습니다. 장. 그것이 인간입니다. 사색하는 사람은 두 눈으로 시간의 빛깔을 보는 사람보다 자신이 영원을 위해 만들어졌다는 사실을 더 굳게 확신합니다. 당신은 무슨 생각을 합니까?

── 블롱델, 나는 사람들이 당신과 같은 영혼을 지닌다면 추론할 필요가 별로 없을 것이라는 생각을 합니다.

── 장, 인격의 망각을 통해 구원을 실현하는 종교철학자들에 대해서 어떻게 생각합니까? 그들은 의식의 폐지와 개성의 붕괴를 통해 구원을 실현합니다.

── 그들은 지나치게 폐쇄되고 빈곤한 사회와 일체가 되는 것 같습니다. 사회 전체가 사람을 지나치게 억누를 때, 사람은 세계를 지배하고, 사회를 개혁하겠다는 꿈을 포기합니다. 사람은 존재하는 것조차, 또 행복을 추구하는 꿈을 포기합니다. 사람은 허무를 지향하게 되고, 그렇게 함으로써 '유일자'와 일체가 되기를 희망합니다. 지나치게 자유롭고 풍요로운 사회에서도 같은 일이 벌어집니다. 이미 우리는 그것과 맞서 싸우고, 거

기에서 일하고, 충동을 억제할 이성을 볼 수 없습니다. 장애물과 물질과 법이 결핍되어 개성이 사라지게 됩니다. 우리가 절망하지 않고 즐기기 위하여 거기에 있을 때, 우리는 허무를 필요로 합니다.

—— 이러한 정신성을 이해하겠습니까?

—— 고대의 허무주의는 나름대로의 숭고함을 지닙니다. 모든 것이 제자리로 돌아오는 듯이 보일 때, 존재는 그 이상의 어떤 현실이나 의미를 지니지 않는 것같이 보입니다. 그런데 허무이며 의미의 부재인 이 존재 너머에 있는 완전한 허무 안에서, 우리는 여전히 또 하나의 의미를 찾게 됩니다. 그렇게 되면 결국 이 허무는 존재가 될 텐데 말이죠.

—— 매우 난해하군요.

—— 어떻게 사정이 그렇지 않기를 바랍니까? 블롱델, 그러한 비극은 다른 나머지와 마찬가지로 이성이 폐지될 것을 요구합니다.

—— 완전한 '무(無)'라는 이 관념에 대해 어떻게 생각합니까?

—— "만약 거기서 멈춘다면 블롱델, 그것은 잘못입니다. 그것을 지나간다면, 그것은 길이 될 수 있습니다. 베르그송은 《창조적 진화》에서 완전한 '무'가 허위의 관념임을 보여 주었습니다.

—— 당신은 그 말에 설득되었습니까?

—— 베르그송이 옳습니다. 확실히 '무'의 관념은 하나의 허구입니다. 그러나 그렇지 않기를 바라는 마음 역시 또 하나의 사실입니다.

—— 장, 무슨 말을 하려는 것입니까?

—— 나는 이 완전한 절대를 찾는 개개인을 관찰합니다. 나는 그가 자신의 온 영혼을 걸고 이 길에 참여하는 것을 봅니다. 그

는 개인적인 위대한 모험을 몸소 겪고 있습니다. 그의 이론과 인생 사이에 얼마나 이상한 모순이 있습니까! 인간은 해체되고, 욕망은 꺼지고, 존재는 마치 환상처럼 사라진다고 말하는 것이 이론입니다. 그러나 인생은 그 반대를 증명합니다. 이 허무의 신비는 정말로 그것이 구원하고 싶은 사람이고, 그것이 영속시키고 싶어하는 존재이며, 그것이 채우고 싶어하는 절대 욕망입니다. 그 점에서 그것 안에 있는 무엇인가가 인간으로 하여금 불멸을 믿게끔 하는 것 같습니다.

—— 그런데 이 두 개의 길 사이에 어떤 종합을 상상할 수는 없을까요?

—— 시스템들은 서로 상반됩니다, 블롱델. 그러나 유신론자들이 하는 영적 생활이 무의 관념에 매우 가깝게 접근하는 순간이 있습니다. 이 순간이야말로 대화에서 유리한 시간입니다.

—— 장, 인간들은 서로 모순됩니까?

—— 성스러움은 역설입니다. 죄는 모순이구요. 성스럽지 않은 모든 것은 모순과 섞여 있습니다.

—— 우리는 영원한 하늘나라의 행복을 원하고, 그것을 시간 안에서 맛보기를 원합니다. 그러니까 우리는 시간이 영원이 되기를 바라는 것입니다.

—— 그렇게 되지는 않을 것입니다.

—— 그런데 우리는 시간이라면 질색이고, 그것을 영원 속에 흡수하고 싶어합니다.

—— 유감이로군요! 그것 역시 있을 수 없는 일입니다.

—— 그렇기 때문에 우리는 이런저런 법칙들 사이에서 왔다갔다하고, 그렇게 인생은 지나갑니다. 그래서 결국 인생은 끝없이 희망하다 마칠 뿐입니다.

— 그러나 성스러움은?

— 성스러움은 죄의 모순에 상반됩니다. 그것은 모순의 한 징표입니다.

— 장, 사후에 우리의 인생은 어떻게 될까요?

— 자 블롱델, 결국 우리는 이 질문을 하게 되는군요! 그런데 그 질문이 무슨 소용이 있습니까?

— 따지지 말고 대답해 보십시오.

— 이세상에서 우리의 영혼은 감각에 의해 외부로부터 깨어납니다. 블롱델, 저세상에서는 '신성'에 의해 계시를 받아 그의 근본으로부터 깨어납니다.

— 그런데 만약 '신성'이 그것을 비추지 않는다면?

— 그렇다면 왜 생각하는 영혼을 창조한 후에, 그것을 생각하지 않는 것으로 무한정 존속시키겠습니까?

— 그러나 장, '신'은 그것을 무화시킬 수 있지 않습니까?

— 그것이 '신'의 소행일까요?

— 신앙은 그렇게 말하지 않습니다. 장, 그러나 철학은 그렇게 말할 수 있지 않겠습니까?

— '신'의 길은 들어갈 수 없습니다. 사람이 죽을 때, 아무리 살아남을 것을 확신한다고 하여도 여전히 포기해야 하는 부분이 있습니다. 그래서 우리는 '신'에게 의탁하게 됩니다. 주여, **당신의 손에 내 혼을 드리나이다.**

— 결국 당신의 결론은 무엇입니까?

— 이것입니다, 블롱델. 즉 '신'이 그것을 무화시키지 않는다면, 영혼은 불멸합니다. 또 '신'이 그것에 말을 걸고 그것을 비춘다면, 영혼은 저세상에서도 생각을 계속할 것입니다. '신'이

인격체라면, 우리 또한 그렇게 될 수 있는 모든 가능성을 확신할 수 있을 것입니다.

—— 인간은 영혼과 육체가 합쳐진 것입니다. 그 말은 모든 인간이 사후에 살아남지 못한다는 말입니까?

—— 그것은 내 능력 밖의 질문입니다.

—— 육신이 부활한다는 개념은 영원 안에서 통일된 인간과 개별적 전체를 재구성하는 것입니다.

—— 그것은 신앙과 신학입니다.

—— 당신은 신학을 좋아하지 않습니까?

—— 나는 철학자입니다.

이 마지막 대답 이후, 그는 나에게 더 이상 아무것도 묻지 않았다. 기계적으로 나는 제단 위에서 미사를 집행하고 있는 보좌주교를 쳐다보았다. 그는 제단과 내 관 위에 이제 막 향을 뿌린 참이었다. 그는 손을 씻고 있었다. 나는 몇 분간 의식의 진행을 따라갔다. 눈을 들어 보니 블롱델은 가고 없었다. 그가 떠났다는 사실이 나를 안심시켰다. 그리고 나는 기뻤다. 과연 우리는 정말로 죽지 않는가? 나는 기분 전환을 하고 싶었으므로 다시 한 번 중앙 홀을 한 바퀴 돌기 위해 떠났다.

낯선 두 사람이 어떻게 나의 사랑을 조롱하였는가, 그리고 어떻게 나의 아내는 내 곁에 다가와 나를 평화롭게 하였는가

나는 내가 알지 못하는 두 사람이 이야기하는 소리를 들었다. 당신이 알지 못하는 사람이 당신을 잘 알고 있는 사실을 확인하는 것은 당황스러운 일이다. 아니 그보다 오히려 당신을 잘 아는 듯한 인상을 줄 때 더욱 당혹스럽다.

— 그에게 자녀들은 있었나요?

한 사람이 물었다.

아하, 하고 나는 혼잣말을 하였다. 그들은 내 결혼생활로 흥을 돋우려 하는 것이로구나.

— 그에겐 조카들이 있었지요.

다른 사람이 대답했다.

— 그의 형은 자식이 많았거든요.

— 그럼 그는 결혼을 하지 않았나 보군요?

— 아니오, 했습니다. 마리 루이즈라는 여인과 20년 동안 결혼생활을 하였지요.

— 그토록 긴 생애에 비한다면, 하나의 여담이로군요.

— 그는 여자들에게 관심이 없었습니다.

— 무엇에 관심이 있었나요?

—— 그에게요.

—— 그밖에는요?

—— 그는 그 자신 외의 어떤 것에도 관심이 없었습니다. 지독한 이기주의자였지요. 아마 당신은 상상도 못할 것입니다.

—— 그렇지만…… 그는 어떻게 그 아내를 알게 되었지요?

—— 그걸 모르세요? 이야기해 드리지요.

—— 기꺼이. 이 제식은 도무지 끝나질 않는군요.

—— 기통은 1935년에 박사 학위논문을 발표하고 난 후, 몽펠리에대학의 교수로 임명되었습니다. 그의 강의는 어느 정도 성공을 거두었고, 장래 장인·장모가 이들의 마음을 술렁이게 만들었지요. 그리하여 학장을 중심으로 분주히 움직였습니다. 학장은 기통을 여러 차례 저녁 식사에 초대하였습니다. 맛있는 식사, 질 좋은 포도주, 예쁘고 신선한 처녀들. 그런데 지적이고 근시이며 목석 같은 기통은 10시 15분 전만 되면 어김없이 자리를 털고 일어나 일행에게 작별을 고하는 것이었습니다. 그것도 매번 똑같이 그러는 거예요. 그때마다 장래 장인·장모가 될 이들의 실망이 이만저만 컸던 게 아니었어요.

나는 화가 났고, 이것은 분명히 바르바스트르의 소행이리라는 생각이 들었다. 내가 그 이야기를 털어놓은 이는 단 한 사람뿐이었기 때문이다.

—— 어느 날 저녁 학장은 한 가지 꾀를 내었습니다. 그는 기통을 배웅하며, 하인이 그의 외투 입는 것을 도와 주는 동안 용기를 내어 이렇게 물었습니다. "기통 씨, 당신은 매일 같은 시각에 잠을 잡니까?" 그러자 기통이 "네, 정각 10시에 잡니다"라고 답하였습니다. 이에 학장이 기다렸다는 듯 "그것 참 희한한 일도 다 있군요. 나는 매일 밤 10시에 잠을 자는 또 한 여성을 알

고 있는데, 당신에게 그녀를 소개하면 어떻겠습니까?" 하고 묻자, 기통이 "좋습니다. 만약 그녀의 일과도 그렇다면 나쁠 게 없겠군요" 하였습니다. 이렇게 해서 그들은 몽펠리에대학 학장의 집에서 만나게 된 것입니다.

— 그래서요?

— 기통은 병이 들고 말았습니다.

— 감정 때문에?

— 가능한 이야기입니다. 그는 몇 개월을 꼬박 누워 있어야 했습니다.

— 생각할 시간을 가졌겠군요.

— 그렇지요. 게다가 그녀는 매일 저녁 정각 7시에 그에게 수프 한 그릇을 들고 왔습니다. 이렇게 해서 그녀는 그의 마음을 정복할 수 있었습니다. 마침내 기통은 사랑의 힘으로 회복이 되었고, 자리에서 일어났습니다.

— 그녀와 결혼을 하였나요?

— 곧 하지는 않았습니다. 그들은 결혼을 미루었습니다. 뒤로 미룬 것이지요.

— 예의상 그랬겠지요.

— 그러나 무엇보다도 더 이상 생각할 수 없을지도 모른다는 두려움 때문이었습니다. **책과 여자 사이**에서 **선택**을 해야 한다는 두려움이었지요.

— 열렬한 사랑이었나 보군요.

— 마침내 그들은 결혼하기로 하였습니다. 39년 가을이던가 40년 봄에.

— 저런! 저런! 저런!

— 그렇습니다. 전쟁이 발발했지요. 그는 포로가 되었고, 독

일에서 5년을 보내게 되었습니다.

— 상당한 유예기간이군요. 그런데 그 기간 동안에 그녀는?

— 그는 떠나면서 그녀에게 그의 아파트 열쇠를 맡겼습니다. 그녀는 그의 책과 서류들을 돌보았죠. 전쟁 내내 그것들이 손상되지 않도록 지켰던 것입니다. 그녀는 그렇게 그를 기다렸습니다.

— 결국 그들은 결혼을 하였습니까?

— 46년이던가 47년에, 언제였는지는 잘 모르겠네요.

— 그래서 일생 동안 그들은 22시에 잠을 잤습니까?

— 아마 그랬겠지요. 그리고 매일 밤 탕약도······.

— 소름끼치는군요.

— 그는 《인간의 사랑》이라는 그럴 듯한 책을 쓰면서 순화시켰습니다.

— 그는 그녀를 사랑했습니까?

— 그것은 당신 스스로 판단하십시오. 바르바스트르는 기통과 나누었던 대화를 나에게 들려 주었습니다. 기통이 먼저 물었지요. "바르바스트르, 당신은 영원한 생명과 육신의 부활을 믿습니까?" 그러자 바르바스트르가 대답했습니다. "선생님과 마찬가지로 추론합니다." 그리고 얼마간의 침묵이 흐른 후 바르바스트르가 물었지요. "선생님, 이 조항을 믿는 데 무슨 어려움이라도 있으십니까?" 이에 기통이 대답하였습니다. "아 아니오, 다른 이야기입니다······." "그것이 무엇인데요?" 그러자 기통이 한숨을 내쉬며, "마리 루이즈를 다시 보는 일입니다" 하더랍니다.

그 순간 나는 아주 가까이에, 내 어깨에 기대고 있는 한 영혼을 알아차렸다. 나는 조심스레 고개를 돌렸다······ 영원한 나의 아내, 마리 루이즈였다.

— 마리 루이즈! 당신이 와 주길 바랐어요. 아! 당신은 이 두 바보가 하는 이야기를 듣지 못했지요?

— 장! 바보들은 내버려두고, 이제 그만 지성적이 되세요. 나와 함께 천당으로 가요.

— 사랑하는 당신, 글쎄 이 두 바보가 하는 말이……

— 장, 두 바보가 어떤 말을 하든 그게 무슨 상관이에요. 그 모든 이야기가 물질적으로는 맞을지언정 정신적으로는 틀리잖아요.

— 그렇지만 왜 아무도 우리의 결혼을 진지하게 생각지 않는지 내게 설명해 주어요.

— 우리의 결합에 낭만성이 결여되어 있다는 점을 인정하세요.

— 하지만 달리 어떻게 할 수도 없었잖아요. 상황이 그러했던 것을.

— 그들이 거기에서 결여되어 있는 행위를 보는 걸 무슨 수로 막겠어요? 사람들은 당신이 결혼을 두려워한다고 수군거리고, 또 당신이 결혼한 것을 보고는 웃던걸요.

그녀는 가볍게 미소를 지으며 덧붙였다.

— 게다가 우리는 50세에 결혼했어요.

— 그것은 이유가 되지 않아요. 마음은 언제나 20세였으니까. 루소와 베르그송이 옳았어요. 웃음은 잔인한 것이오.

— 장, 마음을 보기 위해서는 그것을 가져야 해요. 그들은 그것을 충분히 가지고 있지 않지요. 중요한 것이 그들에겐 없어요.

— 당신도 꼭 나처럼 그들을 이해하였군요. 그들은 우리를 바보 취급하고 있어요, 확실히. 터무니없는 일이오. 이걸 어쩐다?

그녀는 웃음을 터뜨렸다.

— 기꺼이 웃어 주지요. 왜냐하면 우스우니까.

— 사랑은 진지한 것이오.

— 밖에서 바라보면 무엇이든지 웃을 준비가 되어 있지요. 게다가 당신의 외모가 조금 우습잖아요.

— 당신에게도?

— 물론이죠. 당신은 부주의하고 기계 같아요. 원인을 보지 않고 사실만 볼 때는 웃는 거예요.

— 나는 지나치게 뇌를 많이 쓰는 것 같아요.

— 이 모든 걱정일랑 접어두세요. 저 위에서 당신이 이루지 못한 것들을 이룰 수 있을 거예요.

— 당신은 좀 심하군! 어쨌든 나는 우스꽝스러운 사람이 아니오!

— 당신은 때때로 '순수 이성'처럼 근엄해요. 만약 칸트가 결혼을 했더라면 칸트의 부인은 우스꽝스러웠을 테고, 칸트는 그 우스꽝스러움의 으뜸이었겠죠.

— 맞아요. 소크라테스의 부인을 봐요. 우리네 철학자들은 독신생활을 할 수밖에 없는 것일까?

— 일종의 운명이에요. 결혼이란 늘 평범한 그 무엇을 지니겠죠. 간통은 좀더 시적이구요.

— 50세 이전까지는.

— 최대한으로 잡아 그래요. 그 이후에는 반대가 되지요. 이상화가 되지 않는 것이죠.

— 마리 루이즈, 이상적 여인이란 무엇을 뜻하는 거지요?

— 이상에 속지 않게 될 때 실제의 여인이 되죠.

— 마리 루이즈, 왜 사람들은 사랑이라고 하면 꼭 정열을 생

각할까요?

—— 정열이야말로 누구든지 손이 닿을 수 있는 숭고함이기 때문이에요.

—— 그렇지만 나는 정열적이 아니오.

—— 당신은 단 하나의 정열, 즉 철학을 가지고 있었죠. 아무것도 후회하지 마세요.

—— 정열이 식으면, 어떻게 다시 사랑하게 되지요?

—— 조화와 조소의 감정을 동시에 가지고, 거울 앞에서 자기의 얼굴을 쳐다보는 것이죠.

—— 그럼 외도를 하고 싶은 유혹은?

—— 당신은 내게 읽을 만한 가치가 있는 책들은, 그 한 권 안에 모든 것을 담고 있다고 늘 이야기했잖아요.

—— 맞는 말이에요. 그러나 같은 책 안에 포함된 각각의 부분들이 다 같은 것은 아니지요……

—— 아마도 그렇겠지요. 그렇지만 현을 울리기 위해서는 나무 몸통이 필요한걸요.

—— 마리 루이즈, 왜 사람들은 낭만적인 사랑만을 꿈꿀까요?

—— 사람마다 각자 자기 길이 있어요. 어떤 사람들은 서로 사랑하니까 결혼을 해요. 다른 사람들은 결혼을 했기 때문에 사랑을 그치죠. 모든 결혼이 다 같은 것은 아니라고 해야겠지요.

—— 만약 다시 한 번 한다고 해도, 나는 당신과 결혼하기가 무척 겁날 거예요. 오늘날은 수명이 더 기니까요.

—— 두려움은 사랑을 파괴해요. 장, 당신의 감정을 억압하는 것은 두려움이에요.

—— 마리 루이즈, 당신은 왜 내 일생에서 그토록 늦게 나타났지요?

—— 당신이 성숙할 수 있는 여지를 두어야 했거든요.

—— 옳아요. 나 역시 변화되어야 하는 사명을 지닌 모든 사람들이 그런 것처럼 어른 지진아였어요. 현재를 섬기는 데는 시간이 많이 걸리지 않아요.

—— 나는 당신이 가장 고통스러워할 때 왔어요. 당신이 난관을 극복할 수 있도록 하는 것이 나의 사명이었어요.

—— 어쨌든 사람들이 우리를 비웃는 것은 싫어요.

—— 단순해지세요. 그렇게 하면 적어도 웃지는 않을 테니까.

—— 왜 일단 결혼을 하면 사랑이 끝날까요? 마음속에 품고 있었던 비밀을 간직하는 게 필요한 것일까요?

—— 사랑이라면, 다른 것이 있어야 해요.

—— 마리 루이즈, 그 다른 것이 무엇이지요?

—— 그것은 시간, 혹은 영원과 관련을 맺고 있을 것임에 틀림없어요.

—— 그렇다면 어떻게 그것이 나에게서 도망치는 일이 가능하단 말이지요?

—— 그것을 말해야 하는 사람은 당신이에요.

—— 사물이란 우리가 지금 그것이 미래에 속한다고 인정하는 것이지요.

—— 나는 언제나 당신의 종잡을 수 없는 말들을 용서했지요.

—— 반대로 내 그림은 언제나 당신을 언짢게 했어요.

—— 앵그르의 바이올린은 당신의 진정한 천직으로부터의 기분 전환이었죠. 게다가 손톱을 새까맣게 하고 곳곳에 얼룩칠을 하는 정열은 어떻구요.

—— 당신에게 그것을 이해시키는 일은 영원히 절망적이오. 그렇긴 하지만 나는 그 점에 대해서 또한 당신을 영원히 용서하

지요.

— 장, 그 영원이라는 말은 당신이 이제까지 했던 말 중 가장 아름다운 말이에요. 당신의 인생에 의미를 주는 말이고, 당신의 정신에 사명을 부여하는 말이며, 당신의 자유에 축을 마련하는 말이죠.

— 인간의 사랑은 무엇이지요?

— 반사되고, 내면화되고, 정신적인 것을 향해 올라가는 생의 도약이죠. 표면에 있는 것은 젊음·미모·열정·쾌락이에요. 첫번째 심층부에 있는 것은 기쁨·명예·신뢰·존중, 사랑의 존경, 부드러운 관용, 굳건하고 마음으로부터 우러나오는 애정이지요.

— 그럼 심해에 있는 것은?

— 심연을 부르는 심연이죠.

벵 트로아 주교는 감사의 기도를 올리는 커다란 동작을 하기 시작했는데, 이는 가톨릭 의식의 절정에 해당된다. 마리 루이즈는 손으로 작별인사를 하며 나를 떠났다. 나는 특별석으로 다시 올라왔다. 그리고 그곳에서 나를 기다리고 있던 단테를 만났다.

단테와 함께
사랑과 시에 대한 이야기를 나누다

　── 장 선생, 연이은 방문으로 몹시도 지쳤겠습니다.

　── 시의 왕자여, 설령 그렇더라도 당신의 방문은 내게 힘을 충전해 주기에 충분할 것입니다.

　── 기통, 나는 잠시만 있다 가겠습니다.

　── 그 반대로 우리에겐 나눌 이야기가 너무나 많습니다. 한 림원에서 내가 시를 담당했던 사실을 아십니까?

　── 기통, 당신에게는 출중한 부인이 있습니다. 그것을 아십니까?

　── 매우 출중하죠. 그런데 왜 그녀는 그토록 빨리 우리 곁을 떠났을까요?

　── 진정한 사랑이 갖는 섬세한 조심성입니다.

　── 그녀는 완전합니다.

　── 당신은 그녀가 떠나면서 하늘을 향해 어떤 눈길을 던졌 는지 보았습니까?

　── 하늘을 향해서요? 아니오. 나에게는 그녀가 나를 바라보 는 듯했습니다. 바로 나를 말이죠.

　── 그녀는 하늘을 바라보았습니다. 나는 이 신비의 광채를

응시하였습니다.

— 단테, 나는 늘 시에 관심이 있었습니다. 특히 그 개념에 있어서. 그것은 범용을 용납하지 않는 예술입니다. 한림원에서 시는…….

— 시는 시선의 딸입니다.

— 유일한 시선의?

— 유일한 시선의. 그 안에 인간과 식물·동물, 별과 불 등 모든 것이 포함되어 있는 '유일자'…….

— 요컨대 모든 것입니다.

— 물고기가 많은 연못, 밤의 대양, 연옥, 지옥, 천당.

— 또 그외의 많은 것들, 각자가 다른 것보다 더 아름다운 모든 것. 그것은 분명합니다. 그렇지만 산문의 장점은…….

— 우리 선조들의 오래 된 피와 그들의 아름다운 행위들, 욕망을 지닌 인간, 열정을 지닌 젊음, 지혜를 지닌 늙음.

— 야심을 지닌 젊음과 슬픔을 지닌 늙음.

— 영혼, 육체, 삶, 죽음, 죄, 덕과 성스러움, 인간, 여인과 '신'·'삼위일체.'

— '사랑.'

— 유일한 사랑, 진정한 사랑, 기통, 영원히 갈망하는 사랑.

— 그럼에도 시는 나를 쳐다보았습니다.

— 그렇습니다. 그의 마음이 이런 시선을 받을 자격이 있는 사람은 행복하여라.

— 차라리 이렇습니다, 단테. 이미 바라보기를 끝낸 자, 자기의 행복을 모르는 자는 불행하여라. 당신이 말을 하고 있는 동안, 나는 반은 잠이 들어 꿈꾸는 사람 같았습니다.

— 그런 것이 시의 세계입니다. 기통, 왜 당신은 좀더 시적

이지 않았습니까?

— 시는 신비입니다.

— 이세상과 저세상에서 심오한 모든 것들과 마찬가지로.

— 단테, 인생에 심오한 것이 있습니까?

— '사랑'의 놀이와 '하느님'의 놀이입니다.

— 어디에 '신적인 사랑'이 있습니까? 어디에 인간적인 사랑이 있습니까?

— 기통, 그의 시선 안에서 당신은 불타오르는 두 개의 불꽃을 보았습니다. 하나는 좀더 크고 눈부시며, 다른 하나는 좀더 작고 춤추는 것이었습니다.

— 단테, 당신은 삶과 젊음·아름다움이 주는 감동에 대해서 어떻게 생각합니까? 그리고 광기와 매력·관능에 대해서는?

— 그런 것들은 작은 불꽃의 반짝거림입니다.

— 위에서 잊어버린 어리석음은 무엇입니까?

— 그것은 단맛이 던지는 미끼이고, 부드러움을 약속하는 담보물이며, 평정을 향한 길입니다.

— 그렇지만 인생은 무엇입니까?

— 오 기통, 산불로 옮겨붙는 활활 타는 불꽃의 모든 이미지는 영원히 축성된 추억의 상징으로 남습니다. 언젠가 도달할 완성이 훼손될 것이라고 너무 걱정하지 마십시오. 저 위에서 숭고해진 것은 기쁨과 은총에 있어서 숭고합니다. 시간의 모든 아름다움은 영원한 숭고 안에 거합니다.

— 그럼 순간은?

— 모든 반짝임은 그것이 진정한 사랑에서 분출되는 것인 한 영원합니다.

— 이 신비는 너무도 크군요.

—— 또한 그것은 철학자에 속하는 것이 아니라 신학자나 시인에 속하는 것입니다.

—— 시인이 '하늘'을 쳐다보았다는 것은 사실입니다. 그런데 그것은 어떤 시선일까요. 단테, 당신은 보았습니까, 그의 시선을?

—— 그러한 종류의 시선에 대한 추억 안에서 1백 년을 걸어보십시오.

—— 어쩌지요. 내게는 너무 무겁습니다. 걷는 일은 하지 못합니다. 수천의 상처가 나를 찌르는 듯한 느낌입니다.

—— 기통, 얼마 안 있어 당신은 자유로운 마음으로 **저 높은 자비의 '하느님'**을 노래하게 될 것입니다. 죄를 씻는 불 안에서 부르는 용서의 찬송가로 당신은 그 노래에서 치료와 양식을 찾게 될 것입니다. 그렇게 해서 당신의 마지막 상처는 아물 것입니다.

—— 그렇게 되면 나는 무엇이 됩니까?

—— 기다리십시오.

저 아래에서는 성체 거양식이 거행되고 있었다. 단테는 무릎을 꿇고 매우 우아하게 고개를 숙였다. 나는 기계적으로 그를 따라 하였다. 그러다 얼른 고개를 들어 아직도 들어올린 채 있는 성체를 바라보았다. 흘끗 단테를 쳐다보았더니, 그는 아직도 고개를 숙이고 있었다. 순간 나도 고개를 숙였다가, 이내 고개를 들어 시선을 단테에게 고정시켰다. 그는 여전히 경배에 열중이었다. 그때 나는 세번째로 기품 있고 단순하게 고개를 숙였다. 마지막 종소리가 울리자 우리는 고개를 들었고, 서로의 시선이 교차되었다.

—— 단테, 나는 무엇이 될까요?

—— 순수하고, 별로 올라갈 준비가 되어 있는 것.

단테는 사라졌다. 나는 기쁨의 눈물을 흘렸다. 나는 커다란 손수건으로 눈물을 닦고, 꽤 큰 소리로 코를 풀었다. 이러는 동안에 내가 죽던 날 저녁 나를 찾아왔던 방문객이 소리 없이 특별석으로 와 내 뒤에 서 있었다.

어떻게 낯선 방문객이 최후의 유혹을 하였는가, 급기야 나는 내가 누구인지 모르게 되다

　　── 누구시지요?

　　── 나를 기억하지 못합니까?

　　── 당신!

　　── 선생, 나는 오늘 종일토록 당신이 하는 말을 들었습니다. 축하합니다. 죽었다고 해서 생명력을 아주 온전히 잃지는 않았군요. 솜씨도 여전하고. 전문가로서 인정하겠습니다.

　　── 무슨 말입니까?

　　── 내 말뜻을 아주 잘 알 텐데요. 당신의 서류는 아슬아슬합니다. 당신의 그 사악한 변론방식은 교활하기 그지없습니다. 당신은 여러 하찮은 점들을 들어 '신'을 가정하는군요. '신'은 언제나 그 발 밑을 간신히 기어가는 자들만을 사랑할 뿐입니다.

　　── '신'이 당신을 사랑하지 않으므로 그렇게 말하는 것이겠지요.

　　── '신'은 무릎 꿇은 인간밖에는 사랑하지 않습니다.

　　── '신'은 위대한 인간을 사랑하고, 인간이 가장 위대할 때에는 무릎을 꿇었을 때입니다.

　　── 재미있는 역설이로군요. 나는 딱딱한 기도대 위에서 다

리를 못살게 군 나머지, 무릎 밑에는 털도 나지 않았던 경건한 인간들을 항상 우습게 생각해 왔습니다.

—— 무엇을 찾습니까?

—— 중앙 홀로 다시 내려가는 당신의 관을 보려고 했습니다. 이제 앵발리드의 커다란 마당에서 마지막 의례가 있을 것입니다. 공화국에서 후한 대접을 하는군요. 대통령이 지금 막 도착한 듯합니다. 그는 당신을 위해서 프랑스 대사관의 성대한 마지막 만찬을 포기하였습니다.

—— 나로서는 매우 영광입니다. 매우 영광이고말고요.

—— 당신은 내게 철학을 설명할 시간이 있을 것입니다. 당신이 어디선가 그 스승이 배은망덕하다고 했을 때, 당신이 전적으로 옳았습니다.

—— '신'은 선량합니다.

—— 노래를 하시지요. 당신은 끝났습니다, 기통. 얼마나 우스운 일입니까! 당신은 인생을 즐길 줄도 모르고, 천당을 이용할 줄도 모릅니다. 이제 당신은 그 억제된 인격을 드러내고 싶어하고 그것의 전체에 도달하고 싶어할 때마다, 솜씨 좋은 천사가 여러 사람들 앞에서 마치 7세 어린이에게 하듯이 당신을 감히 손으로 때리는 것을 버텨야 합니다. 저주받은 삶입니다. 고통이 없는지는 모르겠지만.

—— 도대체 그것이 무엇이지요?

—— 상징적인 프랑 같은 것입니다. 진정으로 나에게 선택받은 자들이 누릴 수 있는 사치스러운 잔인함은 물론이고요.

—— 당신은 마치 바보들이 결혼 이야기를 하듯이 지옥 이야기를 하는군요.

—— 원한다면 나를 욕하십시오. 당신은 저 아래 저곳에서 우

리들의 가장 아름다운 사랑의 형태인 미움에 의해 결국 나를 이해하고 좋아하게 될 것입니다. 불쌍한 기통! 그게 바로 모든 도표 위에서 정신을 잃는다고 하는 것입니다. 당신이 내 말을 들었더라면, 당신은 그 자리에 있지 않았을 텐데요. 당신은 시간 안에 쾌락과 영원히 '신'을 미워하는 기쁨을 쌓아두었을 텐데요. 아 선생, 당신이 거기에 어떤 기쁨이 있는지를 안다면! 당신이 벌을 받으면 받을수록, 당신은 더욱 그를 미워하는 기쁨을 누릴 것입니다. 그리고 가장 센 것이 맨 나중에 오는 것이야말로 가장 비겁한 일이지만, 결국 그가 승리하긴 할 테니까. 그가 승리하고 나면, 나의 미움이 완벽해지므로 나의 기쁨 역시 완벽해질 테죠. 내가 그것을 얼마나 기다리는지 당신이 알기나 합니까!

—— 나가시오!

—— 나 역시 내 몫을 즐기기 전에는 못 나갑니다. 기통, 이 모든 명성 말입니다. 당신이 중요한 인물임을 알겠군요. 가장 저명한 인사들 틈에 세 명의 대통령, 게다가 철학가의 왕자, 시인의 왕자, 교황, 당신의 아름다운 프랑스의 천재들. 다만 여느 때처럼 최고로 경건하긴 하지만 역량이 부족하고, 불멸 타령으로 당신을 귀찮게 한 가련하고 보잘것없는 블롱델이 있긴 하였지만. 마지막 웃음거리였습니다. 나머지는 꽤 태도들이 괜찮았습니다.

—— 떠나야겠습니다.

—— 내 말을 듣기 전에는 안 됩니다. 나는 당신에게 옛 추억을 상기시키러 왔습니다. 당신은 '신'의 법정에 서게 될 때에 그것을 또렷이 기억하고 있어야 합니다. 당신은 20년 전 죽을 뻔하였던 때를 기억합니까?

── 조용히 하시오!

── 기억하는군요. 당신은 혼수 상태에 빠져 병원으로 옮겨졌습니다. 당신은 하룻밤을 오롯이 무의식 상태에서 지냈습니다. 한 여자친구가 당신을 충실히 간호하였지요. 그녀가 당신에게 그 이야기를 해주었습니다. 내가 거짓말을 하지 않는다는 것을 당신은 잘 알 테죠. 나도 그 자리에 있었습니다. 나는 약간의 우유를 마시며 당신의 이야기를 듣고 있었습니다. 그런데 당신은 아주 흥미로운 말들을 하더군요.

── 닥치시오!

── 당신은 이렇게 말했습니다. "모든 사람들이 나를 가리켜 위대한 가톨릭 철학자라고 말합니다. 그러나 그것은 농담입니다. 사실 따지고 보면, 나야말로 무신론자입니다. 나는 언제나 무신론자였습니다. 나는 성직자 집안에서 태어났고, 나의 모든 관계는 이러한 환경 안에서 이루어졌습니다. 내가 그 길을 걸어야 했던 것은 당연한 일입니다. 내가 어떻게 달리할 수 있었겠습니까? 내 입장이 되어 보십시오. 나는 한판의 경기를 하였던 것입니다. 어느 누구도 나에게 그 점을 비난할 수는 없습니다."

── 제발 입을 다무시오!

── 당신은 계속했습니다. 왜냐하면 당신의 이야기는 해도해도 끝이 없었으니까요. "그렇지만 결단코 나는 사기꾼이 아닙니다. 어느 누구도 사기꾼이 될 수는 없습니다. 인간 희극이죠, 인간 희극, 인간 희극 말입니다."

── 그만하시오, 부탁이오!

── 당신은 계속해서 말했습니다. "그런데 내가 정말 무신론자일까요? 무신론자가 아니라고 할 수 있을까요? 나는 어쩌면 이중인격의 매우 흥미로운 경우일 것입니다. 나는 또 다른 기

통입니다. 무신론자이고, 불가지론자이며, 회의론자입니다. 그
경우 성직자 기통은 잠시 임무 밖에 있습니다. 여기 있는 나는
곳곳을 돌아다니고 영토를 차지하는 데 자유롭습니다. 때때로
가면을 집어던지고, 비록 이 음산한 병원의 밀폐되고 소독약 냄
새나는 공기일망정 코로 숨을 쉰다는 것은 좋은 일이 아닐까요?
그런데 눈을 동그랗게 뜨고서 나를 지켜보는 저 사람 말입니다.
그는 자기의 귀를 의심합니다. 사랑하는 이 친구는 내가 눈을 뜰
때 어떤 표정을 지어야 할지 모릅니다. 그는 나를 변명해 주기
위하여, 증거를 부인하기 위하여 스스로 목숨을 끊습니다. 그는
매우 오래 된 친구입니다. 가슴과 지성, 게다가 예의까지 지닌,
아무것도 해치지 않는 명예로운 인간의 원형입니다. 진정한 친
구이지요. 적어도 그는 자신이 그렇다고 상상합니다. 왜냐하면
나에겐 친구가 없으니까요. 그가 얼마나 소스라치게 놀라는지를
보십시오! 나는 나만을 사랑합니다. 나만을."

　— 아니오, 나는 그를 진정으로 사랑하였습니다.

　— 내 이야기를 끝까지 들으십시오. "이 모든 것에도 불구하
고, 내가 이러한 환경에서 문학적으로 나 자신을 좀더 잘 표현
해 보자는 뜻에서 나는 가톨릭교도입니다. 나는 매우 문학적입
니다. 나는 일을 싫어합니다. 혹은 나는 일을 많이 하지만, 극도
로 게으릅니다. 한 마디로 종교는 합리주의보다 덜 심각하고 덜
구속적이기 때문에, 나는 적은 비용을 들이고 그 최소한의 비
용으로 성공할 수 있었습니다. 만약 내가 무신론자였다면, 이보
다 더 많이 성공할 수 있었겠습니까? 소르본, 한림원, 많은 청
중, 명성, 돈. 사실 나는 이 모두를 가졌습니다. 행복만 빼놓고
모든 것을. 그러나 행복이란 무엇입니까? 이중화되지 않은 바
보들의 특권입니다. 아마도 무신론은 이른바 '자아'라는 우스꽝

스러운 이름으로 불리는 모호하고 분열된 전쟁터에서 권력을 지닐 수 있었을 것입니다. 또 만약 내일, 내가 행실을 바꾼다면 요. 만약 내가 이제는 성직자인 기통, 도덕적이며 종교적인 기 통에게 더 이상 자리를 양보하지 않는다면요? 당신은 파렴치한 짓이라고 말하겠지요! 내가 거창한 무엇을 할 수 있겠습니까? 얼마나 많은 깜짝 놀랄 계획들이 머릿속을 떠나지 않는지요! 나는 책을 한 권 쓸 수 있을 것입니다. 그것입니다. 나는 내가 증명하였던 모든 것을 반박할 수 있을 것입니다. 그렇다면 웃 기는 일이 되겠지요. 그러나 그것은 나의 적들에게는 우습게 보 이지 않을 것입니다. 나는 임시로 의무에서 벗어나 있는 기통 의 적을 말하는 것입니다. 그들이 스스로를 가리켜 아무리 무신 론자나 니체주의자라고 떠들어도 소용 없고, 그들 역시 겁쟁이 들입니다. 의무에서 벗어난 기통과 마찬가지로 말입니다. 그들 역시 단순해지기를 갈구합니다. 그들 역시 그들이 솔직하다는 환상에 집착합니다. 그들은 나 자신에게서 그들의 자아가 존재 하지 않는다는 것과, 그들의 진실이 허구라는 사실을 보기를 두 려워할 것입니다! 아! 아! 아!"

— 아!

— "그렇기 때문에 장래를 생각해야 합니다. 나는 이 모든 편협한 신앙심에 너무 많이 말려들었습니다. 지성적인 한 사람 으로서, 약간의 거리를 둘 필요가 있습니다. 나는 나의 동료가 다시 자기의 임무로 돌아왔을 때, 거리를 만드는 것을 지켜볼 것입니다. 지속적인 성공을 확립하기 위해서 중요한 것은 애매 함입니다. 언제나 불에 대해 두 개의 개념과 두 개의 논문을 가 지고 지하와 구름다리, 비밀의 문, 은밀한 공모, 제시된 증거와 택해진 반(反)증거, 그리고 비열한 자의 타당한 연대, 은밀한 범

죄의 메뉴들, 신성한 자기 만족, 위대한 이름들을 불멸로 인도하는 왕도를 보증하는 것입니다. 그러나 주의하십시오. 순수한 배반자는 재미없으니까요. 그것은 그렇게 사악한 인격이 아닙니다. 왜냐하면 사악함이란 표면으로 올라오는 깊이일 뿐이니까요. 그보다 오히려 그것은 여전히 전체와 하나의 부분으로 남아 있는 어리석은 인격입니다. 그는 여전히 누구입니다. 진정한 배반자는 이제는 더 이상 자기가 누구인지 모르는 사람입니다. 그에게는 가면이 없습니다. 왜냐하면 그에게는 얼굴이 없으니까요. 자기의 배반을 배반하는 데까지 배반하는 것, 그것이야말로 비판적이며 우수한 내 정신에 최고로 적합한 것입니다. 끝까지 충성을 다할 것, 그러나 배반자의 영혼 안에 충성하는 자의 마음을 살게 할 것, 충성하는 자의 영혼 안에 배반자의 가슴을 살게 할 것."

── 아니오!

── 그렇습니다. 그리고 당신은 아직도 내가 그 사악함을 가늠할 수 없는 묘한 말로써 끝을 맺었습니다. "이 모든 것을 나는 압니다. 그러나 이제는 그것을 해야 할 시간입니다. 후손을 생각해야 합니다. 존재는 존재하지 않습니다. 오직 투사만이 있습니다. 어쨌든 나는 나의 두 정신 중의 하나에 의해 투사된 세상에서 구원받을 것입니다. 비록 나의 다른 정신이 투사한 세상에서는 저주를 받더라도 말입니다. 저주를 받는다? 그것은 하찮은 자들이 으레 뽑게 되는 운명일 뿐입니다. **이보다 더 좋을 수 없는 것**이란, 이 세상으로부터 그의 고유한 영혼에 의해 저주받는 것입니다."

나는 땅에 쓰러져 기절하였다.

── 이제 잠을 자두시지요.

그가 내게 말했다.

── 당신은 다음 단계를 준비해야 할 테니까요. 우리 둘이서 곧 철학에 대해 논하게 될 것입니다. 아니 차라리 우리 셋이라고 하는 게 옳겠습니다. 나와 당신, 그리고 또 다른 당신! 꽤 재미있을 것 같군요. 당신과 내가 또 다른 당신을 괴롭힐 일이 말입니다.

제 3 부

심 판

이때 지옥의 두 주인이 와서
어떻게 분개하였는가

하늘의 법정은 만원이었다. 한 무리의 군중이 있었다고 말하는 편이 옳을 것이다. 그리하여 내심으로는 흐뭇하였다. 나는 법정 옆에 딸린 기도실에서 기도를 하며 기다리고 있으라는 분부를 받았다. 그러나 내 수호천사가 두 명을 위해 기도하고 있었으므로, 나는 생각하기에 적절한 때라고 여겨졌다. 때때로 천사는 황홀경에 빠지곤 하였다. 그때 나는 열쇠구멍을 통해 지옥에 있는 두 명이 도착하는 것을 보았다. 나는 그들이 아주 붉은 피부를 가졌음에도 불구하고, 첫눈에 그들을 알아보았다.

왼쪽은 사라크로서, 미테랑 대통령과 우리 둘이 가끔 이야기를 나누던 옛 사회주의자 장관이었다. 그를 보자 나는 약간 슬퍼졌다. 그는 너무도 짐승 같았다. 그렇다고 해서 어리석음이 죄는 아니다. 내가 모르는 무엇인가가 있을 것이라고 혼잣말을 하며 위안을 삼았다.

오른쪽은 우파 신문의 옛 사장인 라바르테트였다. 그는 나를 질투하여 자기네 삼류 신문에 나에 관한 기사는 가능한 한 싣지 않았다. 그것은 1년 6개월 동안 지속되었다. 그 기간 내내, 그 신문의 기사를 통해 나는 재능을 발휘하였다. 그후 그는 나를 격리하였다. 그를 보았을 때, 나는 섬뜩하였다. 왜냐하면 나는 그에 대해서 모든 것을 알고 있다고 믿었으며, 그도 거의 나만큼이나 악독했기 때문이다. 내가 모르는 무엇인가가 있을 것이라고 혼잣말을 하며 나는 스스로를 안심시켰다.

그들은 이야기를 나누고 있었다.

— 이놈의 넌덜머리나는 지옥!

— 내게 그렇게 말하지 마시오, 친구. 우리의 유일한 재미란 친구들이 심판받는 모습을 보러 오는 것이잖소.

— 적들이 심판받는 모습 또한 재미있지요.

— 그런데 오늘은 누가 심판을 받나요?

— 장 기통.

— 철학자 말이에요? 그가 결국 죽었나요? 몇 살이나 되었습니까?

— 1백 세, 대단하지요.

— 1백 세! 그럼 한림원에는 몇 년간이나?

— 38년이오.

— 38년 동안을 한림원에? 그의 사건은 보나마나 뻔하군요. 내일이면 그도 우리의 친애하는 친구가 되어 있겠지요.

— 그것은 확실치 않습니다. 저 높은 곳에서 그를 궁지에서 벗어나게 하려고 야단법석인 모양이에요.

— 누가 저 늙은 이기주의자에게 관심을 가진단 말입니까?

— 아주 가까운 측근들인 상류층 사람들입니다. 예를 들면 아기 예수의 성 테레사, 성인품에 올리는 이야기가 오가는 전 교황 바오로 6세, 또 지나갑시다……. 게다가 당신은 기통의 심판에 변호인측 증인으로 누가 지목되었는지 알아맞히지 못할 것입니다.

── 말해 주시지요, 제발.

── 공화국의 옛 대통령입니다.

── 그는 항상 권세를 필요로 했습니다. 그런데 누구입니까?
퐁피두? 드골? 푸앵카레?

── 아닙니다.

── 솔직히 다른 사람은 모르겠는데요.

── 잘 찾아보시죠.

── 모르겠습니다. 알베르 르브룅?

── 절대로 아니죠.

── 단념하겠습니다.

── 프랑수아 미테랑!

── 미테랑?

그는 믿을 수 없다는 듯 상대방을 바라다보았다.

── 그럴 리가요.

그가 말하였다.

── 내가 교회법을 조금 아는데, 지옥에 떨어진 사람은 죽은
사람들을 심판할 때 증인이 될 자격이 없을 텐데요.

── 그렇습니다. 그는 지옥에 있지 않습니다.

── 지옥에 있지 않다구요? 아니, 뭐라구요? 14년이라는 파렴
치한 임기 동안 그의 저속한 사업들을 실행하였다는 이유로 당
신은 지옥에 있는데도 말입니까. 상관은 부하보다 더 죄가 많은
법이므로, 상관이 더 엄중한 벌을 받아야 할 텐데요. 따라서 그
부하가 지옥에 떨어졌다면 당연히 상관도 지옥에 가야지요. 그
것이 수학적이고, 법적이고, 논리적이고, 삼단논법에도 맞잖아요.

── 당신은 '신'이 수학적인 머리도, 또 법률적인 머리도 가
지고 있지 않다는 사실을 잘 알지 않아요. 논리로 말하면……

── 말도 마십시오, 동양인이잖아요. 유대인인데요. 그건 그렇고 미테랑 이야기나 합시다.

── 분명히 어제 석간 《옵세르바토레 로마노》(천국에서 나오는 신문)에, 기통의 재판에 그가 증인으로 출두한다는 기사가 실렸습니다. 4면에 말입니다. 아 참, 주머니에 신문이 있지. 자, 읽어보십시오.

── 그가 구원을 받았다는 이야기인데! 믿을 수 없군요.

── 사실 같지 않죠.

── 차라리 스캔들이라고 하는 편이 옳겠습니다.

── 당신도 알다시피 나는 가톨릭교도도 아니고, 어쨌든 '신'은 자기 좋을 대로 한다지만 그래도 그는 정말로 아무나 택하는군요.

── 당신에게서 그런 말을 듣고 싶었던 것은 아닙니다. '하늘'은 이런 종류의 결정 때문에 신용을 잃고 있습니다. 하긴 처음부터 그런 식이었죠. 사마리아 여인, 간통한 여자, 협력자 레비, 회개한 도둑, 기타 등등을 보십시오. 그러나 미테랑은 너무 하는군요. 그런 진짜 악당을 받아들이다니! 나는 처음부터 그의 천부적인 부도덕성을 고발했던 몇 안 되는 사람 가운데 하나였습니다.

── 나를 불편하게 하는 것은 그의 부도덕성이 아니라, 위엄성의 결여입니다. 그가 진짜 부도덕하다고 칩시다! 그렇다면 그 책임을 져야지요. 끝까지. 지옥에 가서 그 책임을 져야 했습니다. 미테랑은 또 한 번 변절했습니다. 내가 한탄하는 것은 바로 그 점입니다.

── 아마도 그 사기꾼은 사람들을 속이는 데 자기의 시간을 다 보냈겠지요. 그는 '신'을 속이는 데 영원을 보낼 것입니다.

그가 기통과 사이가 좋은 것은 놀라운 일이 아닙니다. 둘은 잘 어울리거든요.

— 쉿! 재판이 시작되었습니다.

조신들이 입장하여 자리를 잡았다. 저 높은 곳에, 등받이가 높은 의자에 그리스도가 있었다. 그의 밑에 '천국'의 열쇠를 쥔 성 베드로가 있었다. 그의 왼쪽과 오른쪽에 나의 수호성인인 사도 요한과 아기 예수의 성 테레사가 있었다. 더 멀리에는 보좌 천사들이 있었다. 성인 사상가들과 철학자들로 구성된 배심원들이 자리를 잡고 있었다. 나는 그 중에서 유스티누스·아우구스티누스·토마스 아퀴나스·블레즈 파스칼·프레데릭 오자낭·폴 클로델과 모리스 블롱델을 알아볼 수 있었다. 배심원 맞은편에 대천사가 있었는데, 푸른색 줄이 그어진 흰색 제복을 입고 손에는 불의 검을 들고 있었다. 곳곳에 스위스 천사들이 있었는데, 바티칸 제복과 정확하게 일치하는 차림이었다. 나는 저 안 깊숙이에 있는 커다란 문으로 안내될 것이라고 기대하고 있었다. 진짜로 그 문을 두 번 두드리자, 문이 열리면서 경비원이 나타났다. 수석 배석판사가 자리에서 일어나 질문을 했고, 경비원이 대답을 하였다.

— 누가 이 엄숙한 법정에 출두하기로 되어 있습니까?

— 장 기통 선생입니다. 유명한 철학자이고, 프랑스 한림원의 각별한 최고참 회원이며, 소르본의 명예교수이자 54권의 저술과 3백 편의 소논문 저자, 제2차 바티칸공의회의 세속참관자, 몇몇 최고 고위성직자의 친구, 공화국 대통령의 고문으로서 다방면에 재능이 있으며 프랑스어와 프랑스 사상의 자랑입니다.

— 우리는 그를 알지 못합니다. 누가 오늘 '하늘'의 법정에

출두하기로 되어 있습니까?

—— 장 기통 씨로서 철학자이며, 소르본의 명예교수이자 프랑스 한림원의 회원입니다.

—— 우리는 그를 알지 못합니다. 누가 오늘 예수 그리스도의 심판을 받기로 되어 있습니까?

—— 장 기통으로서, 철학자이며 그리스도의 사도입니다.

—— 우리는 그를 압니다. 이제 시간을 떠난 그를 들여보내십시오. 그리고 그에게 신의 정의와 자비가 이루어지도록 안내하십시오.

나는 들어갔다. 지팡이에 몸을 의지한 채 재판정을 향해 걸어갔다. 법정 앞에 이르자, 나는 무릎을 꿇고 머리를 조아렸다. 모두가 나에게 시선을 고정시키고 있었다. 성 테레사가 성 베드로를 쳐다보더니 이렇게 말했다.

—— 저 나이에, 그를 앉히시지요!

스위스 천사가 나에게 안락의자를 내밀었다. 나는 자리에 앉았다. 나는 긴장하여 똑바로 내 앞을 쳐다보았다. 경비원이 발표를 하였다.

—— 오늘, 장 기통 철학자가 '신'의 법정에 출두하였습니다.

성 베드로가 그리스도를 향해 몸을 돌려 가볍게 입술을 움직였다.

나는 커다란 위기에 봉착하게 되고,
아기 예수의 성 테레사가 나를 위해 싸우다

성 베드로가 처음으로 내게 질문을 하였다.

— 장 기통, 당신은 생전에 무슨 일을 하였습니까?

— 나는 철학을 하였습니다.

— 그 말은 무슨 뜻입니까?

— 나는 죽는 것을 배웠습니다.

— 당신은 어떻게 그것을 배웠습니까?

— 그리스도를 보며 배웠습니다.

— 누가 당신에게 그리스도를 바라볼 것을 가르쳐 주었습니까?

— 그를 낳았고, 그가 십자가에 못박혀 죽는 것을 바라보았던 여인입니다. 그 여인이 나에게 가르쳐 주었습니다.

— 어떻게 그녀가 당신에게 그것을 가르쳤습니까?

— 내가 그녀에 관한 책을 한 권 쓰는 동안에 가르쳐 주었습니다.

그러자 성 요한이 이 말을 받았다. 그는 나의 수호성인이다. 예수가 고통을 받던 날 저녁, 그는 주님의 가슴에 그 머리를 얹었다. 그것은 이해할 수 없는 것을 깨닫는 성사였다. 나는 그를 좋아하였다. 그는 1백 년 동안 내게 '주의 영을 채우는 모든 것'에 대하여 말해 주었다. 그런데 오늘 나는 그를 보았던 것이다. 그의 목소리는 내가 짐작했던 것보다 더 당당하였다. 그의 키는 훨씬 더 컸고, 그의 얼굴은 '진실'의 광채로 빛이 났다. 그가 내게 물었다.

— 장, 죽는다는 것은 무엇입니까?

— 그것은 모든 것을 잃고, 모든 것을 버리고, '신'의 손에 자신을 맡기는 것입니다.

— 왜 죽는 일이 중요합니까?

— 왜냐하면 그것은 일생에서 전적으로 아무런 보상 없이 자기의 전부를 바칠 수 있는 유일한 순간이기 때문에 그렇습니다.

— 그럼 잘 산다는 것은 무엇입니까?

— 만약 우리가 잘 죽는다고 한다면, 매순간을 죽는 것처럼 사는 것입니다.

— 잘 죽는다는 것은 무엇입니까?

나는 아기 예수의 성 테레사를 쳐다보았고, 번개같이 대답이 떠올랐다.

— '사랑' 때문에 죽는 것입니다.

— 장, 사랑이란 무엇입니까?

— 사랑, 그것은 모든 것을 주고, 자기 자신까지도 바치는 것입니다.

성 요한은 생각에 잠겼다. 오자낭이 질문하였다.

— 장, 죽는 것은 슬픈 일입니까?

— 그것은 다른 사람에게 슬픈 일입니다.

— 그럼 자기 자신에게는?

— 다른 사람의 슬픔을 생각한다면 슬픈 일입니다.

— 장, 당신은 슬퍼하면서 죽었습니까?

— 나는 기꺼이 기쁨 안에서 죽기를 원했습니다.

— 죽는 순간, 당신은 영생을 굳게 믿었습니까?

— 네, 그런데도 나는 아직 내가 없어지지 않은 것이 매우 놀랍습니다.

— 그렇다면 당신은 의심을 품었습니까?

— 아닙니다. 그러나 나는 절망의 유혹을 받았습니다.

— 알겠습니다. 희망을 갖는 일이 가장 힘든 일입니다. 그러니까 죽는 순간에 당신은 유혹을 받았군요.

— 네, 그러나 블레즈 파스칼이 와서 격려해 주었습니다.

— 당신은 그렇게 많은 책에서 무엇을 쓰려고 하였습니까?

— 나는 그 모든 것이 사실인지 알고 싶었습니다. 잘 검토한 결과 나는 그렇다는 판단을 내렸고, 그것을 썼습니다. 나는 그 동기와 원인을 적었습니다.

나는 주위에 있는 모든 이들을 바라다본 후 간략히 말했다.

— 나는 옳았습니다.

그러자 토마스 아퀴나스가 말을 받았다. 그가 내게 물었다.

— 장, 만약 그리스도교가 틀렸다는 것이 진실이었다면 당신은 어떻게 했겠습니까?

— 나는 진실을 더 좋아했을 것입니다.

— 당신은 왜 예수 그리스도를 믿습니까?

— 나는 그것이 진리이기 때문에 믿습니다.

— 장, 진리란 무엇입니까?

— '진리.' 그것은 살아 계신 '분' 입니다.

— 장, 인간에 대한 '신'의 심판은 무엇입니까?

— '신'에 대한 인간의 판단의 표현입니다.

── 당신의 '신'에 대한 판단은 어떤 것입니까?

── 나는 '신'이 진실하다고 믿습니다. 나는 '신'이 정의롭다고 믿습니다. 나는 '신'이 사랑이라고 믿습니다.

그리스도가 고개를 끄덕였다. 성 베드로가 갑자기 좀더 엄숙한 어조로 내게 질문을 던졌다.

── 우리는 이 자리에서 모두 아기 예수의 성 테레사의 말을 빌려 사랑을 정의하였습니다. 즉 사랑이란 모든 것을 주고, 자기 자신까지 바친다는 것입니다. 나는 모두가 참석한 이 자리에서 위대하고 유일한 질문을 해야겠습니다. 장, 당신은 자기 자신을 바쳤습니까?

순간 나는 정신을 잃었고, 만약 두 명의 스위스 천사가 나를 부축하러 뛰어오지 않았더라면 의자 아래로 굴러떨어졌을 것이다. 나는 다시 고개를 들었다. 굵은 눈물 방울이 두 볼을 타고 흘러내렸다. 성 베드로가 다시 내 말을 받았다.

── 장, 당신의 마지막날은 이미 왔고, 지나갔습니다. 지금은 지고한 '시간'입니다. 심판이 내려질 것입니다. 당신을 심판하는 것은 '사랑'이라는 점을 생각하십시오. 당신은 사랑에 관하여 심판을 받는 것입니다. 당신은 이 마지막 질문에 대답할 수 있어야 합니다. 장, 당신은 자신을 바쳤습니까?

그때, 천천히 힘들여 나 장 기통은 일어섰다. 성 베드로는 내게 앉아 있으라고 말하려 했지만, 테레사가 그의 손을 치자 내버려두었다. 나는 내 나이에도 불구하고 두 손을 지팡이에 의지하고서 아주 꼿꼿이 섰다. 엄격한 검사천사가 그 광경을 지켜보고 있었다. 그는 앉았던 의자에서 일어나 걸어와서는 나의 왼편에 서 있었다. 이렇게 내몰려 나는 여전히 거친 목소리이지만 차츰 맑아지는 쉰 목소리로 이야기를 시작하였다.

— 나는 살았습니다. 나는 죽었습니다. 나는 묻혔습니다. 내 영혼은 벌거벗은 채로, 마치 벼랑 위에 매달린 한 그루 나무처럼, 나도 그 무엇인지 모를 현기증나는 것에 매달려 있습니다. 이제 나는 지금까지 내가 그렇다고 생각했던 그 어느것도 아닙니다. 이제 나는 내가 가지고 있다고 믿었던 그 어느것도 가지고 있지 않습니다. 아! 내가 모든 것을 바쳤더라면, 혹은 단순히 내 생전의 모든 것을 잃었더라면, 나 자신을 이렇듯 끈적거리는 것으로 느끼지는 않을 텐데. 누가 나에게 왜 이렇듯 끈적거리는지 그 이유를 말해 줄 수 있습니까?

검사천사가 대답했다.

— 당신이 갈구하는 것은 명예입니다. 그것은 당신의 명예욕, 사람들의 기억 속에 남고 싶은 당신의 바람 때문입니다.

— 나는 자진하여 그것은 '신'의 명예를 위한 것이라고 말하겠습니다.

— 하지만 그것은 당신의 명예를 위한 것일 뿐입니다.

— 누가 나에게 내 영혼의 실체가 왜 이렇듯 온통 끈끈이풀 같은지 말해 줄 수 있습니까?

— 그것은 모두 당신이 번 돈 때문입니다.

— 그것은 좋은 작품을 위한 것이라고 생각하였습니다.

— 그런데 그것은 당신의 탐욕을 만족시킬 뿐입니다.

— 누가 나에게 왜 내가 꿀통 속의 파리보다 더 끈적거리는지 말해 줄 수 있습니까?

— 그것은 당신의 명성을 향한 열정 때문입니다. 그것은 당신의 영혼 깊숙한 곳에서 스며 나오고 있습니다. 그것은 당신을 수천 번씩이나 모호함과 침묵·누락으로 인도하였습니다. 비열한 양보로. 바로 배반의 경계선까지.

나는 약하게 방어하였다. 검사천사는 나에게 똑바로, 객관적이고 공정한 시선을 던졌다. 나는 **말하자면** 다시 땅 밑으로 돌아왔다. 그럼에도 불구하고 성 베드로가 끼어들었다.

─── 장, 당신을 설명해 보십시오.

─── 오 성 베드로! 나는 그리스도의 사도, 또한 그리스도의 위대한 사도라고 생각한다고 말하였습니다. 그러나 내 생각에 진리에 대한 염려가 천사 나리의 말에 미묘한 색채를 띠게 하는 것 같습니다.

─── 여전히 그가 얼마나 오만방자한지를 보십시오! 그는 천사가 자기를 아는 것보다 자신에 대해 더 잘 알고 있습니다!

그때 아기 예수의 성 테레사가 손을 들었다. 그러자 성 베드로가 이같이 말하며 그녀에게 발언권을 넘겼다.

─── 테레사, 우리는 당신이 진리를 존중하는 것을 압니다. 당신이 참석하신 모든 분들께 기통이 누구인지 말해 줄 수 있겠습니까?

─── 그를 처음 대할 때는 부주의한 사람처럼 보입니다. 그가 그런 것은 사실입니다. 게다가 그는 근시입니다. 그는 시간을 아끼기 위하여 그의 일생의 많은 부분의 처신을 자동 인형에게 위임합니다. 그렇기 때문에 그는 그의 대화자들에게 자신을 거의 내어주지 않습니다. 그는 그들에게 반사적으로 움직이고 습관에 의해 작동하는 사회적 인격, 비개성적 존재를 주는 데 그칩니다. 그는 자신을 현존케 하고, 타인에게 자신을 열어 보이는 데 애를 먹습니다. 그가 그렇게 되기만 하면 그에게서는 빛이 나고, 생기와 기지로 반짝이며, 그의 매력은 거부할 수 없을 만큼 큽니다. 아주 종종 그는 부재하고, 약간은 슬프며 삭제되어 있습니다.

— 그것은 게으름입니까, 수줍음입니까?

— 오히려 기질이라고 해야겠지요. 또 교정하기 싫어하는 게으름일 것입니다.

— 왜 그러한 부주의가 생깁니까?

— 왜냐하면 그는 끊임없이 생각하기 때문입니다. 그가 가진 것은 두뇌라기보다는 생각이 솟아나오는 온천입니다. 그는 지속적인 성찰 안에서 삽니다. 사람들은 그를 거만한 사람, 이기주의자, 혹은 그의 열정을 끄는 모든 것에 무관심한 괴짜로 여깁니다. 그들은 틀렸습니다. 그것이 아니라 그는 그들식으로 거기에 관심이 없는 것입니다. 그는 그것을 비웃는 것이 아니라 그것 위에 있습니다. 그는 항상 저 위에서, 멀리서, 영원의 관점에서 바라봅니다. 그것이 이 생각하는 자동 인형에게 모호한 태도를 갖게 하는 것입니다. 어느 누구도 감히 그에게 많은 사람들의 조소를 받고 있다고 말하지 못합니다. 그 중에는 그에게 굽신거리는 사람도 끼여 있습니다. 하지만 그들은 곧 그의 부주의 속에 있는 사려 깊음과, 그의 천진함 속에 있는 마키아벨리보다 더한 교활함을 깨닫게 됩니다. 그래서 그들은 그를 엉큼하다고 생각하게 되고, 그가 성공하기 때문에 그를 질투하는 것입니다.

— 테레사, 기통은 엉큼합니까, 순진합니까?

— 그에게는 순진함뿐입니다. 혹은 차라리 그 순진함이 그의 위선의 가장 흔한 형태일 것입니다. 많은 사람들이 그를 속인다고 생각하는데, 그는 그들에게 그렇게 하도록 내버려둡니다. 그러니까 그들을 속이는 것은 그인 것입니다. 그는 인간 희극에 너무 잘 적응이 되어 있습니다. 자만심에 많은 환멸을 느끼면서도 그는 그것의 필요성을 지니고, 그것을 짓밟을 만큼 충

분한 덕을 지니지 못합니다. 그는 마음속 깊이 권모술수의 게임을 알고 있지만, 사람들을 인정하지 않고, 사소한 수단들의 도움 없이 자신이 성공할 수 있다고 믿을 만큼 자기 자신을 인정하지도 않습니다. 그는 그것들을 찾아내는 데 기발합니다. 그는 그것을 우수한 재능을 가지고 사용합니다. 그는 계산을 하고 조작합니다.

— 그러니까 그는 순수하지 않군요?

— 그는 야심이 많지만, 천부적으로 노력을 기울이지 않고 뛰어난 분야 이외에서 성공하기에는 너무 게으릅니다. 아마 그가 책략을 덜 믿고 '신의 섭리'를 좀더 믿었다면, 그는 성인이 되었거나 적어도 조금은 더 성공하였을 것입니다.

— 우리가 이 영혼을 좀더 잘 알 수 있게 한 당신의 설명에 감사드립니다. 아무런 의심 없이, 우리는 매우 풍부하고 강하고 매력적인 사람과 마주하고 있습니다. 그러나 우리 모두는 이 자리에서 사랑에 관하여 심판해야 한다는 사실을 압니다. 테레사, 이 점에 관한 당신의 의견은 어떻습니까?

— 젊었을 때부터 그는 몇 번씩이나 자신을 바쳤고, 또한 개선되었습니다.

— 그래서 결국은?

— 결국은? 나는 그가 자신을 바쳤으며, 이러한 증여의 여세 위에서 죽은 것으로 알고 있습니다.

— 테레사, 당신의 주장을 증명할 수 있겠습니까?

— 나에게는 한 명의 증인이 있습니다.

변호인측 증인으로 미테랑이
지명되는 것을 보고 놀라다

테레사는 성 베드로를 쳐다보고 있었다. 그러자 성 베드로가
말하였다.

— 미테랑 대통령을 들어오게 하시지요.

모든 사람들이 이런저런 동요를 상상하고, 방 전체가 술렁거
리기 시작했다. 빈정거리던 사라크는 라바르테트의 귀에다 대
고 수군거렸다.

— 미테랑이 후광을 달고 있는 모습이 어떨지 궁금하군요.

— 아마 실망할 것입니다. 그는 맨머리로 말을 해야 합니다.
그것이 교회법입니다. 증인들은 배심원들에게 영향을 미치지 않
기 위하여, 후광을 달 권리가 없습니다.

— 비시 정부의 문장 후에 후광이라!

— 내가 가지고 싶었던 것은 다 가진 셈이죠.

미테랑이 입장하였다. 여러 가지 이유에서, 나는 처음으로 희
망을 갖기 시작하였다. 그러나 이 순간 검사천사 나리께서 발
언권을 요구하였다. 성 베드로가 그에게 발언권을 주었다. 근심
이 다시 나를 사로잡았다.

—— 주 예수 그리스도, 성 베드로, 그리고 이 엄숙한 모임에 참석해 주신 여러분, 우리가 미테랑 대통령의 증언을 듣기에 앞서 본인은 기통 선생에게 마지막으로 몇 마디 물어봐야 한다고 생각합니다. 기통 선생, 당신은 미테랑 대통령과의 대담 주제에 대해서 이미 공공연하게 의견을 표명하지 않았습니까?

나는 찔렸다. 나는 최단거리로 나아가더라도 페어 플레이를 하기로 마음먹었다. 나는 초연한 어조로 대답하였다.

—— 나는 몇 번의 인터뷰를 했습니다. 내가 몇 군데 서문에서 그 주제에 대하여 적지 않았나 싶습니다.

—— 당신 생각에, 당신의 일련의 진술들은 일관성이 있는 것입니까?

나는 그를 바라다보았다. 그는 천진난만한 태도를 보였다. 나는 그가 팔꿈치 밑에 증거품을 가지고 있다는 사실을 알아차렸다. 침착한 태도로, 그리고 지친 채로 나는 고백하였다.

—— 반드시 그렇지는 않습니다.

그는 가지고 있던 서류를 펼쳤다.

—— 당신은 우리가 비교하기를 원합니까?

그는 내가 움찔하는 것을 간파하였다. 모든 사람들이 그 사실을 알아차렸다. 나는 테레사를 쳐다보았다. 그녀는 슬퍼하고 있었다. 하지만 그 눈 안에서 나는 새로운 솔직성을 얻었다. 객관적이고 공정해진 나는 이렇게 대답하였다.

—— 법정에서 당신이 그 서류들을 읽는다면, 우리는 여러 진술들 사이에 심하게 엇갈린 주장들을 찾아낼 수 있을 것입니다.

—— 지금 당신의 솔직성은 경의를 표할 만한 것입니다. 게다가 그것은 우리로 하여금 지겨운 인용을 하지 않아도 되게 해 줍니다. 그러나 그것이 사실이라면, 당신은 어떻게 우리가 오늘

당신의 말을 믿기를 바랍니까?

　— 당신은 거짓말을 할 줄 모르는 증인들을 만날 수 있을 것입니다.

　— 당신 스스로 심하다는 표현을 쓴 이러한 차이점들이 존재하는 것에 대해서 당신은 어떻게 설명하겠습니까?

　— 그것은 내가 나의 심판관 앞에 있지 않았기 때문입니다.

　— 그렇다면 당신은 지상에서라면 거짓말을 했겠습니까?

　— 거짓말은 속일 의도를 가지고 진실을 말하지 않는 것입니다. 그러나 물질적 진실이 있고, 영원한 진실이 있으며, 소설적 진실이 있습니다……

　— 사실은 사실입니다.

　— 아마도 그렇겠지요. 하지만 복음서들을 보십시오. 성 마태는 유대인들을 위해서 씁니다. 성 누가는 그리스인들을 위해서 쓰지요.

　— 그럼 당신, 당신은 누구를 위해 썼습니까?

　— 물론 나의 독자들을 위해서입니다.

　— 놀라운 대답입니다. 그럼 진실은 어디에 있습니까?

　— 주님은 그것이 어디에 있는지를 아십니다.

　— 당신은 대답을 거부하는 것입니까?

　— 어쨌든 주님은 진실을 아십니다. 만약 내가 당신 물음에 공공연하게 대답한다면, 나는 내 편집자들 사이에 긴장을 유발할 것입니다. 자비가 다른 모든 것보다 우선합니다.

　— 그렇다면 독자들은 어디서 만족해야 할지 모를 것입니다.

　— 독자들은 자기의 역할을 다할 것입니다. 그들은 그것을 더 좋아합니다.

　— 당신은 충실치 못한 이런저런 진술들로 독자들을 속인

걸 후회합니까?

— 나는 속였다고 생각지 않습니다. 그보다는 오히려 여러 해석들 사이에서 망설였습니다.

— 《마치》지의 한 인터뷰에 대해서도 그렇게 옹호할 생각입니까?

— 《마치》지의 편집에 대해서는, 미테랑 대통령이 나보다 더 큰 힘을 가지고 있었습니다. 당신은 어떻게 이 나이에 내 기억력으로 내가 행한 잘못과 그가 행한 잘못을 구별할 수 있기를 바랍니까? 더군다나 내 거짓말을 통해서 미테랑이 자기 스스로 말할 수 없었던 진실을 말하였는데요. 결국 우리 두 사람은 서로에게 거짓말을 시키면서 진실을 말한 셈입니다.

— 명확하게 설명할 수 있습니까?

— 서너 무리가 타격을 입혔습니다. 당시 나는 이해하였습니다. 이제 나는 뭐가뭔지 모르겠습니다.

— 마지막으로 기통, 진실은 어디에 있습니까?

— 우리네 인간, 우리는 아주 가끔씩이지만 어디에 우리의 내밀한 진실이 있는지를 모릅니다. 주님은 나를 판단할 것이고, 나의 진실은 영원히 그가 판단해 주는 것이 될 터입니다. 나는 최고 심판관의 결정에 따릅니다. 그것이 영원히 나의 유일한 진실이고, 나의 유일한 증언이 되기를 바랍니다.

얼마의 시간이 흘렀다. 나는 배심원석에 앉아 있는 두 명의 성인이 주고받는 이야기를 들었다.

— 미꾸라지로군요.

— 얼마 전에 있었던 미테랑의 재판 같다는 기분이 드네요.

— 두 사람은 잘 어울리는군요.

근심어린 눈으로 나는 배심원들을 바라다보았다. 그들의 표정은 어두웠다. 어디 보자, 미테랑도 이 난관을 벗어나지 않았던가. 그러니……

검사천사가 간단히 말했다.

— 이상입니다.

그리고 그는 다시 자리에 앉았다.

성 베드로가 다시 말을 받았다.

— 우리는 미테랑 대통령을 소환하였고, 지금 이 자리에 출석해 있습니다. 우리가 방금 들은 심문을 고려하는 한편, 증인의 심문 또한 필요하다고 생각합니다.

그는 미테랑 대통령을 향해 돌아섰다.

— 공화국의 대통령, 당신은 여기에 출두한 장 기통 선생의 천상의 재판에 변호인측 증인으로 출두할 것을 수락하였습니다. 법정에 서 주시기 바랍니다.

— 내 이름은 프랑수아 미테랑이며, 20세기 프랑스의 정치가입니다. 나는 1915년에 태어났습니다. 나의 정치 인생은 제2차 세계대전과 함께 시작되어 1995년에 끝을 맺었습니다. 나는 프랑스 공화국의 대통령으로서 7년씩 두 번의 임기를 수행하였습니다. 그리고 두번째 임기를 마친 얼마 후 죽었습니다.

— 당신은 장 기통을 어떻게 알았습니까?

— 기통 선생은 나보다 15세 위입니다. 그는 나의 학교 선배로, 우리는 특히 파리의 보지라르 가 104번지에 있는 성모 마리아회의 신부가 운영하는 학생 기숙사 출신입니다. 나는 처음에 그가 쓴 책들, 특히 내가 흥미롭게 읽은 종교적 비판의 저술들을 통해 그를 알게 되었습니다. 우리의 노선은 비슷했습니다. 우리는 비슷한 가정에서 성장하였습니다. 열렬한 가톨릭교도이

며 개방적인 부모, 반항적인 감수성이 결여된 사회주의 가톨릭 교도인 부모 밑에서 자랐습니다. 이어 독일 점령하의 비시 정부 시절, 나는 독일에서 프랑스인 포로를 책임지고 있었습니다. 나의 상관은 앙리 기통이었는데, 그는 장의 친동생으로 그 당시 독일의 포로였습니다.

—— 장 기통은 1945년 6월 1백만번째의 포로들을 태운 열차를 타고 돌아오죠. 당신은 그때 그를 알게 된 것입니까?

—— 오 아닙니다! 나는 그와 50년대에 처음 만났을 것입니다. 그러나 우리의 관계는 피상적인 상태에 머물러 있었습니다. 그것은 나의 대통령 임기 동안에 겨우 깊어졌지요. 기통은 한림원 회원이었습니다. 나이가 들어가면서 그는 명성을 크게 떨쳤습니다. 결국 그는 그 혼자서 하나의 기관이었으니까요. 우리의 역할과 입장 때문에 우리는 꽤 규칙적으로 만날 기회를 가졌습니다. 나는 그의 사고방식을 높이 평가하였습니다. 그는 나를 완벽하게 이해하였지요. 나는 특별히 레지옹 도뇌르 훈장을 수여하기 위해 크뢰즈에 있는 그의 집을 찾아갔던 기억이 납니다. 우리는 부조리와 신비에 대한 이야기를 나누었습니다.

—— 대통령, 당신이 증언을 하기 위해 출두한 본 법정은 기통 선생의 인생을 심판할 책임을 지고 있습니다. 여기서 모든 사람이 심판받는 것은 사랑에 관해서입니다. 당신의 체험은 본 법정이 내리는 판결의 형성에 기여할 만한 요소를 지니고 있습니까?

—— 물론입니다. 마지막 임기가 끝나기 18개월 전에 나를 덮친 병으로 고통을 받으면서 이미 종말을 예감하고 있을 때, 나는 내 장례식 준비로 분주하였습니다. 나는 순전히 비종교적인 장례식, 그것도 모르방의 험준한 산 속에서의 장엄한 매장을 계획하였습니다.

—— 당신은 이 주제에 관하여 본 법정에 좀더 의미 있는 상세한 설명을 해줄 수 있겠습니까?

—— 간단히 해보겠습니다. 내 관은 에투알 광장에 있는 개선문 아래 사흘 낮 사흘 밤 동안 진열된 후에, 새벽 동이 틀 무렵 캐넌 총구 위에 실려, 내가 그토록 사랑했던 국민들의 애도를 받으며 도시와 마을을 지나 추운 모르방 지역까지 걸어서 옮겨집니다. 그곳의 차가 다닐 수 있는 길이 끝나는 곳, 숲의 입구에서 내 관은 해질녘 석양빛을 받으며 나의 몇몇 진정한 친구들의 어깨 위로 옮겨질 예정이었습니다. 충실한 당원들의 긴 행렬이 뒤따르는 가운데 어떤 사람들은 검은색 망토를 입고, 어떤 사람들은 긴 흰색 예복을 입은 채로 우리는 숲 속의 오솔길을 오르고, 이어 산 속으로 난 길을 따라 바람 불고 초목이 없는 산꼭대기까지 오릅니다. 그곳은 2천 년 전까지도 드루이드교의 희생(犧牲)이 거행되던 곳이며, 어떤 복음서의 헌신적 징표도 야생의 돌출지대를 부드럽게 하지는 못했던 곳입니다. 규석으로 된 산꼭대기는 언제나 하늘의 심장부를 찌르고 있었습니다. 햇불 아래에서, 드루이드교 찬송의 이상한 악센트 속에서, 나의 유해는 바위의 움푹 패인 곳에 마련된 지하 납골소 안에 매장될 예정이었습니다. 하늘에 마지막 여명의 빛이 사라질 무렵, 고도의 곡예 비행을 하는 비행기 소함대가 활발하게 움직이며 프랑스를 상징하는 빛깔과 장례의 빛깔을 연기의 휘장으로 산 주위에 두를 것이었습니다. 약간의 조명과 음향장치, 1백 발의 캐넌을 덧붙이면 당신은 내가 계획했던 의식의 골자를 다 알게 되는 셈입니다.

성 베드로는 믿기지 않는다는 듯 말했다.

—— 1백 발의 캐넌이라구요?

—— 한 발도 덜 쏘지 않았습니다.

라바르테트는 넋을 잃은 듯 반쯤 일어서서 침울하고 나른해진 사라크에게 말하였다.

—— 당신도 들었지요, 사라크. 1백 발의 캐넌이라! 분명히 성수발포기는 한 발도 쏘지 않으면서…… 그런데도 1백 발의 캐넌이라니!

—— 그게 어쨌다는 것입니까?

—— 내게 그 소리가 들리는 것 같아요. 얼마나 멋집니까! 얼마나 웅장합니까! 사라크, 그 소리에 당신은 온몸이 떨려 오지 않습니까? 그러고 보니 미테랑에게 매우 호감이 가는군요.

사라크는 폭발하였다.

—— 제발 그 바보 같은 소리 좀 하지 말아요, 라바르테트. 드루이드 의식을 치른 미테랑은 우스꽝스럽기 그지없었어요. 우파는 조소했고, 좌파는 비웃었지요. 그 혼자만이 그것을 믿고 있었습니다.

—— 그렇게 말하지 마십시오. 당신은 그의 진정한 친구였잖아요. 당신은 그의 관을 짊어졌을 텐데요.

—— 2천8백 미터의 돌투성이 오솔길과 3백80미터의 울퉁불퉁한 길을? 고맙습니다.

—— 하지만 얼마나 영광입니까!

—— 한 달 동안은 어깨를 주물러야 하겠죠…….

—— 당신은 틀림없이 행렬에 끼였을 것입니다!

—— 당신은 내가 메피스토의 검은 망토나 브루투스의 흰색 예복을 입고, 산허리에서 곡을 하는 것을 보기라도 해야 직성이 풀리겠나요?

—— 어쨌든 당신은 노래라도 불렀을 테지요.

— 나는 노래를 틀리게 하는걸요.

— 확실히 당신은 존재의 숭고함에, 이 모든 심오한 감정에 닫혀 있군요. 나는 장례 행렬을 보면 언제나 등골이 서늘해집니다. 당신이 지옥에 떨어진 것이 하나도 놀랍지 않습니다.

— 그러면 불쌍한 당신, 당신은 그 전율 때문에 천당에라도 가 있단 말입니까?

— 당신은 상스럽고 경건치 못하군요.

— 그래서 지옥에 떨어졌습니다. 그러나 나는 그 점이 자랑스럽습니다.

— 나로 말하면 경건치 않은 것이 아니라 신앙심이 깊었습니다.

— 물론 당신은 신앙심이 깊었지요.

성 베드로가 지옥에서 온 이들을 꾸짖었다.

— 조용히 하지 않으면 이 방에서 내쫓겠습니다! 대통령, 당신의 이야기는 아주 명료합니다. 그리고 이 장례 계획은 당신이 죽기 약 18개월 전의 영혼의 상태를 우리에게 알려 줍니다. 그러나 그것이 우리가 당신을 심판하고 있는 소송과 무슨 관련이 있습니까?

— 알겠습니다. 모든 의학적 개연성에 의하면 문제의 장례식은 1996년에 거행될 예정이었습니다. 그런데 그 해는 클로비스의 세례 이후 15세기가 지난 해였습니다. 교황 요한 바오로 2세가 프랑스에 오기로 되어 있었습니다.

— 그 이교도의 장례식은 더욱 난처한 결과를 가져올 뻔하였군요.

— 어떻게 그 소문이 장 기통의 귀에까지 들어가게 되었는지는 모르겠습니다. 그때부터 기통은 내 생각을 바꾸기 위해서

머리를 쓰기 시작했습니다.

그와 멀리 떨어져 있던 사라크가 소리쳤다.

── 그게 바로 부르주아의 어리석음이다. 제의실 안에서의 감동. 외관의 구원. 저 늙은이를 박제로 만들어 놓아야 했는데.

그는 일어서서, 법정 안에 있는 기통의 귀에는 들리지도 않는 곳에서 목이 터져라 소리를 질러댔다.

── 성직자는 물러가라!

이번에는 라바르테트가 반쯤 몸을 일으키더니, 그의 웃옷을 잡아당겨 제자리에 앉히고는 그에게 욕을 해댔다.

── 늙은 기통이 대응을 한 것은 옳은 일입니다. 그것은 관습과 전통, 또 체면의 문제이니까요. 모든 중요한 문제가 걸려 있었어요.

── 날 내버려두십시오, 빌어먹을!

── 제자리에 앉으십시오. 부끄럽지도 않습니까?

그리고 그들은 서로의 멱살을 잡았다.

── 광신도!

── 당파주의자!

── 제길, 공화국 만세!

── 빌어먹을!

이러는 동안 성 베드로는 종을 울려 보았지만 소용이 없었다. 결국 그는 스위스 천사에게 도움을 청하였다.

── 여러분, 저 광란자들을 내쫓아 주십시오.

두 명의 천사가 지옥에 떨어진 이들의 멱살을 거머쥐고는 문으로 끌고 갔다. 이 방해꾼들이 퇴장하자, 성 베드로가 미테랑에게 물었다.

── 장 기통 선생이 당신으로 하여금 스스로 내린 결정을 재

검토하도록 부추길 만한 이유가 무엇이었다고 생각합니까?

── 당시, 나는 그가 무슨 결심을 하였는지 전혀 알지 못했습니다. 아직도 나는 그 점에 대해 설명할 길이 없습니다.

── 장 기통, 당신은 우리에게 그 결심의 근원을 설명할 수 있겠습니까?

── 그 근원은 다른 모든 근원들과 마찬가지로 애매합니다. 반면 출현은 쉽게 찾아낼 수 있습니다. 나는 '시간과 영원을 위한 사랑'이라는 주제의 내 그림들을 전시할 예정으로 로마행 비행기를 탔습니다. 통상적으로 언제나 나와 함께 여행을 하던 비서는, 내게 눈물깨나 흘리게 해주었죠. 결국 나는 그곳에 혼자 도착하지는 않았으니까요. ……한 마디로 내 비서는 오지 않았습니다. 나는 비행기에서 24.5세쯤 되어 보이는 젊은 아가씨 옆에 앉게 되었습니다. 그녀의 얼굴은 내게 무엇인가를 말하고 있었습니다. 그러나 매우 놀랍게도, 왜냐하면 나의 기억상실증은 매우 선별적이므로 나는 그녀를 결코 다시 만날 수 없었습니다. 그녀는 내게 자신의 이름을 말하지 않았습니다. 단지 그녀는 자기가 노르망디 출신이라는 것과, 카르멜에서 살았다는 말만을 하였습니다. 당신은 내가 더 이상 질문할 수 없었다는 사실을 잘 이해할 것입니다. 이유는 모르겠지만, 대화는 미테랑 대통령과 그의 장래에 있을 장례에 관한 데까지 흘러갔습니다.

── 당신은 이미 무엇인가를 하기로 결심하였나요?

── 아닙니다. 그의 결심은 나를 슬프게 하였지만, 나는 포기하는 수밖에 없었습니다. 내가 무엇을 할 수 있었겠습니까? 또 어떻게 그걸 바랄 수 있겠습니까? 할 수 없는 일이죠. 이런 종류의 일은 아무것도 바꿀 수 없는 법입니다. 그때 이 젊은 아가씨가 내게 놀라운 확신을 가지고 이렇게 말하였습니다. "서두르

셔야 해요. 로마에 가서 교황님을 만나 보세요. 그에게 프랑수아 미테랑에게 보낼 편지 한 장만 써 달라고 부탁하세요." "하지만 왜 그렇게 해야 합니까?" 하고 나는 물었습니다. 그러자 그녀는 이렇게 대답했습니다. "아기 예수의 성 테레사가 그것을 원하니까요." 나는 그녀에게 좀더 물어보려고 하였지만 비행기가 착륙중이었으므로 그 자리에 가만히 있지 않을 수 없었습니다. 그리고 나는 내려왔습니다.

— 그럼 그 젊은 아가씨는?

— 그녀는 사라졌습니다. 그 다음날은 내 전람회가 열리는 날이었습니다. 나는 두 명의 프랑스 대사와 예닐곱 명의 추기경을 보았습니다. 모두가 내게 교황은 볼 수 없을 거라고 말하였습니다. 그는 카스텔 간돌포에 가 있었고, 이틀 후에 공의회가 열릴 예정이었기 때문에 몸을 아껴야 했습니다. 그를 본다는 것은 불가능했습니다. 전람회 개최일 후에 나는 그 장소를 둘러보았습니다. 그곳은 로마에 있는 많은 중학교 가운데 하나였습니다. 학교장이 나를 안내하였는데, 성당 안에서 그가 이렇게 말했습니다. "선생, 당신은 이 중학교를 방문한 두번째로 유명한 프랑스인입니다. 첫번째는 아기 예수의 성 테레사로 교황을 알현하기 전날 방문했었죠." 참 이상한 일이라고 생각했습니다. 이튿날 오전에 나는 프랑스 추기경들을 순방하였습니다. 그리고 오후에는 낮잠을 잔 후에 약간의 흰 포도주를 마시며 포도를 세 알쯤 먹고 있었는데, 한 여자친구가 우리 집에 와서는 이렇게 말하는 것이었습니다. "나는 성 다마즈의 안뜰에 있는 교황의 로사리오에 갈 생각입니다. 그곳은 누구든지 들어갈 수 있답니다. 나와 함께 가보지 않을래요?"

— 당신은 그곳에 갔습니까?

성 베드로가 물었다.

── 물론 아닙니다. 나는 성모 마리아에 관한 책을 쓰고 있었습니다. 나의 신학은 순탄한 상태였고, 그 정도면 충분했습니다. 나는 묵주기도를 한 적이 없습니다. 그런데도 왜 그랬는지 알 수 없게, 나는 결국 로사리오에 갔습니다.

── 그럼에도 불구하고 당신은 교황을 만날 수 있기를 바랐겠죠?

── 추기경들이 내게 그것은 불가능하다고 말했습니다. 그것은 분명했습니다. 불가능한 일입니다. 결국 나보다 당신이 바티칸을 더 잘 알 테니까요. 따라서 나는 그런 기대는 하지 않았습니다.

── 그런데 무슨 일이 일어났습니까?

── 나는 교황을 만났습니다. 10월 1일이었는데, 그날은 아기 예수의 성 테레사의 축일이었습니다. 나는 그에게 프랑스의 마지막 가톨릭 철학자라고 소개하였습니다.

── 그가 기뻐했겠군요. 그가 뭐라고 대답하였습니까?

── 아무 대답도 하지 않았습니다. 그는 다른 곳을 바라보고 있었습니다.

── 그러고는요?

── 나는 생각이 났습니다. 나는 그저 이렇게 말하였습니다. "미테랑 대통령이……." 그는 세상의 죄악을 가득 담은 시선으로 나를 바라보더니, 강하게 기도를 하며 생각에 잠겼습니다. 그리고는 나에게 강복(降福)을 하고, 돌아서서 멀어져 갔습니다. 그때 한 추기경이 나에게 이같이 속삭이며 편지 한 통을 주었습니다. "교황께서 미테랑 대통령에게 보내는 것입니다." 그리고 나는 편지, 추억, 수행하여야 할 의무를 지닌 채 그 자리에

서 있었습니다.

— 그러고 나서는요?

— 그에게 가야 했고, 갔습니다.

— 아무도 그 편지를 보지 못했겠지요.

— 그런데 참 이상합니다. 돌아오는 길에 나는 나를 동반하였던 사람과 이 편지에 대한 이야기를 나누었습니다. 나는 그에게 프랑스는 끔찍한 나라라는 말을 하였습니다. 믿을 수 없을 만큼 경솔한 짓이었지요. 나의 편집장들이 나에게 압력을 가해 올 참이었습니다. 분명합니다. 즉 이 모든 것을 《마치》지에 감추기란 불가능했습니다.

— 그래서요?

— 사실 같지 않은 일입니다. 나는 편지를 잃어버렸습니다. 나는 극도로 걱정이 되었습니다. 그러나 나는 그에 관하여 교황과 나눈 이야기를 전하기 위해서 미테랑 대통령에게 30분의 회담을 요청하였습니다.

— 30분 동안이오?

— 교황은 매우 진지하였습니다. 그의 생각을 왜곡하지 않고 확실하게 전달하여야 했습니다.

인간의 운명에 대한 매우 중요한 주제들에
관하여 미테랑 대통령과
무슨 이야기를 나누었는지 말하다

—— 나는 엘리제궁에 도착하였습니다. 승강기와 복도·대기실에서의 짧은 순간, 이어 문지기가 나를 이렇게 소개하며 대통령의 집무실로 안내하였습니다. "프랑스 한림원의 장 기통 씨입니다."

—— 그런데 편지는요?

성 베드로가 내 말을 끊었다.

—— 사실 같지 않은 일입니다. 당신이 원한다면 믿어 주십시오. 집무실로 들어가며 대통령과 악수를 하는 순간, 나는 그 편지를 되찾았습니다.

—— 어디에 있었습니까?

—— 내 오른손의 엄지와 검지 사이에 있었습니다.

—— 믿을 수 없군요.

—— 당신이 말한 대로입니다.

—— 당신은 어떻게 했습니까?

—— 손을 바꿔 그 편지를 쥐었습니다.

—— 당신은 그 편지의 사라짐과 나타남을 어떻게 설명하겠습니까?

—— 나 자신도 납득이 되질 않습니다.

성 베드로는 아기 예수의 성 테레사를 쳐다보았다. 그녀는 하늘을 바라보고 있었다. 그러자 그가 간략히 말했다.

—— 계속해 보십시오.

—— 그리하여 나는 프랑수아 미테랑의 집무실에 있었습니다. 나는 그에게 칭찬의 말을 건넸습니다.

"대통령 각하, 어느 누구라도 지금의 당신을 본다면 병환중이라는 생각을 하지 못할 것입니다."

"그렇지만 기통 씨, 내가 병이 난 것은 사실이고, 징후 또한 없지 않습니다."

"정말이지, 당신은 은총의 상태에 놓여 있습니다."

"은총의 상태…… 예전에는 이 말의 의미를 안다고 생각했습니다만, 이제는 모르겠습니다."

그리고 그는 조용히 있었습니다.

"대통령 각하, 나는 로마에서 돌아오는 길인데 뜻밖에도 그곳에서 교황을 만났더랬습니다. 우리는 당신에 대한 이야기를 나누었습니다."

미테랑은 나를 쳐다보았습니다. 순간 그의 표정이 굳어졌습니다. 차갑게 그는 혼잣말을 하는 듯했습니다.

"물론 나는 유죄 선고를 받았습니다. ……하지만 한편으로 생각해 보면, 우리 모두 유죄 선고를 받은 것입니다."

그는 나를 향해 돌아섰습니다.

"기통 씨, 당신 역시 유죄 선고를 받았습니다. 그러나 가톨릭철학자인 당신은 충분히 살지 않았습니까? 당신은 저세상에 가고 싶지 않습니까? 당신이 저세상을 믿는다면, 그곳에 가고 싶은 욕망이 있을 텐데요. '신' 없이 지내는 1백여 년은 당신에게 극심한 고통이었을 것입니다. 당신은 죽지 않는 사실에 죽을 지경 아닙니까?"

나는 신경질적인 웃음으로 대답을 대신할 뿐이었습니다. 나는 내가 왜 왔는지 그 이유를 잊어버렸습니다. 편지조차도 까맣게 잊어버리고 있다가 갑자기 생각이 났습니다.

"교황께서 당신에게 주라시며 편지 한 통을 맡겼습니다."

미테랑은 일말의 기쁨도, 놀람이나 무관심의 태도도 나타내지 않았습니다.

"편지요?"

그는 놀라울 정도로 냉정한 목소리로 물었습니다.

"네, 여기 있습니다."

나는 그에게 그것을 건네 주었습니다. 대통령은 그것을 받아 읽고는 커다란 동작으로 나지막한 탁자 위에 다시 내려놓았습니다.

"내가 요한네스 파울루스에게 답장을 쓰겠습니다."

그가 말했습니다.

── 그는 답장을 썼습니까?

성 베드로가 물었다.

── 나는 그 점에 대해서 아는 바가 없습니다.

그러자 하늘에 침묵이 감돌았다. 엘리제궁에서도 침묵이 감돌았다. 비슷한 종류의 침묵이었다.

── 대통령이 무슨 말을 더 했습니까?

── 나로서 그것을 옮기는 일은 조심스러울 따름입니다.

── 장, 당신은 모든 진실을 말해야 합니다.

나는 당황하여 말했다.

── 그는 이렇게 말하였습니다. "그린과 당신이 없어지고 나

면 프랑스 한림원에는 아무도 남지 않겠군요."

그때 나는 배심원석에서 클로델이 오자낭의 귀에 대고 속삭이는 소리를 들을 수 있었다. "그건 사실이야!"

── 그렇지만 나는 미테랑의 말에 대답하겠노라고 약속했으므로, 진지한 목소리로 이렇게 말하였습니다.

"글쎄요, 대통령 각하, 다른 사람들이 또 있겠지요! (그리고 나는 덧붙였습니다.) 당신도 그렇게 될 수 있습니다."

"나도 당신처럼 문학과 정치 두 분야에 자질이 있다고 생각합니다."

"나는 그림과 철학입니다."

"당신은 그 두 가지를 모두 성공적으로 계속하였습니다. 당신이 부럽습니다."

"대통령 각하, 이것이 '시간과 영원을 위한 사랑'의 주제로 내가 로마에서 개최한 미술 전람회의 카탈로그입니다."

"시간과 영원……."

"오늘은 당신의 축일이고, 이 카탈로그를 선물로 드리게 됨을 기쁘게 생각합니다."

미테랑은 미소를 지었습니다. 그는 카탈로그의 표지를 바라보았습니다. 그 작은 책자는 어떤 멋진 복제품 위에 펼쳐졌습니다. 미테랑은 그것을 주의 깊게 살펴더니 눈을 들었습니다.

"맞습니다."

그가 말했습니다.

"오늘은 1994년 10월 4일입니다. 아시시의 성 프란키스쿠스는 나의 수호성인이었습니다."

"당신네 집에서는 생일이나 축일을 기념하였습니까?"

"축일이라. 우리 집에는 딸아들 합해서 일곱 명의 자녀가 있었습니다. 대가족이란 좋은 것입니다. 요즈음은 서로 만나지 못합니다만."

그리고 그는 덧붙였습니다.

"선물 감사합니다. 당신은 가톨릭의 샤갈입니다."

그는 나를 바라보았습니다. 나는 기쁨으로 얼굴을 붉히지 않아도 되었습니다. 왜냐하면 비교는 언제나 나를 약간 화나게 만들기 때문입니다. 나는 분위기를 바꾸었습니다.

"대통령 각하, 당신의 건강은 정말 좋아 보입니다."

"그렇지만 일본의 황후 때문에 잠을 늦게 잤습니다. 나에게 편지를 전해 주어 고맙습니다."

벨이 울리고, 예의 문지기가 다시 나타났습니다. 우리 두 사람은 일어섰습니다. 그는 나를 문까지 배웅하였습니다.

"안녕히 계십시오, 대통령 각하. 아듀라고 합시다. 우리 나이엔 아듀가 더 적합합니다."

"아듀, 선생."

그리고 얼마 후였습니다.

"아니오. 안녕히 가십시오라고 하겠습니다."

그러더니 갑자기 문지방에서 그가 매우 장엄하게 상반신을 세우고는, "기통 씨!" 하고 말했습니다.

"연말에 당신 집에 들러 죽음과 영원에 대한 이야기를 나눌 것을 약속하겠습니다."

1994년 11월 25일. 그는 나를 보러 왔습니다. 나는 다리가 불편하였기 때문에, 내 사무실 겸 거실의 중앙에 서서 지팡이에 의지한 채 그를 기다렸습니다. 젊은 아가씨가 대통령을 안으로 안내하고서, 그의 시중을 들었습니다.

"대통령 각하."

나는 말을 시작하였습니다.

"찾아 주셔서 영광입니다."

"자, 영광을 영광으로 돌려 주십시오. 모든 세속적인 절차는 내던져 버리고 남자 대 남자로 이야기합시다."

"그렇게 하기로 약속하겠습니다. 내가 당신에게 하는 말에는 어떤 거짓이나 핑계, 생략, 애매한 말들도 없을 것입니다."

"고맙습니다, 선생. 나 또한 당신에게 같은 것을 약속하겠습니다."

"말씀해 보십시오."

"기통, 왜 지옥이 있습니까?"

"왜냐하면 '신'은 사랑이기 때문입니다."

"치유 불능인 역설의 고안자인 당신은 전혀 바뀌지 않았군요?"

"그 말을 한 사람은 내가 아니라 단테입니다."

"그든 당신이든, 역설이기는 마찬가지입니다."

"대통령 각하, 현실은 그 자체가 역설입니다. '신'은 매우 뛰어난 역설적 정신입니다. 그러나 이 '신'이 역설적인 것은 당연합니다. 그와 비교하여 보면, 이미 모두 만들어지고 역설이 없는 우리의 생각과 더불어 역설적인 것은 차라리 우리들일 것입니다."

"사막과도 같이 고요하고, 개수대처럼 매끈거리고, 손처럼 평평한 생각. '신'이 사랑이기 때문에 지옥이 존재한다고요. …… 아니라고는 말하지 않겠습니다. 단지 내게 설명을 해주십시오. 나는 당신도 알다시피 편견을 가지고 있지 않습니다."

"당신은 '신'에게 알레르기 반응을 보이는 장관을 한 명 데리고 있지 않습니까?"

"필경 사라크를 가리키는 것이겠지요? 사실 그는 일종의 '신' 공포증을 가지고 있습니다."

"사라크도 천당에 가길 원합니까?"

"절대로."

"그럼 그가 죽은 후에 '신'이 그를 위해 무엇을 할 수 있겠습니까. 그를 강제로 천당에 넣는 것일까요?"

"그 천국은 지옥이 될 것입니다."

"당신이 말한 대로입니다."

"연옥이 있습니다."

"거기엔 머물지 않습니다. 그곳은 천당의 대기실일 뿐입니다."

"그렇군요. 그러면 그는 그곳에도 있길 원치 않을 것입니다."

"그럼 '신'은 무엇을 할 수 있겠습니까?"

"그를 없애는 것입니다."

"그럴지도 모르지요. 그러나 만약 그렇게 하는 것이 '그의 방식'이 아니라면?"

"하지만 '그'는 그를 어디엔가 넣어야 합니다."

"그렇지만 어디에?"

"천당과는 다른 곳에."

"분명히 그렇습니다. 다른 말로 하면 지옥이지요."

"그럼 지옥이란 천국과 다른 곳이로군요."

"그렇습니다."

"아닙니다. 기통. 지옥은 그 이상입니다. 지옥에서는 고통스럽습니다."

"그러나 대통령 각하, 무엇 때문에 고통스럽습니까?"

"글쎄요! 불, 쇠스랑……."

"민속입니다, 대통령 각하! 민속이에요!"

"뭐라고요! 기통, 당신은 지옥의 고통을 믿지 않습니까?"

"물론 믿습니다. 그러나 모든 신학자들은 당신에게 지옥의 첫 번째 고통은 천당에 있지 않은 것이라고 말할 것입니다."

"그러나 당신은 방금 전에 사라크는 거기에 있으면 고통스러울 것이라고 말하였습니다. 그리고 지금은 거기에 없어서 고통스러울 것이라고 말합니다. 부조리하군요."

"죄처럼 부조리합니다. 우리는 죄를 짓고 싶어하지 않으면서도 죄를 짓습니다. 우리는 그것 때문에 괴로워하면서도 그것을 즐깁니다. 우리는 그것 때문에 고통받지 않기를 바라지만, 그것으로부터 빠져 나오지 않으려고 조심합니다."

"사실 그런 것이 과실의 경험이지요."

"또한 그런 것이 필경 지옥의 경험일 것입니다. 죄는 시간성 안에 있는 지옥이고, 지옥은 영원 안에 있는 죄입니다."

"그러나 왜 지옥에 있는 것을 더 괴로워할까요?"

"더 괴로워하는 것인지는 모르겠지만, 다른 방식으로 괴로워하는 것입니다. 우리는 최종적으로 괴로워하고, 그것이면 충분합니다."

"그러나 만약 우리가 지옥에 있는 것을 더 괴로워한다면, 우리는 행동을 취하고, 곰곰이 생각을 해보고, 그곳을 빠져 나가길 바랄 수 있을 것입니다."

"그 모든 것은 시간을 가정합니다. 그런데 영원 안에서는 시간 안에 있는 것이 아니고, 시간이란 존재하지 않게 됩니다."

"그러나, 그렇다면 기통, 우리는 독 안에 든 쥐가 되는 것이로군요."

"아니지요, 그게 아니라 완성되는 것입니다."

"그럼 우리의 자유는?"

"그것 역시 완성됩니다."

"그렇다면, 당신 의견에 따르면, 지옥에 있는 사라크는 거기에 있을 자유가 있는 것입니까?"

"그렇습니다."

"그러나 거기에 있지 않을 자유는 없겠지요."

"그러나 그것은 그가 다른 데에 있고 싶어하지 않고, 또 두 장소밖에는 없기 때문이 아니겠습니까?"

"아마 그렇겠지요. 그러나 그는 완전한 행복이 지옥에 있기를 바랄 것입니다."

"그것이 문제의 전부입니다. '신'은 그것을 원치 않습니다. 그는 행복이 천당에 있기를 원합니다."

"그러나 사라크는 동의하지 않는걸요."

"그렇기 때문에 '신'과 그는 합쳐질 수 없는 것입니다. 또 그렇기 때문에 지옥이 있는 것이지요."

"그러나 '신'은 한 명의 바보에 지나지 않는 이 불쌍한 사라크를 괴롭히지 않을 것입니다. 나는 그를 압니다! 그는 언제나 바보였어요."

"대통령 각하, 만약 그가 바보일 뿐이라면 그는 지옥에 가지 않을 것입니다. 어리석음은 죄가 아닙니다."

"당신은 모든 바보들이 천국이 있을 것이라고 생각하는 것이 짜증스럽지 않습니까?"

"대통령 각하, 그것은 또 다른 문제입니다."

"당신이 옳습니다. 왜 '신'이 이 불쌍한 사라크를 괴롭히는지 내게 그 이유를 말해 주십시오."

"그러나 '신'은 그를 괴롭히고 싶어하지 않습니다. 반대로 '신'은 자신이 그의 절대적 행복이 되기를 바랍니다. 단지 사라크가 그것을 원치 않을 뿐입니다. 그는 '신'에게 아무것도 원치 않았다고 말합니다. 당신은 '신'이 무엇을 해주길 바랍니까?"

"사라크는 '신'이 그에게 무엇이든지 요구하는 것을 납득하지 못합니다."

"나도 잘 압니다. 우리는 우리 자신의 어느 한 근본에 있어서 모두 사라크입니다. 사라크는 '신'이 자기의 동의 없이 자기를 창조함으로써 자기의 자유를 침해하였다고 여기고, '신'이 미리 국제연합(UN)의 허락도 받지 않고 이 세상에 오므로 독재자라고 생각합니다."

"그럼 당신은 뭐라고 대답하겠습니까, 기통?"

"'신'은 '아버지'이고, 세상의 어느 아버지도 자녀들에게 생명의 선물을 줄 때는 허락을 얻지 않는다고 대답하겠습니다."

"그것이 사라크를 분노케 하는 것입니다. 그것은 그로 하여금 제 정신을 잃게 만듭니다. 그가 부조리할까요?"

"어쩌면 그럴는지도 모르죠. 혹은 그렇지 않을 수도 있구요. 사라크가 '신'이 되고 싶어하는 것을 인정한다면, 모든 것이 논리적이 됩니다."

"그러나 그것은 가능치 않습니다, 당신도 잘 알겠지만."

"그렇습니다. 사라크는 불가능한 것이 있다는 사실을 인정하지 않습니다."

"결국, 그는 전능해지고 싶은 것이로군요."

"당신이 말한 대로입니다."

"그러니까 그는 '신'이 되고 싶어하는군요!"

"그렇습니다."

"그럼 지옥은 이 두 개의 상상의 실제적인 판테온이구요."

"맞습니다."

"그러나 사라크는 끊임없이 자유를 이야기합니다. 그러니 그가 '자유롭다'고 말할 때는……."

"그는 '신이 되는 것'을 생각하는 것이지요."

"나는 사태를 이렇게 이해한 적이 한번도 없습니다. 어느 날 사라크는 내게 '신'이 자기의 절대적인 행복이 되는 것을 원치 않는다고 말한 적이 있습니다."

"그러나 '신'은 인간의 절대적인 행복이 되지 않을 수 없습니다. 그것은 마치 당신이 그에게 '신'이 되지 말아 달라고 부탁하는 것과 같습니다."

"바로 그것이 사라크가 그에게 부탁하는 것입니다. 그는 '신'이 '신'이 아니기를 바라고, 심지어 '신'이 존재하지 않기를 바랍니다."

"그렇다면 '신'은 누가 되겠습니까?"

"아무도 아니죠. 어쩌면 사라크가 되겠지요. 아니 인간이라고 합시다."

"다른 말로 사라크는 지옥에서 절대적인 행복을 찾을 수 없어 괴롭습니다. 그러나 지옥에서 절대적인 자유를 즐기겠다는 그의 주장을 확언할 수 있어 즐겁습니다. 그리고 그는 자신의 주장을 철회하느니보다는 지옥에 있는 편을 더 좋아합니다."

"매우 명료합니다. 하지만 기통, 당신은 그 자유에 대해서 어떻게 생각합니까?"

"나는 그 점에 대해 바오로 6세와 종종 이야기를 나누곤 하였습니다. 그러나 사라크가 말하는 자유는 항상 개인적인 자유인 것 같습니다. 나는 그가 그렇게 하는 것을 인정합니다. 그러나 왜 '신'이 그 자유를 개인적으로 할 수 있는 유일한 존재일까요? 불쌍한 '신'은 말할 권리가 없고, 아무것도 요구할 권리가 없습니다. 그리고 그가 말을 할 때, 우리는 그 위에 십자가를 얹습니다."

"혹은 그를 십자가 위에 얹지요."

"대통령 각하, 그것은 마찬가지입니다. 똑같은 것입니다. 우리는 서로 거짓말이나 생략, 이중적인 말을 하지 않기로 약속했습니다. 그러니 내게 당신이 살아 오는 동안 어느 한순간이라도, 이른바 지옥이라는 것을 확신했던 적이 있는지 말해 보십시오."

미테랑은 생각하였습니다.

"없지는 않습니다. 나는 많은 과오를 저지르며, 항상 언젠가는 죽게 될 것이고, '신'이 나를 심판하게 될 것이며, 악을 저지른 사람들에게는 지옥이 기다리고 있으리라는 생각을 하였습니다."

"또 선을 행한 사람들에게는 천당이 기다리고 있겠지요."

"천당에 대해서는 생각지 않았습니다. 그러나 지옥에 대해서는 생각해 보았습니다."

"그런데 이 생각이 당신에게서 떠나지 않는 것은 아닙니까?"

"아닙니다."

"그것이 당신의 흥을 깨지는 않았습니까?"

"별로 그렇지 않았습니다."

"루이 14세도 당신과 같았습니다."

"어떻게 그것을 압니까?"

"생 시몽의 《회고록》을 읽었습니다. 그런데 내게 대답하기 전에 잘 생각해 보십시오. 만약 당신의 의식 밑바닥에 지옥에 대한 확신 같은 것이 없었다면, 나와 이야기를 나누러 오시겠습니까?"

"솔직하게 대답할까요?"

"물론입니다."

"아닙니다."

나는 주저하면서, 잠시 멈추었다가 다시 계속하였습니다.

"그런데도 당신은 두렵지 않다고요."

"두렵지 않습니다."

"나는 당신이 그렇게 말하는 것이 납득이 가질 않습니다. 왜냐하면 나는 두렵기 때문입니다. 그러나 먼저 것부터 결론을 내립시다. '신'이 당신에 대한 사랑에 의하여, 지금 이 자리에서 당신을 만나려 한다고 칩시다. 지옥에 대한 생각이 없다면 당신은 오지 않았을 테고, 만남은 이루어지지 않았을 것입니다. 따라서 지옥은 사랑에 봉사했습니다."

"어떤 의미에서는……."

"대통령 각하, 내게 왜 지옥이 두렵지 않은지 말씀해 주십시오. 나는 두렵습니다. 나는 어렸을 때, '신'을 무서워해서는 안 된다고 들었습니다. 그리고 '주'를 두려워해야 된다고 배웠습니다. 그를 사랑하지 않는 것에 대한 두려움, 말하자면 그에게 고통을 주는 것에 대한 공포 말입니다. 그렇지만 나는 언제나 두려움 속에 다시 빠졌습니다. 나는 두려움 속에서 살았습니다. 나는 심판이 두렵습니다. 나로 하여금 '신'을 사랑하지 못하게 하는 것은 이 두려움입니다."

"뭐라고요? 그럼 당신은 '신'을 사랑하지 않습니까?"

"나는 그를 사랑하고 싶습니다."

"하지만 당신은 그가 존재한다는 것을 확신합니다."

"그 점은 그렇습니다."

"우리의 영혼은 서로 얼마나 다른가요! 만약 내가 당신의 믿음과 철학을 가지고 있다면, 내 존재 전부를 바쳐 '신'을 사랑할 것 같습니다."

"당신은 왜 두렵지 않습니까?"

"나는 땅 위나 하늘에 있는 그 어느것도, 또 어느 누구도 두려워한 적이 한번도 없었다고 생각합니다."

"당신 역시 제왕이 되기 위해서 태어났고, 또 그렇게 되었습니다."

"나는 '신'이 두렵지 않습니다. 나는 고통이 두렵지 않습니다. 부당한 벌들은 나를 두렵게 하지 않습니다. 그것들은 나를 반항하게 만듭니다. 정당한 벌들은 나를 두렵게 하지 않습니다. 나는 그것들에 동의합니다. 나는 영원한 고통이 두렵지 않습니다."

"당신은 얼마나 행운아인가요?"

"만약 '신'이 내가 불꽃이나 쇠스랑이 무서워 이곳에 왔다고 생각한다면, 나는 그를 거기에 세워 놓고 당장에 나와 버리겠습니다. 그러나 만약 그가 존재하고 그가 나를 안다면, 그는 내가 영원한 벌을 무서워하지 않는다는 것을 압니다."

"그럼 당신은 무엇을 무서워합니까, 대통령?"

"그것을 받을 만할까 싶어 두렵습니다."

천사 한 명이 지나갔다. 나는 목소리를 높였다.

── "당신의 정치 때문에?"

"내 정치…… 이 세상에서 그 의미를 아는 사람은 나밖에 없습니다. 어느 누구도 내 비밀을 알 수가 없었습니다. 나는 내가 무엇을 하려고 했는지 압니다. 나는 내가 무엇을 했는지, 무엇을 하지 않았는지, 무엇을 하여야만 했었고, 무엇에 굴복하여야 했는지 압니다. 나의 정치는 내 마음에 듭니다. 나는 '신' 앞에 가서 그것을 변호할 생각입니다. 그러나 의문이 드는 것은 내 정치가 아니라 나입니다."

"그럼 당신은 당신의 정치를 후회하지 않습니까?"

"문제는 정치가 아니라 나라고 반복하여 말하겠습니다."

"당신이 말입니까? 정치가 아니구요? 윤리가 아니구요?"

"윤리와 정치보다 오히려 더 심오한 것입니다."

"그렇다면 무엇과 관련된 것입니까?"

"'신'과 나와 관련된 것입니다."

"이해할 것 같습니다. 어느 날 나는 젊은 청년이었는데, '신' 이 나를 사막으로 데리고 갔습니다. 거기에서 그는 내게 이렇게 말하였습니다. '장, 너는 사라져야 한다.'"

미테랑은 놀랐습니다.

"뭐라구요, 사라진다구요?"

"나도 모르겠습니다. 수도원 깊숙이 파묻힌 수사가 되든지, 푸코 백작처럼 팔레스타인의 청소부가 되든지, 혹은 예측할 수 없는 어떤 다른 것이 되든지, 그래야 되겠지요. 어쨌든 모르겠습니다. '신', '그'는 알고 있었습니다. 그가 내게 그것을 말했을지도 모릅니다."

"당신은 어떻게 했습니까?"

"나는 사라지지 않았습니다. 나는 행복을 놓쳤습니다."

"그러나 당신은 모든 것을 가졌습니다, 기통. 모든 것을."

"모든 것이지요. 행복만 빼놓고."

"그러나 만약 당신이 사라졌더라면? 얼마나 손실이 큽니까? '신'이 그것을 바랄 수는 없었습니다."

"대통령 각하, 그것은 아브라함의 희생이었습니다. '신'은 무엇을 위해 나를 만들었는지 알고 있었습니다. 그는 곧 나를 다시 떠오르게 하였을 것이고, 내가 행복에 도달할 수 있었던 점을 제외하면 모든 것이 비슷하였을 것입니다."

"'신'과 당신은 그런 것입니까?"

"그런 것입니다, 대통령."

"그렇다면 당신은 나를 이해합니다."

우리는 아무 말도 하지 않고 서로의 손을 꽉 쥐었습니다. 그리고 미테랑은 아무런 감정 없이 말을 이었습니다.

"기통, 윤리란 무엇입니까?"

"우리 사이에서는 슬픈 것입니다."

"뭐라구요, 기통. 그럼 당신은 반윤리적입니까?"

"도덕은 하나의 전제 조건이고, 단순한 부수물이며, 하나의 결과입니다. 그것은 그것을 앞서고 그것보다 더 가치 있는, 그것보다 더 중요한 무엇의 여파입니다. 즉 인생입니다."

"나는 그것이 진정한 삶이라고 생각합니다."

"네, 대통령 각하, 신비입니다."

"'절대'의 추구입니까?"

"'신' 안에서의 삶입니다."

"그럼 윤리는요?"

"진정한 삶을 찾는 남자나 여자로서 행복하게 사는 방법이지요. 그것은 인생의 발전을 약속하는 인생의 구조입니다."

"기통, 당신은 나에게 윤리를 만들어 낼 수 있습니까?"

"대통령 각하, 당신은 그것을 뒤집을 수 있습니까?"

"당신은 내게 '만약 신이 없다면 모든 것이 허락된다'는 도스토예프스키의 말을 인용하려는군요."

"나는 그를 그다지 좋아하지 않습니다. '신'은 금지를 만들어 내는 기능을 가지고 있지 않습니다."

"당신의 대답은 나를 기쁘게 합니다. 도스토예프스키의 말은 마치 '신'이 권위주의의 창시자인 것 같아 나로 하여금 언제나 '신'을 의심하도록 만듭니다."

"대통령 각하, 당신은 권위주의자가 아닙니까?"

"나는 권위의 원칙을 반대하는 적들의 지지 덕분에 권위를 얻었습니다."

"넘어갑시다. 당신은 절대 안에서 모든 것이 허락된다는 것을 끝까지 지지할 수 있습니까? '하늘'에 복수를 외치는 유아 살해, 민족 말살, 강간, 괴물스러운 이기주의, 불공평? 당신은 그것을 할 수 있습니까? 당신은 그것을 원합니까? 당신은 그것을 생각합니까?"

"아닙니다."

"여론에 대한 두려움 때문에 그렇게 말하는 것입니까?"

"아니오, 아닙니다. 아니고말고요."

"당신은 '아니오'라는 말을 세 번이나 하였는데, 확신을 가지고 한 것입니까, 아니면 확신 없이 한 것입니까?"

"확신을 가지고 했습니다. 기통, 당신이 인용하였던 행위들은 그것들을 금지하거나 벌줄 어떤 국가나 어떤 신도 없을 때조차 내게 절대적으로 나쁜 것으로 여겨집니다."

"그러나 당신이 '어떤 신도'하고 말할 때, 당신은 일종의 모순 같은 것을 느끼지 않습니까? 차라리 당신은 '불가능하지만, 만약에 그것들을 벌할 국가도 신도 없다면'이라고 말해야 하지 않을까요?"

"잘 모르겠습니다. 나는 이러한 가치 판단들이 절대적으로 진실하다고 말합니다. 그리고 그것을 나는 확신합니다. 그것이 전부입니다."

"그렇다면 당신은 당신의 인생을 선과 관련된, 전적으로 진정한 그 무엇에 연결시킵니다."

"그렇습니다. 그러나 나는 무엇이 이러한 절대인지 모르겠습니다."

"그 점에 대해서 어떻게 생각합니까?"

"최소한 아무 데서도 오지 않는 정언적 명령은 어디에서 오는지 모릅니다."

"신중하며 어느 정도는 합리적인 대답입니다. 그러나 내 생각에 '그러한 정언 명령이 요구하는 모든 것과 함께'라는 말을 덧붙여야 합니다."

"칸트는 이러한 공리들에 대해서 언급하였습니다. 그것이 무엇과 관련되는지 내게 상기시켜 주십시오."

"그렇다면 내 식으로 가미하여 말하겠습니다. 대통령, 당신은 내가 다루는 모든 것을 내 식으로 만들지 않고는 못 배긴다는 것을 아시지요."

"그 점은 나와 같군요. 나는 내 손 아래 떨어진 모든 부분들을 미테랑화시켰습니다. 그런데 이 공리들은 무엇입니까?"

"공리 1. 의지의 자유."

"인정합니다. 그렇지 않다면 우리가 꼭 해야 되는 일이 아무런 의미도 지니지 않을 것입니다. 꼭두각시는 해야 할 일이 없습니다. 그러나 그것은 의무의 단순한 인상 아닙니까?"

"대통령, 당신은 내게 그것을 끝까지 믿을 수 없고, 어느 누구도 그렇게 믿지 않는다고 말하였습니다. 당신은 다시 이 점으로 돌아가기를 원합니까?"

"아니오. 앞으로 나갑시다."

"공리 2, 영혼의 정신성. 그렇지 않다면 당신은 우주적 결정론 안으로 몽땅 복귀될 것입니다."

"그리고 우리는 앞서 거부된 비자유로 되돌아가게 될 것입니다."

"공리 3, 영혼의 불멸."

"나는 우주와 육체와 사회에 대하여 자유의 초월을 인정하는 순간, 그것이 가능하다고 당신의 의견에 동의합니다."

"공리 4, '영원한 영'의 존재. 이것으로부터 이 명령이 추상적인 구속으로서가 아니라 개인적인 소환으로 나옵니다."

"나는 이 모든 것을 이해합니다. 이것이 칸트가 고안해 낸 것입니까?"

"어느 정도는 내가 약간 변형시켰습니다."

"그렇게 하니까 확실히 더 낫습니다. 나는 프로이센을 좋아한 적이 한번도 없습니다. 당신은 프로이센을 좋아합니까? (나는 얼버무리는 몸짓을 했습니다.) 결국 프로이센이든 아니든, 나는 이 모든 공리들에 동의합니다. 그러나 나는 독일은 아주 좋아합니다. 기통, 당신은 독일을 좋아합니까? (나는 다시 한 번 얼버무리는 몸짓을 하였습니다.) 공리들에 대해 계속해 보십시오."

"대통령 각하, 당신은 진정으로 동의합니까, 아니면 다른 대답으로부터 유발될 의미인 무에 대한 두려움이 없다고 말하는 편이 더 옳겠습니까?"

"이미 당신에게 나는 아무것도 두려워하지 않는다고 말했습니다. 만약 인생이 아무런 가치도 없다면, 언제라도 그리로부터 나올 것입니다. 그러나 우리는 거기에 머무릅니다. 나는 인생에 머무릅니다. 나는 인생을 믿고, 인생을 사랑합니다."

"만약 당신이 인생을 사랑한다면, 당신은 인생을 창조한 '신'을 미워할 수 없습니다. 대통령, 당신은 내가 무엇을 가르쳐 주기를 원합니까? 당신은 모든 것을 알고 있습니다."

"나는 내가 믿고 싶어하는 모든 것을 압니다. 그리고 나는 아무것도 믿을 수 없습니다. 그 때문에 나는 당신을 보러 왔습니다."

"그러나 당신이 확신을 가지고 그것을 믿기 때문이겠지요?"

"나는 그것을 굳게 믿고, 또 그것을 믿지 않는 불굴의 성향을 지닌 채 믿습니다. 이 성향은 무의 확신으로까지 나를 데리고 갑니다. 우리가 이 악을 없앨 수 있습니까?"

"대통령 각하, 당신은 지나치게 묻습니다. 나는 어리석은 한 사람일 뿐입니다."

"맞습니다, 소크라테스나 사보이 지방의 주교처럼 말이죠. 이런 종류의 어리석음은 모든 사람에게 주어지는 것이 아닙니다. 내가 당신의 이야기를 즐겨 듣는 것도 그 때문입니다."

"그 주제에 대해서, 유권자들은 뭐라고 말합니까?"

"어느 지점까지는 도덕이 항상 그들을 귀찮게 한다고 말합니다. 그리고 바로 이 지점까지 그들은 도덕심이 결여되어 있기를 원하거나, 자유롭게 부도덕하기를 원하거나, 혹은 도덕을 부인할 수 있기를 원합니다. 그러나 그럼에도 불구하고 이 지점에서 출발하여 그들은 도덕을 필요로 한다는 것을 느낍니다. 그들에게 도덕이 소송에 부쳐지고, 그들은 공포에 싸여 물러섭니다. 그들은 어떤 절대적인 법도 존재하지 않는 인생의 심연을 알아보았습니다. 이 심연은 그들에게 두려움을 주고, 더군다나 사실 같아 보이지 않습니다. 그러므로 그들은 어느 지점까지 그것을 믿을 수 없고, 또 이 지점에서 출발하여 믿지 않을 수도 없습니다. 나의 유권자들은 이렇습니다."

"그들이 그렇게 어리석지는 않군요. 매주 월요일의 학사원 모임도 그보다 낫지는 않습니다."

"나도 당신의 의견에 동감입니다, 기통. 그것은 또한 민주주의가 왜 어리석지 않은지, 그 이유가 되기도 합니다. 하지만 기통, 당신은 도덕을 만들어 낼 수 있습니까?"

"우리가 도덕을 만들었던가요?"

"유감스럽게도 선생, 나는 나의 회의 속으로 다시 떨어지지 않을 수 없습니다."

"대통령 각하, 나는 불쌍한 한 사람일 뿐입니다. 나의 유일한 깨달음을 포기했기 때문에 나는 무엇을 해야 하는지, 어디로 가야 하는지 모릅니다. 나는 인생에서 길을 잃었습니다. 그러나 이렇게 버려진 상태에 있어서도, 나는 살아가는 두 가지 방식 사이에서 선택을 하게 됩니다. 나는 다른 사람들을 이용하거나 섬길 수 있습니다. 또 만약 내가 그들을 이용하기로 결심한다고 해도, 나는 여전히 두 가지 태도 중의 하나를 선택하게 됩니다. 즉 폭력으로 그들을 이용하든지, 아니면 상업적으로 계책이나 합리성을 가지고 그들을 이용하든지 둘 중 하나입니다. 전자의 경우, 나는 내가 이용할 수 있는 사람들에게 이용당할 것을 각오해야 합니다. 개인주의의 인생이란 뻔한 것입니다. 그러나 만약 내가 그들을 섬기려고 결정한다면, 나는 나 자신을 잊게 되고, 이 섬김 안에 참가하여 나를 증여하는 일은 나의 영혼을 증여하는 일로 발전할 것입니다. 영혼은 육체를 구성할 테고, 육체가 도덕적 존재의 형태를 갖출 것입니다. 존재는 어떤 행위들을 강력하게 배척할 테고, 다른 행위들을 요청할 것입니다. 세부적 사항으로 들어가야겠습니까?"

"그것으로 충분히 명료합니다. 그러나 왜 다른 방식으로서가 아니고 그렇게 살아야 합니까? 이 방법이 더 좋다는 사실을 무엇으로 증명합니까?"

"나도 모르겠습니다."

미테랑은 공격하기 전에 생각을 하였습니다.

"이 경우에 기통, 당신은 이유가 없습니다."

"아니오, 있습니다. 왜냐하면 나는 선택하지 않을 선택권을 가지고 있지 않기 때문입니다. 사실 나는 삶의 두 가지 형태 중 하나를 선택해야 합니다. 나는 '봉사할 것이다' 이거나 '이용할 것이다' 라고 말해야 합니다. 왜냐하면 나는 오직 이용하거나 섬기면서밖에 살 수 없기 때문입니다. 세번째 선택은 없습니다."

"그래서요?"

"의심스러울 때, 내가 무엇을 삼가겠습니까?"

"당신의 마음을 알겠습니다."

"우리는 언제나 암시적으로 말해도 서로를 이해합니다."

"그것은 우리가 서로 잘 통하기 때문입니다. 그러나 당신은 명백하게 밝히는 편이 좋다고 생각지 않습니까? 직관이란 속일 수 있으니 말입니다. 쟁점은 중요한 것입니다. 확실하게 해두어야 합니다."

"대통령 각하, 만약에 내가 친구와 함께 멧돼지 사냥을 떠났다고 가정해 봅시다. 친구는 내 시야에서 사라지고, 갑자기 덤불 속에서 소리가 들립니다. 멧돼지일 것입니다. 그러나 멧돼지는 나오지 않습니다. 멧돼지는 사라집니다. 할 수 없군, 나는 어깨를 으쓱하고는 방아쇠를 당기려 합니다."

"방아쇠를 당기지 마십시오. 불쌍하지 않습니까! 친구라면 어쩔려고 그럽니까!"

"그렇지만 멧돼지라면 얼마나 아깝습니까!"

"그렇지요. 또 친구라면 무슨 비극인가요!"

"대통령 각하! 당신은 왜 도덕이 있는지 보았습니다."

"아 그렇습니다. 그것이 만약 친구라면."

"어떤 것이 진정한 길인지 모를 때, 선량한 길이 확실히 진정한 길입니다. 그러한 이유로 이유의 부재로부터 합리적인 모든 것의 이유가 나타나게 됩니다."

"사람들은 그것을 가리켜 기통의 내기라고 부르겠군요."

"영광입니다, 대통령 각하. 그처럼 독창적인 것은 아닙니다. 성 알폰소 시대에 안전채용설〔安全採用說, tutiorisme: 법해석상 항상 제일 확실한 의견을 따르는 도덕신학의 체계〕이라는 것이 있었습니다."

"나폴리의 성 알폰소 말인가요?"

"그렇습니다. 그의 이름은 리구오리였습니다. 18세기에 나폴리에서 살았지요."

"그러나 기통, 영혼이 죽게 마련이라면 우리는 속은 것일 테지요."

"대통령 각하, 당신은 파스칼의 내기에서 자유사상가의 대답을 내게 하고 있습니다. 그렇지만 그것은 같은 것이 아닙니다. 파스칼의 내기에서는 두 개의 가정 중에 무엇이 진실인지, 또 무엇이 가장 도덕적인지 모른 채 각각의 경우에 있어서 희망하는 이윤과 물게 되는 위험에 따라 이해관계를 최대한 따져 보아 가장 유리한 경우를 선택하는 것입니다. 그리고는 혹시 다른 번호에 거는 것이 더 낫지 않았나 하고 항상 궁금해하는 것입니다. 그러나 여기서는 전혀 다릅니다. 우리는 어느것이 그 자체로 더 좋은지 가정으로서는 알 수가 없기 때문에 그것을 증명하려 하지는 않지만, 그렇다고 해서 어느것이 우리에게 어떤 식으로든 제일 나은지 묻지 않는 것도 아닌 채 봉사와 이용이라는 두 종류의 삶 사이에서 선택을 하는 것입니다. 여기에서 우리의 원칙은 의심입니다. 우리가 도덕적이 되고 싶어하는 것은 의심의 한가운데에서입니다. 대통령 각하, 만약 당신이 도덕적 절대와 공리에 대해 이성적으로 확신을 지닌다면, 당신은 파렴치하게 악독한 것을 선택하겠습니까?"

"아니길 바랍니다, 기통."

"그것은 결국 어리석음 · 사악 · 유죄인 나약함일 것입니다. 어쩌면 우리가 그것에 굴복할 수 있을지는 모르겠지만, 그것에 굴복했다고 스스로를 칭찬할 수는 없을 것입니다."

"기통, 그럼 만약 당신이 무의미 · 비자유 · 비불멸 등에 이성적으로 확신을 지닌다면 어떻겠습니까?"

"먼저 말해 보십시오, 대통령 각하. 당신이라면 어떻게 하겠습니까?"

"나는 모든 것에 대한 무관심 안에 살 것이며, 그토록 깊고 고요한 절망 안에서 정열보다는 연민에 더 기울 것이라고 생각합니다. 나는 행동하고, 투쟁하고, 쟁취하기를 포기할 것입니다. 또한 나는 여전히 봉사의 도덕에 따라 행동하기를 더 좋아할 것입니다. 그렇지 않고 만약 내가 일관성이 있다면, 나는 파시스트가 되어야 할 것이고, 연민보다는 잔인함을 택해야 할 것이며, 악을 행하는 모든 것을 즐기고, 악도 선도 없기 때문에 그것은 악이 아니라고 즐겨 혼잣말을 하며 악을 저지르기를 즐겨야 할 것입니다."

"당신이 그렇게 생각하였습니까, 대통령 각하?"

"약간은요. 젊은 시절, 제2차 세계대전초에 그랬습니다. 피와 쾌락과 죽음. 권력과 잔인함. 모든 것에 강하고 자유로운 인간. 밀려 오는 보편적인 '인생'의 커다란 바퀴 아래에서 기절하고, '운명'과 맞선 영웅적인 거품 안에서 신음하는 것."

"알겠습니다, 대통령 각하. 이해하겠습니다. 바레스와 와그너 사이의 어떤 지점이로군요. 그런데 당신은 언제 그런 생각을 그만두었습니까?"

"43년초입니다, 기통. 스탈린그라드 이후이지요."

"당신은 보기 드문 솔직성을 지니고 있습니다, 대통령 각하. 당신은 그것을 더 생각지 않았던 것이 옳았다고 생각합니까, 그릇되었다고 생각합니까? 내가 말하려는 것은 철학적으로 그릇되었습니까, 옳았습니까?"

"옳았습니다, 기통."

"왜입니까?"

"그 점은 내게 문제가 되지 않습니다. 다른 데로 넘어갑시다. 부탁합니다."

"편할 대로 하십시오. 당신도 보다시피 절대적인 도덕이 있거나 혹은 없습니다. 만약 그런 것이 있다면, 이 절대 도덕이 무엇인지에 따라 행동하는 것이 훨씬 더 합리적입니다."

"그렇다면 기통, 우리는 왜 그렇듯 많은 질문을 했습니까?"

"왜냐하면 우리는 우리의 의심을 절대로 의심치 않기 때문입니다. 우리는 윤리를 의심하고, 그것은 그릇된 것 같아 보입니다. 만약 우리가 우리의 의심을 또한 의심한다면, 우리는 우리의 의무에 대해 의심을 품지 않게 될 것입니다. 좀더 비판적이 되십시오. 그러면 당신은 더욱 확신하게 될 것입니다. 더 많이 의심합시다. 그러면 우리는 완전히 확신하게 될 것입니다."

　나는 우리의 대화가 활기를 띠는 것이 기뻤다. 미테랑도 나 못지 않게 그것에 활기를 불어넣었다. 자칫하면 나는 내 위치를 거의 잊어버릴 뻔하였고, 내가 그들에 대해 가지고 있는 존경심만 빼놓는다면, 천상의 재판소의 멤버처럼 말하고 있다고 착각할 정도였다. 그들은 내 입술만 바라보고 있었다. 수호천사가 그 사실에 분노하였다. 나는 약간의 거북함을 느꼈다. 나는 미테랑의 이 모든 이야기를 단축시키려 하였다. 논의되어야 했던 것은 나이지 그가 아니다. 심판받는 것은 내 영혼이 아니던가? 그러나 나는 이럴 수도 저럴 수도 없었다. 멈추는 것은 불가능했다. 끝까지 가야 했다.

　── "나에게."
대통령이 말했습니다.
"도덕이란 타인의 고통을 감소시켜 주는 것입니다."
"나에게는."
내가 말했습니다.
"고통을 줄이는 데에는 두 가지 방법이 있습니다."
"어떤 것들입니까?"
"첫째는 무통각증입니다. 둘째는 그것에 의미를 부여하는 것입니다."
"기통, 나에게 고통이 의미를 지닌다는 말은 절대로 하지 마십시오! 절대로!"
"그렇다면 당신은 고통이 의미가 없다는 것을 전적으로 믿습니까?"

"전적으로."

"또 하나의 역설이군요……."

"고통이 의미를 지닌다고 생각하는 것은, 그것이 말하자면 어떤 하나의 목적을 위한 수단이라고 생각하는 것입니다."

"동의할 수 없습니다."

"됐습니다. 그러나 우리가 유용하다고 믿는 고통을 더 잘 버틸 수 있다는 사실을 인정하십시오. 당신이 치과나 병원에 갈 때, 당신은 어떤 고통을 겪을 것을 각오하지만, 한편 당신은 자신이 헛고생을 하지 않는다는 확신을 가지고 있습니다. 만약 당신이 그 전에도 그 후에도 당신에게 어떤 일이 벌어질지 아무 것도 알지 못한 채, 또 당신이 왜 치과의사와 외과의사에게 왔는지 생각해 보지 않은 채 치과에 오거나 병원의 문을 열고 들어와야 한다고 가정해 보십시오. 똑같은 육체적 고통이라도 정말 다른 식으로 고통스럽지 않겠습니까?"

"인정합니다 기통, 그러나 그것이 같은 것일까요?"

"대통령 각하, 내가 그 점을 당신에게 묻는 것입니다."

"이제 나는 아무것도 모르겠습니다. 나는 너무 고통스럽습니다. 나는 이 고통을 받아들이지 않습니다."

"만약 고통이 의미를 지니지 않는다면, 우리는 아무 이유도 없이 고통을 겪는다고 말할 수 있습니다. 그렇게 되면 우리는 고통 때문에 괴로울 뿐 아니라, 고통의 부조리함 때문에 또한 괴롭습니다."

"그러나 만약 고통이 부조리하지 않다고 생각하는 것이 부조리하다면요?"

"글쎄요! 만약 그것이 확실하다면, 당신은 더욱 고통스러울 것입니다. 그뿐입니다."

"그러나 어쨌든 나는 단지 조금 덜 고통스럽기 위해서 고통이 의미가 있다고 말하지는 않겠습니다."

"대통령 각하, 당신이 그렇게 말하는 것은 당신이 그것을 진실이라고 생각했기 때문일 것입니다."

"사라크는 고통의 의미는 불행한 사람들이 더 잘 참아낼 수 있도록 신부들이 고안해 낸 것이라고 내게 수백 번 반복해서 말했습니다."

"대통령 각하, 부자이든 가난한 사람이든, 권력자이든 아니든, 모든 사람은 인생을 살아가며 언젠가 한 번은 고통을 겪습니다."

"아, 당신은 누구에게 그 말을 하는 것입니까?"

"나는 그 문체의 장중함에도 불구하고 데카르트를 매우 좋아합니다."

나는 일어서서 책꽂이 가까이 걸어가 책 한 권을 집어들고는, 표시해 둔 곳을 펼쳐서 읽었습니다.

"나의 세번째 좌우명은 재산보다 오히려 언제나 자신을 이기기 위해 노력하고, 세상의 법칙보다 자신의 욕망을 바꾸기 위해 노력하라는 것이었다. 또 우리의 생각처럼 마음대로 되는 일은 아무것도 없기 때문에, 우리의 외부에 있는 사물들과 접촉하며 우리의 최선을 다한 후에, 우리가 할 수 있는 모든 것은 전적으로 무능한 우리를 바라보는 시선임을 믿는 데 익숙해지도록 노력하라는 것이었다. 그리고 이것만이 내가 취하게 될 미래에 대하여 나로 하여금 아무것도 바라지 않게 만들고, 또 나를 만족시키는 데 충분한 것으로 여겨졌다."

"그것이 당신의 철학입니까?"

"대통령 각하, 또한 당신의 철학 아닙니까?"

나는 미테랑과의 이야기를 다하였다고 생각했다. 그때 미테랑이 끼어들었다.

—— 성 베드로, 기통은 또한 내게 매우 암시적인 방법으로 자유에 대하여 말했습니다.

—— 당신은 나를 놀라게 하는군요.

사도가 대답하였다.

—— 성 베드로, 나는 정치적인 자유를 말하는 것이 아닙니다. 나는 자유 의지에 대해서, 의지의 자유에 대해서 말하는 것입니다. 정치에 있어서 기통은 매우 불분명합니다. 사회적이며 마키아벨리적이고, 자유로우며 반동적입니다. 그는 약삭빠른 전략가이며 힘 있는 견자입니다. 이 둘 사이에서 그는 잘 보지 못합니다. 나도 비슷하였습니다. 기통은 제2차 세계대전 동안에 독일의 승리를 믿었고, 또한 1992년까지 러시아의 승리를 믿었으며, 그밖에도 드골이 권좌에 결코 다시는 등장하지 않으리라고 생각하였습니다. 그 점에서 역시 우리는 매우 유사합니다.

—— 당신은 그것을 어떻게 설명하겠습니까?

—— 우리 둘 다 정치에 있어서 도덕적 시각이 결핍되어 있습니다. 이 부도덕이 우리로 하여금 명철해지지 못하도록 합니다.

—— 흥미롭군요.

성 베드로가 그에게 말했다.

—— 자유 의지로 돌아옵시다. 당신은 기통에게 어떤 질문을 하였습니까?

이렇게 해서 나의 죽음과 장례·심판의 드라마 도중에 미테랑은 한 번 이상 뻐꾸기 역할을 하였다. 그에게 그것은 제2의 천성이었다. 그는 나에게 기생하였다. 그는 내게서 주연배우의 역할을 빼앗아 갔다. 또 테레사는 그렇게 하도록 내버려두었다.

그러자 미테랑은 우리가 나누었던 대화의 마지막을 이야기하기 시작했다.

— "기통, 우리는 자유롭습니까?"
"대통령 각하, 당신은 자유롭습니까?"
"내가 자유로우냐구요, 내가?"
"좋은 질문입니다. 당신은 어떤 대답을 하겠습니까?"
"모르겠습니다. 나는 내가 그런 것 같은데, 그럼에도 그것을 의심하는 경향이 있습니다."
"왜 그렇습니까?"
"나는 항상 나의 운명을 믿어 왔습니다, 기통. 어릴 때부터 나는 프랑스를 통치하게 될 것이라고 믿었습니다. 나는 그것을 아주 구체적인 의미에서 믿었습니다. 나는 그 점을 확신하였고, 그것은 내면의 확실성 같은 것이었습니다. 그것은 어린이의 꿈도, 야심에 찬 한 사람의 꿈도 아니었습니다. 그것은 내 운명이었습니다."
"얼마나 많은 어린이들이 그런 꿈을 꾸었겠습니까? 얼마나 많은 사람들이 그 계획을 애지중지했겠습니까?"
"그렇습니다, 기통. 그러나 얼마나 많은 사람들이 그 꿈을 믿었겠습니까? 얼마나 많은 사람들이 현재 그들의 계획을 가지고 있겠습니까? 그런 사람들은 한 손을 쟁기에 얹고 뒤를 돌아보는 사람들입니다. 그들이 저 높은 곳에서부터 내려오는 '사상'을 위해서 만들어지지 않았다는 증거입니다."
"그럼에도 불구하고 그 '사상'은 그들을 감싸안았습니다."
"감싸안은 것이 아닙니다, 기통. 가볍게 스친 것이고, 버린 것입니다. 그들은 그것을 받을 만한 그릇이 아니었습니다. 그러니

'사상'은 그에게 아무런 정보를 줄 수 없었습니다. 그들의 의지는 덜 숭고한 어떤 '사상'의 형태를 띠고 있었으며, 그들은 그 사상에 둘러싸여 있습니다."

"대통령 각하, 당신의 의지는 최고의 '사상'을 제외한 모든 것에 반항적이었습니다. 그 최고의 사상을 받아들이는 모든 사람들에게 그것은 그것을 표현할 수 있는 능력을 줍니다."

"기통, 그런 것이 내 모습이었습니다. 내가 교만하였습니까?"

"아닙니다, 대통령 각하. 제재가 형식을 제시합니다. 가끔 형식은 저 높은 곳에서 오기도 합니다. 차라리 '사상'이 제재를 통해 형식을 불러 오기 위해서 저 높은 곳에서 온다고 말해야 할 것입니다."

"그런 일이 그들에게 주어지지 않는데도 그런 일을 도모하는 사람들은요?"

"그들이 탐내는 제왕의 형태는 인위적입니다."

"또 진정한 소명을 가지고 있고, 실제로 그런 일이 주어지는데 악을 행하는 사람들은 어떻습니까? 그들에 대해서는 어떻게 생각합니까, 기통?"

"그들은 소명을 속이는 것입니다. 그들은 '신'의 재앙이 됩니다."

"왜 '신'은 인간이 그러한 재앙으로 인하여 마음이 아프도록 내버려둡니까?"

"당신과 나, 우리 모두는 알게 될 것입니다, 대통령 각하. 역사의 의미를 알 수 있는 것은 다른 쪽에서 뿐입니다."

"기통, 왜 제왕의 영혼을 가질 수도 있고, 또 그의 소명을 잃을 수도 있습니까? 그것도 운명이었습니까?"

"그렇다면 그것이 죄이겠습니까, 대통령 각하?"

"우리는 횡설수설합니다. 기통, 소명이라고 하는 이 모든 생각들은 어린이의 꿈일 뿐입니다. 심지어 우리의 야망도 우리가 지닌 능력의 반영이 아닙니다. 사실은 출세에 목마른 하찮음일 뿐입니다. 내가 그것을 얼마나 감추는지 당신이 안다면!"

"대통령 각하, 지혜란 어린이의 정당화일 뿐입니다. 어린 시절은 옳았습니다. 청소년 시절은 모험의 시기이거나, 혹은 낙하의 시기일 뿐입니다. 입술과 치아가 야심을 표현합니다. 소명은 시선에 있습니다. 야망은 하나의 근심이고, 소명은 기대입니다. 야심은 계산하고 실패합니다. 그리고 성공은 모든 그의 실패 중에서 가장 우렁찬 것입니다. 소명은 스스로를 포기하고, 모든 것이 그에게 주어지는 것입니다. 대통령 각하, 당신은 야심을 가졌습니까, 혹은 소명을 지녔습니까?"

"둘 다 가졌습니다."

"당신은 무엇을 따랐습니까?"

"둘 다 따랐습니다."

"무엇을 따랐으면 더 좋았겠습니까?"

"소명입니다. 소명…… 운명일까요, 혹은 소명일까요? 어떤 말이 적합하겠습니까, 기통?"

"기억해 보십시오. 그러면 알게 될 것입니다."

"나는 한번도 선택했다는 생각이 들지 않습니다. 기통, 나는 내가 가야 한다고 생각하는 곳으로 갔습니다. 내가 실패할 때마다 이런 내면의 확신은 더욱 강해졌습니다. 특히 나는 나의 경쟁자들을 침입자들이거나 파렴치한들로 생각했습니다. 모든 대립이 나에게 이상하게 여겨졌고, '하늘'의 법령에 상반되는 듯이 보였습니다. 그것이 이루어졌을 때, 그것은 내게 경이로우면서도 당연한 것으로 생각되었습니다. 나는 그것에 놀라지 않았습니다. 대통령으로 자라났기 때문에, 나를 위해 마련된 자리를 차지하는 것으로 생각되었습니다."

"당신도 거의 나만큼이나 민주적이라는 것을 알겠습니다."

"나는 민주적이지만, 페리클레스가 민주적인 정도로만 민주적입니다. 나에게 국민의 선택은 저 높은 곳에서의 선거를 확인시켜 주기 위해 온 것이었습니다. 그것은 민주주의에서 가장 아름다운 것입니다."

"국민과 '신'은 항상 일치합니까?"

"가끔은 그렇고, 가끔은 그렇지 않습니다, 기통. 대개 국민은 그 사실을 모르지만, 가끔은 그것을 느끼기도 합니다."

"누가 알겠습니까, 대통령 각하?"

"퐁피두는 벼락출세를 했고, 지스카르는 성공했습니다. 그러나 드골과 나, 우리에게는 그 일이 주어졌습니다. 그것이 차이점입니다."

"필경 시라크는 싸울 테지요."

"틀렸습니다, 기통. 그는 선출될 것입니다."

"그에게 그 일이 주어지겠습니까?"

"그 점에 대해서는 전혀 모릅니다. 잘하면 주어질 수 있을 것입니다. 그러나 자유로 되돌아옵시다. 일이 주어질 때, 우리는 자유롭습니까?"

"당신은 그러길 원했습니다. 만약 그것이 운명이었다면, 왜 당신은 자유를 원합니까?"

"어차피 닥칠 일이라도 우리가 원할 때 오기 때문입니다."

"대통령 각하, 모든 것은 저 높은 곳의 법령에 일치하는 욕망에 맞추기 위해서 옵니다. 다양한 인과적 배열은 우리에게 독립적인 것으로 보입니다. 그러나 그것은 또한 '제1원인'의 포괄적 지혜에 모든 것을 결부시키기 위해서 오는 아들로부터 오는 것입니다. 마차를 모는 사람이 그의 두 손에 모든 말들의 고삐를 쥐고 있듯이, '신'은 모든 원인들을 통괄합니다. 또 그렇게 해서 그는 과거에 존재했었고, 현재 존재하며, 앞으로 존재할 모든 제국과 모든 왕국, 모든 공화국의 고삐를 쥐고 있습니다."

"그럼 기회는?"

"기회 혹은 행운이라 부르는 것은, 명백히 어울리지 않는 인과적 배열의 우수한 조합이 우리를 위해 취하는 놀라운 형태입니다."

"그리고 그 선거에 대한 감정은?"

"그것은 사명에 대한 본능입니다."

"우리가 행할 사명이 있는지 어떻게 압니까?"

"대통령 각하, 왜냐하면 사람들이 그들의 소명을 발견하기 전에 많은 고통을 겪기 때문입니다."

"기통, 자신이 부름을 받았다고 느끼는 것은 얼마나 교만합니까!"

"대통령 각하, 그것을 전혀 믿지 않는 것은 얼마나 무능력합니까?"

"기통, 그렇다면 보잘것 없는 사람들은 사명이 없다는 말입니까?"

"모든 사람은 보잘것 없는 사람이든, 명예로운 사람이든 각자의 사명이 있습니다. 가장 위대한 것은 가장 높은 것이 아닙니다. 그것은 '신의 정신'에 가장 충실한 것입니다. 저속한 야심가들은 그들의 보잘것 없는 사명을 속이고, 사명감 없이 위대함의 사상들 속에 끼어듭니다."

"기통, 이런 종류의 사상 때문에 합리론자들은 혐오감을 가지고 있고, 민주주의자들은 근심하며, 정교분리주의자들은 분노합니다. 만약 그가 우리의 이야기를 듣고 있다면, 나는 사라크를 염두에 두고 하는 말입니다."

"대통령 각하, 만약 '신'이 국민 위에 있지 않다면 국민이 '신'이 되고, 인간의 법이 '신'의 의지가 되며, 인간의 권리가 신의 권리가 됩니다. 국민의 여론과 달리 생각할 수 있는 자유는 불경스러운 말과 같은 것이 됩니다. 그렇게 되면 더 이상 민주주의도 자유도 정교분리도 없습니다."

"요즈음 나는 그 점에 대해 조금씩 생각하게 되었습니다. 자유로운 시민이 되기 위하여, 또 사회적 협정서에 조인하기 위하여, 미리 절대적이고 공정한 권력에 충성 서약을 하여야 했는데, 그 권력만이 인간의 권력을 상대화시킵니다. 그러나 이 주제들은 남겨둡시다. 선생, 당신이나 나, 우리는 살았다기보다는 죽었으니까요. 우리는 영원에 대해서 생각해야 됩니다. 그렇기 때문에 나는 당신에게 새삼스럽게 자유에 대해서 묻는 것입니다."

"이미 당신이 내게 대답하지 않았습니까?"

"선생, 자유라는 말의 모든 의미를 어떻게 구별합니까?"

"구별해 보십시오, 대통령 각하."

"우선 정치적 자유가 있겠지요."

"그렇다고 칩시다. 그것의 정의를 내리려고 하는 사람은 오히려 당신입니다."

"나라면 다른 권력과 비교하여 볼 때, 어느 정도는 인간적인 권력과 독립된 형태라고 말하겠습니다."

"그러므로 이른바 자유로운 권력은 그 힘을 펼칠 수 있고, 그르든 옳든 자기에게 좋게 보이는 것을 할 수 있습니다. 따라서 이른바 자유로운 권력은 그것이 작용한 것들과 만들어 낸 것들의 원인이 됩니다."

"그러나 어떻게 정치적 자유로부터 개인적 자유로 넘어갑니까?"

"원인이라는 말의 의미의 심화에 의해서입니다. 우리가 실수로 어떤 사람의 발을 밟을 때 같은 효과가 물질적으로 발생하는 것은 이제 더 이상 문제되지 않습니다. 문제는 우리의 자아 안에서, 또 우리의 자아에 의해서 우리의 행동과 결정의 원인이 되는 것입니다."

"어쩌면 그럴지도 모르지요, 선생. 그러나 자유의 모든 문제는 자아의 그런 권력에 대한 믿음이 환상이 아닌지 자문해 보는 데 있습니다."

"우리가 어떤 사람이 정말로 그 사람이 한 행동과 뒤따르는 결과의 원인이라고 생각할 때, 우리는 그를 책임감 있다고 말합니다."

"동감입니다, 기통. 근본적으로 자유는 책임감에 의해서 정의됩니다. 하나의 행동에 책임을 지는 것은 그것의 주된 인간적 고안자가 되는 것입니다. 그런 것이 첫번째 의미입니다. 그러나 책임감은 거꾸로 자유에 의해서 정의되는데, 그것은 우리의 자아가 지니는 책임질 수 있는 능력입니다. 두 개의 개념이 하나의 전체를 형성합니다. 자유는 책임질 수 있는 힘입니다. 책임은 행동하는 자유입니다. 내가 당신을 잘 이해하였습니까?"

"대통령 각하, 훌륭하게 이해하였습니다. 자유-책임은 영적인 우리 존재의 일종의 풍요로움으로서 자기 자신의 내부에서, 또 결정과 행위의 바깥에서 피어나는 것입니다. 우리의 자아는 '존재'·'진리'·'선'과 합쳐지기 위해서만 존재합니다. 자유는 하나의 예술작품과도 같이 이러한 결합을 표현합니다."

"그것은 자유에 대한 너무도 미학적인 개념이 아닙니까? 선생, 당신의 이야기를 듣고 있다 보면, 자아는 마치 한 송이의 백합이나 연꽃처럼 자라날 뿐이라는 인상을 갖게 됩니다."

"대통령 각하, 그 비난은 이미 오래 전 나의 스승인 앙리 베르그송에게 가해진 것입니다."

"당신은 그 비난에 뭐라고 답변하겠습니까?"

"자유로운 행위는 자아의 재능으로부터, 근본적인 사랑과 원초적 직감으로부터 펼쳐집니다. 그것은 사실입니다. 그러나 자아가 동의하는 것 또한 사실입니다. 자유도 이 동의 안에 있습니다."

"기통, 우리가 이 동의를 거부할 수 있습니까?"

"악에 대해서와 마찬가지로 선에 대해서도 거부할 수 있습니다."

"마음의 소환에 응하는 것이 언제나 좋은 일이 아닙니까?"

"정열이 소환을 전복시키지만 않았다면 좋은 일이겠지요."

"당신은 정열에 반대합니까?"

"그것이 소환에 대한 충성 안에 살고, 또 그것을 위해 산다면 반대하지 않습니다."

미테랑은 잠시 말을 멈추었다. 그는 자신의 당혹감을 떠올렸다. 재판정은 냉정하였다. 대통령은 다시 말을 이었다.

"기통, 우리는 결정을 내리는 사람이 진정으로 독립적인 힘이었는지 언제나 궁금하게 생각합니다. 이 사람은 정말로 그가 내리는 고유한 결정의 원인이었을까요? 혹은 그가 내린 결정은 단지 일련의 원인들의 결과일 뿐이며, 이른바 그 결과의 원인인 인간은 우연이나 필연이 만나서 조합을 이루는 장소가 아닐까요?"

"방향을 잡아 봅시다. 우리는 전적인 자유가 무엇인지를 생각합니다. 그것은 인과적인 연속을 단호하게 시작하는 힘일 것입니다. 결국 그것은 여러 결과들에 대한 전적으로 원초적인 하나의 원인이며, 그 원인은 여러 결과들의 적절한 원인, 다시 말하자면 완전한 원인입니다."

"그러나 자유가 분명히 그런 것이겠습니까!"

"대통령 각하, 그러한 자유는 내게 인간적이라기보다는 오히려 신적이라고 여겨집니다."

"맞습니다. 그렇지만 우리는 자유의 생물학적·사회적 혹은 심리적 조건을 보여 주었기 때문에 자유를 반박하였다고 주장합니다."

"우리가 그렇게 했을 때, 우리는 단지 인간은 신만큼 절대적인 자유를 갖지 못한다는 사실을 증명하였을 뿐입니다. 그것은 전적으로 인간이 인간의 자유를 소유하느냐 하지 않느냐를 묻는 질문을 남깁니다. 우리가 묻는 것은 바로 그 점에 대해서입니다."

"기통, 우리는 절대적이 아닌 자유에 대해서는 관심이 없습니다. 순전히 인간적인 자유는 인간의 흥미를 끌지 않습니다."

"아리스토텔레스도 반드시 죽게 마련인 인생은 죽게 마련인 존재의 관심을 끌지 않는다고 말하였습니다. 그러나 그 말이 의미하는 것이 당신이 '신'이 되고 싶어한다는 것입니까?"

"나는 그렇게 말하지 않았습니다. 나의 의견은 꽤 다릅니다. 나는 '신'이 되고 싶다고 말하는 것이 아닙니다. 나는 만약 우리가 '신'이 아니라면 자유롭다는 것이 무엇을 의미할 수 있는지를 묻는 것입니다."

"우리 모두는 절대적인 자유에 도달하고 싶어합니다. 그러나 문제는 그렇게 하기 위해 스스로 '신'이라고 상상하는 것이 중요한지, 혹은 어떤 방식으로든 '신'의 절대적 자유에 참여하는 것이 중요한지를 아는 것입니다."

"그렇게 하기 위해서 '신'은 우리로 하여금 그의 고유한 본성에 참여하도록 해야 할 것입니다."

"또한 우리의 신앙은 그것으로 구성됩니다."

"기통, 그러한 절대적 자유는 사실은 절대적 순종이 될 것입니다."

"우리는 가정을 뒤집을 수 있습니다. 그러한 절대적 순종은 절대적 자유가 될 것입니다."

"나는 아무리 금박을 입히더라도 그것은 싫습니다."

"그것은 금박을 입힌 것 이상입니다, 대통령 각하. 어디선가 읽은 기억이 나는데, 아마도 《십자가의 요한》에서인 것 같습니다. 영혼이 완전히 '신'과 결합되어 있을 때에 명령을 내리는 것은 '신'이거나 영혼입니다. '신'에게 명령을 내린다. 이것은 불가사의한 일 아닙니까?"

"사실입니다. 그러나 어쨌든 순종은……"

"자유는 모든 것으로부터 전적으로 독립적인 데에 있습니다. 오직 '신'만이 그렇습니다. 그러므로 자유로울 수 있는 유일한 방법은 완전히 '신'과 결합하는 것입니다. 대통령 각하, 그것은 기하학입니다. 이 완전한 결합을 원한다면 순종이라고 부르십시오. 나에겐 순종, 혹은 인간의 의지를 '신'의 의지에 화합시키는 것은 여전히 훨씬 더 본질적인 결합의 시작일 뿐으로 여겨집니다. 그 결합 안에서 인간이라는 바로 그 존재는 '신'이라는 바로 그 존재 안에 붙잡히게 될 것입니다."

"그러나 그것은 범신론이 아닙니까?"

"나는 그렇다고 생각지 않습니다, 대통령 각하. 그것은 사랑의 완성입니다. 그리스도교 신비주의자들이 영혼과 '신'의 영적인 결혼이라고 부르는 것입니다."

"그럼 이 차원에서 순종이란 무엇입니까?"

"'신'을 모방하는 것입니다. 자유, 그것이 무(無)입니까?"

"그러나 순종은…… 당신은 순종하기를 좋아합니까, 기통? 당신은 종의 영혼을 지녔습니까?"

"만약 그런 경우라면, 당신은 나를 좋아하겠습니까?"

"그것으로서는 충분한 답이 되지 않습니다, 기통."

"합리적인 존재는 합리적으로 순종할 때 종이 되지 않습니다. 그러나 그것이 합리적으로 복종하지 않을 때 종이 됩니다. 합리적이라는 것은 진리를 생각하는 것입니다."

"진리란 무엇입니까?"

"의심과 운명에 반항하는 것입니다."

"이성의 근본은 무엇입니까?"

"기도입니다."

"그러나 선생, 이성이란 오히려 인간 정신의 자동 법칙에 의해 사물을 조립하는 능력이 아니겠습니까?"

"그렇다면 사라크가 옳을 것입니다. 인간의 정신은 기본적으로 신의 정신이 되겠지요. 당신은 그렇게 될 수 있다고 믿습니까?"

"아닙니다. 왜냐하면 나는 고통스럽고, 내가 이루고 싶었던 선을 행하지 않았기 때문입니다."

"그러나 그렇다면 왜 순종하지 않습니까, 대통령 각하?"

"왜 그러면 안 됩니까, 사실……."

청중은 미태랑의 입을 쳐다보고 있었다. 나는 몹시 화가 났다. 모두가 대통령이 우리를 어디로 데리고 갈지 보려고 기다리고 있었다. 그는 나의 이 말을 옮겼다.

—— "만약 우리가 절대적인 자유를 원한다면, 우리는 절대적인 현실에 완벽하게 결합해야 합니다. 그것은 완벽한 순종을 의미하고, 또한 완전한 자유, 특히 지적으로 완전한 자유를 의미합니다."

"선생, 우리는 지나치게 절대 안에 있습니다. 나는 자유롭다는 것이 무얼 의미할 수 있는지, 그 점을 여전히 모르겠습니다."

"모든 인간적 존재는 절대적 자유를 겨냥합니다. 우리는 그것이 무엇을 의미할 수 있는지 찾아보았습니다."

"그리고 당신은 '신'이라고 하는 절대적인 힘 앞에 꿇어 엎드리지 않고는 자유로울 수 없다고 주장하였습니다."

"대통령 각하, 당신은 나를 괴롭힙니다."

"그리고 교황의 무류성은? 그것이 지성의 자유입니까? 또 종교재판은? 그것이 종교적 자유입니까?"

"대통령 각하, 당신이 원한다면 이 모든 것에 대해 말을 해봅시다. 그러나 그것이 우리의 주제라고 생각합니까?"

"아닙니다. 우리는 사라크가 남긴 궤적 안에서 거기에 빠지고 있습니다. 지금은 인간의 자유에 대해서 이야기를 나눌 시간입니다. 우리가 왜 완전과 신적인 자유에 대해서 이야기를 나누었습니까?"

"하긴 모든 사람이 그것을 이야기하고 그것만을 생각하기 때문입니다. 그렇지 않다면 순종이 그토록 문제가 되겠습니까? 그것은 할 수 있는 가장 단순한 것이 될 것입니다. 순종, 무엇이 그보다 더 평범합니까? 그러나 우리는 또 완전을 바라고, 따라서 완전한 자유를 바라게 되고, 어려움이 시작되는 것입니다."

"필경 그렇게 될 것입니다. 적어도 그런 점이 있습니다. 그렇다면 인간이라는 존재에게 자유롭다는 것이 무엇입니까? 더 나가 봅시다, 기통. 그렇지 않으면 우리는 무지 안에서 죽게 될 것입니다. 당신은 이성과 진리에 대해 말하였습니다. 자유롭다는 것은 합리적이며, 합리적으로 행동하는 것입니까?"

"그것은 칸트의 생각이었습니다."

"당신은 그 점에 대해 어떻게 생각합니까, 기통? 아니 그보다 우선 당신이 기억하고 있는 중요한 점을 내게 알려 주십시오."

"두 마디로 말하겠습니다, 대통령 각하. 칸트는 인간이 자신의 행위의 원인일 때 자유롭다고 평가하였습니다."

"당신은 동의하지 않습니까?"

"물론 동의합니다. 부분적으로. 왜냐하면 무엇이 그 근본에 있는지 규명하는 일이 여전히 남기 때문입니다."

"칸트에 의하면 그것은 무엇입니까?"

"이성이라고 추정됩니다, 대통령 각하."

"대문자로 시작하는 이성입니까?"

"그냥 소문자로 놓아둡시다. 처리할 수 있는 것으로."

"처리합시다, 기통. 그리고?"

"자유롭다는 것, 그것은 우리의 영적인 존재의 근본을 위해 우리가 집착하는 이성에 의하여 자신이 행한 행동에 대한 원인이 되는 것입니다."

"그렇게 나쁘진 않군요……."

"그렇지 않다고 말하지는 않았습니다, 대통령 각하. 그 다음을 기다려 보십시오. 그것은 우리가 이성이 상상하는 대상들에 의해서도, 또 이 대상들이 우리에게 일으켜 깨울 수 있는 감정들에 의해서도 결정되기를 원치 않습니다."

"무슨 뜻입니까?"

"대통령 각하, 만약 내가 잘 이해하였다면 자유롭다는 것은 부와 권력, 일신상의 편안함, 명예, 천국, '신'의 선량함에 의해 결정되지 않습니다. 필요와 쾌락과 슬픔·공포·사랑 등에 의해 결정되지 않는 것입니다."

"뭐라고요! 그럼 도대체 우리가 무엇에 의해 결정된다는 말입니까?"

"순수실천이성에 의해서입니다."

"칸트가 그것을 설명한 것처럼 내게 설명해 보십시오, 기통."

"매우 간단합니다, 대통령 각하. 당신은 이성의 대상들이나, 이 대상들이 당신에게 끼치는 감정적인 영향에 대한 어떤 고려도 하지 않은 채 이성에 의해 결정될 것입니다."

"어떻게 그렇게 합니까?"

"당신이 이성의 대상들을 빼놓게 되면, 이성의 빈 형태만이 남을 뿐입니다. 그 형태가 당신을 결정짓게 될 것입니다."

"이 그윽한 피조물은 무엇으로 구성되어 있습니까?"

"그 법들의 필연성에 의해 규제되는 하나의 본성의 형태 아래에서 현상적 소여들의 전체를 구성하면서, 서로 모순되지 않는 합리적인 법들의 체계에 대한 단순한 개념입니다."

"교과서처럼 말하는군요, 기통. 그것은 당신의 버릇이 아닙니다. 나에게 그것은 소화하기 어려운 것입니다. 그것을 당신의 방식대로 풀어서 설명해 주십시오."

"자유롭다는 것은, 이성으로 하여금 우리를 결정짓도록 하는 것입니다. 우리는 외부의 어떤 것도 우리를 결정지을 힘을 갖기를 원치 않습니다. 따라서 합리성이라는 개념 자체, 즉 모순 없음과 보편적 합법성에 의해 결정되는 일이 남습니다. 우리는 그러므로 오직 서로 모순되지 않는 보편적인 법칙들에서 출발하여 행동할 때 자유롭게 될 것입니다."

"기통, 그렇게 공식화시키니 이해가 잘 됩니다. 그것은 어디로 인도합니까?"

"자체 내 모순이 되는 모든 법칙들의 제거로 인도합니다. 다른 것들은 남겨둡니다. 우리는 그것들을 따릅니다. 대통령 각하, 그렇기 때문에 우리는 자유롭습니다. 그래서 경제적인 동물을 뛰어넘어 도덕적이 되는 것입니다."

"기통, 이 프리미엄은 왜입니까?"

"우리가 그렇게 행동할 때, 우리는 이성 앞에서, 또한 이른바 도덕이라고 하는 것과 대략 일치하는 법칙들의 전체 앞에서 차려 자세를 합니다. 이 법칙들을 따르는 것, 차려 자세를 하는 것, 그것이 도덕적이 되는 것입니다."

"그러나 왜 그렇습니까?"

"대통령 각하, 만약 우리들이 그것들을 따르지 않는다면 우리는 모순이고, 따라서 합리적이지 못하며 자유롭지 못합니다."

"그렇다고 칩시다. 그러나 우리가 논리적이지 못할 때, 우리는 부도덕합니까? 그리고 우리가 부도덕할 때, 우리는 왜 논리적이지 못합니까? 나는 부도덕이 완전해지자마자 그것은 다시 전적으로 논리적이 되는 것 같은데요."

"대통령 각하, 그것은 칸트가 고려하지 않았던 시각입니다. 그런데 나는 그것을 알게 되었지요. 합리적이 되어야 합니다. 하나의 시각, 그것이 전부입니다. 그런 것입니다."

"이 칸트는 교황보다 더 나쁘군요."

"교황이 그렇게 나쁘지 않은 경우를 빼놓고는 그렇지도 않습니다, 대통령 각하."

"그러나 기통, 당신은 어떻게 생각합니까?"

"나는 칸트가 자유롭다고 말한 의미를 이해할 것 같습니다. 그러나 나는 기본적으로 왜 그가 자유롭다는 말을 선택해야 하는지 모르겠습니다. 왜 하필 합리적이지 않은 것보다 합리적인 것을 선택할까요?"

"기통, 당신이라면 비합리적인 것을 택하겠습니까?"

"아니오, 그러나 나는 이성 앞에서 차려 자세를 하는 대신에 도대체 내가 왜 그것에 순종해야 하는지 묻습니다. 그리고 자유 앞에서 존경스러운 놀라움에 타격을 받는 대신, 왜 자유 없음보다 자유를 선택하고 전제군주보다 시민을 택해야 하는지 묻습니다."

"스스로 그 질문을 해보아야 합니다. 욥은 '신'에게 질문할 때 신성모독을 하지 않습니다. 어떻게 생각합니까?"

"대통령 각하, 나는 내 정신의 위대한 독립에 애착을 가지고 있습니다. 왜냐하면 거기에서 하나의 선을 보기 때문입니다. 이 독립은 적어도 나에게는 '진리'와 '진리' 안에 있는 '선'으로 갈 수 있게 하기 위한 조건입니다. 나는 '진리'와 '선'으로 가기 위해서 그렇게 하는 것이 필요한 만큼 자유로워야 할 의무가 있다고 생각합니다."

"그렇다면 기통, 당신은 독립이나 자율·자유보다 더 심오한 무엇이 있다고 생각합니까?"

"그렇습니다. '진리'·'선'·'존재'를 향한 영혼의 심오한 운동입니다."

"영혼이 움직입니까?"

"영혼은 움직임입니다. 그리고 이성은 영혼의 사고입니다."

"사고와 움직임입니까?"

"사고와 움직임입니다. 이 영혼의 움직임에 나는 동의하거나 동의하지 않습니다. 대통령 각하, 자유는 우리를 '선'으로 데리고 가는 자연적이며 은혜로운 움직임에 동의하거나 하지 않는 힘입니다."

"그것은 사실입니다."

"자유는 바로 이 사실입니다."

"따지고 보면 기통, 나의 유권자들이 도덕을 싫어할 때, 그들이 싫어하는 것은 칸트주의이군요."

"그런 것 같습니다."

"그 점에 대해 어떻게 생각합니까?"

"그들이 옳습니다. 크뢰즈의 내 초가집 안에……."

"내가 당신에게 훈장을 수여하기 위해 갔던 곳 말입니까?"

"그렇습니다. 모두에게 잊을 수 없는 날입니다. 그 초가집 옆의 곳간에 나는 나귀 한 마리를 키우고 있었습니다."

"나도 기억합니다. 나귀의 이름이 칸트였지요. 나는 깜짝 놀랐습니다. 이제 이해가 됩니다."

"당신이 방문할 즈음, 그는 꽤 노쇠하였습니다. 이 나귀, 특히 그의 이름이 내게는 가장 지겨운 권태의 가치를 지녔습니다. 어떤 배은망덕한 친구가 나의 대학 동료들에게 그 사실을 일러바쳤습니다. 추문은 대단하였습니다. 나는 소르본의 재판정에서 산 채로 화형을 당할 뻔했습니다. 나는 살아서 나오긴 했지만, 그들은 4년간 졸업시험에 내 수업의 주제를 넣지 않았습니다."

"그런데도 당신은 그 기간 동안 수업을 계속했습니까?"

"아 네, 수업은 느슨하였습니다. 나는 책들을 썼습니다. 그리고 나는 내 학생들에게 내가 쓴 것들을 이야기해 주었습니다."

"그렇다 해도 그는 좋은 짐승이었습니다."

"누가 말입니까?"

"칸트 말입니다. 나는 그에게 먹으라고 클로버를 주었습니다."

"그는 의무감에서 그것을 먹었을 것입니다."

"기통, 죄란 무엇입니까?"

"'신'에 거역하여 사는 것입니다."

"선생, 이 말은 당신에게 무엇을 생각나게 합니까?"

"장애입니다."

"무엇에 대한 장애입니까?"

"행복과 자유, 내면의 통일성에 대한 장애입니다."

"선생, 당신은 비약·비상·해방에 대한 것도 덧붙여야 할 것입니다."

"이곳에서 여인의 아름다움보다 더 아름다운 것은 아무것도 없습니다. 그러나 절대에 대한 욕망과 무한에 대한 갈증을 없애고 나면, 사랑은 한갓 생리학에 지나지 않게 됩니다. 그렇다면 아름답다는 것은 무엇입니까? 볼테르는 이렇게 썼습니다. '수컷 두꺼비에게 가장 아름다운 것은 암컷 두꺼비이다.'"

"그래서요?"

"대통령 각하, 인간의 사랑과 신의 사랑을 어떻게 일치시킵니까? 신성함은 그것들이 일치하는 것입니다. 죄는 일치하지 않는 것입니다."

"'신'은 인간이 아름다움 안에서 찾는 것이 여전히 절대라는 것을 알지 않습니까?"

"또한 쾌락이라고 하는 항소 안에는 기쁨이라고 하는 일종의 무한이 있습니다. 이 모든 것, 그것은 꿈입니다. 무한은 무한 안에 있습니다. 절대는 절대 안에 있습니다."

"그러나 그들 중 아름다운 모든 것은 반사광과 같은 것입니다. 나는 이 반사광의 도움을 받아서만 올라갈 수 있습니다."

"구원의 길 위에는 단테와 베아트리체의 아름다움이 있습니다. 《지옥》의 다섯번째 노래에 파올로와 프란체스카의 아름다움이 있습니다. 진정으로 아름다운 아름다움은 역시 '선(善)'을 반사합니다."

"기통, 중학교에 다닐 때 우리는 언제나 우리의 감정을 정화해야 한다는 말을 들었습니다."

"그래서요?"

"그런데 우리의 감정을 정화하는 것, 그것은 말 그대로의 의미를 지니는 것이 아닐까요?"

"바로 그렇습니다. 당신에게 그 말은 무엇을 의미합니까?"

"우리의 감정으로부터 스스로를 깨끗이 하는 것. 기통, 그것은 더 이상 감정을 갖지 않는 것입니다."

"그보다는 오히려 순수한 감정만을 갖는 것이겠지요, 대통령 각하."

"사랑은 급류이고, 정열이며, 꿈·불……."

"당신은 시스티나 성당의 천정을 주의 깊게 살펴본 적이 있습니까? 나에게 중앙에 어떤 그림이 있는지 말해 볼 수 있겠습니까?"

"원죄 말입니까?"

"아닙니다, 천만 다행히."

"그럼, 인간 창조입니다."

"역시 아닙니다."

"포기하겠습니다."

"그것은 이브의 창조입니다."

"나는 그 그림에 대해서 알지 못합니다."

"그것은 다른 어떤 그림보다 아름답습니다. 대통령 각하. 나는 왜 대부분의 사람들이 그 그림을 기억하지 못하는지 모르겠습니다. 그래서 대단한 이 그림 전체의 다른 부분들에 비교하여 볼 때, 그것은 알려져 있지 않습니다. 아담은 그림의 왼편에 벌거벗은 채 누워 있습니다. 신비스러운 잠에 빠져 있으며, 십자형의 작은 나무에 기대어 있습니다. 중앙에 이브가 있습니다. 그녀는 창조주인 '신'의 부름에 의해 방금 아담의 갈비뼈로부터 나왔습니다. 전지전능한 아버지인 '신'은 오른쪽에서, 생명력의 몸통이며 선함의 수액인 땅 위에 발을 얹고 있습니다. 자신이 만들어 낸 작은 기적이 아주 자랑스러워, 그는 아버지의 정을 듬뿍 담은 다정한 시선으로 그녀를 바라봅니다."

"내가 오늘날까지 그것을 모르고 있었다니 놀랍습니다."

"대통령 각하, 나는 충분히 사랑하지 않은 것이 후회됩니다."

"아름다움은 우리에게 생기를 줍니다. 그것은 우리에게 살고 싶은 감정을 주고, 우리로 하여금 사랑하는 사람들을 이상을 바라보듯이 바라보게 만듭니다. 그것이 없다면 우리의 인생은 먼지와 재일 뿐입니다."

우리의 대화는 새로운 국면을 맞았고, 성인들의 의사소통이 무슨 의미를 지니는지 알 수 있게 되다

미테랑은 침묵하였고, 나에게 말을 계속하라는 몸짓을 해보였다. 성 베드로가 고개를 끄덕여 승낙하였기 때문에 나는 우리의 대화의 가장 극적인 시간을 재연하였다.

—— "심판을 생각하십시오, 대통령 각하, 심판 말입니다!"

"내가 지옥에 가겠습니까, 기통?"

"나는 종종 묻곤 합니다. '기통, 너는 지옥에 갈 것인가?'"

"만약 당신이 지옥에 간다면, 내 점수는 유리할 것입니다."

"더군다나 '신'은 추론하지 않습니다. 복음서를 다시 읽어보십시오. '나는 의인(義人)을 위해 온 것이 아니라 죄인을 위해 온 것이다.'"

"기통, 우리는 사람들이 생각하는 것과 같은 우리일까요?"

"'신'이 내 마음에 드는 이유는 그가 사람들을 그 자체로 보기 때문이며, 그들은 그가 보는 대로이기 때문입니다."

"나에 대한 사람들의 판단은, 어느 정도는 나로 하여금 반발하게 만들고 화나게 합니다. 내가 친절한 행동을 할 때에도, 나는 그들을 원망합니다."

"그들 앞에서 당신의 무죄를 한번도 증명하지 않았습니까, 대통령 각하?"

"아니오. 그들이 나를 비난할 때, 나는 결코 복수를 하거나 무죄를 증명하지 않았습니다."

"'신'이 무죄를 증명해 줍니다."

"선생, 나는 한번도 '신'을 본 적이 없습니다."

"나 역시 마찬가지입니다."

"나는 그를 만난 적도 없습니다."

"나는 만난 것밖에는 없습니다."

"그를 보지 않고 어떻게 만날 수가 있습니까?"

"그런데 만약 지금 당신에게 그 일이 일어나고 있다면요?"

"당신은 '신'이 아닙니다."

"그리스도가 '신'을 알게 합니다."

"당신은 그리스도가 아닙니다."

"'성당'은 그리스도의 연장이고, 그리스도를 알려 줍니다."

"'성당'은 성직자입니다. 당신은 '성당'이 아닙니다, 기통."

"'성당'은 그리스도의 몸입니다."

"당신이 '그리스도의 몸'입니까?"

"네, 다행히도 그렇습니다."

"확실합니까?"

"내가 어떻게 알겠습니까?"

"확인하십시오."

"심판이 있습니다, 대통령 각하! 심판 말입니다."

"계속 같은 말만 되풀이하지 마십시오. 차라리 내게 어떻게 심판에 대비해야 되는지를 말해 주면 어떻겠습니까?"

"자기의 무죄를 증명하려 들지 말아야 합니다. 가면을 벗어던지십시오."

"우리에게 어떤 방법이 있습니까?"

"다시 어린아이가 되는 것입니다."

"왜 그렇습니까?"

"욕망도 덕성도 지니지 않은 채, 연약해지면 연약해질수록 이 변화되고 소모되는 사랑의 역사에 더 적합해진다."

"당신의 어머니는 당신의 구원을 위해 그 자신의 죽음을 헌신하였습니다."

"알고 있습니다, 선생."

"아니오, 당신은 알지 못합니다. 당신은 전부를 알지 못합니다."

"당신이 더 알고 있는 것이 무엇입니까?"

"그녀는 무척 괴로워했습니다, 대통령 각하. 곁에 있던 신부는 마치 강한 영혼에게 말하듯 그녀에게 말했습니다."

"그녀는 다른 어떤 것도 사랑하지 않았습니다. 어머니에게 신부가 뭐라고 말했습니까?"

"말해 드리겠습니다. 신부가 말했습니다. '당신은 '신'의 의지에 복종합니까?' 어머니께서 대답하셨습니다. '신부님, 나는 죽음을 받아들입니다. 그러나 나는 고통스럽습니다.' 다시 신부가 물었습니다. '당신은 죽음이 두렵습니까?' 그러자 어머니께서 대답하셨습니다. '나는 내 아들 프랑수아의 영혼이 최악의 경우가 되는 것이 두렵습니다.' 신부는 두 손을 모으고, 영감을 받기 위해 명상에 잠겼다가 입을 열고 이렇게 말했습니다. '부인, 당신의 죽음을 아들의 구원을 위해 봉헌하십시오. 그리고 그렇게 하고 나서, '신'의 손에 온전히 당신을 맡긴다는 생각 외에는 아무 생각도 하지 마십시오.' 그녀는 두 눈을 감고 손을 벌린 후 이렇게 말했습니다. '자비로운 예수님, 내 아들 프랑수아의 구원을 위해 당신에게 내 생명과 죽음을 드립니다.' 얼마 후 그녀는 또다시 말했습니다. '주여, 나의 영을 돌려 드립니다.' 그리고 그녀는 숨을 거두었습니다."

"이 모든 것을 어떻게 알고 있습니까, 선생?"

"마지막 순간에 동석해 있던 신부 때문입니다."

"어째서 그는 비밀의 의무를 지키지 않았습니까?"

"당신에게 이 죽음에 대해서 이야기할 날이 오기를 바라서입니다. 이제 우리는 그날을 맞이하였습니다."

이 말이 떨어지자마자 인간의 모습을 한 예수가 말하였다.

—— 프랑수아, 감사합니다. 이제 물러가도 좋습니다.

미테랑은 퇴장하였다.

감동한 성 베드로가 다시 말을 이었다.

—— 장, 이 대화 후에 무슨 일이 일어났습니까?

—— 죽기 6개월 전, 그러니까 권좌에서 물러난 지 얼마 안 되어, 그는 누렇고 쭈글쭈글해진 손으로 프레데릭 르 플레이 가에 안장된 아기 예수의 성 테레사의 유골을 만진 것으로 알고 있습니다. 그리고 좀더 후에 그는 프랑스 주교와 대화 형식을 띤 성인들에 관한 책을 쓸 계획을 세웠습니다. 마침내 죽음을 3주일도 채 앞두지 않고 미테랑 대통령은 리지외에 갔습니다. 하지만 그곳에서 무슨 일이 일어났는지는 알지 못합니다.

—— 그러나 나는 압니다.

그때 우렁찬 목소리로 아기 예수의 성 테레사가 말하였다.

모든 시선이 그녀에게로 향하였다. 성 베드로는 그리스도와 시선을 교환한 후에 성 테레사에게 말하였다.

—— 증언하십시오.

아기 예수의 성 테레사가 앞으로 나와 말하였다.

—— 그가 그토록 늙고 고통스러운 모습으로, 모든 것이 부서진 채로 리지외에 도착한 것을 보고, 나는 영으로서 그를 붙잡아 카르멜 수도원의 의무실로 안내하였습니다. 1백 년 전에 내가 임종을 맞이하였던 곳도 그곳이었습니다. 방은 거의 네모났고, 그리 크지도 않았습니다. 한구석에 내가 임종한 침대가 놓여 있었습니다. 벽의 꽤 높은 곳에 침대를 마주 보고, 미소 띤 성모 마리아의 동상이 있었습니다. 미테랑은 침대 머리맡에 있었습니다. 그는 동상을 쳐다보았습니다. 그때 마리아의 동상 아래에서 내가 그에게 모습을 드러내었습니다.

"대통령 각하, 클로비스의 세례 1500주년을 맞이하여 프랑스의 수호성녀가 이 나라의 수장이며 클로비스의 계승자를 만나는 것은 합당한 일이겠지요."

이렇게 인사를 하고 나서, 나는 침묵을 지키고 있었습니다. 그는 놀라거나 무서워하지 않았습니다. 그는 언제나 초자연에 익숙해 있었습니다. 그는 첫눈에 나를 알아보았습니다. 우아하게 머리를 숙여 그는 나에게 인사를 하였습니다. 그리고 그는 이렇게 말하였습니다.

"성녀님, 클로비스의 계승자가 프랑스의 수호성녀에게 인사드립니다."

그는 놀라운 기색이 없이 내 쪽으로 두어 걸음 다가와 멈추었습니다.

"이렇듯 성녀님, 나는 당신으로부터 도망칠 수가 없습니다. 무엇을 원하십니까?"

'내가 쓴 시를 당신에게 바치겠습니다. 제목은 〈사랑에 살고〉입니다. 여기 있습니다."

그는 아주 은혜롭게 그 시를 받아들고서, 내게 이렇게 말하였습니다.

"나는 시들을 좋아합니다. 기쁜 마음으로 당신의 시를 읽겠습니다. 나로서는 크나큰 영광입니다."

"나는 또 당신에게 한 줌의 장미 꽃잎을 드리고 싶었습니다."

나는 손을 폈습니다. 그는 손을 내밀었고, 나에게서 내 손바닥을 덮고 있던 꽃잎들을 받았습니다. 이때 한 줄기 바람이 불어와 꽃잎 몇 개가 땅으로 떨어졌습니다. 그가 말했습니다.

"저것은 홍차장미의 꽃잎들이로군요."

"나는 보랏빛 아이리스도 좋아합니다."

내가 그에게 말했습니다.

"그렇다면 우리의 기호는 같군요, 성녀님."

그리고 그가 이 말을 하는 동안 나는 그의 시야에서 사라졌습니다. 그는 동요하지 않았습니다. 그는 의무실의 자기 주변을 살폈습니다. 정원으로 난 창문, 고통의 침상, 내 사진, 나무 탁자, 동정녀 마리아의 동상. 그리고 그는 자기 손에 쥐고 있던 종이에 시선을 던졌습니다. 그는 내 시를 읽었습니다. 여러분은 그가 중얼거리는 소리를 들을 수 있었을 것입니다. 가끔씩 그는 큰 소리로 말하였고, 주석으로 한두 마디를 덧붙이곤 했습니다.

"〈사랑에 살고〉, 시로서 아름다운 제목이야. 어쩌나 나는 죽어 가고 있으니. 나는 꼼짝없이 갇혔으니. 어디에 '신'은 숨어 있는 것일까?

오 삼위일체여, 당신은 내 사랑에 잡혔습니다······.

나는 얼마나 고독한가! 죽음의 문턱에서 나는 여전히 행복을 꿈꾸네. 이 모든 것이 낯설구나.

사랑하는 자들에게 고독이 필요합니다······.

당신의 시선만이 나의 행복이 되어 줍니다.

나는 아프다.

사랑에 사는 것, 그것은 가혹한 시련을 참고 견디는 것……

나는 고통을 거부한다! 아 아, 누가 이해할 것인가?

'신의 가슴'에 나는 모든 것을 바칩니다……

광기…… 나에겐 아무것도 없다. 나는 두려운가?

과거의 모든 잘못에 대한 추억은 잊어버리고……

일관성이 없는 '신'에 대한 어린아이의 기이한 사랑.

사랑에 죽는 것, 그것이 내 희망입니다.

내 관계들이 끊어지는 것을 보게 될 때,

'나의 하느님'은 나의 '위대한 보상'이 될 것입니다.

나는 다른 것은 갖고 싶지 않습니다.

그에 대한 사랑으로 나를 불태우고 싶습니다.

나는 '그'를 보고 싶고, 영원히 '그'의 일부가 되고 싶습니다.

그것이 나의 하늘, 나의 운명,

사랑에 사는 것.

누가 이해할 수 있을까?"

그는 떠나려고 하였습니다. 그는 뒤돌아서서 다시 돌아와 땅바닥에 떨어진 꽃잎 몇 개를 집어들었습니다.

대통령은 파리로 돌아온 후 이집트로 떠났다가, 상태가 악화되어 돌아와서는 죽었습니다.

내가 심판을 받다

그리스도는 고개를 숙이고 생각에 잠겨 있었다. 성 베드로는 아무 말도 하지 않았다. 모든 성인들이 기도를 하였다.

그때 예수가 나에게 물었다.

── 장, 무언가 덧붙일 말이 있습니까?

나는 대답하였다.

── 나는 당신 앞에 서 있습니다. 예수님, 나의 '창조주'이며 '구원자'이고 나를 '심판하시는 분'이시여.

이 말들을 하며, 나는 호주머니에서 종이 한 장을 꺼내려 하였다. 마침내 나는 그것을 펼쳤다. 그러나 너무도 감격한 나머지 나는 종이를 그만 땅에 떨어뜨리고 말았다. ······그 순간 아기 예수의 성 테레사가 가슴을 두근거리며 먼저 예수를 쳐다보았다. 그는 서서히 고개를 들고 있었다. 순식간에 모든 일이 벌어졌다. 그녀는 종이를 주웠다. 나는 매우 지쳐 있었다. 나는 담담한 목소리로 성 테레사에게 말하였다.

── 그것을 당신이 직접 읽어 주십시오. 그것은 로이스브루크의 '경탄'스러운 문구입니다. 거기에는 내가 어떻게 살고, 또 죽고 싶어했는지가 씌어 있습니다.

그러자 아기 예수의 성 테레사가 그것을 읽었다.

"인간이 사랑에 불타는 눈으로 자신의 내면 깊숙이에서 광대한 '신'을 응시할 때…… 그리고 인간이 자기 자신을 바라보면서 광대하고 충실한 '주님'에 대항하는 행위를 헤아려 볼 때…… 인간은 스스로 만족할 정도로 깊은 경멸을 느끼지 못한다…… 그는 이상한 놀라움을 맛보는데, 그 놀라움은 폐부를 찌를 정도로 스스로를 경멸할 수 없다는 것이다…… 그때 인간은 '신'의 의지에 굴복한다…… 그리고 내면의 자기 헌신 안에서 그는 진정한 평화를 발견한다…… 어느것도 뒤흔들 수 없는…… 우리의 죄 자체도 우리에게 겸손과 사랑의 원천이 된다…… 겸손 안에 잠기는 것, 그것은 '신' 안에 잠기는 것이다. 왜냐하면 '신'은 심연의 바닥이기 때문이다…… 겸손은 배우기에 너무 높이 있는 것들을 얻어낸다. 그것은 말이 도달하지 않는 것에 도달하고 소유한다."

다 읽고 나서, 아기 예수의 성 테레사는 한켠으로 물러났다. 그때 내가 말했다.

—— 나는 살았습니다, 아멘.

그리스도가 일어섰다. 성 테레사를 제외한 재판관들도 그렇게 하였다. 성 테레사는 무릎을 꿇고, 양옆에 몽티니를 데리고 방금 입장한 '신의 어머니'를 향해 두 손을 벌렸다. 교황은 눈을 감았다. 동정녀는 성 테레사에게 알 수 없는 표시를 하였다. 그리스도는 위엄 있는 동작으로 오른손을 들었다. 예언자 미켈란젤로가 그에게서 보았었고, 그가 시스티나 성당의 '최후의 심판'을 그릴 때 증거했던 그 동작이었다. '신'의 빛이 내 존재를 분해했다. 그리스도의 시선이 내 심장을 뚫고 들어왔다. 모든 위대함이 밀랍으로 만든 산처럼 녹아내렸다. 그리스도는 그의 '아버지'를 찬양했다. 그리고 그는 입을 열어 심판을 언도하였다.

역자 후기

장 기통은 1901년에 태어나 1999년 3월에 사망하여 20세기를 꽉 채워 살았다. 그는 현대 프랑스의 가톨릭을 대표하는 철학자이며 작가로서, 이 격동의 세기에도 가톨릭 사상이 여전히 그 빛을 잃지 않음을, 나아가 이러한 시련의 시대에야말로 오히려 진정한 중요성을 획득할 수 있음을 주장하였다.

그는 프랑스 중남부 산지에 있는 생테티엔에서 출생하여, 1923년 22세의 젊은 나이에 철학 교원자격을 취득하였고, 1933년 〈플로티노스와 아우구스티누스에 있어서 시간과 영원 *Temps et l'éternité chez Plotin et saint Augustin*〉(이 논문은 1955년에 출판되었다)이라는 논문으로 철학박사 학위를 받았다. 그는 《포로생활의 일기 *Journal de captivité*》(1943)로 해서 독일 점령으로부터의 해방 후에 부역죄로 재판을 받았지만, 1955년 소르본대학의 교수가 되어 철학사를 강의하였고, 이어 1961년에는 프랑스 한림원의 회원으로 선임됨으로써 명실공히 프랑스 지성계에서 확고한 위치를 구축하였다. 그는 베르그송의 정신적 상속자로 알려져 있으며, 그가 1960년에 출간한 《베르그송의 소명 *La vocation de Bergson*》은 베르그송의 인간과 철학에 관한 최상의 저술 가운데 하나로 평가받고 있다.

그는 1백 권에 가까운 저서를 가진 정력적인 저술가일 뿐만 아니라, 예를 들면 프랑스 중부 크뢰즈 지방의 드베 성당을 장식하는 그림은 물론 유명한 철학자들의 초상화를 그린 화가이기도 하다. (특히 그는 자신이 그린 파스칼의 초상화가 마음에 들어서 늘 자신의 책상 위에 두었다고 한다.) 또한 그는 이 책에도 나와 있듯이 정치가나 최고위 성직자들과 다양한 교분을 맺고, 이를 통하여 음

양으로 정치나 종교의 현실적 흐름에 영향을 미치기도 하였다. 정치적으로는 프랑수아 미테랑 대통령의 고문을 지냈고, 종교적으로는 1963년에 열린 제2차 바티칸공의회에 비성직자로서는 유일하게 참가하여 발언하기도 하였다.

이와 같이 다양한 삶을 살고 방대한 저술을 남긴 그의 사상을 몇 마디로 요약하는 것은 쉬운 일이 아니다. 그러나 대체로 장 기통의 사상은 크게 두 가지의 흐름으로 읽을 수 있다.

하나는, 금세기 역사가 보여 준 대혼란과 범죄에 대한 반성이다. 그는 이 점에 대해《사상과 전쟁 La pensée et la guerre》(1969)에서 종합적으로 자세하게 언급하고 있다. 즉 사람들은 과학과 가치를 동시에 개척 발전시켜 나아감으로써 역사를 상승과 진보의 방향으로 밀고 갈 수 있다는 희망을 가졌으나, 이제 인류는 그러한 낙관적 전망을 포기하지 않을 수 없게 되었다. 1945년의 히로시마와 나가사키에 투하된 원자폭탄은 인류가 맞이하게 되는 새로운 시대를 여는 것으로서, 인류는 이와 같이 스스로 만들어 낸 가공할 파괴력이 야기시키는 공포에 대응하기 위해서《새로운 사고방식 Un nouvel art de penser》(1946)을 필요로 한다는 것이다.

다른 하나는, 자신의 박사 학위논문에서부터 줄곧 개진해 온 사상으로, '전체'는 이 전체를 이루는 각 부분이 있기 이전에 이미 존재하고 있다는 주장이다. 그는 이 명제를 인간의 삶에 적용시켜 자서전인《하나의 세기, 하나의 인생 Un siècle, une vie》(1988)에서 모든 사건에 대하여는 그 발생에 선행하는 어떤 의미가 존재하며, 각각의 사건은 그러한 선행적 의미를 충족하는 것일 뿐이라고 역설한다. 또《예고되는 세기 Siècle qui s'annonce》(1997)에서 그는 "현재의 나는 이미 내가 장차 되기로 정하여져 있는 대로의 나"라고도 말한다.

이와는 별도로 그는《철학에 대한 새로운 예찬 Le nouvel éloge

de la philosophie》(1977)에서 인류와 가치의 다양성을 옹호하고 있다. 그는 어떠한 형태의 획일화에도 반대하며, "대비(contraste)야말로 본원적 경험의 조건"이라고 말한다. (여기서 우리는 즉각 '적이야말로 최고의 친구'라고 말하는 이 책에서의 기통과 루시퍼의 대화를 떠올리게 된다.) 그는 추상적인 지식을 가장 해로운 것이라고 하고, 《지적 작업 *Le travail intellectuel*》(1951)에서 지적 작업이 가치가 있는 것은 그것이 개별적인 인식을 다른 인식들과 연관시키면서 경험들의 집합체를 배경으로 하여 하나하나의 경험으로부터 통일적 인격을 드러내도록 하기 때문이라고 한다. 이와 같이 그가 지향하는 경험과 인식에의 열린 태도를 실제의 삶 속에서 구현하기라도 하는 듯이, 그는 베르그송으로부터 하이데거에 이르기까지, 또 교황 바오로 6세로부터 프랑수아 미테랑, 자크 시라크에 이르기까지 수많은 사람들과 친분을 맺는다.

그의 삶에서 특히 주목할 만한 것은, 이 책에서는 다루어지지 않았으나 기통이 일생 동안 가꾸어 온 루이 알튀세와의 우정이다. 그것은 우정이라기보다 부성애에 가까운 애정이라고 해도 좋을 것이다. 《리르》지는 1988년 1월호(제148호; 이 잡지는 1985년 10월의 제121호에서도 장 기통과의 인터뷰 기사를 다룬 바 있다)에서, 평생을 가톨릭 사상에 헌신한 장 기통과 마르크스주의 이론의 대부인 루이 알튀세간의 보통사람이라면 지속하기 어려웠을 교분관계를 조명하는 기사를 싣고 있다. 원래 사제지간이었던 두 사람은(1937년부터 1939년까지 기통은 리옹의 고등학교에서 알튀세의 스승이었다) 각기 전혀 다른 길을 걷게 된 뒤에도 교류를 끊지 않았다. 오랫동안 신경증을 앓고 있던 알튀세가 1980년에 아내를 살해하는 충격적 사건이 일어난 후에도, 기통은 옛 제자의 구명운동을 벌이고 병원에서의 요양을 적극 주선함으로써 알튀세의 구속을 면하게 해주었던 것이다.

다양성을 추구하고 이질적인 것과의 대비를 통해 진리에 접근

하는 장 기통의 사고태도를 알튀세는 다음과 같은 말로 요약하고 있다. "선생님께서는 저에게 대단한 것을 가르쳐 주시진 않았지만, 저에게 '열쇠'를 주셨습니다. 즉 선생님께서는 저에게 하나의 개념에 들어가기 위해서는 두 개의 개념을 가지고, 그 둘을 비교하고 대립시키고 결합하고 분리하며, 프라이팬 위의 크레이프처럼 뒤집고, 그것들을 먹을 수 있도록 '내놓아야' 한다는 사실을 가르쳐 주신 것입니다."

  이번에 소개하는 《나의 철학 유언》은 허구의 대화 형식을 빌려서 기통이 자신이 걸어온 철학 여정을 몇 개의 단위로 쪼개어 '기통식으로' 보여 주는 책이다. 그는 처음에 루시퍼를 만나 선과 악이 존재하는지를 따져 보고, 이어서 파스칼을 만나 자신이 어떻게 해서 신을 믿게 되었는지를 말한다. 베르그송과의 대화를 통해서는 왜 자신이 그리스도교도인지, 그리고 교황 바오로 6세에게는 그 중에서도 가톨릭교를 믿는 것이 무엇 때문인지를 고백한다. 1999년 3월에 타계함으로써 말 그대로 기통의 마지막 유언이 된 이 책속에서, 우리는 평생을 신앙인으로 살아온 사람에게서 흔히 기대할 수 있는 경직된 확신 같은 것은 찾아보기 어렵다. 기통이 임종의 순간까지, 아니 임종 후에도 최후의 심판을 받을 때까지 우리에게 보여 주는 모습은 끝까지 갈등하고 회의하는 철학자로서의 모습이다. 그의 이 책을 읽다 보면, 그는 항상 두 개의 상반된 명제를 가지고, 일종의 수사학적 놀이를 통해 진리에 다가간다는 느낌이 든다. 그리고 기통의 '놀이'를 통해 나타나는 이 진리는 억압적인 절대 권위로서의 진리가 아니라, 언제나 부정이 가능한 진리이다. 그러나 우리는 곧 이 진리야말로 어느 무엇보다도 가장 힘 있는 진리임을 깨닫게 된다. 왜냐하면 그것은 부정의 또 다른 부정을 통해, 우리가 아무리 부정하려고 해도 결국 소생하고 마는 진리이기 때문이다.
  우리는 흔히 프랑스를 가리켜 데카르트의 나라, 이성의 나라, 계몽주의의 나라라고 부른다. 그러나 프랑스는 뭐니뭐니해도 아직도 국민의 대다수가 가톨릭교도인 가톨릭국가이다. 우리가 언뜻 듣기에 이해하기 어려운 이러한 이성과 신앙의 공존은 아마도 장 기통과 같은 철학자가 프랑스에 여전히 존재하기 때문에 가능할 것이라는 생각을 해본다. 현재 서양의 여러 제도와 종교(서울에 십자가의 수가 세계에서 둘째 가라면 서러울 정도로 많다는 사실을 상기하자)·문물을 그대로 들여와 생활화하고 있는 우리로서, 이러한 서양의 정신사의 한 맥을 잇는 장 기통의 책을 이번 기회에 처음으로 소개하는 것은 나름대로의 의미가 있다고 생각하여 본다.

번역을 마치고 나면 늘 뿌듯함보다는 부끄러움이 앞서왔지만, 이번의 경우처럼 부끄러움이 더한 적도 드문 것 같다. 그 이유는 무엇보다도 본인이 장 기통에 대해 잘 알지 못하며, 그의 저술의 전모를 파악하지 못한 채 설익은 번역에 착수했다는 양심의 가책 때문일 것이다. 그러나 부족한 대로의 이 번역이 이후의 장 기통의 번역이나 연구에 밑거름이 되기를 간절히 바라는 마음에서, 독자들의 너그러운 이해와 용서를 빌 뿐이다.

문득 창 밖을 내다보니, 정원에 서 있는 한 그루 석류나무에 다홍빛의 석류꽃들이 앞다투어 피어 있다. 그 기품 있는 요염하며 수줍은 자태를 바라보면서, 보이지 않는 신의 경이로움에 머리를 숙인다. 도처에 신비처럼 존재하는 신의 따뜻한 손길에 서투른 본 번역서를 바친다.

1999년 7월 24일   권 유 현

권유현
서울대학교 인문대학 불어불문과 졸업
이화여자대학교에서 불문학 박사. 현재 서울대 · 이화여대 강사
논문: 〈에밀 졸라의 인상과 회화의 수법〉 · 〈마담 드 스탈과 독일 체험〉
역서: 장 그르니에와 조르주 페로스와의 서간집 〈편지 Ⅰ〉
다니엘 미테랑의 자서전 《모든 자유를 누리며》
알렝 핑켈크로트 《사랑의 지혜》

현대신서
53

나의 철학 유언

초판발행 : 2000년 5월 10일

지은이 : 장 기통
옮긴이 : 권유현
펴낸이 : 辛成大
펴낸곳 : 東文選

제10-64호, 78. 12. 16 등록
서울 종로구 관훈동 74번지
전화 : 737-2795
팩스 : 723-4518

편집 : 韓仁淑

ISBN 89-8038-134-4 04860
ISBN 89-8038-050-X (세트)

▨ 모드의 체계	이화여대기호학연구소 옮김	18,000원
▨ 텍스트의 즐거움	김희영 옮김	15,000원
▨ 라신에 관하여	남수인 옮김	10,000원

【漢典大系】

▨ 說 苑·上	林東錫 譯註	30,000원
▨ 說 苑·下	林東錫 譯註	30,000원
▨ 晏子春秋	林東錫 譯註	30,000원
▨ 西京雜記	林東錫 譯註	20,000원
▨ 搜神記·上	林東錫 譯註	30,000원
▨ 搜神記·下	林東錫 譯註	30,000원
▨ 歷代書論	郭魯鳳 譯註	40,000원

【기 타】

■ 경제적 공포	V. 포레스테 / 김주경	7,000원
■ 古陶文字徵	高 明·葛英會	20,000원
■ 古文字類編	高 明	24,000원
■ 古文字學論集(第一輯)	中國古文字學會 편	12,000원
■ 金文編	容 庚	36,000원
■ 딸에게 들려 주는 작은 지혜	N. 레흐레이트너 / 양영란	6,500원
■ 딸에게 들려 주는 작은 철학	R. 시몬 셰퍼 / 안상원	7,000원
■ 미래를 원한다	J. D. 로스네 / 문 선·김덕희	8,500원
■ 산이 높으면 마땅히 우러러볼 일이다	유 향 / 임동석	5,000원
■ 서기 1000년과 서기 2000년	J. 뒤비 / 양영란	8,000원
그 두려움의 흔적들		
■ 세계사상·창간호		10,000원
■ 세계사상·제2호		10,000원
■ 세계사상·제3호		10,000원
■ 세계사상·제4호		14,000원
■ 선종이야기	홍 회 편저	8,000원
■ 십이속상도안집	편집부	8,000원
■ 어린이 수묵화의 첫걸음(전6권)	조 양	42,000원
■ 原本 武藝圖譜通志	正祖 命撰	60,000원
■ 隷字編	洪鈞陶	40,000원
■ 한글 설원(상·중·하)	임동석 옮김	각권 7,000원
■ 한글 안자춘추	임동석 옮김	8,000원
■ 한글 수신기(상·하)	임동석 옮김	각권 8,000원

【조병화 작품집】

■ 공존의 이유	제11시점	5,000원
■ 그리운 사람이 있다는 것은	제45시집	5,000원
■ 길	애송시모음집	10,000원
■ 개구리의 명상	제40시집	3,000원
■ 꿈	고희기념자선시집	10,000원
■ 따뜻한 슬픔	제49시집	5,000원
■ 버리고 싶은 유산	제 1시집	3,000원
■ 사랑의 노숙	애송시집	4,000원
■ 사랑의 여백	애송시화집	5,000원
■ 사랑이 가기 전에	제 5시집	4,000원
■ 시와 그림	애장본시화집	30,000원
■ 아내의 방	제44시집	4,000원
■ 잠 잃은 밤에	제39시집	3,400원
■ 패각의 침실	제 3시집	3,000원
■ 하루만의 위안	제 2시집	3,000원

【이외수 작품집】

■ 겨울나기	창작소설	7,000원
■ 그대에게 던지는 사랑의 그물	에세이	7,000원
■ 꿈꾸는 식물	장편소설	6,000원
■ 내 잠 속에 비 내리는데	에세이	6,000원
■ 들 개	장편소설	7,000원
■ 말더듬이의 겨울수첩	에스프리모음집	6,000원
■ 벽오금학도	장편소설	7,000원
■ 장수하늘소	창작소설	7,000원
■ 칼	장편소설	7,000원
■ 풀꽃 술잔 나비	서정시집	4,000원
■ 황금비늘 · 1	장편소설	7,000원
■ 황금비늘 · 2	장편소설	7,000원

東文選 現代新書 7

20세기 프랑스 철학

에릭 매슈스

김종갑 옮김

현대 프랑스 철학에 대한 애정 깊은, 그럼에도 비판적인 시각이 배어 있는 소개서이다. 프랑스 철학에 접할 기회가 없었던 학부 학생들이나 일반인들은 이 책을 읽고서, 나름의 문제와 씨름하면서 진지하게 해결책을 모색했던 프랑스의 지적 사조의 맥락을 분명하게 잡을 수 있을 것이다. 무엇보다 이 책의 장점은 내용과 문체의 분명성에 있다.

단 한 권의 책에 20세기 프랑스 철학의 역사를 기술하면서도 나름의 철학적 입장을 노련하게 전개했다는 점에서 근래에 보기 드문 업적이라 할 수 있다. 저자인 매슈스가 엄격한 철학자이면서 동시에 박학한 역사학자라는 데는 의문의 여지가 없을 것이다.

이 책에서 매슈스는 20세기의 중요한 철학자들의 업적을 역사적이면서 비판적인 시각에 입각해서 소개했다. 난삽한 전문용어의 사용을 최대한 자제하면서, 매슈스는 데카르트 철학에서 유래한 프랑스 철학이 현대에도 베르그송이나 사르트르·메를로 퐁티·푸코·데리다와 페미니스트의 저술에서 계승, 발전되고 있음을 설득력 있게 보여 주었다. 또한 저자는 철학을 프랑스의 광범한 문화의 연장선에 올려 놓으면서 영미권 철학과의 유사성과 차이에도 주목하고 있다.

현대신서 11 : 옥스퍼드대학 철학입문

우리는 무엇을 아는가

토머스 나겔
오영미 [옮김]

　　보통 사람들에게 철학의 어려운 질문들이 문제시되어야 하는가? 저자는 왜 철학의 문제들이 수세기에 걸쳐 끊임없이 사상가들을 매료시키고, 또 당혹케 해왔는지를 생생하고 이해하기 쉬운 산문체의 글을 통해 밝힘으로써 그 문제들을 새롭게 조명한다.

　　철학에 대해 배우는 가장 좋은 방법은 그 문제와 정면으로 부딪히는 것이라고 주장하면서, 그는 우리가 스스로에게 던질 수 있는 가장 중요한 몇 가지 질문들을 시작한다. 우리는 진정으로 자유 의지를 가질 수 있는가? 우리는 왜 도덕적이어야 하는가? 우리의 정신과 두뇌 사이에는 어떤 관계가 있는가? 사후에 삶이 존재하는가? 우리는 죽음에 대해 어떻게 느껴야 하는가? 수십억 광년의 거리를 가진 거대한 우주에서 우리가 살아가면서 행하는 어떤 것이 정말로 중요한가? 만약 그게 중요하지 않다면, 중요하지 않다는 그 사실이 또 문제가 되는가? 이러한 것들은 우리가 인간의 상황에 대해 던지는 영원한 질문들이며 나겔은 그것들을, 그리고 그와 유사한 다른 문제들을 사려 깊고 분명하게 그러면서도 유머를 가지고 탐구한다. 그는 자신의 의견을 자유롭게 토로하지만, 언제나 스스로 사고하도록 독자들을 격려함으로써 독자들이 다른 해답을 찾을 수 있는 여지를 남겨두는 참신함과 겸손을 잃지 않는다.

東文選 現代新書 6

유대교란 무엇인가

노먼 솔로몬
최창모 옮김

이 책은 국내에서는 거의 처음으로 소개되는 유대교에 관한 체계적인 입문서이다. 지금까지 몇몇 이야기 형식의 비체계적인 글과 책이 국내 학자들에 의해 쓰여진 바는 있었으나, 유대인이 쓴 유대교에 관한 체계적인 스터디 북은 이번이 처음이다.

영국 옥스퍼드대학교의 히브리·유대학 연구소에서 현대 유대사상을 강의하는 노먼 솔로몬 교수의 이 작은 책은 유대인의 입장에서 유대교의 실체를 밝히고 있다. 그는 '유대교가 바라보는 기독교'나 '기독교가 바라보는 유대교'는 진정한 의미에서 오랜 역사적 과정에서 축적된 문화적 찌꺼기 혹은 편견 위에서 논의될 수밖에 없음을 전제하면서, 두 종교 사이의 역사적 연속성과 불연속성을 동시에 인정하는 입장에 서 있다. 다시 말해서 그는 두 종교 사이에 존재하는 관계의 역사적 필연성과 그 과정에서 싹터 자라온 눈먼 비극적 경험을 바탕으로 누가 유대인이며, 무엇이 유대교인가를 유대인의 시각에서 설명함으로써 역사·신학적인 오해를 씻어 보려고 애쓰고 있다.

東文選 文藝新書 118

죽음 앞에 선 인간

필리프 아리에스
유선자 옮김

아리에스 최후의 저작. 서구 종교·미술 속의 죽음의 이미지 탐구. 고대 로마 아피아 가도의 묘소로부터 현대 잉그마르 베리만의 영상에 이르기까지, 다양한 도상 표현을 구사한 프랑스 역사학파 최초의 영화적인 저작. 죽음이라는 한 가지 문제를 둘러싼 다양한 이미지의 변천과 그 해석을 통해서 역사를 이야기하려는 대담하고도 선구적인 시도.

죽음이라는 문제는 철학과 예술 속에서 끊임없이 제기되는 대명제들 중의 하나이다. 일반적으로 죽음이란 고통과 근심으로부터의 해방이라는 새로운 출발점으로서, 동시에 사랑하는 모든 것들과의 이별이라는 하나의 종착점으로서 두 개의 모순적인 감정현상을 내포한다. 죽음에 대한 이런 상반된 감정은 인간들이 죽음에 관해 본원적으로 품고 있는 어떤 감수성에 특정 지역의 후천적이며 환경적인 요인들, 다시 말해 문화적·지역적·시대적인 독특한 생활방식들, 혹은 삶에 대한 독자적인 인식의 틀이 부과됨으로써 그 방향을 달리하는 것이다. 그래서 죽음은 시간적인 차이나 문화적인 차이에 따라서, 그리고 사회적·역사적인 배경의 차이에 따라서 그 모습을 달리하고 있으며, 여기에서 우리는 인간들의 죽음에 대한 다양한 반응을 포착할 수 있는 것이다. 이런 의미에서 필리프 아리에스의 저서는 우리에게 시사해 주는 바가 크다고 말할 수 있다.

본문의 이미지 여행은 느긋한 페이스로 묘지를 방문하는 것으로 그 서두를 시작하고 있으며, 이윽고 우리들을 그의 페이스로 말려들게 하고, 그리고 현재의 삶에 대한 물음, 현재의 사랑의 가능성에 대한 물음으로 우리를 조용히 이끌어 감으로써 본서의 막을 내린다.

東文選 文藝新書 129

죽음의 역사

P. 아리에스　　　[著]

李宗旼　　　[譯]

　　지구상에 존재하는 모든 피조물은 시작과 끝이라는 존재의 본원적인 한계성을 지니고 있다. 인간 역시 이러한 자연의 법칙에서 결코 벗어날 수 없는 한계성을 인식하고 있다. 그러나 인간 존재의 시작을 의미하는 탄생에 관해서는 그 실체가 이미 과학적으로 규명되고 있지만, 종착점으로서의 죽음은 인간들의 끊임없는 연구와 노력에도 불구하고 오늘날까지 이렇다 할 구체적인 모습을 드러내지 못하고 있는 것이 현실이다. 이유는 간단하다. 과학적으로 죽음이라는 현상 자체는 규명되었다 할지라도, 그 이후의 세계는 어느 누구도 경험하지 못한 때문일 것이다. 물론 죽음이나 저세상을 경험했다는 류의 흥미로운 기사거리나 서적 들이 우리의 주변에 널려 있는 것은 사실이지만, 이는 어디까지나 임사 상태에 이른 사람들의 이야기일 뿐 실지로 의학적으로 완전한 사망을 토대로 한 것은 아니다. 말하자면 진정한 죽음의 상태를 경험한 사람은 존재치 않기 때문에 죽음은 더욱더 우리 인간들의 호기심과 두려움을 자극하는 대상이 되고 있을지도 모른다.

　　아무튼 본서는 아득한 옛날부터 현재에 이르기까지 사람들은 어떻게 죽음을 맞이하고 생각했는가?라는 사람들의 호기심에 답하듯 죽음을 연구대상으로 삼은 역사서이다. 따라서 죽음의 이미지가 어떻게 변해 왔는지, 또 인간은 자신의 죽음을 앞에 두고 어떻게 행동했으며 타인의 죽음에 대해 어떤 생각을 품고 있었는지를 추적한다. 그리하여 역사 이래 인간의 항구적 거주지로서의 묘지로부터 죽음과 문화와의 관계를 파악하면서 묘비와 묘비명, 비문과 횡와상, 기도상, 장례 절차, 매장 풍습, 나아가 20세기 미국의 상업화된 죽음의 이미지를 추적한다.

서기 1000년과 서기 2000년
그 두려움의 흔적들

조르주 뒤비
양영란 옮김

현대인들에게 나날이 봉착하는 어려움에 보다 현명하게 대처케 하고, 그들의 미래에 대한 확신감을 불어넣어 주는 데 도움이 되지 않는다면 도대체 역사라는 것이 무슨 소용이 있겠는가? 과거의 심성을 탐험해 보는 것은, 오늘날의 위험들에 보다 잘 대처하는 데 반드시 도움이 될 것이다.

지금으로부터 800년 혹은 1000년 전에 살았던 사람들도 현재의 우리만큼이나 불안에 떨었다. 생존문제에 고통을 받았고, 사나운 이방인들의 침입에 대한 공포에 사로잡혀 있었으며, 죽음과 친숙한 전염병의 공포 속에서 비참하게 살았다. 즉 기근과 폭력, 역병, 그리고 사후세계에 대한 두려움 속에서 말이다. 조르주 뒤비가 진보하는 세계 속의 징후군들로 명확하게 나타나는, 현대의 두려움들에 대해 관심을 기울이는 것도 바로 이러한 중세의 두려움에서 출발한다.

그러나 풍부한 교훈을 얻을 수 있는 것은, 반드시 두 시대가 지니고 있는 상이한 성격에서도 아니고, 또한 두 시대의 유사한 성격에서도 아니다. 오늘날처럼 비참함을 동반하는 고독은 1000년경에 살았던 우리 조상들에게는 전혀 알려져 있지 않았으며, 서기 1000년을 맞는 중세인들은 세상의 종말을 결코 의심하지 않았다.

중세인들의 상상력과 두려움들을 보다 구체적으로 설명하기 위해 많은 도판들이 제공된 이 책에서, 조르주 뒤비는 대담이라는 형태 속에서 자신의 견해를 분명하게 밝히고 있다.

청소년을 위한 철학 교실

알베르 자카르[지음]
장혜영[옮김]

"무엇을 질문하고 어떻게 대답할 것인가?"

철학은 끊임없는 질문과 답변 가운데에 있다. 질문은 진리에 대한 탐색이요, 답변은 존재와 세계에 대한 해석이다. 우리는 철학을 통해 존재의 근원에 이른다. 이 책은 프랑스 알비의 라스콜고등학교 철학교사인 위게트 플라네스와 철학자 알베르 자카르 사이의 철학 대담으로 철학적 질문과 답변의 과정을 명쾌히 보여 준다.

이 책에는 타인·우애·정의 등 30개의 항목에 대한 철학자의 통찰이 간결하게 살아 있다. 철학교사가 사르트르의 유명한 구절, 즉 "지옥, 그것은 바로 타인이다"에 대해 반박을 요청하자, 저자는 그 인물이 천국에 들어갔다면 그는 틀림없이 "천국, 그것은 바로 타인이다"라고 이야기했을 것이라고 답한다. 결국 타인들은 우리의 지옥이 아니며, 그들이 우리와의 관계를 받아들이려 하지 않을 때 지옥을 만들어 낸다고 말한다.

그렇다면 행복에 대해 이 철학자는 어떻게 답할까? "나에게 행복이란 타인들의 시선 안에서 스스로를 아름답다고 느끼는 것입니다"는 것이 그의 답변이다. 이 책은 막연한 것들에 대해 명징한 질문과 성찰로 우리가 새로운 질문을 던지고, 스스로 그 답을 찾을 수 있는 실마리를 제공한다. ──출판저널──

東文選 現代新書 36

동양과 서양 사이

뤼스 이리가라이

이은민 옮김

21세기의 문턱에서 우리의 전망은 뭔가를 구축하는 쪽이기보다는 비판적이고 해체적으로 보인다. 자신들이 인위적으로 만들어지는 세계로 유배당한 인간들은 미래의 변화와 관련된 실제적 제안들을 점점 경시하고 있다. 그것들을 선험적인 유토피아로 규정하기 때문이다. 그러나 지금까지 달려온 길이 어떤 식으로는 틀린 것이 아니었음을 누가 알겠는가? 우리가 우주와 비교적 많은 조화를 이루는 우리의 자아를 생각하기 위해 유용한 가르침들을, 그리고 육체와 정신 혹은 영혼 사이에서 덜 분열되는 방식을 거부하지 않았는지를 말이다.

동양의 전통들을 습득하는 것——경전을 읽고 적절한 수행을 통해——은 새로운 방법으로 우리를 자신과 타자와 함께 존재하는 쪽으로 이끈다. 이것은 사랑과 성(性)을 경험하는 새로운 방법이다.

그렇다면 아시아권의 여성적 토착 전통들과 가부장적인 우리의 서구 사회들 사이의 통로를 창조하는 일이 가능할 수 있을까? 여기에서 우리는 역행하지 않는 해결책들을 발견하여 가정을 재정립하고, 국가와 가정의 관계를 새롭게 분절시킬 수 있을까? 결국 시민들간의 관계들에 기초하여 재구축될 수 있는 것은 공동체 전체가 아닐까? 여러 차이점들을 존중하는 접근 속에서 말이다.

가부장제의 독점권을 비판한 이후——그녀의 저서 《스페큘럼》에서 시작되었다——뤼스 이리가라이는 각자 차이를 지니는 두 주체가 이루는 문화를 연구하고자 한다. 이것은 우주적 차원의 다양성 속의 공존이라는 모델이다. 철학박사이자 시인인 뤼스 이리가라이는 언어학·심리학, 그리고 정신분석학 수업을 마치기도 했다.

東文選 現代新書 3

사유의 패배

알랭 핑켈크로트
주태환 옮김

문화 속에서 우리는 거북스러움을 느낀다. 왜냐하면 문화란, 사유(思惟)하면서 살아가는 일이기 때문이다. 그리고 오늘날 사유가 아무런 역할도 하지 못하는 제반행위를 흔히 문화적인 것으로 규정해 버리는 조류가 확인되고 있다. 정신의 위대한 창조에 필수적인 동작들, 이 모두가 이렇게 문화적인 것으로 잘못 여겨지고 있다. 무슨 이유로 소비와 광고, 혹은 역사 속에 뿌리박은 모든 자동성이 가져다 주는 달콤함을 탐닉하기보다는 참된 문화를 선택해야 하는 것일까?

87, 88년 프랑스 최고의 베스트셀러로서 프랑스 지성계에 커다란 파문을 일으킨 본서는, 오늘날 프랑스 대중들에게 가장 영향력 있는 철학자 중의 한 사람인 핑켈크로트의 대표작이다. 그는 현재 많은 저작과 방송매체를 통해 사회문제에 관해 적극적인 발언을 펼치고 있다.

그는 오늘날의 거대한 야망이 문화를 손아귀에 움켜쥐고 있다고 결론짓고, 문화라는 거창한 이름 아래 소아병적 증상과 더불어 비관용적 분위기가 확대되어 왔으며, 이제는 기술시대가 낳은 레저산업이 인간 정신이 이루어 놓은 문화적 유산을 싸구려 유희거리로 전락시키고 있으며, 그리하여 정신이 주도하던 인간 삶은 마침내 집단의 배타적 가치에 광분하는 인간과 흐느적거리는 무골인간, 이 둘 사이의 무시무시하고도 우스꽝스런 만남에 자기 자리를 내주고 있다고 통박하고 있다.

그는 본서를 통해 정신적 의미가 구체적 역사 속에서 부상하고 함몰하는 과정을 그려내면서, 우리가 어떻게 해서 여기에까지 도달하게 되었는지를 일관된 논리로 비판하고 있다.

東文選 文藝新書 146

눈물의 역사

안 뱅상 뷔포
이자경 옮김

　사생활의 형태들에 대한 역사학의 현대적 관심 속에서, 하나의 질문이 제기된다. 그것은 바로 '눈물의 역사가 있다면?' 이다. 우리의 가장 은밀한 (또는 겉으로 표현되기도 하는) 태도들 가운데 하나인 이 눈물을 역사의 개념으로 이해하는 것은, 이러한 감동의 형태들을 사용하는 방식이 시대와 사회에 따라 섬세하거나, 혹은 부자연스러운 것이 된다는 사실을 성찰하게 해준다.

　어떠한 눈물도 서로 유사하지 않지만, 그러나 이전의 두 세기를 살펴보면 이러한 감동 표현의 중심에 변화가 일어났음을 알게 된다. 문학작품·의학서적·재판기록·연감·일기 등의 자료에 근거하여, 저자는 18세기를 쉽게 눈물을 흘리는 시대로 나타낸다. 눈물을 자아내는 연극으로부터 대혁명하의 집단적 진정토로에 이르기까지, 눈물은 대중 사이에서 전파되는 것처럼 보인다. 비록 이러한 행동에 대한 해석에서 성별에 따라 몇 가지 차이점이 읽혀지지만, 그럼에도 불구하고 18세기는 손쉬운 눈물을 흘리게 한다. 그리고 그 눈물은 뚜렷이 식별되는 기능들을 가진다. 남몰래 부끄러워하며 홀로 내적 자아의 감미로운 희열 속에서 눈물 흘리기를 좋아하는 낭만주의 시기가 지나고, 19세기는 후반에 들어서면서 다른 양상으로 나아간다. 풍속과 연관된 다른 분야들에서와 마찬가지로 눈물에서도 질서를 부여하려고 노력한다. 불안을 일으키는 것으로 인식된 눈물은 경계의 대상이 되며, 그 담론 한가운데 여성이 위치하게 된다. 따라서 여성이 눈물의 희생자이든 조작자이든간에, 여성이 지닌 감동의 능력은 통제되지 않으면 안 되게 된다.

　역사학자로서 특히 근대 프랑스 사회의 풍속사를 연구 대상으로 하고 있는 저자는, 18,9세기에 걸친 눈물의 궤적을 추적, 문학작품·연극·고문서기록·회상록·일기 등과 같은 광범위한 자료를 섭렵하였다. 결국 이 연구서는 프랑스의 18,9세기에 있어서 '감수성의 사회적 표현에 관한 변천사' 라고 할 수 있다.

東文選 現代新書 24

프랑스 [메디시스賞] 수상작

순진함의 유혹

파스칼 브뤼크네르
김웅권 옮김

아무것도 당신을 슬프게 하지 않을 때 불행을 흉내내는 것이 왜 눈살을 찌푸리게 하는가? 그 이유는, 그럼으로써 진정 아무런 혜택도 받지 못한 자들의 위치를 빼앗는 것이기 때문이다. 그런데 후자의 박복한 사람들이 요구하는 것은 제도의 위반도 특권도 아니다. 그것은 단지 다른 사람들처럼 남자이고 여자일 수 있는 권리이다. 바로 여기에 모든 차이가 있는 것이다. 거짓 절망한 사람들은 자신들이 구별되기를 원하고, 평범한 인간과 혼동되지 않기 위해 특권을 요구한다. 그런데 다른 사람들은 단지 인간이 되기 위해 정의를 요구한다. 이것이 바로 그토록 많은 범죄자들이 전혀 양심에 거리낌 없이 범죄를 저지르기 위해, 그리고 더럽지만 무고한 놈이 되기 위해 사형수의 옷을 걸치는 이유이다.

고통을 많이 받는 사람들이 우리 시대에 정통파적으로 생각하는 새로운 사람들일까? 그렇다면 자유와 변덕을 더 이상 혼동해서는 안 될 때가 아닌가? 두려움과 허약함은 우리가 성숙을 거부하기 위해 지불해야 하는 대가인가? 끝으로 다수의 시민들이, 진정으로 혜택받지 못한 자들의 목소리를 덮어 버릴 위험을 무릅쓰고 희생자의 지위를 갈망한다면, 어떻게 민주주의를 유지할 수 있겠는가?

소설로 읽는 세계의 종교와 문명

테오의 여행 (전5권)

카트린 클레망 / 양영란 옮김

★세계 각국 청소년 추천도서
★이달의 청소년 도서 (대한출판문화협회)
★98 올해의 좋은 책 (전국언론노동조합연맹)
★99 좋은 책 100선 (중앙일보사)

마음을 열고 영혼을 진정시켜 주는 책!
세상 끝까지 따라가는 엄청난 즐거움!
세계의 문명에 눈뜨게 해주는 책!
큰사람으로 만들어 주는 신의 선물!

　열네 살짜리 소년을 동행한 신화와 제식의 세계 여행. 불치의 병에 걸린 주인공 테오는 '지상의 수많은 사람들이 어떻게 신을 믿고 있는가?'에 대해 이해하려고 끊임없이 놀라워하면서 질문한다. 또한 독자들을 '신비의 세계, 보편주의의 세계와 종교의식의 세계'로 안내하면서 '순진한 아이'의 역할을 충실히 해낸다. '하늘과 땅을 연결시키기 위해' 인간들이 구축해 놓은 세계 곳곳의 성소들을 찾아 나서, 온갖 종교의 성자들과 친구들을 만난다. 그리고 그들이 '무엇을, 왜 믿는가'를 우리에게 들려 준다. 마침내 여행이 끝나면 우리는 '종교의 역사는 관용의 역사이기도 하다'라는 말을 이해하게 되고, 세계의 문명에 대한 균형된 시각을 가지게 될 것이다. 또한 짚더미에서 보석을 찾는 것처럼 세상의 모든 것들 속에 존재하는 '진실의 알곡'을 찾을 수 있다는 것도 배우게 될 것이다. 다시 말해 "야유하지 말고, 한탄하지 말며, 악담하지 말라. 하지만 이해하려고 노력하라"고 한 스피노자의 말이 우리의 것이 될 터이다.

《르몽드》

나비가 되어 날아간 한 남자의 치열하고도 아름다운 생의 마지막 노래. 세상에서 가장 아름답고도 애절한 이야기가 비틀스의 노래와 함께 펼쳐진다.

잠수복과 나비

장 도미니크 보비 / 양영란 옮김

장 도미니크 보비. 프랑스 《엘르》지 편집장. 저명한 저널리스트이며 두 아이를 둔 자상한 아버지. 멋진 말을 골라 쓰는 유머러스한 남자. 앞서가는 정신의 소유자로서 누구보다도 자유를 구가하던 그는 1995년 12월 8일 금요일 오후 갑작스런 뇌졸중으로 쓰러졌다. 3주 후 의식을 회복했으나, 그가 움직일 수 있는 것은 오직 왼쪽 눈꺼풀뿐. 그로부터 그의 또 다른 인생. 비록 15개월 남짓에 불과한 '새로운' 인생이 시작되었다.

유일한 의사 소통 수단인 왼쪽 눈꺼풀을 20만 번 이상 깜박거려 15개월 만에 완성한 책 《잠수복과 나비》. 마지막 생명력을 쏟아부어 쓴 이 책은, 길지 않은 그의 삶에서 일어났던 일화들을 진솔하게 묘사하고 있다.

그러나 그의 이야기는 유머와 풍자로 가득 차 있다. 슬프지만 측은하지 않으며, 억지로 눈물과 동정을 유도할 만큼 감상적이지도 않다. 오히려 멋진 문장들로 읽는 이를 즐겁게 해준다. 그리하여 살아남은 자들에게 희망과 용기를 주며, 삶의 그 모든 것들이 얼마나 소중한가를 새삼 일깨워 준다. 아무튼 독자들은 이제껏 경험해 보지 못한 진한 감동과 형언할 수 없는 경건함을 맛보게 될 것이다.

《잠수복과 나비》는 출간되자마자 프랑스 출판사상 그 유례가 없는 엄청난 베스트셀러가 되었으며, 보비는 자기만의 필법으로 쓴 자신의 책을 그의 소중한 한쪽 눈으로 확인한 사흘 후 옥죄던 잠수복을 벗어던지고 나비가 되어 날아갔다. 자유로운 그만의 세계로……

국영 프랑스 TV는 그의 치열하고도 아름다운 마지막 삶을 다큐멘터리로 2회에 걸쳐 방영하였으며, 프랑스 전국민들은 이 젊은 지식인의 죽음 앞에 최대한의 존경과 애도를 보냈다.

東文選 現代新書 16

딸에게 들려 주는 작은 철학

롤란트 시몬 셰퍼
안상원 옮김

★독일 청소년 저작상 수상(97)
★청소년을 위한 좋은 책(99)
(한국 간행물 윤리위원회)

작은 철학이 큰사람을 만든다. 아이들과 철학을 이야기하는 것이 요즘 유행처럼 되었다. 아이들에게 철학을 감추지 않는 것, 그것은 분명히 옳은 일이다. 세계에 대한 어른들의 질문이나 아이들의 질문들은 종종 큰 차이가 없으며, 철학은 여기에 답을 줄 수 있다. 이 작은 책은 신중하고 재미있게, 그러면서도 주도면밀하게 철학의 질문들에 대답해 준다.

이 책의 저자 시몬 셰퍼 교수는 독일의 원로 철학자이다. 그가 원숙한 나이에 철학에 대한 깊은 이해를 가지고 자신의 딸이거나 손녀로 가정되고 있는 베레니케에게 대화하듯 철학 이야기를 들려 주고 있다. 만약 그 어려운 수수께끼를 설명한다면 어떻게 할 것인가를 모형적으로 제시하고 있다.

철학은 우리의 구체적인 삶과 멀리 떨어져 있는 삶이 아니다. 우리가 사용하고 있는 말이란 무엇이며, 안다는 것은 무엇인가. 세계와 자연, 사회와 도덕적 질서, 신과 인간의 의미는 무엇인가 등 철학적 사유의 본질적 테마들로 모두 아홉 개의 장으로 나누어 이야기하고 있다. 쉽게 서술되었지만 내용은 무게를 가지고 있어서 중·고등학생뿐만 아니라 대학생과 성인들에게 철학에 대한 평이한 길라잡이가 될 것이다.